안토니우스와
클레오파트라

1

안토니우스와
클레오파트라

Antony and Cleopatra

COLLEEN
McCULLOUGH

1

콜린
매컬로
지음

강선재 · 신봉아
이은주 · 홍정인
옮김

교유서가

1장
동방의 안토니우스

– 기원전 41년부터 기원전 40년까지

41 B.C. - 40 B.C.

마르쿠스 안토니우스

1 퀸투스 델리우스는 호전적이거나 전장에서 전사처럼 싸우는 남자가 아니었다. 그는 기회가 생길 때마다 자신이 가장 잘하는 일에 집중했다. 그것은 상관들에게 아주 은근한 조언을 함으로써 애초에 그 생각이 그들의 머리에서 나왔다고 믿게끔 만드는 일이었다.

델리우스는 필리피 회전에서 뛰어난 무공을 세우지도 않았고 상관의 눈 밖에 날 만한 짓을 하지도 않았다. 필리피 회전이 끝난 후, 그는 안토니우스에게 달라붙어 동방으로 가기로 결정했다.

로마를 선택하는 것은 절대 불가능하다고 퀸투스 델리우스는 생각했다. 로마를 통치하기로—아니지, 좀더 솔직해져봐, 퀸투스 델리우스!—로마를 지배하기로 작정한 남자들 간의 거대하고 치열한 세력다툼에서 결국 가장 중요한 문제는 어느 쪽에 줄을 서느냐였다. 브루투스와 카시우스를 위시한 무리가 카이사르를 살해했을 때, 모든 사람들은 카이사르의 칠촌조카인 마르쿠스 안토니우스가 그의 이름과 재산과 피호민 수백만 명을 상속받으리라 예상했다. 그런데 카이사르는 어떻게 했던가? 그는 모든 것을 자신의 생질손이자 열여덟 살 소년인 가이우스 옥타비우스에게 물려준다는 유언장을 남겼다! 유언장에는 안토니우스의 이름이 언급되지도 않았으며, 이는 안토니우스에게 극복할 수 없는 치명상을 안겼다. 안토니우스는 이제 자신이 카이사르의 자리에 올라 붉고 긴 장화를 신게 되리라고 믿었던 것이다. 전형적인 안토니우스 집안사람이었던 그는 이인자 자리에 만족할 마음이 없었다. 이제 모두가 옥타비아누스라고 부르는 그 젊은이는 처음엔 안토니우스에게 걱정거리가 아니었다. 안토니우스는 원기 왕성한 나이였고 군대를 이끄는 이름 높은 장군이었으며 원로원 내에 거대한 파벌을 두고 있었기 때문이다. 반면 옥타비아누스는 벌레 등껍질만큼 쉽게 으스러뜨릴 수 있는 병약한 소년이었다. 하지만 일은 예상대로 풀리지 않았고, 안토니우스는 일흔 살 노인의 지능과 지혜를 가진 귀여운 얼굴의 교활한 소년을 어떻게 요리해야 할지 몰랐다. 대부분의 로마인들은 낭비벽 심한 안토니우스가 빚을 갚기 위해 카이사르의 재산을 몹시 필요로 했고 그 때문에 카이사르 제거 음모에 가담했다고 믿었다. 카이사르가 살해된 후 안토니우스가 보인 행동은 그런 의혹을 증폭시켰다. 그는 암살자들을 처벌하지 않았고 사실상 그들에게 철저한 법적 보호를 베풀었던 것이다. 하지만 카이사르의 열렬한 추종자인 옥타비아누스는 안토니우스의 권위를 서서히 갉아먹었고, 안토니우스가 해방자들을 범법자로 선언할 수밖에 없게 만들었다. 옥타비아누스는 어떻게 그 일을 해낼 수 있었을까? 안토니우스의 군단 구성원 상당수를 매수하고, 로마인들의 민심을 얻고, 카이사르의 군자금 3만 탈렌툼을 훔쳐서였다. 그가 군자금을 어찌나 감쪽같이 훔쳤는지, 안토니우스를 비롯해 어느 누구도 옥타비아누스가 범인임을 입증하지 못했다. 옥타비아누스에게 병력과 자금이 마련되자 안토니우스는 그를 자신과 동등한 힘을 갖춘 세력으로 인정할 수밖에 없었다. 이후 브루투스와 카시우스도 권력 다툼에 뛰어들었다. 불편한 동맹관계인 안토니우스와 옥타비아누스는 군대를 이끌고 마케도니아로 출정하여 필리피에서 브루투스와 카시우스의 군대와 맞닥뜨렸다. 안토니우스와 옥타비아누스는 대승을 거뒀으나, 그 승리는 누가 로마의 일인자 자리를 차지해야 하는가 하는 복잡한 문제를 해결해주진 못했다. 로마의 일인자는 왕관만 안 썼지 왕이나 다름없으면서 '로마는 최고 자문기관인 원로원과 인민 회의체인 여러 민회가 통치하는 공화정 국가'라고 입바른 말을 하는 사람이었다. 이러한 명목상의 통치 주체들을 한데 뭉쳐 로마 원로원과 인민 (senatus populusque Romanus, SPQR)이라 불렀다.

델리우스의 생각은 평소처럼 이리저리 흘러갔다. 필리피에서의 승리 이후 마르쿠스 안토니우스에겐 옥타비아누스를 권력 방정식에서 탈락시킬 실질적 대책이 없었다. 안토니우스는 자연의 힘을 타고난 사람으로 에너지 넘치고 충동적이고 성질 급하고 선견지명이 부족했다. 하지만 인간적인 매력이 상당했고, 그것은 대부분 남성적인 성향으로 사람을 끄는 매력이었다. 이를테면 용기, 헤라클레스 같은 몸집, 소문 자자한 호색, 원로원에서 연설가로 활약하기에 충분한 두뇌 등이었다. 그의 약점은 쉽게 용서받는 경향이 있었는데, 육욕이나 무분별한 너그러움 같은 약점 역시 그의 남성적 성향에서 기인한 것이었기 때문이다.

옥타비아누스 문제에 관한 안토니우스의 해답은 로마 세계를 나눠 가지는 것이었다. 물론 최고신관이자 원로원 내에 거대한 파벌을 지닌 마르쿠스 레피두스에게도 작은 선물을 던져줬다. 60년 동안의 잦은 내전으로 로마는 파산 지경에 이르렀고, 로마 인민은—그리고 이탈리아 주민들은—저소득, 빵의 원료인 밀 부족, 나라를 다스리는 윗사람들이 무능하고 부패한 자들이라는 확신으로 신음하고 있었다. 안토니우스는 인민의 영웅이라는 자신의 입지에 금이 가는 것이 싫었으므로, 가장 좋은 부분을 자기 몫으로 챙기고 나머지 썩어가는 살코기는 자칼 같은 옥타비아누스의 몫으로 남겨두었다.

그리하여 필리피 회전의 승자들은 옥타비아누스가 아니라 안토니우스의 입맛에 맞게 속주를 배분했다. 옥타비아누스는 제일 인기 없는 지역을 맡게 됐다. 로마, 이탈리아, 세 개의 거대한 섬 시칠리아, 사르디니아, 코르시카였다. 이 섬에서는 오래전 자급자족 능력을 상실한 이탈리아 주민들에게 먹일 밀이 자랐다. 이는 안토니우스의 성격과도 맞아떨어지는 전략이었다. 로마인과 이탈리아인의 눈에는 옥타비아누스의 얼굴밖에 안 보일 터였고, 안토니우스가 해외에서 보여줄 영웅적 활약상은 로마와 이탈리아로 끊임없이 전달될 터였다. 옥타비아누스는 미움받고, 반면 통치의 중심에서 멀리 떨어져 있는 안토니우스는 월계관을 쓴 용감한 승자로 찬양받으리라. 레피두스는 곡물 생산을 담당하는 속주이자 진정한 변방인 아프리카를 맡게 되었다.

아아, 하지만 정말 좋은 부분은 마르쿠스 안토니우스가 다 차지했다! 속주만 그런 게 아니라 군단도 마찬가지였다. 이제 부족한 것은 돈뿐이었고, 그는 황금알을 낳는 거위인 동방을 쥐어짜서 그 돈을 마련할 작정이었다. 그는 갈리아 속주 세 곳도 당연히 자기 몫으로 챙겼다. 갈리아 속주는 서방이긴 했지만 카이사르가 철저히 진압한 곳이었고, 안토니우스의 다음번 전쟁 자금 마련에 도움을 줄 만큼 부유했다. 그가 신뢰하는 사령관들이 수많은 갈리아 군단들을 지휘하고 있었다. 갈리아는 그가 직접 가지 않아도 통치가 가능했다.

카이사르는 동방 원정 계획을 발표한 지 사흘 만에 살해되었다. 그

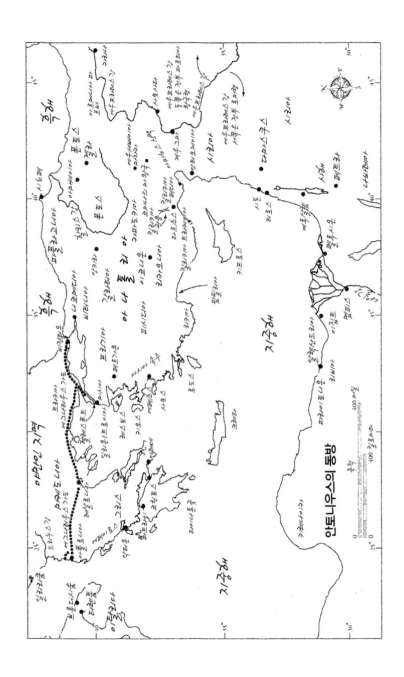

안토니우스의 동방

는 기막히게 부유하고 막강한 파르티아 왕국을 정복하고 그곳에서 얻은 약탈품으로 로마를 재건하고자 했다. 카이사르는 5년간 원정을 떠날 생각이었고 자기 주변의 모든 전설적인 천재들과 전쟁 계획을 짜놓은 터였다. 이제 카이사르가 죽었으니 파르티아를 정복하고 로마를 재건할 사람은 마르쿠스 안토니우스였다. 안토니우스는 카이사르의 계획을 제 것처럼 낚아챘고, 영감의 계획도 썩 훌륭하지만 자신이 더 멋지게 개선할 수 있다고 결론지었다. 그가 이런 결론을 내리게 된 이유 하나는 그와 함께 동방으로 떠난 무리의 성격 탓이었다. 그들은 한 명도 빠짐없이 전부 듣기 좋은 소리만 해대는 아첨꾼이었고, 가장 큰 물고기이자 칭찬과 아부에 약한 마르쿠스 안토니우스를 어떻게 요리해야 할지 정확히 알고 있었다.

불행히도 퀸투스 델리우스는 안토니우스와 대화를 나눌 만큼 가깝지 않았다. 하지만 그 역시 기회만 생긴다면 안토니우스의 자아를 기분 좋게 달래줄 아부를 늘어놓을 터였다. 그러므로 퀸투스 델리우스는 괴팍하고 심술 고약한 조랑말을 타고 에그나티우스 가도를 달리면서 호시탐탐 기회를 노렸다. 그의 불알에는 멍이 들었고 대롱거리는 두 다리는 아파왔다. 하지만 안토니우스가 아시아로 들어와 비티니아 속주의 수도인 니코메디아에 멈출 때까지 그 기회는 찾아오지 않았다.

어찌된 일인지 몰라도, 로마가 소유한 동방 지역의 모든 통치자들과 피호국 왕들은 위대한 마르쿠스 안토니우스가 니코메디아로 향하고 있음을 진작 알아차린 듯했다. 그들은 수십 명씩 무리 지어 다니며 최고급 여관을 차지하거나 도시 외곽에 호화로운 임시 거처를 마련했다. 니코메디아는 작은 만 안쪽에 위치한 평화롭고 아름다운 도시였으며, 잊은 사람들이 더 많겠지만 죽은 카이사르가 무척 아끼던 곳이었다. 카이사르가 세금을 면제해준 덕분에 니코메디아는 여전히 풍요로워 보였다. 게다가 브루투스와 카시우스는 서쪽의 마케도니아로 급히 떠나면서 유다이아부터 트라키아의 수많은 도시를 약탈했으나 니코메디아가 위치한 북쪽 끝까지 올라오지는 못했다. 그리하여 안토니우스가 거처로 삼은 분홍빛과 자줏빛 대리석 궁전에서는 델리우스 같은 보좌관들도 작은 방을 얻어 머물 수 있었다. 델리우스는 방에 짐을 풀고 그의 최고참 하인인 해방노예 이카로스와 함께 지내기로 했다. 짐정리를 마친 그는 무슨 일이 벌어지는지 살펴보러 나섰다. 어떻게든 안토니우스와 가까운 자리를 낚아채 저녁식사중에 위인과 말을 섞어볼 작정이었다.

공관에는 수많은 왕들이 모여 있었다. 그들은 브루투스와 카시우스를 지지했던 전력이 있는 만큼 안색이 창백했고 초조해 보였다. 가장 나이 많고 오랫동안 왕위를 지킨 갈라티아의 노왕 데이오타로스도 이곳까지 찾아오는 수고를 마다하지 않았다. 왕자 두 명이 함께 왔는데 아마도 왕이 가장 아끼는 아들들일 것이라고 델리우스는 생각했다. 안토니우스의 절친한 친구 포플리콜라는 그에게 저자가 데이오타로스라고 가르쳐주었지만, 나머지는 누가 누군지 전혀 모르겠다고 시인했다. 일단 얼굴들이 너무 많았고, 그 얼굴들을 구분해낼 만큼 동방에서의 근무 기간이 길지 않았기 때문이다.

델리우스는 예의바른 미소를 지으며 이국적인 옷차림의 사람들 틈을 지나다녔다. 그들의 공들여 손질한 머리에 얹힌 에메랄드의 크기나 금관의 무게에 그는 놀라서 눈을 껌뻑거렸다. 물론 델리우스는 유창한 그리스어를 구사했으므로 여러 지역과 민족의 절대적 통치자들과 자유롭게 대화할 수 있었다. 이 모든 에메랄드와 금관에도 불구하고, 그들 모두가 그들의 절대적 통치자인 로마의 비위를 맞추고 경의를 표하러 이 자리에 나타났다는 사실을 깨닫자 델리우스의 미소는 더 환해졌다. 로마에는 왕이 없었고, 로마의 고등 정무관은 자주색 단을 댄 평범하고 하얀 토가를 입었으며 흔해빠진 금반지보다 일부 원로원 의원에게만 허락된 쇠반지를 더 소중히 여겼다. 쇠반지는 해당 로마 가문이 지난 500년간 여러 차례 공직에 진출했음을 의미했다. 이런 생각이 들때면 가엾은 델리우스는 손가락에 낀 원로원 의원의 금반지를 자기도 모르는 새 토가 자락 안에 숨겨버리곤 했다. 이제껏 델리우스 가문의 그 누구도 집정관이 되지 못했고, 델리우스 가문에는 500년은커녕 100년 전까지도 이름을 알린 조상이 없었다. 카이사르는 쇠반지를 꼈지만 안토니우스는 그럴 수 없었다. 안토니우스 가문은 충분히 유서 깊지 않았던 것이다. 그리고 카이사르의 쇠반지는 옥타비아누스에게 상속되었다.

오, 공기, 공기! 그에겐 맑은 공기가 필요했다!

궁전은 거대한 주랑정원을 둘러싼 형태로 지어져 있었고, 주랑정원 한가운데의 길고 얕은 수조 맞은편에는 분수대가 있었다. 인어, 트리톤, 돌고래 등 바다를 주제로 파로스 섬의 새하얀 대리석으로 조각한 분수대인데 특이하게도 실물처럼 채색하지 않은 모습이었다. 이 놀라운 작품을 만든 사람은 예술을 제대로 이해하는 거장이 틀림없었다. 델리우스는 너무 빨리 분수대 쪽으로 이끌려갔으므로 그곳에 다른 사람이 있다는 것을 알아채지 못했다. 그는 낙담한 사람처럼 분수대의 널찍한 가장자리에 웅크리고 앉아 있었다. 델리우스가 가까이 다가가자 그 사람은 고개를 들었다. 이제 만남을 피할 방법이 없었다.

솜씨 좋게 금실을 섞어 직조한 값비싼 티로스 자줏빛 로브를 걸친 것으로 보아 외국인 귀족이 분명했다. 기름기가 흐르고 뱀처럼 구불거리는 검은 머리칼에 금실이 들어간 천으로 만든 딱 붙는 모자를 쓰고 있었다. 델리우스는 동방인을 충분히 많이 봐왔기에 번들거리는 곱슬머리가 더러운 피지 탓이 아님을 알고 있었다. 동방인들은 머리카락에 향기 나는 크림을 바르곤 했다. 왕이 되고 싶어 이곳에 모인 사람들은 대부분 조상 대대로 수백 년간 동방에 거주해온 그리스인들이었다. 하지만 이 남자는 특정 지역에 거주하는 진짜 아시아인처럼 보였다. 델리우스가 그 사실을 알 수 있었던 건 그렇게 생긴 사람들이 로마에 많이 살고 있었기 때문이다. 아, 물론 그 사람들은 티로스 자줏빛이나 황금빛 옷이 아니라 손으로 짠 짙은 단색의 수수한 옷차림을 했지만. 그렇다 하더라도 이자의 외모만 놓고 보면 틀림없었다. 분수대 가장자리에 앉아 있던 그 남자는 유대인이었다.

"옆에 앉아도 되겠소?" 델리우스는 매력적인 미소를 지으며 그리스어로 물었다.

턱에 군살이 처진 이방인의 얼굴에 똑같이 매력적인 미소가 떠올랐다. 손톱이 완벽히 손질되었고 반지들이 끼워진 손이 옆자리를 가리켰다. "그리하시오. 나는 유다이아의 헤로데스요."

"나는 로마군 보좌관 퀸투스 델리우스요."

"저 안의 소란을 참을 수가 없었소." 헤로데스가 말했다. 그의 두툼한 입술이 아래로 처졌다. "허! 저 배은망덕한 인간들 중 몇몇은 산파가 더러운 헝겊으로 그들의 몸을 닦아준 이래 목욕 한 번 안 했을 거요."

"이름이 헤로데스라고 하셨소만, 왕이나 왕자 같은 지위는 없는 거요?"

"있어야 마땅하오! 내 아버지는 이두메아의 왕자 안티파트로스이며 유다이아의 왕 히르카노스에게 총애를 받았소. 그런데 아랫것들이 왕위를 두고 다투는 과정에 살해되셨소. 그분은 카이사르를 비롯해 로마인들과도 좋은 관계를 유지하셨소. 어쨌든 아버지를 죽인 자는 내 손으로 처리했소." 헤로데스는 만족감이 스며 나오는 목소리로 말했다. "나는 그가 티로스의 썩어가는 뿔고둥 더미에 묻혀 죽도록 했소."

"유대인에겐 최악의 죽음이었겠소." 그 정도는 이해하고 있는 델리우스가 말했다. 그는 헤로데스를 더 자세히 관찰하며 그 못생긴 얼굴에 감탄했다. 혈통으로는 극과 극일지 몰라도, 헤로데스는 옥타비아누스의 측근인 마이케나스와 묘하게 닮아 있었다. 둘 다 개구리를 닮았던 것이다. 하지만 헤로데스의 튀어나온 눈은 마이케나스처럼 푸른색이 아니라 흑요석처럼 반짝이는 진한 검은색이었다. "내 기억에 따르면," 델리우스는 말을 이어갔다. "남부 시리아 전체가 카시우스에 대한 지지를 표명했소."

"유대인도 포함해서 말이오. 안토니우스의 로마가 그를 반역자로 간주하고 있긴 하지만 난 그에게 개인적으로 신세를 졌소. 그는 내가 아버지의 원수를 처형하도록 허락해줬소."

"카시우스는 전사였소." 델리우스는 깊은 생각에 잠겨 말했다. "브루투스 역시 그랬다면 필리피 회전의 결말은 달라졌을지도 모르오."

"새들이 지저귀는 소리에 따르면, 안토니우스도 어설픈 파트너 탓에 고생이 이만저만이 아니었다고 하더군요."

"새들이 그렇게 시끄럽게 지저귈 수 있다니 참 희한한 일이오." 델리우스는 활짝 웃으며 말했다. "그런데 무슨 용건으로 마르쿠스 안토니우스를 만나러 왔소, 헤로데스?"

"혹시 궁전 안의 요란하게 치장한 촌놈들 틈에서 볼품없는 참새 다섯 마리를 봤소?"

"아니, 못 본 것 같소. 내 눈엔 모든 사람이 요란하게 치장한 촌놈으로 보였소."

"오, 그들은 저 안에 있소. 유다이아의 최고회의인 시네드리온에서 온 나의 다섯 참새들! 자기들의 품위를 지키기 위해 나머지 무리로부터 최대한 멀리 떨어져 서 있소."

"그러니까 그들이 궁전 안의 기둥 뒤편 구석에 서 있다는 거군요."

"그렇소." 헤로데스가 말했다. "하지만 안토니우스가 나타나기만 하면 그들은 울부짖고 자기 가슴을 때리며 앞쪽으로 치고 나갈 거요."

"당신은 아직 내게 여기 온 이유를 알려주지 않았소."

"사실 그건 참새 다섯 마리가 여기 와 있기 때문이오. 나는 매처럼 그들을 감시하고 있소. 그들은 트리움비르 마르쿠스 안토니우스에게 불만을 털어놓을 작정이오."

"그들의 불만이란 뭐요?"

"내가 적법한 후계자에 대항해 반란을 모의하고 있다는 것과, 비유대인인 내가 히르카노스 왕가에 너무 가까워진 나머지 알렉산드라 여왕의 딸과 결혼할 상대로 여겨지고 있다는 것. 축약해서 말하면 이 정도인데, 무삭제판을 들려주려면 몇 년은 걸릴 거요."

델리우스는 상대를 응시하다가 기민한 옅은 갈색 눈을 깜빡였다. "비유대인이라 했소? 당신은 자신이 유대인이라고 소개한 것 같은데."

"모세의 율법에 따르면 그렇지 않소. 우리 아버지는 나바테아의 키프로스 공주와, 다시 말해 아라비아인과 결혼했소. 유대인은 모계 혈통을 따르기 때문에 우리 아버지의 자식들은 비유대인이 되는 거요."

"그렇다면…… 그렇다면 당신은 여기서 뭘 얻을 수 있단 말이오, 헤로데스?"

"뭐든지 얻을 수 있소, 꼭 해야 하는 일을 할 권한이 내게 주어진다면 말이오. 유대인들에게는 그들의 목을 단단히 밟아 눌러줄 묵직한 발이 필요하오. 폼페이우스 마그누스가 시리아를 로마 속주로 만든 이래 파견된 모든 시리아 총독들에게 물어보시오. 나는 유대인들이 원하든 말든 간에 그들의 왕이 될 작정이오. 충분히 그리될 수 있소. 내가 유다스 마카바이오스의 직계 혈통인 하스모니아 왕조의 공주와 결혼할 수만 있다면. 우리 아이들은 유대인이 될 것이고, 나는 자식도 많이 낳을 생각이오."

"그렇다면 당신은 본인 입장을 항변하기 위해 여기 온 거요?" 델리우스가 물었다.

"그렇소. 시네드리온에서 파견한 대표들은 우리 가족이 망명을 떠나지 않으면 사형에 처해져야 한다고 주장할 거요. 그들은 로마의 허락 없이 그 일을 감행할 입장이 아니오."

"글쎄, 패배자 카시우스를 지지했다는 점에선 양쪽이 별반 다르지 않잖소." 델리우스는 쾌활하게 말했다. "안토니우스는 줄을 잘못 선 두 파벌 중 한쪽을 선택해야 할 거요."

"하지만 우리 아버지께선 율리우스 카이사르를 지지하셨소." 헤로데스가 말했다. "나는 마르쿠스 안토니우스에게 내가 유다이아에서 살며 지위를 끌어올릴 기회를 얻는다면 항상 로마 편에 설 것이라는 확신을 심어줄 거요. 그는 수년 전 가비니우스가 시리아 총독일 때 시리아를 방문한 적이 있으니 유대인들이 얼마나 고집불통인지 알 거요. 그런데 우리 아버지께서 카이사르를 도왔다는 걸 그가 기억할 것 같소?"

"음," 델리우스는 돌고래의 입에서 뿜어져 나오는 분수의 무지갯빛

물방울들을 가늘게 뜬 눈으로 응시하며 가르랑거렸다. "그보다 더 최근에 당신은 카시우스의 사람이었는데, 마르쿠스 안토니우스가 왜 그런 옛날 일을 기억해야 한단 말이오? 그리고 내가 아는 바에 따르면 당신 아버지도 죽기 직전에는 카시우스의 사람이었소."

"나는 꽤 훌륭한 변호인이니 내 입장을 잘 전달할 수 있을 거요."

"당신에게 그럴 기회가 주어진다면 말이오." 델리우스는 자리에서 일어나 손을 내밀고 헤로데스와 따뜻한 악수를 나눴다. "행운을 빌겠소, 유다이아의 헤로데스. 내가 도울 일이 있으면 돕겠소."

"그렇게 해주면 난 아주 감격할 거요."

"빈말하긴!" 델리우스는 껄껄거리며 떠났다. "그렇게 고마우면 돈이라도 주시든가."

마르쿠스 안토니우스는 동방 원정을 떠난 이후 놀라울 정도로 술을 멀리했다. 하지만 예순 명으로 구성된 그의 일행은 니코메디아에 도착하는 즉시 안토니우스의 향락적 면모가 폭발하리라 예상했다. 안토니우스의 도착 소식을 전해듣고 인근의 비잔티온에서 서둘러 니코메디아로 몰려든 악사들과 무희들의 생각도 다르지 않았다. 마르쿠스 안토니우스라는 이름은 히스파니아부터 바빌로니아에 이르기까지 디오니소스 예능인 연맹 구성원들에게 잘 알려져 있었던 것이다. 그런데 참으로 놀랍게도 안토니우스는 금 자루를 쥐여주며 공연단을 돌려보냈고 술도 별로 마시지 않았다. 그의 못생긴 듯 잘생긴 얼굴이 어쩐지 애석하고 아쉬운 표정이긴 했다.

"어쩔 수 없네, 포플리콜라." 그는 가장 친한 친구에게 한숨을 쉬며 말했다. "우리가 도시로 들어오는 동안 얼마나 많은 유력자들이 길가에

줄 서 있는지 봤나? 집사가 문을 열었을 때 공관을 가득 채우고 있던 사람들은 또 어떻고? 그들은 전부 로마에, 그리고 나에게 미리 손을 써 두려고 나타난 거야. 하지만 난 그렇게 되도록 내버려둘 생각이 없어. 내가 동방을 관할구역으로 선택한 이유는 동방의 차고 넘치는 재산이 함부로 탕진되는 꼴을 보기 위해서가 아니라네. 그러니까 나는 정신이 맑고 위장이 안정된 상태에서 로마의 이름으로 법을 시행할 걸세." 그는 낄낄거렸다. "오, 루키우스, 내가 로스트라 연단에서 자네 토가에 구토를 했을 때 키케로가 얼마나 역겨워했는지 기억하나?" 안토니우스는 어깨를 으쓱하며 낄낄댔다. "일을 해, 안토니우스, 일을!" 그는 자기 이름을 외쳐댔다. "저들은 나를 새로운 디오니소스라 부르지만, 당분간은 내가 시무룩하고 늙은 사투르누스임을 보게 될 걸세." 그의 적갈색 눈동자가 반짝였다. 너무 작고 가운데로 몰려 있어 인물상 조각가가 좋아할 눈은 아니었다. "새로운 디오니소스! 포도주와 쾌락의 신. 난 그 비유가 상당히 마음에 든단 말이지. 카이사르가 사람들에게서 얻은 최고의 찬사는 그냥 신일 뿐이었으니까."

안토니우스와 어릴 때부터 알고 지낸 포플리콜라는, 이런저런 것들의 신보다 그냥 신이 우월한 것 같다는 자신의 의견을 발설하지 않았다. 그의 주요 임무는 안토니우스가 속주를 통치하게 만드는 것이었으므로 안토니우스의 발언은 그에게 반갑게 들렸다. 안토니우스는 그런 식이었다. 그는 마음먹으면, 특히 자기보호 본능이 발동할 때면 갑자기―어떨 때는 몇 달씩―과음하는 습관을 딱 끊었다. 지금은 분명 그런 때였다. 그리고 그의 생각은 옳았다. 유력자들의 습격은 단순히 업무뿐만 아니라 골칫거리가 많아진다는 것을 의미했다. 그러므로 안토니우스는 그들 한 명 한 명과 알아두고 어떤 지배자를 계속 왕좌에 앉허놓을지, 어떤 지배자를 왕좌에서 끌어내릴지 판단해야 했다. 다시 말해 로마의 이익에 가장 부합하는 지배자들을 추려내야 했다.

이 모든 상황은 델리우스가 니코메디아에서 안토니우스와 가까워지겠다는 목표를 달성할 가능성이 아주 낮다는 의미였다. 그런데 이 그림 속에 운명의 여신 포르투나가 개입했다. 안토니우스가 오후가 아니라 더 늦은 시간에 정찬을 갖겠다고 발표했을 때부터였다. 안토니우스는 식당에 모인 로마인 예순 명을 눈으로 훑다가 뭔가 알 수 없는 이유로 퀸투스 델리우스에게 눈길을 멈췄다. 위인은 델리우스에게서 뭔가 마음에 드는 점을 발견했지만, 그게 무엇인지는 꼬집어 말할 수 없었다. 어쩌면 그것은 가장 불쾌한 주제를 논할 때조차 연고를 발라주듯 상대의 마음을 진정시키는 델리우스의 자질이었으리라.

"여어, 델리우스!" 그가 소리쳤다. "나와 포플리콜라와 정찬을 함께하세!"

데키디우스 삭사 형제는 발끈했고, 바르바티우스와 다른 몇몇도 마찬가지였다. 하지만 델리우스가 반색하며 토가를 바닥에 벗어놓고 U자로 배열된 긴 의자들 중 가장 안쪽 의자에 앉는 동안 그 누구도 불만의 소리를 내지 못했다. 한 하인이 바닥에 떨어진 토가를 주워서 개는 동안—쉽지 않은 일이었다—다른 하인은 델리우스의 신발을 벗기고 그의 발을 씻겼다. 델리우스는 상석을 차지하는 우를 범하지 않았다. 그 자리는 안토니우스의 몫이었고 포플리콜라는 가운데 자리에 앉았다. 델리우스는 가장 사회적 신분이 낮은 사람이 앉는 긴 의자의 끝자리를 차지했다. 하지만 그것만 해도 얼마나 대단한 출세인가! 그는 자신을 뚫어져라 응시하는 시선들을 느꼈다. 그 시선의 주인들은 델리우스가 무슨 일을 했기에 이런 출세를 하게 되었는지 계산하느라 바빴다.

음식은 훌륭했지만 로마 스타일은 아니었다. 양고기, 담백한 생선, 기이한 양념과 이국적 소스가 너무 많았다. 그래도 막자사발과 막자를 들고 다니며 후추를 갈아주는 노예가 있어 다행이었다. 로마인들은 신선한 후추를 한 자밤씩 뿌릴 수 있다면 무엇이든, 심지어 게르만족의 삶은 쇠고기도 맛있게 먹을 수 있었다. 사모스 섬에서 난 포도주도 마셨지만 물을 충분히 섞었다. 델리우스는 안토니우스가 물을 섞어 마시는 것을 보고 자기도 따라 하기로 했던 것이다.

한동안 안토니우스는 아무 말도 하지 않았다. 하지만 주요리가 치워지고 달콤한 디저트가 나오자 그는 시원하게 트림을 하고 자신의 탄탄한 배를 두드리며 만족스럽게 숨을 내쉬었다.

"그래, 델리우스, 자네는 저 다양하고 많은 왕들과 소왕국 군주들을 어떻게 생각하나?" 그가 사근사근하게 물었다.

"아주 이상한 사람들입니다, 안토니우스. 특히 동방에 와본 적이 없는 저 같은 사람에겐 말이죠."

"이상하다고? 그렇지, 그들은 정말 그래! 시궁창의 쥐처럼 교활하고, 야누스보다도 많은 얼굴을 가졌고, 너무 예리해서 갈비뼈 사이를 뚫고 들어오는 것조차 안 느껴지는 단검 같지. 그들이 내가 아니라 브루투스와 카시우스를 지지했다는 게 참 신기해."

"그렇게 신기한 일도 아닐세." 포플리콜라가 말했다. 단것을 좋아하는 그는 참깨에 꿀을 발라 만든 과자를 쩝쩝대며 삼켰다. "그들은 카이사르에게도 똑같은 실수를 한 적이 있네. 폼페이우스 마그누스를 지지한 것 말일세. 카이사르와 마찬가지로 자네는 서방에서 전쟁을 치렀어. 그들은 자네의 패기를 전혀 몰랐던 거야. 그들에게 브루투스는 별 볼일 없는 사람이었지만 가이우스 카시우스는 마력을 지닌 사람이었어.

그는 카라이에서 크라수스와 함께 몰살당할 위기에서 벗어났고, 이후 서른 살이라는 젊은 나이에 시리아를 아주 훌륭하게 통치했네. 카시우스는 전설적인 존재야."

"저도 동의합니다." 델리우스가 말했다. "그들의 세상은 지중해의 동쪽 끝으로 한정돼 있습니다. 서쪽 끝의 히스파니아와 갈리아에서 벌어진 일은 알려져 있지 않죠."

"맞는 말일세." 안토니우스는 긴 의자 앞의 낮은 식탁에 놓인 끈적거리는 과자를 보며 얼굴을 찡그렸다. "포플리콜라, 얼굴 좀 씻게! 저렇게 꿀을 처바른 곤죽 같은 걸 먹고도 어떻게 위가 멀쩡한지 모르겠어."

포플리콜라는 긴 의자의 등받이 쪽으로 쪼그라들었고, 안토니우스는 델리우스를 쳐다봤다. 안토니우스는 델리우스가 감추고자 하는 것들을 잘 이해한다는 표정을 지었다. 궁금함, 신진 세력의 지위, 들끓는 야망. "시궁창 쥐들 중 마음에 드는 인물이 없었나, 델리우스?"

"한 명 있었습니다, 마르쿠스 안토니우스. 헤로데스라는 유대인입니다."

"아! 다섯 포기 잡초 사이의 한 송이 장미 말이군."

"그는 조류에 비유했습니다. 참새 다섯 마리 틈의 매라고 말이죠."

안토니우스는 우렁차게 껄껄거렸다. "글쎄, 데이오타로스, 아리오바르자네스, 파르나케스도 여기 와 있는 판에 걸핏하면 싸워대는 유대인 여섯 명을 상대할 시간이 날지 모르겠네. 어쨌든 다섯 잡초가 우리의 장미 헤로데스를 끔찍이 싫어하는 건 놀랍지 않군."

"어째서요?" 델리우스는 경외심 섞인 흥미를 드러내며 물었다.

"우선 의복 때문이지. 유대인들은 금빛이나 티로스 자줏빛 옷으로 화려하게 치장하지 않네. 그들의 법도에 어긋나거든. 왕을 상징하는 듯한 장식이나 초상화나 조각상도 안 되고, 그들의 금은 모든 유대 민족의 이름으로 대사원에 보내진다네. 크라수스는 파르티아 왕국을 정복하러 떠나기 전 대사원에서 금 2천 탈렌툼을 강탈했네. 유대인들은 그를 저주했고 그는 굴욕적인 죽음을 맞았지. 이후 폼페이우스 마그누스가 금을 요구했고, 다음엔 카이사르가, 다음엔 카시우스가 그렇게 했지. 그들은 내가 같은 요구를 하지 않기를 바라지만, 내가 그렇게 할 것임을 알고 있네. 카이사르와 마찬가지로, 나는 카시우스가 요구했던 것과 똑같은 금액을 그들에게 요구할 걸세."

델리우스는 이맛살을 찌푸렸다. "저는 잘…… 이해가……."

"카이사르는 그들이 마그누스에게 지불한 것과 똑같은 금액을 그들에게 요구했거든."

"아, 그 말씀이군요! 저의 무지를 용서해주십시오."

"우린 모두 새로운 것을 배우려고 여기 온 걸세, 퀸투스 델리우스. 내가 보기에 자넨 빨리 배우는 사람 같군. 그러니 유대인들에 관한 이야기를 해보게. 잡초들이 원하는 건 뭐고 우리의 장미 헤로데스가 원하는 건 뭔가?"

"잡초들은 헤로데스가 추방되거나 처형되기를 원합니다." 델리우스가 말했다. 그는 새들의 비유를 사용하지 않았다. 안토니우스가 식물의 비유를 더 선호한다면 델리우스도 거기 따를 생각이었다. "헤로데스는 로마가 결의안을 통과시켜 그에게 유다이아에서 자유롭게 살 권한을 주기를 원합니다."

"어느 인물이 로마의 이익에 더 부합할 것 같나?"

"헤로데스입니다." 델리우스는 망설임 없이 말했다. "그들의 정의에 따르면 헤로데스는 유대인이 아니지만, 그는 적절한 혈통을 타고난 공주와 결혼해 유대 민족을 통치하고자 합니다. 그가 성공한다면 로마는 충실한 동맹을 얻게 될 거라고 생각합니다."

"델리우스, 델리우스! 헤로데스가 정말 충실하게 나오리라고 생각하는 건 아니겠지?"

파우누스(고대 로마 신화에서 반인반양 모습을 한 목축의 신—옮긴이)를 닮은 얼굴에 주름이 잡히면서 장난스러운 웃음이 떠올랐다. "그러는 게 자기 이익에 부합한다면 분명 충실하게 나올 겁니다. 그는 자신이 통치하고자 하는 민족이 단 1할의 성공 가능성만 있어도 암살을 시도할 만큼 자신을 미워한다는 것을 압니다. 그러므로 유대 민족보다는 로마가 항상 그의 이익에 더 부합할 겁니다. 로마가 그의 우방으로 남아 있는 한, 그는 독약과 매복을 제외한 모든 것으로부터 안전합니다. 전 그가 철저한 검사를 거치지 않은 음식을 먹거나 값비싼 비용을 지불한 비유대인 경호원 없이 외국으로 나가는 일이 없을 거라고 생각합니다."

"고맙네, 델리우스!"

포플리콜라는 두 사람 사이에 불쑥 끼어들었다. "한 가지 문제가 해결됐군. 안 그런가, 안토니우스?"

"델리우스의 도움으로 해결됐지. 집사, 이곳을 정리하게!" 안토니우스가 소리쳤다. "루킬리우스 어디 있나? 루킬리우스가 필요해!"

다음날, 유다이아의 시네드리온에서 파견된 다섯 명은 많은 탄원자들 가운데 제일 먼저 마르쿠스 안토니우스의 전령에게 호명되었다. 안토니우스는 자주색 단을 댄 토가 차림이었고 높은 임페리움을 상징하는 단순한 상아 홀을 들고 있었다. 곁에는 그가 아끼는 비서이자 한때 브루투스의 심복이었던 루킬리우스가 있었다. 상아 대좌 양옆으로는 진홍색 옷차림의 릭토르가 각각 열두 명씩 서 있었다. 릭토르들은 도끼 머리가 꽂힌 막대기 다발을 양발 사이에 세워놓고 있었다.

시네드리온 대표는 훌륭한 그리스어로 연설을 시작했다. 하지만 그들 다섯 명이 누구이며 트리움비르 마르쿠스 안토니우스에게 파견된 이유가 무엇인지를 설명하면서 너무 현란하고 난해한 말을 늘어놓는 바람에 하품이 날 정도로 오랜 시간이 걸렸다.

"오, 입다무시오!" 안토니우스가 예고도 없이 소리쳤다. "입다물고 집으로 돌아가시오!" 그는 루킬리우스가 든 두루마리를 낚아채 펼치더니 사납게 흔들었다. "필리피 회전 이후 발견된 가이우스 카시우스의 문서 중 하나요. 당시 히르카노스 왕의 조력자였던 안티파트로스와 그의 두 아들인 파사엘로스와 헤로데스만이 카시우스의 대의명분을 위해 금을 모았다고 여기에 적혀 있소. 유대인들은 안티파트로스에게 독약 말고는 아무것도 내주지 않았소. 그렇게 모인 금이 잘못된 대의명분을 위해 쓰였다는 점은 아쉽지만, 유대인들은 로마보다는 금을 훨씬 사랑하는 것이 분명하오. 내가 유다이아에 갔을 때 이런 상황이 얼마나 바뀌겠소? 하나도 안 바뀌겠지! 적어도 헤로데스는 로마에 공세와 세금을 낼 의지가 있는 것 같소. 당신들에게 하나 일깨워주자면, 그건 당신네 영토의 평화와 안녕을 위해 쓰일 거요! 당신들이 카시우스에게 낸 돈은 순전히 그의 군대와 함대 자금으로 쓰였소! 카시우스는 법적으로 로마의 소유인 재산을 갈취하고 신성모독을 범한 반역자였소! 아, 지금 떨고 있소, 데이오타로스? 당연히 그래야 할 거요!"

안토니우스가 얼마나 독한 말을 잘하는지 내가 까먹고 있었구나, 듣고 있던 델리우스는 이렇게 생각했다. 안토니우스는 유대인들을 이용해 모든 사람들에게 자신이 자비를 베풀지 않으리라는 것을 알려주고 있었다.

안토니우스는 원래 주제로 돌아갔다. "로마 원로원과 인민의 이름으로 나는 헤로데스와 그의 형 파사엘로스, 그리고 그의 모든 가족에게 로마의 모든 영토 내에서 자유롭게 살 권한을 부여하겠소. 유다이아도 포함되오. 히르카노스가 자기 민족의 왕 노릇을 하는 것을 막지는 않겠으나, 로마의 관점에서 그는 일개 행정장관 그 이상도 이하도 아니오. 유다이아는 이제 한덩어리의 영토를 가진 국가가 아니오. 유다이아는 남부 시리아 주변의 작은 다섯 지역이고 계속해서 작은 다섯 지역으로 남게 될 거요. 히르카노스는 예루살렘, 가자라, 예리코를 통치할 거요. 안티파트로스의 아들 파사엘로스는 세포리스의 사분왕이 될 거요. 안티파트로스의 아들 헤로데스는 아마투스의 사분왕이 될 거요. 그리고 조심하시오! 남부 시리아에서 무슨 문제라도 발생하면 나는 유대인들을 계란껍데기처럼 으스러뜨릴 테니까!"

내가 해냈다, 내가 해냈어! 델리우스는 기쁨에 젖어 생각했다. 안토니우스가 내 말을 들었다!

헤로데스는 분수대 옆에 있었지만 안색이 창백하고 얼굴이 일그러져 있었다. 델리우스가 예상했던 기뻐 어쩔 줄 모르는 얼굴이 아니었다. 대체 뭐가 문제지? 뭐가 문제일 수 있단 말인가? 여기 올 때는 나라도 없는 가난뱅이였다가 이제 사분왕이 되어 떠나게 됐는데.

"기쁘지 않소?" 델리우스가 물었다. "당신 입장을 길게 늘어놓지도 않고 승리를 거뒀잖소, 헤로데스."

"안토니우스는 어째서 내 형의 지위까지 격상해준 거요?" 헤로데스는 사납게 질문했다. 하지만 그 질문에 답할 사람은 거기 없었다. "그는 우리 둘을 동등한 위치에 올려놓았소! 파사엘로스는 나와 같은 지위인 동시에 내 형인데 내가 어떻게 마리암네와 결혼할 수 있겠소? 파사엘로스가 마리암네와 결혼하고 말 거요!"

"진정하시오." 델리우스가 부드럽게 말했다. "그건 전부 미래의 일이오, 헤로데스. 지금 당장은 안토니우스의 결정을 당신이 기대했던 것 이상의 수확으로 받아들이시오. 그는 당신 편을 들어주었소. 다섯 참새는 이제 날개가 꺾였소."

"그렇소, 그건 잘 알고 있소, 델리우스. 그나저나 마르쿠스 안토니우스란 사람은 정말 똑똑하오! 그는 선견지명을 갖춘 로마인들이 공통적으로 바라는 것을 추구하고 있소. 균형 말이오. 나 하나만을 히르카노스와 동등한 대항 세력으로 만들어놓는 것은 로마다운 해법이 아니오. 나와 파사엘로스를 한편으로, 히르카노스를 반대편으로 묶어놓았지. 오, 마르쿠스 안토니우스, 그자는 영리한 사람이오! 카이사르는 천재였지만 그자는 얼간이쯤으로 여겨졌소. 그런데 난 이제 또다른 카이사르를 발견했소!"

델리우스는 헤로데스가 떠나는 것을 복잡한 마음으로 지켜봤다. 어제 만찬에서 짧은 대화를 나누고 오늘 이 자리를 마련하기 전까지, 마르쿠스 안토니우스는 조사를 한 것이 분명했다. 안토니우스가 루킬리우스를 찾은 것은 그 때문이었다! 안토니우스와 옥타비아누스, 두 사람은 얼마나 대단한 사기꾼인가! 브루투스와 카시우스의 문서를 모조리 태웠다니! 하지만 헤로데스와 마찬가지로 나 역시 안토니우스를 학교 교육만 받았을 뿐이지 얼간이라 생각했다. 그는 절대 얼간이가 아니다! 델리우스는 숨을 헐떡이며 생각했다. 그는 술수가 뛰어난데다 명석하다. 그는 동방의 모든 지역을 직접 통치하고 이런저런 사람들을 밀어주거나 자리에서 끌어내릴 것이다. 모든 피호국과 태수령이 온전히 그의 손안에 들어올 때까지. 로마의 손안이 아니라 그의 손안에. 그는 옥타비아누스를 이탈리아로 돌려보냈다. 그 나약하고 병약한 젊은이는 맡겨진 임무의 무게에 짓눌려 무너질 것이다. 혹 옥타비아누스가 무너지지 않을 경우에도 안토니우스는 철저히 준비돼 있을 것이다.

2 안토니우스가 비티니아의 수도를 떠나자, 헤로데스와 시네드리온에서 온 다섯 명을 제외한 모든 유력자들이 그를 뒤따랐다. 그들은 로마의 새 지배자들에 대한 충성을 다짐했고 브루투스와 카시우스가 자기들에게 사기와 거짓말과 협박을 일삼았다고 주장했다. 아아, 그들은 자기네가 강요당했다고 했다! 안토니우스는 동방 사람들의 눈물과 통곡을 견딜 수 없었다. 그는 폼페이우스 마그누스나 카이사르처럼 행동하지 않았다. 다시 말해, 가장 중요한 인물들을 만찬에 초대하고 그들과 어울려 여행을 다니지 않았다. 안토니우스는 니코메디아에서 갈라티아 왕국의 최대 도시인 앙키라에 도착할 때까지 자신을 뒤따르는 왕족 추종자들이 아예 존재하지 않는 것처럼 행동했다.

앙키라는 갈리아 동쪽의 땅 중에 최고로 여겨지는 방목지로, 완만한 구릉지가 넓게 펼쳐져 있었다. 이곳에서 안토니우스는 부득불 데이오타로스의 궁전에 머물며 친근한 태도를 보이려 노력했다. 하루라면 몰라도 나흘간 그렇게 지내기란 여간 힘든 게 아니었다. 어쨌든 안토니우스는 그 기간 동안 데이오타로스에게 그가—당분간은—왕국의 통치자로 남게 될 것이라 말했다. 데이오타로스가 두번째로 아끼는 아들 데이오타로스 필라델포스는 파플라고니아의 험준한 산악지역(누구에게도 쓸모없는 땅이었다)을 봉토로 선물받았지만, 그가 가장 아끼는 아들 카스토르는 아무것도 받지 못했다. 총기가 떨어져가는 늙은 왕으로서는 그것이 무슨 의미인지 알 수 없었다. 안토니우스와 동행한 모든 로마인들에게, 이는 갈라티아에 극적인 변화가 찾아올 것이며 그 변화가 데이오타로스 왕조의 어떤 인물에게도 득이 되지 않을 것이라는 의미였다. 안토니우스는 늙은 왕의 서기관으로부터 갈라티아에 관한 정보를 얻었다. 그 서기관은 아민타스라는 갈라티아의 젊은 귀족으로 교육 수준이 높고 유능하며 명석했다.

"적어도," 로마인들의 행렬이 카파도키아로 출발할 때 안토니우스가 말했다. "우리를 졸졸 따라다니던 사람들은 아주 많이 줄었어! 시끄러운 머저리 카스토르는 발톱 손질 담당 하인까지 데려왔더군. 데이오타로스 같은 전사에게서 그렇게 계집애 같은 아들이 나오다니 놀랄 일이지."

그의 대화 상대는 델리우스였다. 델리우스는 이제 걸음이 경쾌하며 밤색과 흰색이 섞인 암말을 타고 있었다. 성질 고약한 조랑말은 그때까지 계속 걸어다니던 하인 이카로스에게 넘겨준 터였다. "파르나케스와 그의 궁정 사람들도 떠났습니다." 델리우스가 말했다.

"허! 그는 애초에 오지 말았어야 했네." 안토니우스는 혐오스럽다는 듯 입술을 비틀며 말했다. "그의 부친이 더 나은 사람이었고, 그의 조부는 훨씬 더 나은 사람이었어."

"미트리다테스 대왕 말씀입니까?"

"달리 누가 있겠나? 델리우스, 그 사람은 로마를 거의 무너뜨릴 뻔했어. 어마어마한 인물이었지."

"폼페이우스 마그누스가 그를 손쉽게 해치웠죠."

"웃기는 소리! 그를 해치운 건 루쿨루스야. 폼페이우스 마그누스는 루쿨루스의 노력으로 맺힌 열매를 따먹은 것뿐이고. 폼페이우스는 상습적으로 그런 짓을 했지. 하지만 그는 결국 허영심에 발목을 잡히고 말았어. 본인의 허풍을 스스로 믿기 시작했던 거야. 자신이 카이사르를 박살낼 수 있다고 모든 로마인과 비로마인에게 떠벌리고 다녔지!"

"안토니우스 사령관님이라면 아무 어려움 없이 카이사르를 물리쳤을 겁니다." 델리우스는 아첨의 기색이 드러나지 않는 어조로 말했다.

"내가? 모든 신들이 내 편에서 함께 싸워주지 않는 한 불가능한 일일세! 카이사르는 완전히 차원이 다른 인물이고 그걸 인정하는 건 수치스러운 일이 아니야. 그는 쉰 번 이상의 전투를 지휘했고 단 한 번도 패배한 적이 없네. 마그누스가 아직 살아 있다면 난 그를 물리칠 수 있을 거야. 루쿨루스라든지, 심지어 가이우스 마리우스도 물리칠 수 있겠지. 그런데 카이사르는? 알렉산드로스 대왕도 카이사르 앞에서 꼼짝 못했을 걸세."

덩치 큰 남자에게서 나온다고는 믿기 힘들 만큼 경쾌하고 높은 음성에는 분노의 기운이 전혀 없었다. 델리우스가 보기에 그 목소리에는 죄책감 역시 담겨 있지 않았다. 안토니우스는 완벽하게 로마인다운 방식으로 상황을 인식했다. 그는 카이사르에게 손가락 하나 댄 적이 없었으므로 발편잠을 잘 수 있었다. 살인을 모의하고 계획한 것 자체는 범죄가 아니었다. 비록 그 모의와 계획을 통해 실제로 범죄가 저질러졌다해도.

안토니우스의 기병대와 2개 군단은 씩씩한 행군가를 부르며 붉고 거대한 할리스 강의 협곡으로 들어섰다. 할리스 강은 로마인의 상상을 넘어설 정도로 아름다웠다. 불그스름한 바위가 아주 많았고 절벽과 선반 모양의 지층은 깎아지른 듯했다. 넓은 강의 양쪽 제방에는 평평한 땅이 넓게 펼쳐져 있었고, 고산의 눈이 아직 녹지 않았으므로 강물은 천천히 흘렀다. 안토니우스가 육로를 이용해 시리아로 가는 것은 이 때문이었다. 겨울 바다는 배를 타고 나가기에 너무 위험했고, 안토니우스는 한때 카시우스 소속이었던 병사들이 온전히 자신에게 충성하게 될 때까지 그들 곁에 머물고자 했다. 날씨는 쌀쌀한 편이었지만 못 견디게 추운 것은 바람이 거셀 때뿐이었고 협곡 바닥에선 바람이 거의 불지 않았다. 강물은 불그스름했지만 말은 물론 사람도 마실 수 있는 물이었다. 아나톨리아 중심부는 인구가 많은 지역이 아니었다.

에우세베이아 마자카는 거대한 화산 아르가이오스 산자락에 자리하고 있었다. 아르가이오스 산은 눈으로 덮여 있었고, 이 화산의 분출을 목격했다는 역사적 기록은 남아 있지 않았다. 에우세베이아 마자카는 작고 궁핍하고 우울한 도시였다. 이곳은 오랜 옛날부터 만인에게 약탈당하곤 했는데, 이곳 왕들이 너무 약하고 군대 양성에 인색했기 때문이다.

안토니우스는 동방에서 금과 보물을 짜내는 것이 얼마나 힘든 일일지 이곳에서부터 깨닫게 되었다. 브루투스와 카시우스가 미트리다테스 대왕이 미처 가져가지 못한 모든 것을 이미 약탈했던 것이다. 이런 깨달음으로 심기가 언짢아진 안토니우스는 포플리콜라, 데키디우스 삭사 형제, 델리우스를 이끌고 사제가 통치하는 코마나의 마 왕국으로 갔다. 에우세베이아 마자카에서 그리 멀지 않은 곳이었다. 카파도키아의 노망난 왕과 터무니없도록 무능력한 왕자는 헐벗은 궁전에서 고생하도록 내버려두자! 어쩌면 코마나의 평범해 보이는 판석 아래 황금더미가 숨겨져 있을지도 몰랐다. 사제들은 재산을 지키기 위해서라면 왕들이 죽도록 내버려두곤 하니까.

마는 모든 여신과 남신을 지배해온 대지모신 쿠바바 키벨레의 현신으로, 인류가 모닥불 주위에 둘러앉아 처음으로 역사를 이야기하던 시절에 등장했다. 영겁의 세월이 흐르는 동안 그녀는 두 코마나와 페시노스를 제외한 모든 지역에서 힘을 잃었다. 두 코마나 중 하나는 이곳 카파도키아에, 다른 하나는 북쪽의 폰토스에 있었다. 페시노스는 알렉산드로스 대왕이 칼로 고르디아스의 매듭을 끊었던 곳에서 멀지 않았다. 이 세 곳의 성역은 각각 독립된 영역으로 통치되었고, 왕이 대사제 역할까지 수행했으며, 그릇에 담긴 폰토스의 버찌처럼 자연적 경계로 둘러싸여 있었다.

안토니우스와 그의 네 친구, 상당히 많은 하인들은 군대의 호위도 없이 말을 타고 카파도키아의 매력적인 작은 마을 코마나로 갔다. 그들은 호화로운 주택, 봄이 오면 꽃이 만발할 것이 분명한 정원, 낮은 언덕에 세워진 인상적인 마 신전을 만족스럽게 쳐다봤다. 낮은 언덕은 자작나무 숲으로 둘러싸였고, 흙으로 만든 마 신전까지 곧장 이어지는 포장도로 양옆에는 사시나무가 줄지어 있었다. 그 길 한쪽에 궁전이 있었다. 신전과 마찬가지로, 궁전의 도리스 양식 기둥은 파란색이고 기둥머리와 밑 부분만 심홍색이었다. 벽면은 훨씬 짙은 파란색이었고 지붕널 모서리는 도금되어 있었다.

10대 후반으로 보이는 젊은이가 궁전 앞에서 그들을 기다리고 있었다. 여러 겹의 얇은 녹색 천으로 만든 옷을 입고 빡빡 깎은 머리에 둥근 금빛 모자를 쓴 젊은이였다.

"난 마르쿠스 안토니우스요." 안토니우스가 말했다. 그는 얼룩빼기 공마에서 내려 데려온 세 하인 중 한 명에게 고삐를 넘겼다.

"환영합니다, 안토니우스 폐하." 젊은이는 허리를 낮게 숙여 인사하며 말했다.

"그냥 안토니우스라 부르시오. 로마에선 '폐하'라는 호칭을 쓰지 않소. 당신 이름은 뭐요, 민머리 젊은이?"

"아르켈라오스 시세네스입니다. 저는 마의 대사제이자 왕입니다."

"왕이 되기엔 좀 젊은 거 같군, 안 그렇소?"

"너무 늙은 것보다는 너무 젊은 게 낫습니다, 마르쿠스 안토니우스. 저희 집으로 들어가시죠."

이 방문의 시작은 조심스러운 질의응답이었다. 옥타비아누스보다 어린 왕 아르켈라오스 시세네스는 안토니우스의 훌륭한 맞수로 드러났다. 안토니우스는 말재주 좋은 인물들을 존중할 줄 아는 사람 좋은 성격이었다. 옥타비아누스가 카이사르의 상속자만 아니었다면 안토니우스는 그마저도 기쁜 마음으로 참고 견딜 수 있었으리라.

건물은 아주 멋졌고 주변 풍경은 로마인들의 마음을 설레게 할 만큼 훌륭했다. 하지만 물시계로 한 시간쯤 지나자, 코마타의 마 왕국이 한때 지녔던 재산이 무엇이었든 간에 이젠 다 사라졌음을 알 수 있었다. 그곳에서 카파도키아의 수도까지는 불과 75킬로미터 거리였으므로, 안토니우스 일행은 내일 날이 밝자마자 로마 군단이 있는 곳으로 돌아가 진군을 이어나갈 준비가 되어 있었다.

"오늘 만찬에 저희 어머니가 동석한다면 혹시 결례가 될까요?" 사제 겸 왕이 정중하게 물었다. "그리고 제 동생들이 같이 식사해도 괜찮을까요?"

"사람이야 많을수록 더 즐겁지요." 안토니우스는 예의바른 태도로 말했다. 그는 이미 여러 골치 아픈 문제에 대한 답을 얻었지만, 이렇게 총명하고 조숙하고 훌륭한 젊은이를 길러낸 가정이 어떤 모습인지 한

번 살펴보는 것도 좋겠다고 판단했다.

아르켈라오스 시세네스와 그의 동생들은 잘생긴 삼 형제로 재치가 넘쳤고 그리스 문학과 철학에 정통했으며 약간의 수학 지식까지 갖추고 있었다.

하지만 글라피라가 식당으로 들어오는 순간, 이 모든 것은 전혀 중요하지 않게 되어버렸다. 그녀는 대지모신의 모든 신녀들이 그러듯 열세 살 때부터 여신의 종으로 일했다. 하지만 여신에게 바쳐진 그해의 다른 사춘기 처녀들처럼 신전 안에 이부자리를 깔아놓고 그들을 찾아와 처음으로 잠자리를 요구하는 남자에게 순결을 내주지는 않았다. 글라피라는 왕족이었으므로 원하는 상대를 선택할 수 있었다. 그녀는 우연히 어느 로마 원로원 의원을 만났고 그에게서 아르켈라오스 시세네스를 얻었다. 아이 아버지는 그 사실을 전혀 몰랐다. 첫아들을 낳을 당시 그녀는 고작 열네 살이었다. 차남은 올바의 왕에게서 얻은 아이였다. 형제인 아약스와 함께 트로이아 전쟁에 참전했던 궁수 테우크로스의 후손이었다. 막내아들의 아버지는 메디아 출신 대상의 소떼를 이끄는 무명의 미남자였다. 이후 글라피라는 속옷을 내리는 일 없이 세 아들을 키우는 데 전념했다. 그녀는 이제 서른네 살이었지만 스물네 살처럼 보였다.

포플리콜라는 악명 높은 바람둥이가 주빈으로 참석한 만찬 자리에 그녀가 왜 나타났는지 의아해했지만, 글라피라는 그 이유를 아주 잘 알았다. 성욕과는 전혀 무관했다. 그녀는 오래전부터 성욕을 상스러운 것으로 여겨온 대지모신의 사람이었다. 그녀는 아들들에게 조그마한 사제 왕국보다 더 나은 것을 남겨주고 싶었다! 그녀는 아나톨리아에서 최대한 많은 땅을 손에 넣고자 했고, 마르쿠스 안토니우스에 관한 소문이 사실이라면 그는 그녀에게 기회를 의미했다.

안토니우스는 사람들에게 들릴 정도로 크게 숨을 들이쉬었다. 저런 미인이 있다니! 키 크고 호리호리한 몸매, 긴 다리와 아름다운 가슴, 헬레네에게도 밀리지 않을 얼굴까지. 붉은 입술은 육감적이고 피부는 장미꽃잎처럼 매끈했으며 빼곡한 속눈썹 아래로 파란 눈이 반짝였다. 완벽한 아마 빛깔의 생머리는 망치로 편편하게 두드린 은박처럼 등뒤로 늘어져 있었다. 몸에는 아무런 보석도 걸치지 않았는데 아마도 걸칠 만한 게 없어서 그런 듯했다. 그녀가 입은 그리스풍의 파란 드레스는 평범한 모직 소재였다.

포플리콜라와 델리우스는 순식간에 앉았던 자리에서 밀려나 하마터면 바닥에 넘어질 뻔했다. 조금 전까지 두 사람이 앉아 있던 자리를 거대한 손이 톡톡 치고 있었다.

"내 옆으로 오시오, 아름다운 피조물이여! 당신 이름은 뭡니까?"

"글라피라예요." 그녀는 펠트 슬리퍼를 벗고 하인이 따뜻한 양말을 신겨줄 때까지 기다린 뒤 대답했다. 그런 다음 긴 의자에 앉되, 안토니우스가 그녀를 함부로 끌어안지 못할 만큼 충분히 떨어져 앉았다. 그는 그녀를 안고 싶어 온갖 신호를 보내고 있었다. 그의 환영 인사로 판단해보건대 그가 연인으로서 섬세하지 못하다는 소문은 분명 사실인 듯했다. 아름다운 피조물이라니! 그는 여자를 편리한 도구쯤으로 여기는 것이 분명하다. 하지만 나는 최선을 다해 그의 말, 서기관, 요강보다 훨씬 편리한 도구가 되겠어. 글라피라는 속으로 다짐했다. 그가 나를 임신시킨다면 나는 제발 딸을 낳게 해달라고 여신께 제물을 바치리라. 안토니우스의 딸은 파르티아 국왕과 결혼할 수 있을 테니까. 얼마나 대단한 동맹이 될 것인가! 구강성교 전문가들은 저리 가라 할 명기가 되도록 훈련받은 우리가 아닌가! 나는 그를 노예로 만들고 말 테다.

그리하여 안토니우스는 남은 겨울 동안 코마나에 머물렀고, 3월 초가 되어 킬리키아의 타르소스로 떠나면서 글라피라를 데려갔다. 그의 1만 보병들은 이 예정에 없던 휴가를 기꺼이 받아들였다. 카파도키아는 남자들이 죄다 전장에서 살해당하거나 노예 시장으로 끌려가 여자들만 남은 땅이었다. 병사들은 전쟁터에서의 싸움만큼이나 농사에도 능했으므로 이 휴식을 제대로 즐겼다. 애초에 카이사르가 모집한 이 병사들의 고향은 이탈리아 갈리아의 파두스 강 이북이었는데, 고도가 더 높은 것만 빼면 카파도키아에서 농사짓거나 가축을 키우는 일은 고향에서 하던 것과 크게 다르지 않았다. 그들은 수천 명의 혼혈 로마인을 여자들의 자궁에 남겨두고 떠났다. 밭은 제대로 갈아서 씨앗을 심어놓은 상태였고, 수천 명의 여자들은 아주 고마워했다.

그들은 두 개의 높은 산등성이 사이로 난 훌륭한 로마 도로를 따라 내려갔다. 소나무, 낙엽송, 가문비나무, 전나무 냄새가 향긋한 거대한 숲으로 들어가니 시끄러운 물소리가 끝없이 들려왔다. 킬리키아 관문에 도착할 때까지 길이 어찌나 가파른지 다섯 걸음 간격으로 높은 계단이 나왔다. 내리막길은 히메토스의 꿀처럼 달콤했다. 하지만 오르막길에선 그곳의 향긋한 공기가 기막히게 추잡한 라틴어 욕설로 더럽혀졌다. 눈이 빠른 속도로 녹고 있었으므로 키드노스 강 상류의 물은 부글부글 끓는 거대한 가마솥처럼 소용돌이치며 흘렀다. 하지만 킬리키아 관문을 통과하자 길은 완만해졌고 밤 기온도 한결 따뜻해졌다. 그들은 지중해 연안을 향해 빠른 속도로 내려가고 있었다.

키드노스 강 하부에서 내륙으로 30킬로미터쯤 들어간 곳에 위치한 타르소스는 로마인들에게 충격을 안겼다. 아테네, 에페소스, 페르가몬, 안티오케이아와 마찬가지로 대부분의 로마 귀족들은 스쳐지나가는 식으로라도 타르소스를 알고 있었다. 놀랍도록 부유하고 보석 같은 도시. 하지만 이제 더는 그렇지 않았다. 카시우스는 타르소스에 어마어마한 벌금을 물렸고 아무리 가치 있는 예술품이라도 금이나 은으로 된 것은 다 녹였으며, 타르소스인은 가장 천한 신분의 주민부터 점점 더 높은 신분의 주민까지 순차적으로 노예 시장의 상품으로 전락했다. 기다림에 지친 카시우스가 타르소스인들이 가까스로 모은 금 500탈렌툼만 챙겨 배를 타고 떠날 무렵, 원래 50만 명이었던 그곳 인구는 고작 수천 명으로 쪼그라들어 있었다. 하지만 남은 사람들조차 풍요롭게 살 수 없었다. 풍요는 먼 기억 속의 과거가 되고 말았다.

"모든 신들께 맹세코, 난 카시우스를 증오하네!" 안토니우스는 크게 소리쳤다. 그가 기대했던 부는 어느 때보다도 더 멀어졌다. "타르소스가 이 지경이라면 시리아는 어떻게 만들어놨겠나?"

"기운 내십시오, 안토니우스." 델리우스가 말했다. "모두 다 사라진 것은 아닙니다." 이 무렵 델리우스는 포플리콜라를 대신해 안토니우스의 주요 정보 제공자 역할을 맡고 있었다. 그가 원하던 바였다. 안토니우스의 가까운 친구로 지내는 즐거움은 포플리콜라에게 양보하자! 퀸투스 델리우스는 안토니우스가 자신의 조언을 귀담아듣는다는 것에 충분히 만족했다. 그리고 그 암울한 순간 그는 유용한 조언을 흘렸다. "타르소스는 대도시이자 모든 킬리키아 무역의 중심입니다. 하지만 카시우스가 등장하자 킬리키아 페디아의 모든 주민은 타르소스와 접촉을 끊었죠. 킬리키아 페디아는 비옥하고 부유한 땅이지만 이제까지 그곳에 세금을 부과하는 데 성공한 로마 총독은 없습니다. 그 지역은 카시우스보다 더 지독한 도적들과 아라비아인 반군들에게 약탈당하고 있습니다. 사령관님의 군대를 킬리키아 페디아로 보내 수색해보는 게 어떨까요? 사령관님은 여기 남아 계시고 바르바티우스에게 지휘를 맡기면 될 겁니다."

안토니우스는 그것이 훌륭한 조언임을 알았다. 그의 군대를 먹이는 비용을 불쌍한 타르소스 주민들이 아니라 킬리키아 주민들이 감당하게 하는 편이 훨씬 나았다. 특히 킬리키아에 약탈할 만한 산적 소굴이라도 남아 있다면 더더욱 그랬다.

"현명한 조언일세, 그렇게 하겠네." 안토니우스가 말했다. "하지만 그것만으로는 절대 충분하지 않을 걸세. 카이사르가 파르티아를 정복하려고 작정했던 이유를 이제야 비로소 이해하겠어. 실질적으로 메소포타미아의 이쪽 지역에는 진정한 부가 남아 있지 않기 때문이지. 오, 빌어먹을 옥타비아누스! 그 작은 벌레놈이 카이사르의 군자금을 훔쳐가는 바람에! 내가 비티니아에 있을 때 이탈리아에서 날아온 편지에 따르면, 그는 브룬디시움에서 죽어가고 있으며 아피우스 가도를 따라 15킬로미터도 이동하지 못할 거라고 했네. 그런데 정작 이곳 타르소스에서 나를 기다리고 있던 편지에는 무슨 내용이 담겨 있었지? 그는 기침을 하고 쌕쌕거리며 기어이 로마까지 가서 군단 대표들에게 아부하느라 바쁘다고 하더군. 브루투스와 카시우스를 응원했던 지역의 공유지를 압수하고, 남는 시간엔 아그리파 같은 유인원에게 항문성교를 해달라며 엉덩이를 들이밀고 있겠지!"

옥타비아누스 이야기는 그만두게 해야겠다고 델리우스는 생각했다. 안 그러면 안토니우스는 술을 자제하기로 한 결심을 까먹고 물을 섞지 않은 포도주를 대령하라고 소리칠 터였다. 뱀 같은 계집 글라피라도 골칫거리였는데, 그녀는 자기 아들들을 위해 손을 쓰느라 바빴다. 델리우스는 혀 차는 소리를 내며 연민을 드러냈고, 안토니우스가 파산한 동방의 어떤 지역에서 자금을 구해야 할지에 관한 주제로 돌아오도록 유도했다.

"파르티아 왕국 말고 대안이 있습니다, 안토니우스."

"안티오케이아? 티로스, 시돈? 카시우스가 먼저 다 털어갔네."

"네, 하지만 그도 이집트까지 가진 못했죠." 델리우스는 '이집트'라는 말을 마치 단물처럼 떨어뜨렸다. "이집트의 부는 로마를 사고 팔 수 있을 정도입니다. 마르쿠스 크라수스의 얘기를 들은 적이 있는 사람은 다 압니다. 카시우스는 이집트를 침략하려다가 브루투스의 요청을 받아 사르데이스로 갔습니다. 그는 알리에누스의 4개 이집트 군단을 넘겨받았어요. 하지만 아쉽게도 그건 시리아에서 벌어진 일이죠. 그 문제를 두고 클레오파트라 여왕을 비난할 순 없겠지만, 그녀는 사령관님과 옥타비아누스에게도 아무런 도움을 제공하지 않았어요. 전 당시 그녀의 무대응이 1만 탈렌툼의 벌금으로 환산될 수 있다고 생각합니다."

안토니우스가 투덜거렸다. "허! 백일몽 같은 소리군, 델리우스."

"아니요, 절대 그렇지 않습니다! 이집트는 기막히게 부유합니다."

안토니우스는 듣는 둥 마는 둥 하며 호전적인 아내 풀비아에게서 온 편지를 읽었다. 편지에서 그녀는 자극적인 언어로 옥타비아누스의 배신행위를 불평하고 그가 얼마나 위험한 인물인지 설명했다. 그녀가 자필로 휘갈겨 쓴 편지에는 이제 옥타비아누스에 대항해 이탈리아와 로마가 들고일어날 때라고 적혀 있었다! 루키우스도 이에 동의하며 신병 모집을 시작했다고 했다. 안토니우스는 전부 헛소리라고 생각했다. 그는 루키우스를 잘 알고 있었다. 동생은 주판알 열 개도 제대로 굴리지 못한다. 그런 루키우스가 혁명을 주도한다고? 아니, 그는 단순히 큰형 마르쿠스를 위해 병사를 모집하는 중이리라. 물론 루키우스는 그해 집정관이었지만, 국정 운영을 주도하는 것은 동료 집정관인 바티아일 터였다. 오, 여자들이란! 어째서 풀비아는 자녀 양육에 더 힘을 쏟지 않는 걸까? 그녀가 클로디우스에게서 얻은 자녀들은 다 자라서 그녀의 손을 떠났지만, 아직 쿠리오에게서 얻은 아들 하나와 안토니우스에게서 얻은 아들 둘이 있었다.

물론 그 무렵 안토니우스는 파르티아와의 전쟁을 최소 일 년은 미뤄야 한다는 사실을 인식했다. 전쟁 자금이 없기도 했고, 옥타비아누스를 유심히 관찰할 필요가 있었기 때문이다. 안토니우스의 가장 유능한 장군 폴리오와 칼레누스, 믿음직한 노장 벤티디우스는 옥타비아누스를 예의 주시하기 위해 많은 군단과 함께 서방에 주둔해야 했다. 옥타비아누스는 안토니우스에게 편지를 보내 섹스투스 폼페이우스가 활개치지 못하도록 도와달라고 사정했다. 섹스투스 폼페이우스는 마치 해적처럼 수송선이 많이 지나는 항로에서 로마의 곡물 약탈을 일삼고 있었다. 옥타비아누스는 못마땅하게 말했다. 섹스투스 폼페이우스까지 감당하는 것은 우리의 합의사항에 포함되지 않습니다. 마르쿠스 안토니우스 당신은 필리피 회전 이후 우리 두 사람이 삼두연합을 구성하는 세 구성원의 역할 분담을 논의했던 것을 잊었습니까?

당연히 기억하고 있지. 안토니우스는 단호한 표정으로 생각했다. 필리피 회전을 승리로 이끈 이후, 나는 서방에서 카이사르를 능가할 업적을 세우기란 절대 불가능하다는 것을 깨달았다. 카이사르를 넘어서려면 파르티아를 물리쳐야만 할 것이다.

풀비아의 두루마리가 책상 위에 떨어져 저절로 돌돌 말렸다. "자네는 정말 이집트에서 그 많은 돈을 구할 수 있을 거라 생각하나?" 그는 델리우스를 올려다보며 물었다.

"물론입니다!" 델리우스는 진심으로 대답했다. "생각해보십시오, 안토니우스! 누비아에서 온 금, 타프로바네에서 온 진주, 아프리카 북동부에서 온 상아, 인도와 아이티오피아에서 온 향신료, 전 세계에 독점 판매하는 종이, 이집트 전체를 먹이고도 남아도는 곡식까지. 이집트의 공공 소득은 연간 금 6천 탈렌툼에 달하고, 그와 별도로 이집트 군주의 개인 소득이 연간 금 6천 탈렌툼입니다!"

"자네는 숙제를 열심히 했군." 안토니우스는 활짝 웃으며 말했다.

"학교 다닐 때보다 훨씬 자발적으로 열심히 했죠."

안토니우스는 자리에서 일어나 광장이 내려다보이는 창가로 걸어갔다. 나무들 사이로 보이는 선박의 돛대들이 구름 없는 하늘을 찌르며 서 있었다. 그는 바깥 풍경을 구경하는 것이 아니었다. 그의 시선은 내부로 향했고, 카이사르가 티베리스 강 바깥쪽의 대리석 빌라에 데려다 놓았던 작고 깡마른 존재를 떠올렸다. 클레오파트라는 자신이 로마 안에 들어갈 수 없다는 사실을 얼마나 불평했던가! 그런 불평을 참고 견딜 리 없는 카이사르 앞에서는 그녀도 조용했지만, 그의 등뒤에서는 이야기가 달랐다. 카이사르의 모든 친구들은 성별의식을 거친 여왕인 그녀가 로마로 들어가는 것은 종교적인 금기사항이라고 돌아가며 설명해주었다. 그러거나 말거나 그녀는 불평을 멈추지 않았다! 그녀는 꼬챙이처럼 비쩍 마른 여자였고 카이사르가 죽은 뒤 고향으로 돌아간 이후에도 살이 붙었을 것 같지는 않았다. 오, 그녀를 실은 배가 지중해 바닥에 침몰했다는 소문이 돌자 키케로는 얼마나 기뻐했던가! 또 그 소문이 거짓으로 드러나자 얼마나 실망했던가. 하지만 지금 와서 돌이켜보니 키케로가 걱정해야 할 문제는 그런 것이 아니었다. 그는 원로원에서 나를 비난하는 연설을 하지 말았어야 했다! 그건 죽고 싶다는 선언이나 다름없었다. 그가 처형되고 내가 그의 잘린 머리를 로스트라 연단에 전시하기 전에 풀비아는 그의 혀에 철필을 꽂았다. 풀비아! 정말 대단한 여자지! 나는 클레오파트라에게 관심을 가진 적도 없고 그녀의 연회나 유명한 만찬 자리에 굳이 참석하지도 않았다. 그런 자리는 너무 고상했고 학자와 시인과 역사가가 넘쳐났으니까. 그녀의 기도실에 있던 짐승 머리를 한 많은 신들은 또 어떤가! 나는 솔직히 카이사르라는 인간을 절대 이해할 수 없었지만, 그중에도 가장 이해할 수 없었던 건 클레오파트라에 대한 그의 사랑이다.

"잘 알겠네, 퀸투스 델리우스." 안토니우스는 큰 소리로 말했다. "이집트 여왕에게 내가 있는 타르소스로 직접 찾아와 카시우스를 도와준 혐의에 답할 것을 명하겠네. 소환장을 자네가 직접 전달해주게나."

얼마나 멋진 일인가! 델리우스는 다음날 길을 떠나며 생각했다. 우선 안티오케이아로 갔다가 펠루시온 해안을 따라 남쪽으로 이동할 계획이었다. 그는 격식을 차린 복장을 유지하라는 명령을 받았고, 안토니우스는 그에게 경호원 역할을 할 2개 기병대대와 일단의 시종들을 붙여주었다. 하지만 슬프게도 가마를 이용할 수는 없었다! 성질 급한 안토니우스에게는 너무 느린 운송수단이었기 때문이다. 안토니우스는 델리우스에게 타르소스에서 1천500킬로미터나 떨어진 알렉산드리아까지 한 달 안에 도착해야 한다고 명령했다. 다시 말해, 델리우스는 몹시 서둘러야 했다. 게다가 안토니우스의 소환 명령에 응해 타르소스에 있는 그의 재판소에 출두하도록 여왕을 설득하는 데 얼마나 오랜 시간이 걸릴지 몰랐다.

클레오파트라는 밀랍 서판 위에 몸을 숙인 카이사리온을 한 손으로 턱을 괴고 지켜봤다. 카이사리온의 오른편에서는 소시게네스가 혹시 틀리지 않는지 지켜보고 있었다. 물론 카이사리온에게는 그런 감시가 필요하지 않았다. 그는 틀리는 법이 거의 없었고 실수도 하지 않았다. 가슴을 짓누르는 슬픔의 무게 탓에 클레오파트라는 숨쉬기도 고통스러웠다. 카이사르의 아들을 쳐다보면 마치 카이사르를 쳐다보는 것 같았다. 그이도 저 나이 때엔 꼭 카이사리온 같았겠지. 큰 키, 우아한 자태, 금발, 콧등이 튀어나온 긴 코, 입가에 섬세한 주름이 잡히는 도톰하고 장난기 어린 입술. 오, 카이사르, 카이사르! 나더러 당신 없이 어떻게 살란 말이에요? 그들은 당신을 태웠어요, 그 야만적인 로마인들이! 이제 내게도 죽음이 찾아왔을 때 당신이 내 무덤에 같이 묻히고 나와 함께 일어나 죽은 자들의 세계로 걸어들어갈 순 없겠죠. 그들은 당신의 유골을 유골단지에 넣고 거대한 원형의 대리석 흉물을 지어 그 유골단지를 가둬버렸으니까요. 비문을 정한 사람은 당신 친구 가이우스 마티우스였죠. '왔노라, 보았노라, 이겼노라(VENI · VIDI · VICI)'. 그 비문은 반질반질한 검은 돌 위에 금빛으로 새겨졌어요. 하지만 난 당신의 무덤을 절대 못 볼 테고 사실 보고 싶지도 않아요. 내게 남은 건 절대 사라지지 않는 거대한 슬픔 덩어리뿐. 겨우겨우 잠이 들어도 그 슬픔은 꿈속에서 날 괴롭혀요. 우리 아들을 쳐다볼 때면 그 슬픔이 내 열망을 조롱하는 듯해요. 왜 나는 결코 즐거웠던 시간을 떠올리지 못하는 걸까요? 오늘의 공허함만을 곱씹게 되는 것이 슬픔의 정형화된 패턴일까요? 그 독선적인 로마인들이 당신을 살해한 뒤로 내 세계는 절대 당신의 것과 뒤섞일 수 없는 재로 변하고 말았어요. 클레오파트라는 그런 생각 끝에 눈물을 흘렸다.

비탄에 잠길 일은 한두 가지가 아니었다. 최악은 나일 강이 범람하지 않은 것이었다. 생명을 주는 강물은 벌써 3년째 평야로 범람하지도, 흙을 적시고 씨앗을 부드럽게 만들지도 못하고 있었다. 백성은 굶주렸다. 역병이 발생했고 나일 강을 따라 서서히 위로 이동했다. 폭포에서 시작해 멤피스와 삼각주 입구로, 그러다 삼각주의 지류와 수로를 타고 마침내 알렉산드리아까지 퍼졌다.

나는 늘 잘못된 선택을 했지. 황금 왕좌에 앉은 미다스 여왕처럼, 사람이 금을 먹고 살 순 없다는 걸 너무 늦게 깨달았어. 내게 금이 그렇게 많아도 시리아인들과 아라비아인들에게 나일 강 하류로 내려가서 부두에 쌓인 곡식 항아리를 가져와달라고 설득할 순 없었어. 곡식은 결국 그곳에 버려져 썩어갔고, 이번에는 농지에 물을 댈 인력이 부족해 곡물이 아예 싹을 틔우지 못했지. 나는 알렉산드리아 주민 300만 명 중 100만 명을 먹일 곡식밖에 없다고 판단했고 유대인과 메토이코스인의 시민권을 박탈하는 칙령을 발표했어. 시민에게만 허락된 권리, 곡물 저장소에서 밀을 구입할 권리를 빼앗기 위해서였지. 오, 그때 벌어진 폭동이란! 하지만 아무 소용없는 짓이었어. 알렉산드리아에 도착한 역병이 시민권 소유 여부를 불문하고 200만 명의 목숨을 앗아갔으니까. 내가 유대인과 메토이코스인을 희생하면서까지 살리려 했던 그리스인과 마케도니아인도 똑같이 죽어갔지. 결국 살아남은 사람들의 입에 들어갈 곡식은 충분해졌어. 그리스인과 마케도니아인은 물론 유대인과 메토이코스인까지. 나는 그들에게 시민권을 돌려줬지만 그들은 이제 날 몹시 증오하지. 나는 늘 잘못된 선택을 했어. 날 이끌어줄 카이사르가 곁에 없으니, 난 부족한 지배자임이 여실히 드러났어.

내 아들의 여섯 살 생일이 두 달도 남지 않았는데, 나는 아이를 더 생산하지 못하고 있어. 카이사리온과 혼인할 여동생도 없고, 카이사리온에게 무슨 일이 생길 경우 저애 자리를 대체할 남동생도 없어. 나는 로마에서 카이사르와 여러 밤 사랑을 나눴지만 임신에 실패했지. 이시스가 내게 저주를 내린 거야.

아폴로도로스가 그의 관직을 드러내는 황금 쇠사슬을 쩔렁이며 급히 들어왔다. "여왕 전하, 트랄레스의 피토도로스에게서 급한 전갈이 도착했습니다."

손이 아래로 내려가고 턱이 치켜 올라갔다. 클레오파트라는 얼굴을 찌푸렸다. "피토도로스? 그가 원하는 게 뭐요?"

"적어도 금은 아닐 거예요." 카이사리온이 서판에서 고개를 들고 웃으며 말했다. "그는 아시아 속주에서 가장 부자니까요."

"계산에 집중하세요!" 소시게네스가 말했다.

클레오파트라는 의자에서 일어나 햇볕이 잘 드는 트인 벽 쪽으로 걸어갔다. 녹색 밀랍 봉인을 자세히 살펴보니 가운데에 작은 사원이 있고 그 주변으로 PYTHO·TRALLES(피토도로스·트랄레스)라는 글씨가 새겨져 있었다. 그래, 봉인은 가짜가 아닌 것 같군. 그녀는 봉인을 뜯고 두루마리를 펼쳤다. 손글씨를 보니 필경사가 옮겨 적은 것 같지 않았다. 너무 지저분했다.

파라오이자 여왕, 아문-라의 딸이여.

나는 오랫동안 율리우스 카이사르 신을 아껴온 사람으로서, 또 그가 당신에게 기울인 애정을 존중하는 사람으로서 이 편지를 쓰고 있소. 당신은 로마와 로마 세계에서 무슨 일이 벌어지는지 알아내기 위해 정보원을 두고 있겠지만, 마르쿠스 안토니우스의 측근으로 높은 자리를 차지한 정보원은 없을 거라 생각하오. 물론 당신도 지난 11월 안토니우스가 필리피에서 니코메디아로 이동했으며 많은 왕, 소왕국 군주, 행정장관 들이 그곳에서 그를 만났다는 사실을 알 거요. 그는 사실상 동방의 정세를 뒤바꿀 만한 조치는 전혀 취하지 않았지만, 그 대신 당장 은 2만 탈렌툼을 내놓으라고 명령했소. 그가 요구한 공세의 규모는 우리 모두를 충격으로 몰아넣었소.

그는 갈라티아와 카파도키아를 방문한 다음 타르소스에 도착했소. 나는 우리 아시아 속주의 행정장관들이 힘들게 그러모은 은 2천 탈렌툼을 가지고 그를 따라갔소. 나머지 1만 8천 탈렌툼은 어디 있소? 안토니우스가 물었소. 나는 그 정도 돈을 구하기는 힘들다고 안토니우스를 충분히 설득했다고 생각하지만, 그는 우리가 늘 들어오던 대답을 했소. 남은 9년 치의 공세를 자신에게 선납하면 우리를 용서해주겠다는 거였소. 우리가 이날을 위해 10년 치 공세를 어디 꿍쳐놓기라도 했다는 듯이! 로마인 속주 총독들은 사람 말을 듣는 법이 없소.

우리 문제로 당신을 괴롭히는 것에 용서를 구하고 싶소, 위대한 여왕이여. 내가 비밀리에 이 편지를 쓰는 이유는 우리 문제 때문이 아니오. 당신이 며칠 내로 퀸투스 델리우스라는 자의 방문을 받게 될 거라는 소식을 미리 알려주기 위해서요. 그는 마르쿠스 안토니우스의 훌륭한 판단력을 흐려놓는 욕심 많고 교활하고 한심한 작자요. 그가 안토니우스의 귓가에 속삭이는 말들은 군자금을 채우고자 하는 안토니우스의 욕심을 겨냥하고 있소. 안토니우스는 카이사르가 이루지 못한 꿈, 다시 말해 파르티아 정복을 달성하려고 안달이 났으니 말이오. 킬리키아 페디아는 이 끝에서 저 끝까지 샅샅이 약탈당하는 중이고, 도적들은 본거지에서 쫓겨났으며, 아라비아인 침입자들은 아마노스 산맥 너머로 달아났소. 로마군은 짭짤한 수익을 올렸지만 그것만으로는 부족했던 모양이오. 그래서 델리우스는 당신을 타르소스로 소환해 가이우스 카시우스를 원조한 혐의로 금 1만 탈렌툼의 벌금을 부과할 것을 안토니우스에게 제안했소.

친애하는 선한 여왕이여, 내가 당신을 위해 해줄 일이라고는 델리우스가 남쪽으로 이동중이라고 미리 알려주는 것밖에 없소. 이 사실을 미리 알려줬으니 어쩌면 당신은 델리우스와 그 주인의 계획에 말려들지 않을 방안을 짜낼 수 있을지도 모르겠소.

클레오파트라는 두루마리를 아폴로도로스에게 넘겨주더니 눈을 감고 입술을 깨물었다. 퀸투스 델리우스? 그녀가 모르는 이름이었다. 그렇다면 그는 그녀가 로마에서 열었던 많은 연회에, 심지어 그중 가장 대규모였던 연회에 참석할 만큼의 영향력도 지니지 못한 사람일 터였다. 클레오파트라는 연회에 참석한 사람의 이름이나 얼굴을 절대 까먹지 않았다. 그는 베티우스 집안사람이거나, 듣기 좋은 말만 하며 알랑대는 비열한 기사거나, 마르쿠스 안토니우스처럼 막돼먹은 인간에게나 잘 먹히는 부류일지도 모른다. 물론 그녀는 마르쿠스 안토니우스를 기억하고 있었다! 건장하고 거대한 몸집, 헤라클레스 같은 근육, 산처럼 넓은 어깨, 작고 두꺼운 입술 위로 코와 아래턱이 금방이라도 닿을 것처럼 보이는 못생긴 얼굴. 여자들은 까무러칠 정도로 그를 좋아했는데 거대하다고 알려진 그의 성기 때문이었다. 참 까무러칠 이유도 많지! 남자들은 그의 화통하고 친근한 성격과 남다른 자신감을 좋아했다. 하지만 그와 가까운 친척이었던 카이사르는 점점 그에게 환멸을 느꼈다. 안토니우스가 그녀를 거의 방문하지 않은 주된 이유는 그것이라고 클레오파트라는 생각했다. 안토니우스는 이탈리아 통치권을 넘겨받은 동안 포룸 로마눔에서 시민 800명을 학살했다. 카이사르로서는 절대 용서할 수 없는 범죄였다. 그런 다음 안토니우스는 카이사르의 병사들을 꼬드겨 반란을 선동했고, 그 사건은 카이사르의 마음을 찢어놓았다.

그녀의 정보원들이 보고한 바에 따르면 안토니우스가 카이사르 암살 계획에 가담했다고 믿는 사람이 많다고 했다. 하지만 그녀는 거기까진 확신할 수 없었다. 안토니우스는 그녀에게 간간이 편지를 보내 그가 살인을 못 본 척하고, 암살자들에게 복수하기를 포기하고, 심지어 그들의 죄를 용서할 수밖에 없는 입장임을 설명했다. 안토니우스는 그녀에게 보낸 편지에 로마가 안정되는 즉시 카이사리온이 원로원에서 카이사르의 주요 상속자 중 한 사람으로 인정받을 수 있도록 조치하겠다고 약속했다. 처참한 슬픔에 빠진 여성에게 그의 말은 상처를 치유하는 연고와 같았다. 그녀는 그 말을 믿고 싶었다! 오, 물론 안토니우스는 카이사리온이 로마법에 따라 로마 내에서 카이사르의 상속자로 인정받아야 한다는 게 아니었다! 단지 원로원을 통해 카이사리온이 이집트 왕좌를 차지할 권리를 승인한다는 뜻이었다. 그 승인이 없으면 그녀의 아들도 그녀의 아버지를 끈질기게 괴롭혔던 문제에 시달릴 것이 뻔했다. 그녀의 아버지는 자신의 왕위가 언제까지 이어질지 몰라 불안해하며 살았는데, 로마측에서는 이집트가 사실상 로마에 속해 있다고 말했기 때문이다. 클레오파트라 역시 카이사르가 그녀의 인생에 등장하기 전까지 불안에 떨며 살았다. 이제 카이사르는 떠났고 그의 생질손은 역사상 그 어떤 열여덟 살 청년보다 더 큰 권력을 손에 넣게 되었다. 그것도 아주 침착하고 교묘하고 재빠르게. 처음에 그녀는 자기에게 더 많은 자녀를 안겨줄 아이 아버지 후보로 젊은 옥타비아누스를 떠올렸다. 하지만 그는 짧은 편지를 보내 그녀의 제안을 거절했으며, 그녀는 아직도 그 편지 내용을 토씨 하나 안 빼먹고 기억하고 있었다.

마르쿠스 안토니우스. 불그스름한 눈과 불그스름한 곱슬머리의 남자. 헤라클레스와 아폴론이 천지차이이듯 카이사르와는 전혀 닮은 점이 없는 사내. 이제 그의 시선이 이집트를 향하고 있었다. 하지만 파라오를 유혹하기 위해서가 아니었다. 그의 목표는 이집트의 재물로 자신의 군자금을 장만하는 것뿐이었다. 하지만 그런 일은 절대 벌어지지 않으리라. 절대!

"카이사리온, 이제 맑은 공기를 마실 시간이야." 그녀는 재빨리 결정을 내리며 말했다. "소시게네스, 내겐 자네가 필요해. 아폴로도로스, 카임을 찾아서 이곳으로 데려오시오. 회의 시간이오."

클레오파트라가 그런 어조로 말할 때면 그 누구도, 특히 그녀의 어린 아들은 더더욱 이의를 달지 못했다. 카이사리온은 휘파람으로 조그마한 쥐잡이 애완견 '피도'를 부르며 곧장 밖으로 나갔다.

"이걸 읽어보세요." 그녀는 회의 참석자들이 모두 모이자 카임에게 두루마리를 내밀며 짧게 말했다. "여기 모인 사람들 모두가 읽어봐야 해요."

"안토니우스가 군대를 이끌고 온다면 알렉산드리아와 멤피스를 약탈할 겁니다." 소시게네스는 두루마리를 아폴로도로스에게 넘겨주며 말했다. "역병 이후로 그 누구도 저항할 만한 기력을 회복하지 못했습니다. 저항에 나설 사람도 부족하고요. 녹일 수 있는 황금상은 아직 많습니다."

카임은 창조신인 프타의 대사제였으며, 클레오파트라가 열 살 되던 해부터 그녀의 인생에서 소중한 부분을 차지하는 인물이었다. 그의 단단한 갈색 몸은 젖꼭지 바로 아래부터 종아리 가운데까지 하늘하늘한 아마천으로 둘러싸여 있었다. 목둘레에는 그의 지위를 드러내는 쇠사슬, 십자가, 원형 장식, 가슴 장식 등이 달려 있었다. "안토니우스는 아무것도 녹이지 못할 겁니다." 그는 단호하게 말했다. "클레오파트라 여왕 전하께서는 타르소스로 가서 그를 만나야 합니다."

"노예처럼? 생쥐처럼? 매 맞은 똥개처럼요?"

"아니요, 위대한 군주처럼 말입니다. 너무 위대한 나머지 후계자가 그녀의 카르투슈를 없애버려야 했던 파라오 하트셉수트처럼요. 선조들의 지혜와 꾀로 무장하고서 말이죠. 프톨레마이오스 소테르는 알렉산드로스 대왕의 형제였으니 여왕 전하의 피에는 많은 신들의 피가 섞여 있습니다. 이시스, 하토르, 무트뿐만 아니라 양쪽 혈통을 통해 아문-라의 피도 물려받으셨죠. 파라오의 혈통을 통해, 그리고 아문-라의 아들이자 신이었던 알렉산드로스 대왕의 혈통을 통해 말이죠."

"카임이 무슨 말을 하는지 알겠습니다." 소시게네스는 진지하게 말했다. "마르쿠스 안토니우스라는 자는 카이사르와 다르니 충분히 속일 수 있습니다. 그의 경외심을 자극해 여왕 전하를 사면하도록 해야 합니다. 퀸투스 델리우스라는 자가 도착하면 여왕 전하를 겁주려고 할 겁니다. 하지만 여왕 전하께선 파라오이며, 그 어떤 아랫것에게도 여왕 전하를 겁줄 능력은 없습니다."

"여왕 전하께서 안토니우스와 옥타비아누스에게 보낸 함대가 돌아올 수밖에 없었던 상황이 안타깝습니다." 아폴로도로스가 말했다.

"오, 지나간 일은 어쩔 수 없소!" 클레오파트라는 성마르게 말했다. 그녀는 의자에 앉더니 갑자기 깊은 생각에 잠겼다. "그 누구도 파라오를 겁먹게 할 순 없어요. 하지만…… 카임, 타카에게 부탁해서 그녀의 그릇에 담긴 연꽃잎을 봐달라고 하세요. 어쩌면 안토니우스도 쓸모가 있을지 몰라요."

소시게네스는 경악한 표정이었다. "여왕 전하!"

"오, 진정하게, 소시게네스. 그 어떤 살아 있는 존재보다도 이집트가 중요하단 말일세! 나는 벌써 몇 번이고 오시리스의 신임을 얻지 못한 한심한 통치자야! 마르쿠스 안토니우스가 어떤 남자인지 내가 신경이나 쓸 것 같아? 아니, 전혀! 안토니우스에겐 율리우스 가문의 피가 흘러. 안토니우스에게 율리우스 가문의 피가 충분히 흐른다고 이시스의 그릇이 말해준다면, 난 그가 내게서 얻어낼 수 있는 것보다 더 많은 걸 그에게서 얻어낼 걸세."

"그렇게 전하겠습니다." 카임은 일어서며 말했다.

"아폴로도로스, 필로파토르의 하천용 바지선이 올해 이맘때쯤에 타르소스까지 가는 바다 여정을 견딜 수 있을 것 같소?"

대시종장은 이맛살을 찌푸렸다. "확실히 모르겠습니다, 여왕 전하."

"그렇다면 바지선을 창고에서 꺼내 바다로 보내시오."

"아문-라의 딸이시여, 여왕 전하께는 다른 배도 많습니다!"

"하지만 필로파토르는 선박을 두 척밖에 안 지었고, 바다용 바지선은 100년 전에 다 썩어버렸소. 안토니우스에게 경외심을 심어주려면 나는 타르소스에 도착할 때 그 어떤 로마인도, 심지어 카이사르도 보지 못한 광경을 연출해야 한단 말이오."

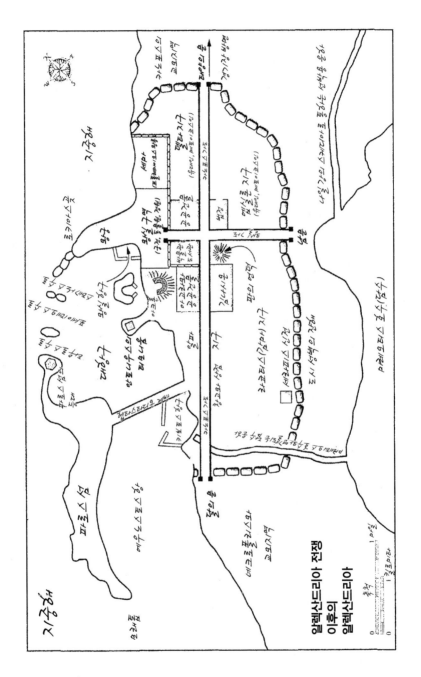

알렉산드리아 전쟁
이후의
알렉산드리아

퀸투스 델리우스에게 알렉산드리아는 세상에서 가장 경이로운 도시였다. 카이사르는 7년 전 이 도시를 거의 초토화했고, 클레오파트라는 그 어느 때보다 더 웅장하게 도시를 재건해놓았다. 왕실 가도의 모든 주택은 복구 작업이 끝난 뒤였고, 평평한 도시 위에 우뚝 솟은 판의 언덕은 초목이 무성했으며, 신성한 세라피스 성역은 코린토스식으로 재건되어 있었다. 한때 공성탑들이 비걱대는 소리를 내며 이리저리 옮겨졌을 카노포스 가도에는 눈부신 신전과 공공건물이 들어서 있어 역병과 기근에 관한 소문이 거짓말 같았다. 실제로 델리우스는 판의 언덕 꼭대기에서 알렉산드리아를 내려다보며 잘못된 결론을 내렸다. 위대한 카이사르가 알렉산드리아를 초토화했다고 말했던 것은 과장이 틀림없다고.

델리우스는 그때까지 여왕을 만나보지 못했다. 아폴로도로스라는 고위 관료는 여왕이 종이 제조업체를 둘러보기 위해 삼각주 지역을 방문중이라고 거만하게 전했다. 델리우스는 자신의 거처로 안내되었고—그곳도 아주 호화로웠다—별 감시나 도움 없이 자유롭게 지내게 되었다. 델리우스에게 이는 단순히 관광을 즐길 기회가 아니었다. 그는 넓적한 골필로 밀랍 서판에 글을 받아 적는 필경사를 데리고 나섰다.

세마에서 델리우스는 신이 나서 껄껄거렸다. "받아 적게, 라스테네스! '알렉산드로스 대왕의 무덤과 서른 개쯤의 프톨레마이오스 왕족들 무덤이 성역에 위치하고 있고, 이곳 바닥 포장에 쓰인 대리석의 품질은 수집가들이 탐낼 만한 수준으로, 색상은 파란색에 짙은 녹색 소용돌이 무늬…… 황금상 스물여덟 점, 실물 크기…… 프락시텔레스의 아폴론 조각상, 채색된 대리석 작품…… 익명의 장인이 만든 채색 대리석 작품 네 점, 실물 크기…… 제욱시스가 그린 이소스의 알렉산드로스 대

왕 초상화······ 니키아스가 그린 프톨레마이오스 소테르 초상화······.'
거기까지. 나머지 작품들은 별로 대단치 않군."

세라페이온에서 델리우스는 환희에 찬 신음 소리를 냈다. "받아 적
게, 라스테네스! '9미터 높이의 세라피스 조각상, 브리악시스가 조각하
고 니키아스가 채색한 작품······ 페이디아스가 만든 아홉 무사(Musa)
의 상아 조각상······ 황금상 마흔두 점, 실물 크기······.'" 그는 아프로
디테 황금상을 손톱으로 긁어보더니 얼굴을 찡그렸다. "전부는 아니겠
지만 일부는 순금이 아니라 도금으로 보임······ 미론이 만든 전차 모
는 사람과 말들의 동상······.' 거기까지! 아니, 그냥 '기타 등등, 기타 등
등'이라고만 적게. 목록에 올리기엔 시시한 작품들이 너무 많군."

아고라에서 델리우스는, 한 여성이 앞발을 들어올린 말 네 필을 몰
아 전차를 끄는 장면을 묘사한 거대 동상 앞에 멈췄다. 얼마나 대단한
여성인가! "받아 적게, 라스테네스! '빌리스티케라는 여성이 모는 사두
전차를 묘사한 동상······.' 거기까지! 이곳엔 현대적인 작품밖에 없군.
모두 대단한 작품이지만 수집가들이 좋아하진 않을 거야. 오, 라스테네
스, 다시 적게!"

그리하여 그가 도시를 돌아다니는 동안 그의 필경사는 나방이 똥을
싸듯 밀랍 찌꺼기를 흘리고 다녔다. 훌륭해, 정말 훌륭해! 알렉산드리
아에서 본 것을 기준으로 판단할 때 이집트는 형언할 수 없을 정도로
부유해. 하지만 어떻게 해야 마르쿠스 안토니우스에게 이 예술작품들
을 녹이기보다 온전한 형태로 판매해야 더 큰돈을 벌 수 있다고 설득
할 수 있을까? 알렉산드로스 대왕의 무덤은 또 어떤가! 델리우스는 그
물처럼 맑고 거대한 수정 덩어리를 떠올리며, 그것이 로마의 디아나 신
전 안으로 옮겨진다면 얼마나 보기 좋을까 상상해봤다. 알렉산드로스

는 얼마나 작고 웃긴 사람인가! 어린아이처럼 조그마한 손발, 그리고 노란 양모 같은 머리카락까지. 물론 그건 진짜가 아니라 밀랍 인형일 테지. 하지만 그가 신이라면 적어도 그의 모형을 안토니우스만큼 거대하게 만들었어야 하는 거 아닌가! 그곳의 바닥 포장재는 로마 거물의 저택 바닥을 덮고도 남으리라. 100탈렌툼, 혹은 그 이상의 값을 받겠지. 페이디아스의 상아 조각상은 1천 탈렌툼은 너끈히 받을 것이다.

왕실 구역은 궁전들이 미로처럼 모여 있어서 델리우스는 이 건물과 저 건물을 구분하기를 포기했다. 정원은 끝없이 이어지는 듯했다. 항구 너머로 아름답고 작은 만이 뾰족 튀어나와 있었고 그 뒤로는 알렉산드리아 본토와 파로스 섬을 연결하는 새하얀 대리석 제방 헵타스타디온이 보였다. 그리고 저 등대! 세상에서 가장 높은 건축물이자 이젠 사라진 로도스 섬의 콜로소스보다 훨씬 높은 건축물. 나는 로마가 사랑스럽다고 생각했지. 델리우스는 못 알아들을 소리로 중얼거렸다. 그러다 페르가몬을 보고 그곳이 더 사랑스럽다고 생각했어. 그런데 알렉산드리아에 와보니 여긴 기가 막히는구나, 기가 막혀. 안토니우스는 약 20년 전 이곳에 와봤을 텐데, 그는 이곳에 관한 얘기를 한마디도 안 했다. 아마 그땐 난봉꾼 노릇을 하느라 바빠 이곳을 눈여겨보지 못했겠지.

클레오파트라와의 면담은 다음날 진행되었다. 오히려 잘된 일이었다. 델리우스는 알렉산드리아의 가치 평가를 마친 터였고, 라스테네스는 그 내용을 훌륭한 종이 두 벌에 옮겨 적었다.

델리우스가 처음으로 인지한 것은 어떤 향이 섞인 공기였다. 그가 한 번도 맡아본 적 없는 자극적인 향이 진하게 느껴졌다. 이제 그의 감각은 후각기관에서 시각기관으로 옮겨갔고 거대한 황금벽, 황금 바닥,

황금상, 황금 의자와 탁자를 본 그의 입이 떡 벌어졌다. 다시 한번 살펴보니 그 금은 전부 아주 얇은 금박인 듯했지만, 어쨌든 방안은 태양처럼 빛을 발하고 있었다. 두 개의 벽에는 독특한 형태의 사람과 식물이 거의 모든 종류의 색상을 다 써서 그려져 있었다. 다만 티로스 자주색은 흔적도 보이지 않았다.

"두 파라오, 상하 이집트의 주인, 사초와 벌의 주인, 아문-라와 이시스와 프타의 자녀들에게 모두 경배하십시오!" 대시종장은 큰 소리로 외치며 황금 지팡이로 바닥을 내리쳤다. 그때 울린 둔중한 소리에 델리우스는 얇은 금박에 관한 의견을 수정할 수밖에 없었다. 바닥 치는 소리를 들으니 순금 같았다.

두 사람은 두 개의 정교한 왕좌에 앉았다. 여자는 황금 연단 꼭대기를, 남자아이는 그녀보다 한 칸 아래 자리를 차지했다. 그들은 흰색 아마천에 잔주름을 넣어 만든 이상한 옷을 입었고 흰색 법랑 재질의 원뿔형 관 둘레에 빨간색 법랑 관이 덧씌워진 거대한 머리장식을 이고 있었다. 목에는 화려한 보석이 박힌 넓적한 금목걸이가, 팔에는 팔찌가, 허리춤에는 보석 박힌 넓은 허리띠가 둘러져 있었고 발에는 금빛 샌들이 신겨져 있었다. 얼굴에는 물감이 두껍게 칠해져 있었는데 여자는 흰색, 소년은 녹이 슨 듯한 붉은색이었다. 그들의 눈가는 온통 검은색 선과 색으로 채워져 있어 눈동자가 움직일 때면 이빨 난 물고기처럼 사악해 보였고 도무지 사람 같지 않았다.

"퀸투스 델리우스," 여왕(델리우스는 '파라오'라는 칭호가 무슨 의미인지 몰랐다)이 말했다. "이집트에 온 것을 환영합니다."

"저는 임페라토르 마르쿠스 안토니우스의 공식 사절로서 이곳을 찾아왔습니다." 델리우스는 능수능란하게 말했다. "이집트의 두 왕께 반갑다는 인사를 전하고 싶습니다."

"참 감동적이군요." 여왕은 으스스하게 시선을 옮기며 말했다.

"그게 용무의 전부입니까?" 소년이 물었다. 그의 눈은 좀더 초롱초롱했다.

"어……. 안타깝게도 실은 그렇지 않습니다, 전하. 트리움비르 마르쿠스 안토니우스는 이집트 왕에게 혐의에 답하기 위해 타르소스로 출두할 것을 명령했습니다."

"혐의요?" 소년이 물었다.

"이집트가 가이우스 카시우스를 도왔고 그로 인해 로마 우호동맹국으로서의 협정을 위반했다는 겁니다."

"그게 혐의인가요?" 클레오파트라는 물었다.

"아주 심각한 혐의입니다, 전하."

"그렇다면 우리는 직접 타르소스로 가서 혐의에 대해 입장을 밝히겠습니다. 이제 당신은 떠나도 좋습니다, 퀸투스 델리우스. 우리가 출발 준비를 마치면 당신에게 알리겠습니다."

그걸로 끝이었다! 만찬 초대도 없었고 그를 궁정 인물들에게 소개해주는 자리도 없었다. 궁정이 없을 리 없었다! 동방 군주란 그가(혹은 그녀가) 얼마나 멋진 사람인지 옆에서 알려주는 아첨꾼 수백 명을 거느리지 않고는 못 견디는 족속이니까. 하지만 델리우스는 단호한 태도의 아폴로도로스에 의해 문밖으로 안내되었고, 아마도 또 혼자 남겨질 것처럼 보였다!

"파라오께서는 배를 타고 타르소스로 가실 겁니다." 아폴로도로스가 말했다. "그러므로 당신은 둘 중 하나를 선택할 수 있습니다, 퀸투스 델리우스. 당신 일행과 함께 육로로 돌아가든지, 당신 일행을 먼저 육로로 보낸 뒤 이집트 왕실 선박을 타고 뱃길로 돌아가든지 둘 중 하나죠."

아! 델리우스는 퍼뜩 생각했다. 내가 올 거라고 누군가 미리 일러줬구나. 타르소스에 첩자가 있어. 이 접견은 나와 안토니우스에게 우리 주제를 알려주기 위해 마련된 가짜 행사였어.

"뱃길로 가겠소." 그는 오만하게 말했다.

"현명한 선택입니다." 아폴로도로스는 목례를 남기고 떠났다. 델리우스는 끓어오르는 화를 식히기 위해 급히 걸어갔다. 어떻게 감히 내게? 그 접견은 그에게 여왕의 여성적인 매력을 가늠하거나 소년이 진짜 카이사르의 아들인지 살펴볼 기회조차 허락하지 않았다. 그들은 얼굴을 물감으로 칠갑한 한 쌍의 인형이었고, 그의 딸아이가 진짜 사람인 것마냥 집안에서 이리저리 끌고 다니는 나무인형보다 더 낯설었다.

태양은 뜨거웠다. 델리우스는 얕은 파도가 밀려오는 숙소 밖의 예쁜 만에서 물장난을 치면 기분이 나아지리라 생각했다. 그는 수영을 할 줄 몰랐지만—로마인으로서는 특이한 경우였다—물에 발만 담근다면 위험할 것이 없었다. 그는 여러 개의 석회석 계단을 밟고 내려가서 바위 위에 걸터앉아 원로원 의원이 신는 흑적색 신발의 죔쇠를 풀었다.

"수영 좋아하나봐요? 나도 그래요." 활기찬 목소리가 들려왔다. 어린아이 목소리였지만 다소 저음이었다. "이 얼룩을 지워버리는 가장 재미있는 방법이죠."

화들짝 놀란 델리우스가 고개를 돌리자 소년 왕이 보였다. 소년 왕은 샅가리개만 빼고 발가벗은 채였고 얼굴은 여전히 물감으로 덮여 있었다.

"전하는 수영을 하세요. 저는 발만 담글 겁니다." 델리우스가 말했다.

카이사리온은 허리까지 물이 차는 곳으로 걸어갔다가 앞으로 미끄러지며 깊은 물을 향해 용감하게 헤엄쳤다. 그가 물속으로 들어갔다가 다시 올라오자 얼굴에는 검은색과 녹슨 듯한 붉은색이 묘하게 뒤섞인 얼룩이 남았다. 그는 물속으로 내려갔다가 올라오고, 또 내려갔다가 올라왔다.

"이 물감은 수용성이에요. 소금물에도 잘 녹죠." 소년이 말했다. 그는 이제 엉덩이 깊이의 물속에 서서 양손으로 얼굴을 문질렀다.

다음 순간 거기에 카이사르가 나타났다. 그 누구라도 이 아이를 본다면 아이 아버지가 누구인지 이의를 달지 못하리라. 안토니우스가 이 아이를 원로원으로 데려가 이집트의 왕으로 승인받게 하려는 것은 이 때문인가? 카이사르를 알던 로마인들에게 이 아이를 보여주면 이 아이는 배의 선체에 따개비가 붙는 것보다 빨리 피호민들을 얻게 되리라. 마르쿠스 안토니우스는 옥타비아누스를 불안하게 만들려고 한다. 굽 높은 장화를 신고 카이사르의 몸짓을 따라 하고 카이사르를 흉내낼 수밖에 없는 옥타비아누스를. 카이사리온이 진짜라면 옥타비아누스는 모조품에 불과하다. 오, 영리한 마르쿠스 안토니우스! 로마에 카이사르를 보여줌으로써 옥타비아누스를 끌어내릴 작정이군. 산전수전 다 겪은 병사들은 햇볕 아래 얼음처럼 녹아내릴 것이고, 그들은 엄청난 힘을 가지고 있다.

클레오파트라는 웃음을 터뜨렸다. 왕을 상징하는 화장을 따뜻한 세숫물이라는 좀더 전통적인 방식으로 지워낸 뒤였다. "아폴로도로스, 이것참 기막히군요!" 그녀는 읽고 있던 종이를 소시게네스에게 넘겨주며 소리쳤다. "이걸 어디서 구했소?" 그녀는 소시게네스가 킥킥거리며 글을 읽는 동안 물었다.

"그의 필경사는 조각상보다 돈을 더 밝히는 듯했습니다, 아문-라의 딸이시여. 필경사는 사본을 하나 더 만들어 제게 팔았습니다."

"델리우스가 이 일을 지시받은 것 같소, 아니면 자기 주인에게 본인이 쓸 만한 사람임을 인정받으려는 자발적인 움직임 같소?"

"후자일 겁니다, 여왕 전하." 소시게네스가 눈물을 훔치며 말했다. "너무 웃기는군요! 니키아스가 채색한 세라피스 조각상이라뇨? 니키아스는 브리악시스가 난생처음 거푸집에 청동 물을 붓기 한참 전에 죽었어요. 또한 델리우스는 김나시온에 있던 프락시텔레스의 아폴론 조각상을 놓쳤어요. '예술적 가치가 대단치 않은 조각상'이라 폄하했죠! 오, 퀸투스 델리우스, 멍청한 인간!"

"페이디아스의 작품과 네아폴리스에서 만든 회반죽 모조품을 구분하지 못한다고 해서 이 사람을 과소평가해서는 안 되네." 클레오파트라가 말했다. "그가 작성한 명단을 통해 안토니우스가 돈이 아주 궁한 상태임을 알 수 있어. 물론 나는 그에게 돈을 줄 마음이 전혀 없네."

카임이 그의 아내와 함께 가벼운 걸음으로 들어왔다.

"타카, 마침내 왔군요! 연꽃잎 그릇은 안토니우스에 대해 뭐라고 하던가요?"

차분한 아름다움이 깃든 얼굴은 무표정했다. 타카는 프타 신의 여사제였고, 거의 태어난 순간부터 감정을 드러내지 않도록 훈련받았다. "연꽃잎은 제가 이전까지 한 번도 보지 못한 형태로 배열됐습니다, 라의 딸이시여. 수면에 몇 번이나 꽃잎을 던져도 계속 같은 모양이 나왔죠. 그래요, 이시스는 여왕 전하가 낳을 아이의 아버지로 마르쿠스 안토니우스가 괜찮다고 했어요. 하지만 쉽지는 않을 것이고, 그 일은 타르소스에서 이뤄지지 않을 겁니다. 이집트에서, 오직 이집트에서만 가능하죠. 그의 씨는 너무 약해서 그는 남자의 씨를 강하게 만들어주는 주스나 과일을 섭취해야 합니다."

"꽃잎의 형태가 그렇게 독특했다면, 내 어머니 타카, 그 꽃잎이 의미하는 바를 어떻게 알 수 있었던 거죠?"

"신성한 기록 보관소를 다녀왔으니 알 수 있었죠, 파라오. 그건 3천년 전에 딱 한 번 나왔던 점괘였어요."

"내가 타르소스에 안 간다고 해야 할까요?" 클레오파트라가 카임에게 물었다.

"아닙니다, 파라오. 제가 받은 계시에 따르면 타르소스는 꼭 필요하다고 했어요. 안토니우스는 서방에서 온 신은 아니지만, 그에게는 신의 피가 조금 흐르고 있습니다. 우리의 목적을 달성하는 데는 충분한 정도죠. 우리는 카이사리온과 맞설 경쟁자를 얻으려는 게 아니니까요! 카이사리온에게 필요한 건 아내가 되어줄 여동생과 충직한 부하가 되어줄 남동생들입니다."

카이사리온이 물을 뚝뚝 떨어뜨리며 걸어들어왔다. "엄마, 방금 전에 퀸투스 델리우스와 얘기를 나눴어요." 그는 긴 의자에 털썩 주저앉으며 말했다. 카르미온은 혀 차는 소리를 내며 수건을 찾으러 갔다.

"그랬니? 어디에서?" 클레오파트라는 웃으며 물었다.

커다란 눈 주변으로 웃음기 어린 주름이 잡혔다. 카이사르의 눈보다 더 진한 녹색이지만 카이사르 특유의 날카로운 느낌은 없는 눈이었다. "수영하러 갔다가 봤어요. 물에 발만 담그고 있더군요. 상상이 되세요? 발 담그기라니! 자기는 수영을 못 한다고 그러던데, 그건 그가 중요한 군대에서 수습군관을 지낸 적이 없다는 고백이나 다름없죠. 그는 무늬만 군인이에요."

"그와의 대화는 재미있었니, 아들아?"

"엄마의 질문이 정확히 무슨 뜻인진 모르겠지만, 전 그가 생각을 바꾸도록 만들었어요. 그는 자기 방문을 누군가 우리에게 미리 경고해준 건 아닌지 의심했어요. 하지만 제가 그 자리를 떠날 때쯤 그는 우리가 예기치 못한 방문을 받고 놀랐음을 확신하게 됐어요. 애초에 그가 의심하게 된 이유는 우리가 배를 타고 타르소스로 간다는 사실 때문이었죠. 그래서 저는 원래 매년 4월 말경이면 창고에서 배를 전부 꺼내 물이 새는 곳이 없는지 점검하고 선박과 선원 훈련을 한다는 정보를 슬쩍 흘렸어요. 얼마나 운좋은 일인가요! 전 이렇게 말했어요. 물이 새는 선박들을 수리하느라 긴 시간 고생할 것 없이 바로 출발할 준비가 되어 있었다고 말이죠."

"'우리'라는 표현은 마음에 들지 않는구나." 어머니는 얼굴을 찡그리며 말했다.

환하고 열의 넘치던 얼굴이 어두워졌다. "엄마! 설마 농담이겠죠! 전 엄마랑 같이 갈 거예요. 반드시 같이 가야만 해요!"

"내가 없는 동안 누군가 통치를 맡아야 해, 카이사리온."

"전 못 해요! 너무 어리다고요!"

"그 정도면 충분한 나이야. 더 말할 것 없다. 넌 타르소스에 못 데려가."

이 판결은 다섯 살 소년의 본질적인 연약함을 파열시켰다. 카이사리온의 마음속에 가눌 수 없는 슬픔이 차올랐다. 열렬히 갈망했던 새로운 경험의 기회를 빼앗긴 어린아이만이 느낄 수 있는 고통이었다. 그는 요란하게 울음을 터뜨렸다. 어머니가 달래주려 하자 그는 어머니가 휘청거릴 정도로 거칠게 뿌리치고 바깥으로 내달렸다.

"저애도 이 상황을 극복할 거예요." 클레오파트라는 마음 편히 말했다. "세상에, 힘이 정말 대단하지 않아요?"

이 상황을 극복하게 될까? 카이사리온의 다른 모습을 확인한 타카는 의문이 들었다. 그것은 의욕 넘치고, 분열되고, 가슴 아리도록 외로운 모습이었다. 그는 클레오파트라가 아니라 카이사르를 닮은 아이였고, 어머니는 아이를 이해하지 못했다. 카이사리온이 타르소스 여행을 갈망하는 이유는 어린 왕으로서 한껏 거들먹거릴 수 있는 기회라서가 아니었다. 새로운 도시를 눈으로 확인하고, 그가 물려받은 이 작은 세계 안에서의 초조함을 덜어낼 수 있는 기회였기 때문이다.

이틀 뒤 왕실 함대는 대항구에 집결했다. 필로파토르의 거대한 함선은 왕실 항구라 불리는 작은 부속 항구의 부두에 정박했다.

"세상에!" 델리우스는 입을 헤벌리고 말했다. "이집트에선 모든 것이 다른 세계보다 다 큽니까?"

"우린 그렇게 생각하는 편이에요." 카이사리온이 말했다. 그는 오직 자기만이 알고 있는 어떤 이유로 델리우스를 졸졸 따라다니고 있었다.

"바지선이군요! 바다에서 허우적거리다가 침몰하고 말 겁니다!"

"바지선이 아니라 일반 선박이에요." 카이사리온이 말했다. "일반 선박에는 용골이 있고 바지선은 용골이 없지요." 그는 학교 선생님처럼 덧붙였다. "필로파토르호의 용골은 리바노스 산맥에서 벌목한 거대한 삼나무를 깎아서 만들었어요. 그 당시엔 시리아가 우리 땅이었죠. 필로파토르호는 제대로 건조된 선박이라 내용골, 만곡부 용골, 바닥면이 평평한 선체를 갖추고 있어요. 갑판 아래 공간도 아주 넉넉하죠. 저기 보이세요? 두 단의 노가 전부 현외 장치에 연결되어 있어요. 현외 장치의 무게에도 불구하고 상부가 지나치게 무거운 구조는 아니고요. 돛대 높이는 30미터고, 아가토클레스 선장은 바람이 아주 좋은 상황을 고려해 대형 삼각돛을 가져가기로 했어요. 저 선수상 보이세요? 우리 모두보다 앞서가는 필로파토르의 형상이에요."

"아는 게 참 많군요." 델리우스는 말했다. 그는 설명을 다 들은 뒤에도 배에 관해 잘 이해할 수 없었다.

"우리 함대는 인도나 타프로바네까지 항해하곤 해요. 엄마는 내가 조금 더 크면 아라비아 만에 데려가서 그곳을 구경시켜준다고 하셨어요. 내가 얼마나 그곳에 가고 싶은지 몰라요!" 소년은 갑자기 긴장하더니 달아날 준비를 했다. "저기 내 보모가 오고 있어요! 이 나이에 보모라니 정말 넌더리난다니까!" 그러더니 그는 달아났다. 달리기 시합에서 그와는 상대가 되지 않는 불쌍한 보모를 따돌리기로 작정하고서.

얼마 지나지 않아 하인이 퀸투스 델리우스를 찾아왔다. 이제 배에 탑승할 시간이었지만 그가 탈 배는 필로파토르호가 아니었다. 그는 기뻐해야 할지 아쉬워해야 할지 알 수 없었다. 여왕의 배는 시설이 훨씬 호화로운 반면 나머지 배들보다 훨씬 뒤처져 움직일 것이 분명했기 때문이다.

델리우스는 잘 모르고 있었지만 클레오파트라의 조선공들은 여왕의 선박을 개조해놓은 터였다. 필로파토르호는 시험 항해에서 놀랍도록 훌륭한 결과를 기록했다. 이물에서 고물까지의 길이는 90미터였고 너비는 12미터였다. 두 단의 노를 모두 현외 장치에 연결한 덕에 갑판 아래 공간이 넓어졌지만, 파라오가 육체노동자들 옆에 기거할 수는 없는 일이었다. 그래서 갑판 아래 공간은 필로파토르호의 항해를 책임지는 150명의 사람들에게 주어졌다. 그들은 바다 항해를 떠나야 한다는 생각만으로도 겁에 질려 미치기 일보 직전이었다.

고물의 오래된 응접실은 파라오의 공간으로 개조되었다. 파라오를 위한 넉넉한 침실, 카르미온과 이라스를 위한 침실, 긴 의자 스물한 개가 놓인 식당이 들어갈 만큼 넓은 공간이었다. 기둥머리가 연꽃 문양으로 장식된 아케이드가 설치되었는데, 이는 돛대 앞쪽의 한 칸 높은 연단까지 이어졌다. 연단 지붕은 채색 타일로 덮였고 연단의 각 모서리에 세워진 기둥이 지붕을 떠받치고 있었다. 그 앞쪽으로는 소시게네스와 카임이 각각 머물 공간이 마련되고 앞서보다는 조금 좁은 응접실이 들어섰다. 거기서 또 앞쪽으로 가면 뱃머리에 천장이 없는 조리 공간이 교묘하게 숨겨져 있었다. 강을 유람할 때는 음식 준비를 대부분 육지에서 했다. 목조 선박에서 불을 쓰는 건 위험했기 때문이다. 하지만 바다 여정을 할 때는 육지에 내려 요리할 수가 없었다.

클레오파트라는 카르미온과 이라스를 데려갔다. 두 금발 여인은 흠잡을 데 없는 마케도니아 혈통으로 클레오파트라와는 아기 때부터 친구였다. 그들의 임무는 파라오와 함께 타르소스로 떠날 소녀 서른 명을 선발하는 일이었다. 그들에겐 아름다운 얼굴과 육감적인 몸매가 요구됐지만 매춘부는 선발 대상에서 제외됐다. 급여는 금 10드라크마로 약소했지만, 소녀들을 미지의 세계로 이끄는 것은 돈이 아니라 그들이 타르소스에서 입게 될 옷이었다. 금색과 은색의 하늘하늘한 원단, 금속섬유를 사용해 반짝이는 양단, 속이 다 비치는 무지갯빛 아마천, 너무 얇아서 물에 젖은 듯 몸에 착 달라붙는 양모까지. 펠루시온의 노예 시장에서 아주 아름답고 사랑스러운 소년 열두 명을 구했고, 아주 키 크고 체격 좋은 야만인 남자 열다섯 명도 구했다. 이 전시용 남자들은 전부 공작새 꼬리 문양을 수놓은 킬트 차림이었다. 클레오파트라는 필로파테르 호의 공연 주제를 공작새로 잡았고, 안토니우스를 울릴 만큼 많은 금을 투자해 공작새 깃털을 잔뜩 사들였다.

함대는 5월 첫날 출발했다. 돛을 올린 필로파토르호는 나머지 배들을 깔보듯 꽁무니만 보여주며 앞서갔다. 북쪽으로의 항해를 방해할 수 있는 유일한 바람인 북풍 에테시아이는 매년 이맘때면 불지 않았다. 상쾌한 남동풍이 필로파토르의 돛을 가득 채우며 노잡이들에게 휴식을 선사했다. 폭풍이 몰아쳐 황급히 인근 항구로 대피하는 일도 없었고, 필로파토르에 탑승한 수로 안내인은 시리아 연안의 모든 곳을 한눈에 알아봤다. 키프로스 섬의 꼬리 맞은편에 위치한 헤라클레이아 곶에서 수로 안내인이 클레오파트라를 찾아왔다.

"여왕 전하, 우리에게 두 가지 길이 있습니다." 그는 무릎을 꿇고 말했다.

"뭔가, 팔라메데스?"

"로소스 곶이 나올 때까지 시리아 해안을 따라 돌다가 이소스 만을 건너 킬리키아 페디아의 거대한 강들로 이어지는 하구에 들어가는 겁니다. 그렇게 가면 모래톱과 여울의 영향을 받아 이동속도가 느려질 수밖에 없습니다."

"다른 방법은?"

"여기서부터 먼바다로 나가서 킬리키아 해안이 나올 때까지 북서쪽으로 직진하는 겁니다. 지금 부는 바람이라면 가능한데, 그렇게 키드노스 강 하구 근처까지 가면 됩니다."

"바다에서 보내는 시간은 얼마나 차이가 나지, 팔라메데스?"

"정확히 말씀드리기 어렵습니다, 여왕 전하. 하지만 아마 최대 열흘까지 차이가 날 겁니다. 킬리키아 페디아의 강들로부터 물이 쏟아질 텐데, 해안을 따라 움직인다면 그것도 추가적인 장애물이 될 겁니다. 하지만 두번째 길은 위험하다는 것을 아셔야 합니다. 폭풍이 몰아치거나 풍향이 바뀌면 리비아부터 그리스 사이의 어느 곳으로 밀려갈지 모르니까요."

"그렇다면 위험을 무릅쓰고 먼바다로 나가는 쪽을 택하겠네."

바다의 신 넵투누스는 아마도 자신의 거대한 바다 왕국에 이집트 강의 신들이 나타날 줄은 몰랐으리라. 하지만 이집트 강의 신들은 이집트 함대가 키드노스 강어귀를 정확히 찾아가도록 도울 만큼 강력했다. 아니, 어쩌면 넵투누스는 로마의 신답게 그의 이집트 형제와 계약을 맺었을지도 모른다. 어찌됐든 간에 함대는 5월 열째 날 키드노스 강 사주의 바다 쪽으로 모여들었다. 불어난 강물이 밖으로 쏟아지고 있었으므로 안으로 들어가기 좋은 시기는 아니었다. 이제 노잡이들이 밥값을 할 때였다! 통로는 색칠한 말뚝들로 분명히 표시되어 있었다. 말뚝들 사이에선 바지선들이 심혈을 기울여 모래와 진흙을 준설하고 있었다. 이집트 함선 중에는 흘수가 깊은 배가 없었고, 특히 하천 유람을 위해 건조된 통통한 모양새의 필로파토르호는 더더욱 그랬다. 그렇다 해도 클레오파트라는 나머지 배들이 앞서갈 것을 명령했다. 그녀가 이곳에 도착했다는 사실을 델리우스가 안토니우스에게 미리 전해주기를 바랐던 것이다.

델리우스가 찾아가보니 안토니우스는 따분해하면서도 초조해하고 있었다. 하지만 술에 취한 상태는 아니었다.

"어떻게 됐나?" 안토니우스는 델리우스에게 눈을 부릅뜨고 물었다. 커다란 한 손으로는 온통 두루마리와 종이로 뒤덮인 책상을 가리켰다.

"저것 좀 보게! 이게 다 청구서 아니면 나쁜 소식이야! 성공했나? 클레오파트라가 오고 있나?"

"클레오파트라는 여기 와 있습니다, 안토니우스. 저는 그녀의 함대와 함께 이동했는데 함대는 강 하류의 계류장에 배를 대는 중입니다. 3단 노선이 총 스무 척이고 전부 해군 함선입니다. 그러니 아쉽게도 무역 기회는 없습니다."

그의 의자가 바닥에 끌리는 소리가 났다. 안토니우스는 자리에서 일어나 창문 쪽으로 걸어갔다. 이를 지켜보던 델리우스는 덩치 큰 남자도 우아하게 움직일 수 있음을 새삼 깨달았다. "그녀는 어디 있나? 이 도시의 항만 담당관에게 가장 좋은 계류장을 내주라고 자네가 미리 일러 뒀으리라 기대하네."

"네, 하지만 시간이 좀 걸릴 겁니다. 여왕의 함선은 오래전 그리스의 전투용 갤리선 세 척을 이어붙인 것만큼 길어서 이미 정박돼 있는 상선 두 척 사이로 배를 댈 수가 없었습니다. 항만 담당관이 상선 일곱 척을 옮겨야만 하는 상황이죠. 그는 불만스러워 보였지만 어쨌든 그렇게 할 겁니다. 제가 사령관님 이름으로 명령했으니까요."

"거인이 타도 될 만큼 거대한 배인 모양이군? 내가 언제쯤 그 배를 볼 수 있겠나?" 안토니우스는 도끼눈을 뜨며 물었다.

"내일 아침, 해돋이 후 한 시간쯤 지나서입니다." 델리우스는 만족스러운 한숨을 내쉬며 말했다. "여왕은 군말 없이 아주 격식을 차린 모양새로 여기까지 왔습니다. 아마 사령관님께 깊은 인상을 심어주길 바라는 것 같습니다."

"그렇다면 반드시 그녀에게 깊은 인상을 받지 않도록 해야겠군. 주제넘은 암퇘지 같으니라고!"

그래서 타르소스 동쪽의 나무숲 위로 해가 떠오를 무렵, 안토니우스는 평범한 말을 몰고 키드노스 강 반대편 제방으로 갔다. 그는 평범한 망토로 몸을 가린 채 수행원 없이 혼자 움직였다. 적을 먼저 확인할 수 있다면 유리했다. 카이사르 밑에서 일하며 얻은 교훈이었다. 오, 공기가 달콤하구나! 당장 진군에 나서 전투를 치르기도 아까운 시간에 나는 이 약탈당한 도시에서 뭘 하고 있단 말인가? 그는 답을 뻔히 알면서 자문했다. 내가 아직까지 여기 있는 이유는 이집트 여왕이 내 명령에 응할 것인지 확인하기 위해서다. 또다른 주제넘은 암퇘지 글라피라는 동방 여자들이 갈고닦은 특유의 술수로 나를 들볶기 시작했다. 달콤하게, 눈물을 머금고, 한숨과 울먹임을 섞어가며. 오, 풀비아는 어땠던가! 그녀가 남자를 들볶으면 남자는 자신이 들볶이고 있다는 것을 모를 수 없었다. 으르렁대는 소리, 딱딱거림, 고함까지! 남자가 듣기 싫다고 귀를 틀어막아도 그녀는 아랑곳하지 않았다. 어디까지나 남자가 가슴팍에 다섯 줄의 손톱자국이 남는 복수를 당해도 아랑곳하지 않는다면 말이지만.

아, 저기 명당이 있구나! 그는 방향을 돌려 말에서 내리더니 제방 위로 1미터쯤 솟은 판판한 바위로 갔다. 여기 앉아 있으면 강을 거슬러 계류장으로 이동하는 클레오파트라의 배를 제대로 구경할 수 있으리라. 그는 수로에서 50걸음도 떨어지지 않은 곳에 있었다. 수로 가장자리와 너무 가까운 나머지, 부둣가의 창고 처마에 둥지를 튼 선명한 색의 작은 새까지 보일 정도였다.

필로파토르호는 빠르게 걷는 정도의 속도로 서서히 강을 타고 올라왔다. 안토니우스는 그 선박이 눈앞을 지나가기 한참 전부터 입을 떡 벌리고 있었다. 자욱한 금빛 후광 속에 선수상이 먼저 보였기 때문이다. 흰색 킬트를 입고, 금과 보석으로 만든 넓적한 목걸이와 허리띠를 두르고, 흰색과 빨간색의 거대한 이중 왕관을 머리에 얹은 갈색 피부의 남자. 그의 맨발은 뱃머리 양쪽으로 부서지는 잔물결 위를 스쳐지나갔고, 오른손은 황금 창을 위협적으로 쥐고 있었다. 선수상은 새로울 게 없었지만 이렇게 거대하거나 뱃머리 전체를 덮고 있는 선수상은 처음이었다. 이 남자는—아마도 오래전의 왕이겠지?—함선 그 자체였고, 바람에 흩날리는 망토처럼 자기 뒤로 함선을 이끌고 있었다.

모든 것이 금빛이었다. 함선은 흘수선부터 돛대 꼭대기까지 온통 도금되었고, 금이 아닌 부분은 진한 청색이나 진한 녹색으로 칠해져 있었으며 그 위에 뿌려진 금가루로 반짝거렸다. 갑판 위 구조물들의 지붕은 선명한 청색과 녹색의 채색 타일로 덮여 있었고, 연꽃무늬 기둥머리의 아케이드는 갑판을 따라 길게 이어졌다. 심지어 노도 금빛이었다! 여기저기서 보석이 반짝였다! 이 함선의 가치만 따져도 금 1만 탈렌툼은 되리라!

향료 냄새가 퍼졌고, 리라와 피리 소리에 맞춰 보이지 않는 곳에서 노랫소리가 들려왔다. 속이 비치는 가운을 입은 아름다운 소녀들이 금빛 바구니에서 꽃을 꺼내 던졌고, 공작새 무늬 킬트를 걸친 작고 아름다운 소년들은 눈처럼 하얀 장막들 틈에 매달려 깔깔거렸다. 노잡이들이 물살과 싸울 수 있도록 높이 올린 돛은 커다랗게 부풀어 있었고 하얗다 못해 새하얬으며, 서로 휘감긴 두 짐승 머리—목 부분이 넓적한 코브라와 독수리—와 검은 눈물방울을 길게 떨어뜨리는 이상한 눈이 수놓여 있었다.

공작새 깃털이 곳곳에 꽂혀 있었는데, 가장 무성하게 꽂힌 곳은 돛대 앞쪽의 높은 황금 연단이었다. 그 위의 왕좌에 공작새 깃털로 장식된 옷을 걸친 여자가 앉아 있었다. 머리에 선수상의 남자가 쓴 것과 같은 빨간색과 흰색의 커다란 관을 쓰고 있었다. 어깨에는 보석 박힌 넓적한 금목걸이가 반짝였고 허리에도 비슷한 형태의 금 허리띠가 둘러져 있었다. 가슴 위에는 금색과 진한 청색 줄무늬가 있는 목동의 지팡이와 도리깨가 엇갈려 있었다. 화장이 너무 진해서 얼굴 생김새를 알아보기가 거의 불가능했다. 그 얼굴은 완벽한 무표정이었다.

함선은 그를 아주 가깝게 스쳐지나갔기 때문에 그는 배가 얼마나 넓은지, 얼마나 정교하게 만들어졌는지 눈으로 확인할 수 있었다. 갑판은 지붕과 마찬가지로 선명한 청색과 녹색의 채색 타일로 덮여 있었다. 공작새 함선, 공작새 여왕. 안토니우스는 불가해한 분노를 느끼며 생각했다. 그녀는 곧 타르소스의 진짜 공작새가 누구인지 알게 되리라!

그는 다리를 건너서 도시를 향해 전속력으로 말을 달렸다. 총독의 대저택 정문 앞에 이르자 말에서 내렸고, 저택 안으로 성큼성큼 들어가며 큰 소리로 하인을 불렀다.

"토가와 릭토르 준비해, 당장!"

그리하여 여왕이 시종장 필론을 보내 마르쿠스 안토니우스에게 자신의 도착을 알렸을 때, 필론은 마르쿠스 안토니우스가 아고라에서 재정과 관련된 재판을 진행중이라는 말을 전해 들었다. 여왕 전하는 내일까지 안토니우스를 만날 수 없을 터였다.

사실 그것은 안토니우스가 며칠 전부터 계획했던 일이었다. 아고라의 재판소에 공지까지 해놓았기 때문에, 안토니우스가 재판소로 가자 예상했던 장면이 펼쳐졌다. 소송 당사자 100여 명과 적어도 그와 비슷한 숫자의 변호인, 구경꾼 수백 명, 음료, 간식, 주전부리, 파라솔, 부채를 파는 행상인 수십 명이 모여 있었다. 5월이었지만 타르소스는 벌써부터 더웠다. 그래서 그의 재판소에는 진홍색 차양이 드리워졌고, 차양 가장자리에는 약 1미터 간격으로 SPQR이라는 글씨가 새겨져 있었다. 안토니우스는 석조 재판소 위의 상아 대좌에 앉아 있었고 양쪽으로 진홍색 옷차림의 릭토르가 각각 열두 명씩 서 있었다. 루킬리우스는 두루마리가 가득한 탁자 앞에 앉아 있었다. 이 공연에서 가장 눈에 띄는 배우는 재판소 한구석에 서 있는 백발이 성성한 백인대장이었다. 그는 황금 쇠미늘 갑옷, 황금 정강이받이, 팔레라이가 잔뜩 달린 가슴받이, 아르밀라 팔찌, 토르퀘스 목걸이, 황금 투구를 착용하고 있었다. 투구에는 심홍빛 말총이 가로로 길게 부채처럼 꽂혀 있었다. 하지만 관중을 겁먹게 한 것은 그의 가슴을 빼곡히 장식한 용맹함의 훈장들이 아니라, 그의 양손에 쥐여진 채 칼끝이 바닥에 닿아 있는 갈리아식 장검이었다. 그 칼은 마르쿠스 안토니우스가 임페리움 마이우스의 소유자라는 것을, 다시 말해 그가 누구든 그 어떤 혐의로든 처형할 수 있음을 타르소스 시민들에게 상기시켜줬다. 그가 처형 판결을 내리기만 하면 백인대장은 즉석에서 형을 집행할 터였다. 안토니우스는 파리나 거미 따위를 처형할 마음이 없었다. 다만 동방인들은 주기적으로 변덕스럽게 백성을 처형하는 군주에게 통치를 받아왔으니, 굳이 그들의 오해를 바로잡을 필요가 있으랴?

일부 사건은 재미있었고 일부는 아주 흥미진진했다. 안토니우스는 무산자든 귀족이든 간에 모든 로마인이 공유하는 듯한 효율적이고 객관적인 태도로 사건을 처리했다. 로마인은 법, 체계, 규칙, 규율을 이해하는 민족이었다. 물론 안토니우스는 이러한 로마인 고유의 자질을 남들보단 덜 타고난 편이었다. 그럼에도 불구하고 그는 원기 왕성하게, 가끔은 독설까지 내뱉으며 자신의 임무를 수행했다. 자신의 입장을 설명하던 소송 당사자가 갑작스러운 군중의 동요에 잠시 주춤했다. 그는 비싼 값을 주고 구한 자신의 변호인에게 발언 기회를 넘기려던 찰나였다. 마르쿠스 안토니우스는 얼굴을 찡그리며 고개를 돌렸다.

군중이 경외심 섞인 한숨을 내쉬며 길을 터주자 작은 행렬이 나타났다. 행렬 선두에 선 삭발한 머리와 밤색 피부의 남자는 흰옷을 입고 목에 수많은 금줄을 걸고 있었다. 뒤따르는 시종장 필론은 청색과 녹색 아마천을 걸치고 섬세한 얼굴 화장을 했으며 온몸에 반짝이는 보석을 두르고 있었다. 하지만 두 사람의 모습은 그들을 뒤따르는 가마에 비할 바가 아니었다. 널찍한 금빛 가마는 채색 타일 지붕을 얹었고 모서리 기둥마다 꽂힌 공작새 깃털들이 흔들렸다. 가마를 옮기는 것은 포도알처럼 자줏빛 도는 검은 피부의 건장한 남자 여덟 명이었다. 그들은 공작새 무늬 킬트, 황금 목걸이와 팔찌, 화려한 금빛 네메스 두건을 착용하고 있었다.

클레오파트라 여왕은 가마꾼들이 그녀의 가마를 부드럽게 내려놓을 때까지 기다렸다. 그런 다음 누구의 도움도 받지 않고 유연한 동작으로 가마에서 내려 로마식 재판소 계단으로 다가갔다.

"마르쿠스 안토니우스, 당신은 나를 타르소스로 부르셨죠. 그래서 내가 왔어요." 그녀는 시원시원하고 분명한 목소리로 말했다.

"당신 이름은 오늘 내가 다룰 사건 명단에 없소, 여왕! 당신은 먼저 내 서기관에게 면담 신청을 해야만 하오. 그 대신 내일 아침 당신 문제를 첫 차례로 다룰 수 있도록 조치하겠소." 안토니우스는 군주에게 요구되는 공손함을 갖추되 존경심은 결여된 태도로 말했다.

그녀는 속이 부글부글 끓고 있었다. 로마인 후레자식이 감히 나를 아무것도 아닌 사람처럼 취급하다니! 그녀가 아고라까지 행차한 것은 타르소스 주민들이 인정하는 자신의 거대한 영향력과 권위를 마르쿠스 안토니우스에게 몸소 보여주기 위해서였다. 타르소스 주민들은 그녀의 지위를 인정할 터였고, 마르쿠스 안토니우스가 은유적인 의미에서 그녀의 얼굴에 침을 뱉는 모습을 좋게 보지 않을 터였다. 그가 있는 곳은 로마의 광장이 아니었고, 이곳 사람들은 로마 사업가들이 아니었다(로마 사업가들은 이곳이 수익성이 떨어진다고 생각했다). 그들은 클레오파트라의 알렉산드리아 백성과 비슷했으며 군주의 특권과 권리를 중시했다. 그들이 이집트 여왕 때문에 자기네 재판이 미뤄지는 걸 아쉬워할까? 아니, 오히려 그런 영광을 자랑스럽게 여길 터였다! 그들은 모두 항구를 찾아와 필로파토르호의 모습에 혀를 내둘렀고, 아고라를 찾아오면서도 으레 오늘 재판이 취소되리라 예상했다. 안토니우스는 민주적 원칙에 따라 예정된 재판을 먼저 진행하는 자신의 모습을 타르소스 주민들이 높이 평가하리라 예상했다. 하지만 동방인의 사고는 그런 식으로 작동하지 않았다. 그들은 충격을 받고 심란해하고 못마땅해했다. 그녀는 안토니우스의 재판소 연단 아래 너무도 겸손한 자세로 서 있음으로써 타르소스인들에게 로마인들의 오만방자함을 일깨워주고 있었다.

"고맙습니다, 마르쿠스 안토니우스." 그녀는 말했다. "혹시 정찬 계획이 없다면 오늘 저녁 내 함선에서 함께 식사를 하는 건 어떨까요? 땅거미 질 때쯤이면 괜찮겠죠? 공기에서 열기가 빠져나간 뒤에 식사하는 게 더 쾌적하거든요."

그는 분노의 불꽃이 이는 눈으로 그녀를 내려다봤다. 무슨 조화인지 몰라도 그녀는 그를 나쁜 사람으로 만들어놓았다. 머리를 조아리고 굽실굽실하며 감히 여왕 곁으로 다가가지 못하는 사람들 하나하나의 표정을 보면 알 수 있었다. 로마였다면 그녀는 폭도들에게 사정없이 당했겠지만, 이곳에선 어떤가? 절대로 그럴 일은 없을 듯 보였다. 빌어먹을 년!

"따로 정찬 계획은 없소." 그는 퉁명스럽게 말했다. "오늘 땅거미 질 무렵에 당신을 찾아가겠소."

"당신을 위해 내 가마를 보내지요, 임페라토르 안토니우스. 원하신다면 퀸투스 델리우스, 루키우스 포플리콜라, 삭사 형제, 마르쿠스 바르바티우스, 당신의 나머지 친구 쉰다섯 명을 데려오셔도 좋습니다."

클레오파트라는 유연한 동작으로 가마에 올라탔다. 가마꾼들은 가마 손잡이를 들어올려 방향을 돌렸다. 가마는 그냥 긴 의자 형태가 아니라 등받이와 발 받침대가 있어서 탑승자의 모습이 잘 보였다.

"계속하시오, 멜란토스." 안토니우스는 여왕의 출현으로 발언을 중단한 소송 당사자에게 말했다.

당황한 멜란토스는 난처하다는 듯 양팔을 활짝 벌리며 비싼 값을 지불한 변호인을 쳐다봤다. 그러자 변호인은 아무 일도 없었던 것처럼 발언을 시작함으로써 자신의 실력을 보여주었다.

안토니우스의 하인들이 그가 선상 만찬에서 입을 깨끗한 튜닉을 찾는 데엔 시간이 꽤 걸렸다. 토가는 너무 거추장스러워서 식사를 하려면 벗어두어야 했다. 게다가 장화(안토니우스가 선호하는 신발이었다)도 불편했는데, 끈을 조이고 푸는 것이 번거로웠기 때문이다. 오, 머리에 쓸 만한 관이 하나 있으면 좋으련만! 카이사르는 모든 공적인 자리에서 떡갈잎관을 쓰곤 했다. 하지만 그것은 청년 시절 전장에서 대단한 용맹함을 선보인 사람에게만 주어지는 특권이었다. 폼페이우스 마그누스와 마찬가지로, 안토니우스는 전장에서 늘 용감하게 싸웠지만 단한 번도 그런 관을 수여받지 못했다.

가마가 대기하고 있었다. 안토니우스는 대단히 재미있는 일이라도 되는 것처럼 가마에 올라탔고, 친구들에게 가마 주위에서 함께 걸으라고 농담처럼 웃으며 명령했다. 가마도 대단했지만 가마꾼들이 더 진귀한 구경거리였다. 가장 다양한 인종이 모이는 거대한 노예 시장에서도 흑인 남자는 상품으로 나오지 않았다. 이탈리아에서는 흑인 노예가 너무 귀해서 조각가들이 먼저 낚아챘다. 그마저도 남자가 아닌 여자와 아이였고, 클레오파트라의 가마꾼들처럼 순혈 흑인인 경우는 드물었다. 그들의 아름다운 피부, 잘생긴 얼굴, 그들이 운반하는 가마의 위엄에 구경꾼들은 감탄했다. 이들을 로마에 데려간다면 얼마나 대단한 화제가 될까? 하지만 클레오파트라는 로마에서 지낼 때에도 분명 이들을 곁에 두었을 것이다. 안토니우스는 속으로 생각했다. 그렇다면 내가 한번도 못 본 것뿐이겠지.

건널판자는 난간만 제외하면 전부 금빛이었고 아주 귀한 산다락나무 목재로 만들어진 것이었다. 채색 타일 갑판에는 장미꽃잎이 흩뿌려져 걸음을 옮길 때마다 희미한 향이 스며 나왔다. 공작새 깃털이 꽂힌 황금 화병이나 값비싼 예술작품이 놓인 받침대는 전부 섬세하게 깎은 상아에 금으로 상감세공을 한 것이었다. 아주 얇은 로브 아래로 유연한 팔다리를 드러낸 미모의 소녀들은 갑판의 기둥 사이를 지나 거대한 황금 문이 있는 곳으로 손님들을 안내했다. 어느 장인이 돈을새김한 문이었다. 그 안으로 들어가자 바람이 잘 통하도록 창문을 다 열어둔 커다란 방이 나왔다. 산다락나무로 만든 벽은 화려하고 정교한 쪽매붙임 장식으로 덮여 있었고, 바닥에는 발목 높이까지 장미꽃잎이 수북했다.

이 여자가 나를 갖고 노는구나! 안토니우스는 생각했다. 아주 갖고 놀고 있어!

클레오파트라가 기다리고 있었다. 여러 겹의 얇은 천으로 된 옷을 입고 있었는데, 가장 아래쪽은 짙은 갈색이고 위로 갈수록 점점 밝아지다가 가장 윗부분은 옅은 밀짚색이었다. 그리스나 로마나 아시아 스타일이 아니라 클레오파트라만의 스타일이었다. 잘록한 허리 아래로 치마가 넓게 퍼져 있었고, 상체 부분은 몸에 꼭 맞아서 그녀의 아담한 가슴 형태가 드러났다. 그녀의 작고 마른 팔을 부드럽게 감싸며 부푼 옷소매는 팔꿈치까지 이어졌고, 팔꿈치 아래 팔뚝에는 팔찌를 여러 개 차고 있었다. 목에는 금목걸이를 걸었는데, 거기에는 아주 가느다란 금줄로 엮은 작은 틀이 달렸고 그 속에 색깔과 모양이 꼭 딸기를 닮은 진주가 들어 있었다. 안토니우스의 시선은 곧바로 그 진주를 향했다. 그는 숨이 턱 막힌 채 놀란 눈빛으로 그녀를 쳐다봤다.

"그 보석은 나도 알고 있소." 그가 말했다.

"네, 물론 그렇겠죠. 카이사르는 오래전 자기 딸과 브루투스의 약혼을 파기한 후 세르빌리아를 달래기 위해 이 보석을 선물했어요. 하지만 율리아는 죽었고, 이후 브루투스도 죽었고, 세르빌리아는 내전으로 재산을 다 잃었어요. 늙은 파브리키우스 마르가리타는 이 진주의 가치를 600만 세스테르티우스로 매겼지만, 세르빌리아는 진주를 팔러 가서 1천만 세스테르티우스를 불렀어요. 어리석은 여자 같으니! 나라면 2천만 세스테르티우스는 쳐줬을 텐데. 그녀는 그 1천만 세스테르티우스로도 빚을 다 갚을 수 없었다고 들었어요. 브루투스와 카시우스가 전쟁에서 패하는 바람에 세르빌리아는 그쪽 재산을 다 잃었고, 바티아와 레피두스가 그녀의 남은 돈도 다 쥐어짜서 빼앗아갔죠." 클레오파트라는 재미있다는 듯이 말했다.

"그녀는 요즘 아티쿠스의 돈으로 생활하고 있소."

"그리고 카이사르의 아내는 자살했다고 들었어요."

"칼푸르니아? 그녀의 아버지 피소는 죽은 카이사르의 아내와 잠자리하는 특권을 얻는 데 많은 돈을 지불할 얼뜨기에게 그녀를 시집보내려고 했지만, 그녀는 시키는 대로 하지 않았소. 피소와 그의 새 아내는 그녀의 삶을 지옥으로 만들었고, 그녀는 관저에서 쫓겨나는 걸 끔찍이도 싫어했지. 결국 그녀는 손목을 그었소."

"불쌍해라. 나는 늘 그녀가 좋았어요. 그렇게 따지면 세르빌리아도 좋아했죠. 내가 싫어했던 건 신진 세력의 아내들이었어요."

"키케로의 아내 테렌티아, 페디우스의 아내 발레리아 메살라, 히르티우스의 아내 파비아. 그건 나도 이해하겠소." 안토니우스는 활짝 웃으며 말했다.

그들이 대화를 나누는 동안, 소녀들은 정신이 혼미해진 안토니우스의 일행들을 한 명씩 긴 의자로 이끌었다. 이 과정이 다 끝나자 클레오파트라는 안토니우스의 팔을 잡아 U자로 배열된 좌석들 중 제일 안쪽의 긴 의자로 이끌었고, 그를 상석에 앉혔다. "이 의자에는 세번째 사람없이 우리 둘만 앉아도 괜찮을까요?" 그녀가 물었다.

"물론 괜찮소."

그가 자리에 앉자마자 첫번째 코스 요리가 나왔다. 수많은 산해진미가 준비되었으므로 그의 일행 중 잘 알려진 대식가 몇 명은 박수를 치며 기뻐했다. 뼈째로 먹을 수 있는 작은 새, 형언하기 힘든 양념을 채워

넣은 계란, 석쇠에 구운 새우, 찐 새우, 커다란 케이퍼와 버섯과 함께 꼬챙이에 끼워 구운 새우, 해안에서 갓 잡아 재빨리 운반해 온 굴과 가리비, 그 외에도 손가락으로 집어먹을 수 있는 진미가 잔뜩 나왔다. 이후 주요리가 준비되었는데 쇠꼬챙이를 꽂아 통째로 구운 양, 거세한 식용 수탉, 꿩고기, 어린 악어 고기(아주 맛있었고 대식가들을 열광하게 만들었다), 새로운 방식으로 맛을 낸 스튜와 고기찜, 통째로 구운 다음 황금 접시에 담아 원래 모양대로 깃털을 꽂고 활짝 편 꼬리 깃털까지 꽂아놓은 공작새 요리 등이었다.

"호르텐시우스는 로마 연회에서 최초로 구운 공작새 요리를 선보인 사람이었소." 안토니우스가 말하더니 껄껄 웃었다. "카이사르는 그 고기가 오래된 군화맛이라며 차라리 군화가 덜 질길 거라고 했소."

클레오파트라도 깔깔거렸다. "당연히 그렇게 말했겠죠! 말린 콩이나 병아리콩이나 렌틸콩에 소금 밑간을 한 돼지고기를 한 줌 넣어 끓여주면 카이사르는 그저 행복해했어요. 음식을 따지는 사람이 아니었죠!"

"한번은 그가 산패된 기름에 빵을 찍어 먹었는데, 그걸 눈치채지도 못했소."

"하지만 마르쿠스 안토니우스 당신은 맛있는 음식을 좋아하는 사람이죠."

"가끔은 그렇소."

"이 포도주는 키오스 섬에서 난 거예요. 물을 섞어 마셔서는 안 되죠."

"난 술에 취하지 않기로 했소, 여왕."

"어째서죠?"

"당신을 상대하는 남자에게는 온전한 두뇌가 필요하니까."

"칭찬으로 받아들일게요."

"세월이 흘렀지만 당신의 외모는 하나도 안 나아졌군." 그는 달콤한 후식이 준비되는 동안 말했다. 여성이 이런 외모 평가를 어떻게 받아들일지는 전혀 신경쓰지 않는 듯했다.

"내 매력은 겉모습에 있는 게 아니에요." 그녀는 냉정을 잃지 않고 말했다. "카이사르가 반한 나의 매력은 내 목소리, 지성, 왕족의 지위였어요. 그는 특히 내가 자기만큼이나 쉽게 새로운 언어를 배운다는 사실을 좋아했죠. 그는 내게 라틴어를 가르쳐줬고, 나는 그에게 이집트의 민중어와 고전어를 가르쳐줬어요."

"당신의 라틴어는 흠잡을 데 없이 훌륭하오."

"카이사르의 라틴어도 그랬죠. 그래서 내 라틴어가 훌륭한 거예요."

"아들은 안 데려왔군."

"카이사리온은 파라오예요. 나는 그애에게 통치를 맡기고 왔어요."

"다섯 살짜리에게?"

"이제 곧 여섯 살이고, 하는 짓은 예순 살이에요. 아주 놀라운 아이죠. 당신은 카이사리온을 이집트에 있는 카이사르의 상속자로 원로원에 공표하겠다는 약속을 지킬 생각이겠죠? 그애에겐 반박의 여지가 없는 왕권이 주어져야만 하고, 그건 다시 말해 옥타비아누스가 그애를 로마에 위협적인 존재로 받아들여서는 안 된다는 뜻이에요. 로마에서는 별 쓸모가 없는, 로마인의 피를 반쯤 타고난 훌륭한 피호국 왕 정도가 좋겠죠. 카이사리온의 운명은 어디까지나 이집트 안에 놓여 있고, 옥타비아누스는 반드시 그걸 깨달아야 해요."

"동의하오. 하지만 아직은 카이사리온을 로마로 데려가 이집트와 관련된 우리의 협약을 비준할 때가 아니오. 지금 이탈리아에는 문제가 있고, 나는 옥타비아누스가 그 문제를 해결하기 위해 무슨 짓을 하든 간섭할 수 없소. 그는 필리피에서의 합의에 따라 이탈리아 통치를 맡게 됐소. 내가 이탈리아로부터 원하는 것은 군대뿐이오."

"당신은 로마인으로서 이탈리아의 현 사태에 책임감을 느끼지 않나요, 안토니우스?" 그녀는 이맛살을 구기며 물었다. "이탈리아가 저렇게 엄청난 기아와 사업가, 지주, 퇴역병 간의 경제적 갈등으로 고통받도록 내버려두는 것이 과연 온당하고 정치적으로 옳은 처사일까요? 당신과 옥타비아누스와 레피두스가 이탈리아에 남아 그곳 문제부터 해결했어야 했던 게 아닐까요? 옥타비아누스는 아직 한참 젊은 청년인데, 그에게 그 일을 해낼 만한 지혜나 경험이 있을 리 없잖아요. 어째서 그를 방해할 게 아니라 돕지 않는 거죠?" 그녀는 단호한 미소를 지으며 베개 받침을 두드렸다. "이건 나의 이익과는 전혀 무관한 일이에요. 하지만 난 카이사르가 알렉산드리아를 엉망으로 만들어놨던 때를, 그리고 알렉산드리아 시민들이 계급별로 나뉘어 싸우는 대신 서로 협력하게 만들려면 내가 어떻게 했어야 하는지를 계속 생각하게 되더군요. 나의 실패 원인은 내가 사회적 분쟁을 심각한 문제로 보지 않은 거였어요. 카이사르는 내게 조언을 남겼지만 나는 그 조언을 받아들일 만큼 현명하지 못했죠. 하지만 그런 일이 또 벌어진다면 이제 어떻게 해야 하는지 알아요. 그런데 내가 보기에 현재의 이탈리아 상황은 내가 경험했던 고난의 변주예요. 옥타비아누스나 레피두스와의 입장 차이는 잊고 서로 힘을 모으세요!"

"그 가식덩어리 애송이에게 일말의 도움이라도 주느니," 안토니우스는 어금니를 앙다물고 말했다. "차라리 죽고 말겠소."

"가식덩어리 애송이 한 명보다는 사람들이 훨씬 중요해요."

"아니, 그렇지 않소! 난 이탈리아가 더 굶주렸으면 좋겠고, 그 상황에 박차를 가하기 위해 뭐든 다 할 거요. 내가 섹스투스 폼페이우스와 그의 제독들을 그냥 두는 것도 그 때문이오. 그들은 옥타비아누스가 이탈리아를 먹여 살리는 것을 불가능하게 만들고 있으니까. 사업가들이 세금을 적게 낼수록 옥타비아누스에겐 퇴역병을 정착시킬 토지 구입 자금이 줄어들 거요. 지주들이 솥을 부글부글 끓이고 있으니 옥타비아누스는 곧 익어버릴 테지."

"로마는 위로는 파두스 강 이북부터 아래로는 브루티움까지의 이탈리아 주민들로 구성된 제국이에요. 당신은 이탈리아에서 병사들을 모집할 거라고 했는데, 달리 말해 다른 곳에서는 그렇게 훌륭한 병사들을 구하기 힘들다는 뜻 아닌가요? 하지만 나라가 굶주리면 그들도 굶주리게 될 거예요."

"아니, 그들은 굶주리지 않소." 안토니우스는 곧바로 말했다. "그들은 기근 때문에라도 재입대할 거요. 내겐 오히려 도움이 될 거요."

"언젠가 훌륭한 군인으로 자랄 아이들을 낳아 기르는 여자들에겐 도움이 안 될걸요."

"병사들은 급여를 받으면 집으로 돈을 보낼 거요. 그리스인 해방노예라든지 노파처럼 쓸모없는 인간들만 배를 곯게 되겠지."

정신적으로 기진맥진해진 클레오파트라는 뒤로 기대 눈을 감았다. 그녀는 살인으로 이어지는 감정에 관해 아주 잘 알고 있었다. 그녀의 아버지는 자신의 왕위를 단단히 하려고 장녀를 목 졸라 죽였고, 카임과 타카가 어린 클레오파트라를 멤피스에 숨겨주지 않았더라면 그녀 역시 살해당했을지도 모른다. 하지만 의도적으로 백성을 기아와 질병에 시달리게 한다는 생각은 그녀에게 완전히 낯설었다. 열정적으로 대립

하는 이 남자들은 밑도 끝도 없는 잔혹함을 지닌 듯했다. 카이사르가 그들 손에 죽은 것이 놀랍지도 않았다. 그들에게는 조국보다 개인과 자기 가문의 특권이 더 중요했고, 그런 점에 있어서 그들은 스스로 인정하기 싫을 만큼 미트리다테스 대왕을 닮아 있었다. 가문의 원수를 망하게 할 수 있다면 그들은 죽은 자들의 시체가 바다를 덮게 만들 수도 있을 터였다. 클레오파트라가 보기에 그들은 아직도 작은 도시국가의 정치를 하고 있었다. 그 작은 도시국가가 이제 역사상 가장 강력한 군사 제국이자 상업 제국으로 성장했음에도 불구하고. 알렉산드로스 대왕은 더 넓은 땅을 점령했지만, 그가 죽자 그의 제국은 하늘의 연기처럼 사라졌다. 로마는 여기저기의 땅을 조금씩 점령했지만, 그 점령지들은 로마라는 하나의 개념으로 묶였다. 그 개념에 내포된 더 큰 영광을 위해서였다. 그럼에도 불구하고 그들은 개인 차원의 갈등보다 이탈리아가 더 중요하다는 것을 인식하지 못하고 있었다. 카이사르는 그녀에게 늘 말하곤 했다. 이탈리아와 로마는 동일한 존재라고. 하지만 마르쿠스 안토니우스는 동의하지 않을 터였다.

하지만 그녀는 마르쿠스 안토니우스가 어떤 사람인지 조금 더 이해하게 되었다. 아, 오늘밤 여기에 더 있기엔 너무 피곤하구나! 앞으로 여러 차례 만찬이 열릴 터였고, 그녀의 요리사들이 새로운 메뉴를 개발하겠다며 적극적으로 나선다면 그녀는 말리지 않을 생각이었다.

"이만 실례할게요, 안토니우스. 난 자러 가야겠어요. 원하는 만큼 쉬다 가요. 필론이 시중을 들어줄 거예요."

그러고서 그녀는 곧 사라졌다. 안토니우스는 얼굴을 찌푸리며 지금 떠날지 더 있다 갈지 일행과 논의했다. 내일 저녁에는 그가 그녀를 위해 만찬을 베풀 터였다. 작고 별난 계집 같으니! 그녀는 마치 한참 먹어야 할 나이에 제대로 먹지 않는 여자처럼 보였다. 하지만 그런 여자들은 빈혈에 시달리고 약해빠진 반면 클레오파트라는 아주 강인했다. 그는 갑자기 우스운 생각이 들었다. 옥타비아누스는 풀비아와 클로디우스에게서 난 딸아이와 어떻게 지내고 있을까? 그애야말로 제대로 먹지 않는 여자인데! 각다귀도 그애보단 살집이 많으리라.

　두번째 저녁을 위한 두번째 만찬 초대장은 안토니우스가 다음날 재판소로 나설 무렵 배달되었다. 안토니우스는 여왕이 오늘 다시 재판소에 나타나지 않으리라는 것을 알고 있었다. 그의 친구들은 전날 연회에 관해 계속 감탄을 늘어놓았으므로, 안토니우스는 아침으로 나온 빵과 꿀을 먹다가 내려놓고 소송 당사자들의 예상보다 훨씬 일찍 아고라에 도착했다. 그의 일부는 여전히 전날 클레오파트라가 이야기를 한층 더 심각한 방향으로 이끈 것에 분개하고 있었다. 게다가 클레오파트라가 카시우스를 편들어준 일에 관해선 아직 말도 꺼내지 않은 터였다. 그 주제는 하루이틀 더 묵혀뒀다가 꺼내는 게 좋을 듯 싶었다. 하지만 전혀 겁먹지 않은 게 분명한 그녀의 태도를 보니 조짐이 좋지 않았다.

　그가 필로파토르호에서의 두번째 선상 만찬 참석을 위해 목욕과 면도를 하려고 총독 관저로 돌아오자, 글라피라가 숨어서 그를 기다리고 있었다.

　"나는 어제 초대받지 않은 거죠?" 그녀는 가느다란 목소리로 추궁했다.

　"데려오란 말이 없었소."

　"오늘은 나도 초대받았나요?"

　"아니."

"내가 여왕에게 편지라도 써서 나도 왕족이고 당신 손님 자격으로 타르소스에 머문다고 얘기해주는 게 좋을까요? 그렇게 하면 그녀는 당연히 내게도 초대장을 보낼 거예요."

"그럴 수도 있겠지, 글라피라." 안토니우스는 난데없이 아주 쾌활하게 말했다. "하지만 그런다고 달라질 건 없소. 당장 짐을 싸시오. 내일 아침 당신을 코마나로 돌려보낼 거요."

눈물이 조용한 비처럼 줄줄 흘러내렸다.

"오, 그놈의 눈물 좀 멈추시오!" 안토니우스가 소리쳤다. "당신은 원하는 걸 얻겠지만, 아직 때가 되지 않았소. 계속 눈물을 쏟아냈다간 아무것도 얻지 못할 거요."

세번째 저녁에 필로파토르호 선상에서 열린 세번째 만찬에서 안토니우스는 마침내 카시우스 문제를 꺼냈다. 클레오파트라의 요리사들이 어떻게 계속 새로운 요리를 내놓는 건지 그로서는 알 길이 없었다. 어쨌든 그의 친구들은 맛있는 음식의 향연에 취해 가운데 의자에 앉은 두 사람이 뭘 하는지 지켜볼 틈이 없었다. 두 사람 사이에 성적인 접촉이 없고 앞으로도 그럴 가능성이 없음이 분명해지자, 눈앞에 있는 매력적인 소녀들의 자태가 더욱 황홀하게 느껴졌다. 물론 일부 손님들은 소년들의 자태에 더 열광했다.

"내일은 당신이 총독 관저로 와서 만찬을 드는 게 좋겠소." 안토니우스가 말했다. 그는 세 번의 만찬에서 음식을 맛있게 먹었지만 과식하지 않았다. "당신의 요리사들도 이제 하루쯤 쉴 때가 된 것 같소."

"당신이 원한다면 그렇게 하죠." 그녀는 무관심하게 말했다. 그녀는 음식을 께지럭거리며 참새 모이만큼만 먹었다.

"하지만 여왕 전하께서 왕족의 귀하신 몸으로 내 거처를 빛내주기 전에, 우선 당신이 카시우스에게 도움을 제공한 일을 짚고 넘어가고 싶소."

"도움이요? 무슨 도움 말이죠?"

"훌륭한 4개 로마 군단이라면 도움이라고 할 수 있지 않소?"

"친애하는 마르쿠스 안토니우스," 그녀는 피곤하다는 듯이 말을 끌었다. "그 4개 군단은 아울루스 알리에누스의 손에 맡겨져 북쪽으로 떠났어요. 나는 당연히 그가 당시 합법적인 시리아 총독이었던 푸블리우스 돌라벨라의 보좌관인 줄 알았고요. 알렉산드리아가 기근은 물론 역병의 위협에 처해 있었던 터라, 나는 카이사르가 거기 남겨둔 4개 군단을 기쁜 마음으로 알리에누스에게 넘겨줬어요. 내가 당신과 옥타비아누스에게 보낸 함대는 폭풍을 만나 난파되었고요. 하지만 당신은 내가 카시우스에게 함대를 제공했다거나 자금, 곡물, 혹은 군대를 제공했다는 기록을 절대 찾을 수 없을 거예요. 내가 임명한 키프로스의 섭정 세라피온이 브루투스와 카시우스에게 도움을 제공했다는 건 인정하지만, 난 세라피온이 처형되기를 바라는 입장이에요. 그는 내 명령 없이 마음대로 행동했으니 이집트의 반역자예요. 당신이 그를 처형하지 않는다면 이집트로 돌아가는 길에 내가 그를 처형할 거예요."

"흐음." 안토니우스는 우거지상으로 웅얼거렸다. 그는 그녀의 말이 모두 사실임을 알고 있었지만, 문제는 그게 아니었다. 그는 그녀의 말이 거짓처럼 보이도록 상황을 왜곡할 방법을 찾아야만 했다. "세라피온이 당신 명령을 받아 행동했다고 증언해줄 노예들이 있소."

"자발적으로요, 아니면 고문을 통해서요?" 그녀가 냉랭하게 물었다.

"자발적으로."

"당신이 미다스보다도 더 갈망하는 황금의 아주 작은 일부를 제공받는 대가로 말이죠. 이봐요, 안토니우스, 좀 솔직해져요! 날 이곳으로 부른 건 로마 내전 탓에 당신의 멋진 동방이 파산 지경에 이르렀고, 그 탓에 어느 순간 이집트가 거대한 황금알을 낳는 거대한 거위처럼 보였기 때문이잖아요. 말은 똑바로 하세요!" 그녀는 톡 쏘듯이 말했다. "이집트의 황금은 이집트 소유예요. 이집트는 로마의 우호동맹국이고 로마와의 협약을 위반한 적이 없어요. 이집트의 황금을 원한다면 당신은 군대를 이끌고 나타나 내게서 강제로 빼앗아야만 할 거예요. 그리하려고 해도 결국 실망하게 될 거고요. 델리우스가 알렉산드리아에서 작성했던 한심한 미술품 목록은 거대한 황금알 더미에 포함된 하나의 황금알일 뿐이에요. 그 황금알 더미는 꽁꽁 감춰져 있어서 당신은 절대 찾아낼 수 없을 거예요. 그것의 행방을 아는 사람은 나와 내 사제들뿐인데, 당신이 우리를 고문한다 해도 아무것도 알아낼 수 없을 거고요."

이건 위협이 통하는 사람의 입에서 나올 만한 말이 아니었다!

안토니우스는 클레오파트라의 목소리에서 미세한 떨림을, 그녀의 손짓이나 몸짓에서 조금이라도 긴장한 흔적을 찾으려 했지만 아무것도 찾을 수 없었다. 설상가상으로, 안토니우스는 프톨레마이오스 왕가의 보물은 너무 깊숙한 곳에 교묘히 감춰져 있어 방법을 모르는 사람은 절대 찾을 수 없다는 말을 카이사르에게서 여러 번 들은 터였다. 물론 델리우스의 목록에 포함된 물건만 해도 1만 탈렌툼은 족히 나갈 터였지만, 그에겐 훨씬 더 많은 돈이 필요했다. 또한 그의 군대를 알렉산드리아까지 배에 태워 데려가는 경비만 해도 수천 탈렌툼이었다. 오, 이 빌어먹을 년! 이 여자를 윽박지르거나 협박해서는 아무것도 얻어내지 못하겠지. 그러니 나는 다른 방법을 찾아야만 한다. 클레오파트라는 글라피라가 아니니까.

다음날 아침 일찍 필로파토르호로 배달된 편지에 따르면, 안토니우스가 그날 밤 열 연회는 가장 파티라고 했다.

"하지만 미리 귀띔해주고 싶소." 편지에는 이렇게 적혀 있었다. "당신이 아프로디테의 복장으로 나타나면, 나는 인생의 축제에서 당신의 파트너인 새로운 디오니소스의 모습으로 당신을 맞아줄 거요."

그리하여 클레오파트라는 여러 겹의 분홍색과 암적색 천들이 하늘거리는 그리스풍의 옷을 입었다. 숱이 적은 갈색머리는 평소처럼 정수리부터 목덜미까지 가닥가닥 나누어 돌돌 말아놓았다. 사람들은 그 머리가 칸탈루프 멜론 껍질 같다고 우스갯소리를 했는데 아주 틀린 말도 아니었다. 글라피라 같은 여자는(만약 그녀가 파라오의 복식을 차려입은 클레오파트라를 본 적이 있다면) 클레오파트라가 이렇게 밋밋한 머리 모양을 하고 있으니 아무렇지 않게 이집트의 빨간색과 흰색 이중 왕관을 쓸 수 있는 거라고 안토니우스에게 말할 터였다. 하지만 오늘밤 클레오파트라는 스팽글과 꽃이 달린 짧은 베일을 머리에 썼고 목, 몸통, 허리도 꽃으로 장식했다. 한 손에는 황금빛 사과를 들고 있었다. 딱히 매력적인 복장은 아니었지만 여성의 옷차림에 관해 잘 모르는 마르쿠스 안토니우스에겐 그건 중요하지 않았다. 이 '가장' 파티의 진짜 목표는 그가 자신의 가장 멋진 모습을 보여주는 것이었다.

새로운 디오니소스인 그는 허리 위로, 그리고 허벅지 중간 아래로 아무것도 걸치지 않았다. 아랫도리에는 하늘하늘하고 얇은 자줏빛 천이 걸쳐져 있었고, 특별히 주문 제작한 그 아래 샅가리개의 거대한 주머니에는 전설적인 안토니우스의 성기가 담겨 있었다. 그는 올해 마흔

셋으로 아직 전성기를 구가하고 있었고, 남들보다 두 배는 더 방탕하게 살았음에도 불구하고 헤라클레스를 닮은 멋진 몸매는 여전했다. 장딴지와 허벅지는 건장했고 발목은 날씬했으며, 군살 없고 탄탄한 복근 위쪽으로 가슴 근육이 불끈 솟아 있었다. 그의 머리만은 다소 이상해 보였는데, 황소처럼 두꺼운 목 때문에 상대적으로 머리가 너무 작게 보였기 때문이다. 여왕이 데려온 처녀들은 그의 모습을 보자 숨이 멎을 듯했고, 그를 향한 갈망으로 죽어갈 지경이었다.

"세상에, 옷장에 옷이 많이 없나봐요." 클레오파트라는 대수롭지 않다는 듯이 말했다.

"디오니소스에겐 옷이 많이 필요 없소. 여기 포도 하나 먹어보시오." 그는 한 손으로 포도송이를 내밀며 말했다.

"사과 하나 드시죠." 그녀는 손을 내밀며 말했다.

"나는 디오니소스요, 파리스가 아니라. '파리스, 잘생긴 남자여, 여자를 쉽게 유혹하는 자여.'" 안토니우스는 문장을 인용했다. "봤소? 나도 호메로스를 안단 말이오."

"존경스러워서 몸 둘 바를 모르겠군요." 그녀는 긴 의자에 자리를 잡았다. 그는 그녀에게 상석을 내줬는데, 그의 측근 중 깐깐한 사람들은 그 행동이 불만스러웠다. 여자는 여자이기 때문이었다.

안토니우스의 노력에도 불구하고, 그가 목표 달성을 위해 옷을 벗어 던진 모습은 클레오파트라에게 아무런 영향도 끼치지 못한 듯했다. 그녀가 무엇을 위해 사는지 몰라도 사랑의 육체적 측면이 아니라는 것만은 확실했다. 사실 그녀는 그날 저녁 내내 자신의 황금빛 사과만 만지작거리며 지냈다. 사과를 분홍색 포도주가 담긴 유리잔 속에 넣고, 손톱을 손질한 손가락으로 유리잔 속을 휘저어 푸르스름한 유리잔이 희미한 자줏빛 도는 금색으로 바뀌는 것을 지켜보며 감탄했다.

마침내 절박해진 안토니우스는 한 번의 주사위 던지기에 모든 것을 걸기로 했다. 베누스, 베누스가 나와야 한다! "난 당신을 사랑하게 됐소." 그는 한 손으로 그녀의 팔을 어루만지며 말했다.

클레오파트라는 벌레를 털어내듯 그 손을 치워버렸다. "헛소리 마요." 그녀가 으르렁거렸다.

"헛소리가 아니오!" 그는 발끈하며 말하고 허리를 세워 자세를 바로잡았다. "난 당신에게 완전히 홀렸소, 클레오파트라."

"내 재산에 홀린 거겠죠."

"아니, 아니요! 당신이 거지라 해도 난 개의치 않을 거요!"

"헛소리! 당신은 내가 세상에 존재하지도 않는 것처럼 밟고 지나갈 걸요."

"당신에 대한 사랑을 증명해 보이겠소! 내게 무슨 일이든 시켜보시오!"

그녀는 지체 없이 대답했다. "내 동생 아르시노에는 에페소스의 아르테미스 성역에 숨어 있어요. 알렉산드리아에서 법적 절차에 따라 사형을 선고받았죠. 그애를 처형해줘요, 안토니우스. 그애가 죽으면 내가 더 편히 쉴 수 있고, 당신을 더 좋아할 수 있을 거예요."

"나에게 더 좋은 수가 있소." 그가 말했다. 그의 이마에 땀이 송골송골 맺혔다. "당신과 사랑을 나누겠소. 이곳에서, 지금 당장!"

그녀의 머리가 갸우뚱 기울면서 꽃들로 장식된 베일이 삐뚜름해졌다. 긴 의자에 앉아 이 장면을 유심히 지켜보던 델리우스의 눈에는 그녀가 꽃을 팔기로 작정한 술 취한 행상인처럼 보였다. 노르스름한 금빛 눈 한쪽이 감겼고, 나머지 한쪽은 안토니우스를 가늠하는 듯한 눈길로 관찰했다. "타르소스에선 안 돼요." 그녀는 덧붙였다. "그리고 내 동생이 살아 있는 한 안 돼요. 아르시노에의 잘린 머리를 들고 이집트로 찾아오면 생각해볼게요."

"그럴 순 없소!" 숨이 턱 막힌 그는 소리쳤다. "내겐 할 일이 너무 많단 말이오! 내가 왜 술을 안 마시는 것 같소? 이탈리아에선 전쟁의 조짐이 일고 있는데다 그 빌어먹을 어린놈은 모두의 예상보다 훨씬 잘 대응하고 있단 말이오. 그러니 난 당신 말대로 할 수 없소! 게다가 대체 무슨 마음으로 자기 동생의 잘린 머리를 요구한단 말이오?"

"아주 즐거운 마음으로요. 그애는 수년 동안 내 머리를 노렸어요. 그애의 계획대로 진행된다면 그애는 내 아들과 결혼한 다음 눈 깜짝할 사이 내 어깨에 달린 머리를 잘라낼 거예요. 그애는 순수한 프톨레마이오스 혈통이고 아직 충분히 젊어서 나중에 카이사리온의 아이를 임신할 수 있어요. 나는 미트리다테스 대왕의 손녀예요. 혼혈이죠. 그리고 내 아들은 더 심한 혼혈이에요. 알렉산드리아의 많은 사람들에게 아르시노에는 적절한 혈통으로의 회귀를 의미해요. 내가 살려면 그애는 반드시 죽어야 해요."

클레오파트라는 긴 의자에서 내려와 베일을 벗고 목과 허리춤에 엮어놓은 월하향과 백합을 뜯어냈다. "멋진 연회에 초대해줘서 고맙고, 많은 것을 깨닫게 해준 이번 여행에 대해서도 고마워요. 필로파토르호는 지난 수백 년 동안 이렇게 즐거운 여정을 떠난 적이 없어요. 내일 필로파토르호와 나는 이집트로 돌아갈 거예요. 그곳으로 날 찾아와요. 그리고 에페소스에 있는 내 동생을 꼭 방문하세요. 아주 웃기는 계집애거든요. 당신이 하르피이아와 고르곤을 좋아한다면 그애가 아주 마음에 들 거예요."

"어쩌면," 델리우스는 말했다. 그는 다음날 아침 필로파토르호가 황금 노로 물을 저으며 집으로 돌아가리란 소식을 은밀히 전해 들은 터였다. "여왕은 안토니우스 사령관님께 겁을 먹은 모양입니다."

"저 여자가 겁을 먹어? 저 차가운 독사가? 절대 불가능한 일이야!"

"저 여자의 몸무게는 1탈렌툼도 안 될 텐데, 사령관님은 4탈렌툼은 될 겁니다. 어쩌면 사령관님이 자기를 으스러뜨려 죽일지도 모른다고 생각했나보죠." 그는 킥킥거렸다. "아니면 세게 박아서 죽인다든지! 정말로 세게 박아서 죽일 수도 있을 겁니다."

"제기랄! 그 생각은 미처 못 했군!"

"그녀에게 편지로 구애하십시오, 사령관님. 그리고 이탈리아 동쪽을 담당한 트리움비르로서 의무를 다하세요."

"지금 나를 압박하는 건가, 델리우스?" 안토니우스가 물었다.

"아뇨, 아뇨, 물론 아닙니다!" 델리우스는 재빨리 답했다. "단지 이집트 여왕은 사령관님의 눈에서 멀어질 테지만, 다른 사람들과 사건들은 그렇지 않다는 것을 알려드리고 싶었습니다."

안토니우스는 책상에 쌓인 서류들을 사납게 쓸어버렸고, 루킬리우스는 재빨리 무릎을 꿇고 떨어진 서류들을 주웠다. "이 생활도 지긋지긋하네, 델리우스! 동방은 그냥 썩어 문드러지라지. 이제 포도주와 여자를 즐길 시간이야."

델리우스의 시선은 아래를, 루킬리우스의 시선은 위를 향했다. 둘은 의미심장한 눈빛을 주고받았다. "제게 더 좋은 생각이 있습니다." 델리우스가 말했다. "올여름에 산더미 같은 일을 처리한 다음, 알렉산드리아에 있는 클레오파트라 여왕의 궁전으로 가서 겨울을 보내는 게 어떨까요?"

나일 강은 4년 연속으로 범람하지 않았다. 유일하게 희망
적인 소식이 있다면 강 유역의 생존자들은 역병에 내성이
생긴 듯했고, 삼각주 지역과 알렉산드리아 주민들도 마찬가지였다. 이
사람들은 더 튼튼하고 건강했다.

소시게네스는 때마침 어떤 생각을 떠올렸고 파라오의 이름으로 칙
령을 발표했다. 나일 강 제방에서 가장 낮은 부분을 1.5미터 더 파내라
는 내용의 칙령이었다. 미리 준비해둔 이 고랑 안으로 강물이 조금이라
도 들어오면 미리 파둔 커다란 연못으로 흘러들어갈 터였다. 연못 둘레
로 물레방아들이 서 있었고, 물레방아는 뱀처럼 연결된 얕은 수로를 통
해 바싹 마른 땅에 물을 공급해줄 터였다. 7월 중순이 되어 나일 강이
죽음 수위를 기록했을 때 수위는 딱 연못을 채울 정도로만 높아졌다.
한 번에 한 양동이씩 강물을 직접 퍼올리는 전통식 방아두레박보다 훨
씬 효율적인 관개 방식이었다.

죽음의 한가운데에서도 사람들은 사람들이었다. 아기가 태어났고
인구가 늘어났다. 하지만 이집트인들은 굶지 않을 터였다.

로마로부터의 위협은 일시적으로 중단되었다. 클레오파트라의 정보
원들은 안토니우스가 타르소스에서 안티오케이아로 떠났고 티로스와
시돈을 방문한 이후 배를 타고 에페소스로 갔다고 전했다. 그곳에서 아
르시노에는 비명을 지르며 성역 밖으로 끌려나가 칼을 맞았다. 아르테
미스 대사제는 아르시노에와 같은 운명을 맞는가 싶었다. 하지만 피 튀
기는 동방 특유의 복수를 싫어하는 안토니우스는 행정장관의 요청을
받아들여 대사제를 무사히 성역으로 돌려보냈다. 안토니우스가 이집

트를 방문하더라도 아르시노에의 잘린 머리를 짐 속에 넣어가진 않을 터였다. 아르시노에는 온전한 상태로 화장되었다. 그녀는 최후의 진정한 프톨레마이오스 혈통이었고, 그녀의 죽음으로 인해 클레오파트라를 유독 위협하던 요소가 사라졌다.

"안토니우스는 겨울에 올 겁니다." 타카가 웃으며 말했다.

"안토니우스! 오, 내 어머니, 그는 카이사르가 아니에요! 내가 어떻게 그의 손길을 견딜 수 있을까요?"

"카이사르는 특별했지요. 전하께서 그를 잊을 수 없다는 건 알아요. 하지만 이제 그를 애도하는 건 그만하고 이집트로 눈을 돌려야 해요. 카이사리온과 결혼할 여동생을 만들어줄 피를 안토니우스가 가지고 있는데, 그의 손길이 어떤 느낌인지가 왜 중요하죠? 군주들은 본인의 만족을 위해 짝짓기를 하지 않아요. 자기 나라에 이익을 가져오고 왕조를 지키기 위해 짝을 짓죠. 전하께서는 안토니우스에게 익숙해지실 거예요."

사실 그해 여름과 가을 클레오파트라를 가장 괴롭힌 것은 카이사리온이었다. 그는 자기를 알렉산드리아에 남겨두고 떠난 어머니를 용서하지 않았다. 겉으로는 흠잡을 데 없이 공손했고, 열심히 공부했고, 자유 시간에 자발적으로 책을 읽기도 했다. 승마 수업, 군사 훈련, 신체 단련도 꾸준히 했지만 권투나 레슬링은 하지 않았다.

"아빠는 우리의 사고기관이 머리 안쪽에 있으니 절대 머리를 다칠 수 있는 운동을 해서는 안 된다고 말씀하셨어요. 그러니 저는 앞으로 글라디우스와 장검 사용법을 익히고 화살을 쏘고 투석구로 돌을 던지고 필룸창과 하스타창 던지기 연습을 하고 달리기, 장애물 넘기, 수영을 꾸준히 할 거예요. 하지만 권투나 레슬링은 하지 않을 거예요. 제 교사들이 뭐라고 하든 간에 아빠라면 허락하지 않았을 테니까요. 저는 그들에게 이제 그만 단념하고 엄마를 찾아가지 말라고 했어요. 제 명령이 엄마의 명령보다 더 가벼운가요?"

클레오파트라는 카이사리온이 카이사르에 관해 아주 많이 기억하고 있다는 사실에 놀란 나머지, 그의 마지막 말에 숨겨진 메시지를 알아채지 못했다. 아이 아버지가 죽은 것은 이 아이가 네 살이 되기 전이었다.

하지만 그녀를 괴롭히는 것은 몸싸움 운동에 관한 논쟁 같은 사소한 불만이 아니었다. 클레오파트라를 아프게 하는 건 아들의 냉담함이었다. 그녀가 말하거나 특히 명령을 내릴 때 아들은 흠잡을 데 없이 집중하는 태도를 보였지만, 자신의 개인적인 세계에서는 그녀를 완전히 배제시켰다. 그녀가 사소하게 넘길 수 없을 정도로 분한 감정을 느끼고 있는 게 분명했다.

그녀는 속으로 탄식했다. 오, 나는 왜 항상 잘못된 선택을 하는 걸까? 저애를 타르소스로 안 데려가는 게 이런 결과를 낳을 줄 알았다면 그냥 데려갔을 텐데. 하지만 그건 왕위 계승자를 바다 여정의 위험에 노출시키는 꼴이 됐겠지. 절대 안 돼!

그 무렵 그녀의 정보원들은 이탈리아의 상황이 급속히 내전을 향해 치닫고 있다고 전했다. 선동자는 안토니우스의 억척스러운 아내 풀비아와 안토니우스의 동생이자 집정관인 루키우스 안토니우스였다. 풀비아는 유명한 형세 관망자이자 기회주의자인 루키우스 무나티우스 플랑쿠스를 홀려서 그가 베네벤툼 인근에 정착시켰던 2개 군단 규모의 퇴역병들을 그녀의 군대를 위해 내놓도록 했다. 이후 그녀는 카이사르가 끔찍이 싫어했던 얼간이 귀족 티베리우스 클라우디우스 네로에게 캄파니아에서 노예 반란을 선동해달라고 설득했다. 평생 노예와 말을 섞어본 적도 없는 사람에게 적절한 임무는 아니었다. 네로가 아예 노력을 안 한 건 아니지만, 그는 그 임무를 대체 어디서부터 시작해야 할지 몰랐다.

트리움비르라는 지위 외에 공식 관직이 없는 옥타비아누스는 조심스럽게 루키우스 안토니우스의 주변을 둘러싸며 지연전술을 구사했다. 루키우스가 모집한 2개 군단은 로마를 향해 이탈리아 반도 위쪽으로 이동중이었다. 세번째 트리움비르인 마르쿠스 아이밀리우스 레피두스는 루키우스의 로마 진입을 막기 위해 2개 군단을 이끌고 나섰다. 하지만 라티나 가도 위로 반짝이는 갑옷이 보이자마자 레피두스는 승리감에 도취한 풀비아에게(그리고 사람들이 잘 잊는 경향이 있지만 루키우스에게) 로마와 병사들을 넘겼다.

이러한 결과의 진짜 원인은 이탈리아를 둘러싸고 있는 거대한 군대, 다시 말해 안토니우스의 뛰어난 부하들이 이끄는 군대 때문이었다. 그들은 안토니우스의 동지이자 정치적 지지자이기도 했다. 가이우스 아시니우스 폴리오가 7개 군단과 함께 이탈리아 갈리아를 장악했고, 알프스 산맥 너머 먼 갈리아에는 퀸투스 푸피우스 칼레누스가 11개 군단과 함께 버티고 있었다. 푸블리우스 벤티디우스와 그의 7개 군단은 리구리아 연안에 주둔중이었다.

이제 계절은 가을이었다. 안토니우스는 그리 멀지 않은 아테네에 있었고, 세상에서 가장 세련된 도시가 제공하는 유흥을 한껏 즐기고 있었다. 폴리오가 그에게 편지를 썼고, 풀비아가 편지를 썼고, 루키우스가 편지를 썼고, 섹스투스 폼페이우스가 편지를 썼고, 옥타비아누스가 하루도 빠짐없이 그에게 편지를 썼다. 안토니우스는 이런 편지에 한 번도 답장을 하지 않았다. 그에게는 더 재미있는 일이 있었다. 그리하여— 옥타비아누스가 깨달은 바에 따르면—안토니우스는 카이사르의 상속자를 영원히 끝장낼 좋은 기회를 놓치고 말았다. 퇴역병들 사이에선 반란의 조짐이 일었고, 아무도 세금을 내지 않았으며, 옥타비아누스가 모을 수 있는 병력은 8개 군단뿐이었다. 북쪽의 보노니아부터 남쪽의 브룬디시움에 이르는 모든 주요 도로가 군홧발의 리드미컬한 쿵쿵거림에 진동했다. 대부분 옥타비아누스를 적으로 공언한 이들에게 소속된 병사들이었다. 섹스투스 폼페이우스의 함대는 이탈리아 서쪽의 티레니아 해와 이탈리아 동쪽의 아드리아 해를 모두 장악해 시칠리아와 아프리카에서 이탈리아로 이동하는 모든 곡물 수송선을 차단했다. 안토니우스가 아테네의 안락한 긴 의자에서 몸뚱이를 일으켜 지지 세력과 함께 옥타비아누스를 박살내기로 했다면 그는 손쉽게 승리했으리라. 하지만 안토니우스는 편지에 답장을 하지도, 움직임을 보이지도 않았다. 옥타비아누스는 안도의 한숨을 내쉬었다. 한편 안토니우스 쪽 사람들은 안토니우스가 즐거운 시간을 보내느라 바빠 쾌락 이외의 것을 생각할 겨를이 없는 것이라 짐작했다.

하지만 클레오파트라는 알렉산드리아에서 보고서를 통해 이런 내용을 전달받으며 조바심치고 분개했다. 그녀는 안토니우스에게 당장 이탈리아 내전에 개입하라고 편지를 쓸까 고민했다. 그렇게 하면 이집트에 가해지는 실질적인 위협을 제거할 수 있을 터였다! 하지만 그녀는 결국 편지를 보내지 않았다. 편지를 보낸다 할지라도 헛수고일 게 분명했으므로.

루키우스 안토니우스는 플라미니우스 가도를 따라 페루시아로 진군했다. 아펜니누스 산맥 한가운데 고도가 높고 평평한 산꼭대기 위의 장엄한 도시였다. 루키우스 안토니우스는 자신의 6개 군단과 함께 페루시아 성벽 안으로 들어가서 옥타비아누스가 어떻게 나올지는 물론 폴리오, 벤티디우스, 플랑쿠스가 어떻게 나올지 주시했다. 이 세 사람이 자신을 구하러 오지 않으리라는 생각은 그에겐 떠오르지 않았다. 안토니우스의 부하인 그들은 반드시 그를 구하러 오리라!

옥타비아누스는 영적인 형제 아그리파에게 지휘권을 맡겼다. 이는 영리한 결정이었다. 폴리오나 벤티디우스나 플랑쿠스가 루키우스를 구하러 오지 않으리라는 판단이 서자, 이 두 청년은 페루시아가 위치한 산 둘레에 거대한 공성 요새를 건설했다. 이제 그 어떤 식량도 도시 안으로 들어갈 수 없었고, 겨울이 다가오면서 낮아진 지하수면은 점점 더 낮아지고 있었다.

풀비아는 플랑쿠스의 진지에 들어앉아 멀지 않은 곳에 있는 폴리오와 벤티디우스의 배신에 대해 욕을 쏟아냈다. 대놓고 플랑쿠스를 꾸짖기도 했다. 그는 그녀를 사랑했으므로 그녀의 분노를 참아줬다. 그녀의 심리 상태는 걱정스러울 만큼 불안정했다. 어떨 때는 광분하며 짜증을 터뜨렸고, 어떨 때는 더 많은 병사를 모집하는 데 그 격정적인 에너지를 쏟았다. 하지만 그녀를 가장 괴롭히는 것은 옥타비아누스를 향한 새로운 분노였다. 그 거만한 개자식은 제 아내이자 풀비아의 딸인 클로디아를 여전히 처녀인 상태로 어머니에게 돌려보냈다. 식음을 전폐하고 울기만 하는 삐쩍 마른 여자애를 어떻게 해야 한단 말인가? 그것도 전쟁중인 진지에서? 설상가상으로 클로디아는 자신이 옥타비아누스를 열렬히 사랑하며, 옥타비아누스에게 소박을 맞은 건 전부 어머니 탓이라고 했다.

10월 말, 안토니우스는 자신이 폭발 직전의 아이트나 산처럼 느껴졌다. 그의 동료들도 폭발 전의 진동을 감지하고 그를 피하려 했지만 그것은 불가능한 일이었다.

"델리우스, 나는 알렉산드리아로 가서 겨울을 날 걸세." 그는 선언했다. "마르쿠스 삭사와 카니니우스는 군대와 함께 에페소스에 남아 있으면 될 테고. 루키우스 삭사, 자네는 안티오케이아까지 나랑 같이 가세. 자네를 시리아 총독으로 임명하겠네. 안티오케이아에는 카시우스의 병사로 구성된 2개 군단이 있는데 그 정도 병력이면 충분할 거야. 자네는 시리아 도시들에게 내가 공세 납부를 원한다고 분명히 전달하는 작업을 시작하게. 나중에 말고 지금 당장! 카시우스에게 돈을 냈던 도시는 내게도 돈을 내야만 하네. 지금으로서는 나머지 지역의 배치를 바꿀 마음이 없네. 아시아 속주는 조용하고, 켄소리누스는 마케도니아에서 잘하고 있고, 비티니아에 딱히 총독이 필요한 것 같지도 않으니까." 그는 의기양양하게 머리 위로 두 팔을 활짝 뻗었다. "휴가야! 새로운 디오니소스는 진정한 휴가를 즐길 거야! 이집트에 있는 아프로디테의 궁전보다 휴가를 즐기기에 더 나은 곳이 어디 있겠나?"

그는 클레오파트라에게도 편지를 쓰지 않았다. 그녀는 그가 오고 있다는 소식을 자신의 정보원들을 통해 두 번의 장날 주기 전에 들었다. 그가 도착하기까지 16일 동안 그녀는 피레네 산맥의 육즙이 풍부한 햄부터 거대한 치즈에 이르기까지 이집트에 재고가 없는 식재료를 구입하기 위해 곳곳으로 배를 보냈다. 평상시 메뉴에 잘 오르지는 않았지만 궁전 주방에서는 소스에 맛을 낼 액젓을 담글 수 있었고, 알렉산드리아 내의 로마인들에게 젖먹이 돼지를 공급하던 업자들은 양돈장을 통째로 팔아넘겼다. 닭, 거위, 오리, 메추라기, 꿩도 끌어모았다. 다만 양고기는 이 시기에 구할 수가 없었다. 그보다 더 중요한 일은 품질 좋은 포도주를 대량으로 준비해놓는 것이었다. 클레오파트라의 궁전 사람들은 포도주를 거의 안 마셨고 클레오파트라는 이집트산 보리 맥주를 선호했다. 하지만 로마인들에게는 늘 포도주, 포도주, 포도주여야만 했다.

시리아가 들썩이고 있다는 소문이 펠루시온과 삼각주 지역을 떠다녔다. 다만 그 누구도 이 문제의 본질과 관련된 확실한 증거를 내놓진 못하는 듯했다. 유대인들이 들끓고 있는 것은 분명했다. 헤로데스가 비티니아에서 사분왕이 되어 돌아왔을 때 시네드리온의 바리사이파와 사두가이파는 동시에 아우성을 쳤다. 그의 형인 파사엘로스 역시 사분왕이 되었다는 사실은 중요하지 않은 듯했다. 헤로데스는 증오의 대상이었지만 파사엘로스는 참아줄 수 있는 사람이었다. 일부 유대인들은 히르카노스를 왕좌에서 끌어내리고 그의 조카를 그 자리에 앉힐 음모를 꾸몄다. 그렇게 안 된다면 히르카노스의 대사제 직위라도 빼앗아 안티고노스에게 넘길 생각이었다.

하지만 마르쿠스 안토니우스가 언제 도착할지 모르는 마당이라 클레오파트라는 시리아 문제에 충분한 관심을 기울이지 못했다. 시리아는 이집트 바로 옆에 위치하고 있다는 이유만으로도 아주 시급한 문제였다.

클레오파트라의 신경이 쏠려 있던 것은 아들에게서 보이는 위기의 조짐이었다. 카임과 타카에게 카이사리온을 멤피스로 데려가서 안토니우스가 이집트를 떠날 때까지 머물게 해달라고 부탁해둔 터였다.

"전 안 갈 거예요." 카이사리온은 턱을 치켜들고 아주 침착하게 말했다.

클레오파트라는 그 자리에 모자가 단둘이 있는 게 아니라는 사실이 짜증났다. 그래서 퉁명스럽게 답했다. "파라오의 명령이야! 그러니 너는 가야 해."

"저도 파라오예요. 제 아버지가 살해당한 이후로 살아 있는 로마인 중 가장 위대한 사람이 우리를 방문하는데 격식을 갖춰 그를 맞아야죠. 다시 말해 파라오는 남성과 여성 양쪽 모두가 그 자리에 있어야 해요."

"말대꾸하지 마, 카이사리온. 필요하다면 너한테 감시인을 붙여 멤피스로 보내버릴 수도 있어."

"우리 백성에게 보여주기 좋은 장면이겠네요!"

"내게 그런 무례한 말을 하다니!"

"저도 성별을 마치고 왕관을 쓴 파라오예요. 저는 아문-라의 아들이자 이시스의 아들이에요. 저는 두 여신의 주인이자 사초와 벌의 주인이에요. 저의 카르투슈는 어머니의 것보다 위에 있어요. 저와 전쟁을 치르지 않는 한, 어머니는 저에게서 제 왕좌에 앉을 권리를 뺏을 수 없어요. 전 왕좌에 앉아 마르쿠스 안토니우스를 맞을 겁니다."

응접실은 너무 조용해서 모자가 내뱉는 모든 단어가 도금한 서까래까지 크게 울려퍼졌다. 눈에 띄지 않는 구석마다 하인들이 대기하고 있었고, 카르미온과 이라스도 여왕의 곁에 있었으며, 아폴로도로스는 자기 자리에 서 있었고, 소시게네스는 탁자에 앉아 메뉴판을 열심히 읽고 있었다. 카임과 타카만이 자리에 없었는데, 그들은 사랑하는 카이사리온을 프타 성역에 데려갔을 때 무엇을 해줘야 할지 행복한 고민을 하느라 바빴다.

아이의 얼굴은 고집 센 노새처럼 변했고, 청록색 눈동자는 광을 낸 원석처럼 단단했다. 이 아이와 카이사르의 닮은 점이 이렇게까지 확연하게 드러난 적은 없었다. 하지만 카이사리온의 자세는 느긋했고, 주먹을 움켜쥐거나 바닥에 뻣뻣하게 발을 딛고 서 있지도 않았다. 그는 자신이 할말을 다 했다. 다음은 클레오파트라가 말할 차례였다.

그녀는 머리가 어질어질해진 채 자신의 안락의자에 앉았다. 이 고집 세고 낯선 아이에게 이것이 사실 그를 위한 조치임을 어떻게 설명해줄 수 있을까? 그가 왕실 구역에 남아 있으면 이해하기 힘든 온갖 장면에 노출될 것이 분명했다. 욕설과 불경스러운 말, 잔인함과 추잡함, 구토를 해대는 대식가, 욕정에 달아올라 긴 의자에서든 벽에 기대서든 장소를 가리지 않는 사람들, 부패의 씨앗이 되는 행위들, 아들이 충분히 이해할 나이가 되기 전까지는 그녀가 절대 보여주지 않으려 했던 속세의 노골적인 장면들. 그녀는 바로 이 궁전에서 보냈던 유년 시절을 똑똑히 기억하고 있었다. 난봉꾼 아버지는 미동들을 추행했고, 미동들이 자신의 성기를 빨고 키스하게 했으며, 벌거벗은 소년 소녀들의 행렬 앞에서 만취한 채 그 한심한 피리를 연주하며 춤췄다. 그녀는 아버지 눈에 안 띄는 곳에 숨어서, 제발 아버지에게 발견되어 아버지의 쾌락을 위해 강간당하는 일이 없게 해달라고 기도했다. 어쩌면 베레니케처럼 살해당할 수도 있었다. 그에게는 이복여동생에게서 얻은 새로운 가족이 있었으니 미트리다테스 혈통의 아내에게서 얻은 딸은 없애버려도 상관없었다. 그러므로 그녀가 카임과 타카와 함께 멤피스에 살았던 시절은 그녀의 인생을 통틀어 가장 멋진 시간이었다. 그곳에는 안전함과 안정감과 즐거움이 있었다.

타르소스에서의 연회는 마르쿠스 안토니우스의 생활방식을 보여주는 좋은 예였다. 물론 그는 자제심을 발휘했지만 그건 순전히 그가 군주인 여성을 상대해야 했기 때문이다. 그는 자기 친구들의 행동엔 무관심했고 그들 중 일부는 파렴치한 행태를 보였다.

하지만 어떻게 카이사리온에게 여기 있을 순 없다고, 여기 있어선 안 된다고 설명할 수 있을까? 그녀의 직감은 안토니우스가 자제심 따윈 벗어던지고 새로운 디오니소스 역할에 충실히 임할 것이라 말하고 있었다. 그는 그녀 아들의 친척이기도 했다. 카이사리온이 알렉산드리아에 남아 있으면 둘을 떨어뜨려놓을 방법이 없었다. 또한 카이사리온은 위대한 전사와의 만남을 기대하고 있는 것이 분명했다. 그 위대한 전사가 위대한 난봉꾼의 모습으로 나타나리라는 것을 모른 채.

그리하여 침묵은 길어졌고, 마침내 소시게네스가 목청을 가다듬으며 의자를 뒤로 밀고 자리에서 일어났다.

"전하, 제가 한말씀 드려도 되겠습니까?" 그가 물었다.

카이사리온이 명령했다. "말해보게."

"어린 파라오는 이제 여섯 살이지만 아직 여자들로 가득한 궁전에서 보호받고 계십니다. 김나시온이나 경기장에서만 남자들의 세계를 경험할 수 있는데 그들은 모두 파라오의 백성입니다. 그들은 어린 파라오께 말을 하기 전에 반드시 절해야 합니다. 어린 파라오는 그걸 이상하게 받아들이지 않습니다. 파라오니까요. 하지만 마르쿠스 안토니우스가 이곳을 방문하면 어린 파라오는 자신의 백성이 아닌 남자들과 어울릴 기회를 얻게 될 겁니다. 파라오 앞에 절하지 않는 남자들 말이죠. 파라오의 머리를 헝클어뜨리고, 다정하게 툭 치고, 농담을 할 수도 있겠죠. 남자 대 남자로요. 저는 클레오파트라 파라오께서 왜 어린 파라오를 멤피스로 보내려 하시는지 잘 알고 있지만……."

클레오파트라는 그의 말을 끊었다. "충분해, 소시게네스! 자네는 분수를 모르는군! 우리는 어린 파라오가 이 방을 나간 뒤 이 대화를 마칠 것이야. 어린 파라오는 지금 당장 이 방을 떠나야 하네!"

"전 이 방을 떠나지 않을 거예요." 카이사리온이 말했다.

소시게네스는 공포에 덜덜 떨며 계속 말했다. 그의 일자리가, 또한 그의 목숨이 위험했지만 누군가는 이 말을 해야만 했다. "여왕 전하, 어린 파라오를 이렇게 보내시면 안 됩니다. 이 대화를 마치기 위해 당장 여기서 내보내셔도 안 되고, 로마인들로부터 보호하기 위해 멤피스로 보내셔도 안 됩니다. 전하의 아드님은 성별을 거치고 왕관을 쓴 파라오이자 왕입니다. 나이로는 아직 아이지만 본질적으로는 남자입니다. 이제 어린 파라오도 자기 앞에서 엎드리지 않는 남자들과 자유롭게 어울릴 때가 됐습니다. 어린 파라오의 부친께서는 로마인이었습니다. 이제 어린 파라오는 로마와 로마인에 관해 더 많은 것을 배울 때가 됐습니다. 어린 파라오가 아기나 다름없던 시절 전하와 함께 로마에 머물며 배웠던 것보다 더 많은 것을 말이죠."

클레오파트라는 얼굴에 불이 난 듯했고, 이 감정이 자기 얼굴에 얼마나 드러나 있을지 걱정됐다. 오, 못된 녀석, 이렇게 공개적인 자리에서 자기 입장을 밝히다니! 저앤 하인들이 어떻게 소문을 퍼뜨릴지 알고 있었어. 한 시간이면 궁전 안에 소문이 파다하게 퍼질 테고, 내일쯤엔 도시 전역으로 퍼지겠지.

그녀는 싸움에서 졌다. 그 자리의 모든 사람이 그 사실을 알고 있었다.

"고맙네, 소시게네스." 그녀는 오랜 침묵 끝에 말했다. "참 고마운 조언을 해줬어. 옳은 조언일세. 어린 파라오는 알렉산드리아에 남아 로마인들과 어울려야 하네."

소년은 기쁨의 환성을 지르거나 신나서 펄쩍 뛰지 않았다. 그는 위엄 있게 고개를 끄덕이더니 무표정한 눈으로 어머니를 응시하며 말했다. "저와 맞서지 않는 쪽을 택해주셔서 고맙습니다, 엄마."

아폴로도로스는 어린 파라오를 비롯해 방안의 모든 이들을 밖으로 쫓아냈다. 얼마 지나지 않아 곁에 카르미온과 이라스만 남게 되자 클레오파트라는 울음을 터뜨렸다.

"피할 수 없는 일이었어요." 현실적인 이라스가 말했다.

"그애는 잔인했어요." 감성적인 카르미온이 말했다.

"그래." 클레오파트라는 눈물을 흘리며 말했다. "그애는 잔인했어. 모든 남자들이 그래. 남자의 본성이지. 그들은 여자와 동등한 위치에서 삶을 사는 것에 만족하지 않아." 그녀는 얼굴을 닦았다. "나는 오늘 내권위의 일부분을 잃었어. 그애가 내게서 그것을 억지로 빼앗아갔지. 스무 살이 될 무렵엔 그애가 모든 권위를 갖게 될 거야."

"마르쿠스 안토니우스가 친절한 사람이기를 바라는 수밖에요." 이라스가 말했다.

"타르소스에서 그를 봤잖아. 그땐 그가 친절하다고 생각했어?"

"네, 파라오께서 그에게 그럴 기회를 줬을 때는 말이죠. 그는 확신이 없어서 더 고함을 친 거예요."

"이시스는 그를 자기 남편으로 받아들여야만 해요." 카르미온이 젖은 눈으로 한숨을 쉬며 말했다. "어떤 남자가 이시스에게 불친절할 수 있겠어요?"

"그를 받아들이는 것은 권력을 양보하는 것이 아냐. 이시스는 권력을 더 얻을 거야." 클레오파트라가 말했다. "하지만 자기에게 의붓아버지가 생길 거라는 사실을 알면 내 아들은 뭐라고 할까?"

"그애 나름의 방식으로 받아들일 거예요." 이라스가 말했다.

안토니우스의 기함은 왕실 항구로 안내되어 정박했다. 카타풀타가 여러 대 장착된 거대하고 선미루가 높은 5단 노선이었다. 부두의 호화로운 황금빛 그늘막 아래에서 두 파라오가 기다리고 있었다. 하지만 그들은 파라오의 의복 차림이 아니었다. 클레오파트라는 평범한 분홍색 양모 옷을, 카이사리온은 자주색 테두리가 있는 귀리색의 그리스 튜닉을 입었다. 카이사리온은 토가를 입고 싶어했지만, 클레오파트라는 알렉산드리아엔 궁정 재봉사에게 토가 만드는 법을 알려줄 사람이 없다고 설명했다. 카이사리온은 로마 시민이 아니므로 토가를 입을 수 없다고 얘기하기보다는 그편이 낫다고 생각했던 것이다.

어머니에게 주어질 관심을 가로채는 것이 카이사리온의 야망이었다면, 그는 야망을 이뤘다. 안토니우스가 건널판자를 지나 부두로 내려오는 동안 그의 눈은 줄곧 카이사리온에게 고정되어 있었다.

"세상에!" 두 모자에게 다가온 그가 소리쳤다. "카이사르가 따로 없군! 얘야, 넌 네 아버지를 꼭 닮았어!"

카이사리온은 또래에 비해 키가 큰 편이었지만 갑자기 난쟁이가 된 기분이었다. 안토니우스는 거대했다! 하지만 안토니우스가 그를 가뿐히 들어올려 토가 아래로 근육이 단단한 왼팔에 올려놓자, 아무래도 좋다는 생각이 들었다. 안토니우스 뒤편에는 델리우스가 환한 낯으로 서 있었다. 클레오파트라에게 인사를 건네고, 앞서서 부두를 떠나가는 두 사람의 뒤통수를 지켜보며 클레오파트라 옆에서 걷는 것은 그의 몫이었다. 소년은 안토니우스의 농담에 고개를 뒤로 젖히며 깔깔거렸다.

"두 사람은 서로가 마음에 든 모양입니다." 델리우스가 말했다.

"그러게요, 정말 그런 것 같죠?" 생기 없는 목소리였다. 그러나 그녀는 곧이어 어깨를 쫙 폈다. "마르쿠스 안토니우스는 이번엔 내 예상만큼 많은 친구를 데려오지 않은 것 같군요."

"다들 할 일이 있으니까요, 여왕 전하. 제가 알기로 안토니우스는 알렉산드리아인들을 만나고자 합니다."

"해석관, 기록관, 심판장, 회계관, 야간 경비대장이 그를 몹시 만나고 싶어해요."

"회계관이요?"

"그냥 직위명일 뿐이에요, 퀸투스 델리우스. 그 다섯 직위 중 하나를 차지하려면 프톨레마이오스 소테르 시절부터 이어진 귀족 가문의 순혈 마케도니아인이어야 해요. 그들은 알렉산드리아의 귀족이죠." 클레오파트라는 재미있다는 듯이 말했다. 아티쿠스가 회계관이 아니면 무엇이며, 로마의 파트리키 귀족 중 아티쿠스를 경멸할 사람이 어디 있단 말인가? "오늘 저녁에는 환영회를 준비하지 못했어요." 클레오파트라가 덧붙였다. "조촐한 저녁식사에 마르쿠스 안토니우스만 초대할 겁니다."

"사령관님도 분명 그편을 더 좋아하실 겁니다." 델리우스는 매끄럽게 대답했다.

카이사리온의 눈이 감기기 시작하자 그의 어머니는 아들이 잠자리에 들도록 했다. 그런 다음 하인들을 전부 내보내고 안토니우스와 단둘이 남았다.

알렉산드리아에는 본격적인 겨울이랄 게 없고 해가 지면 살짝 찬 기운이 도는 것이 전부였다. 그러므로 창문은 전부 닫혀 있었다. 안토니우스는 겨울이 훨씬 혹독한 아테네에 있다 왔으므로 이곳 날씨가 아주 쾌적하게 느껴졌고 몇 달 만에 가장 느긋한 기분을 만끽했다. 게다가 여왕은 아주 흥미로운 저녁식사 상대임이 드러났다―그녀와 대화할 기회가 많지는 않았지만. 저녁 내내 안토니우스에게 질문 세례를 퍼부은 것은 카이사리온이었다. 갈리아는 어땠나요? 필리피를 실제로 봤을 때 어땠나요? 군대를 이끄는 건 어떤 기분인가요? 이런 질문들이 끝없이 쏟아졌다.

"카이사리온 때문에 완전히 지친 것 같네요." 그녀는 웃으며 말했다.

"그 아이는 점괘를 알려주기 전의 점쟁이보다 훨씬 호기심이 많았소. 하지만 똑똑하더군요, 클레오파트라." 그의 얼굴에 불쾌한 듯 찡그린 표정이 드러났다. "카이사르의 또다른 상속자만큼이나 조숙하고."

"당신이 싫어하는 사람 말이죠."

"그건 너무 약한 표현이오. 증오한다는 말이 더 맞을 거요."

"당신이 내 아들은 좋아했으면 싶군요."

"내가 예상했던 것보다는 훨씬 좋았소." 그는 눈을 찡그리며 방안에 켜진 등불들을 쳐다봤다. "여긴 너무 밝군."

그 말에 대답이라도 하듯, 그녀는 긴 의자에서 일어나 등불 끄는 기구를 들더니 안토니우스의 얼굴을 직접 비추지 않는 등불만 남겨두고 나머지는 전부 껐다. "머리가 지끈거려요?" 그녀는 긴 의자로 돌아오며 물었다.

"실은 그렇소."

"이제 그만 쉬러 가고 싶나요?"

"여기 조용히 누워 당신과 대화할 수 있다면 안 가고 싶소."

"그럼 그렇게 하면 되죠."

"당신은 내가 당신을 사랑한다는 말을 믿지 않았지만, 난 진실을 말한 것뿐이오."

"내게는 은거울들이 있는데, 그것들에 따르면 나는 당신이 사랑에 빠질 종류의 여자가 아니에요. 그건 풀비아 같은 여자겠죠."

그가 웃음을 보이자 반짝이는 작고 하얀 치아들이 드러났다. "그리고 글라피라도 있소. 당신은 그녀를 본 적이 없을 테지만. 아주 매력 넘치는 걸작품이지."

"그렇게 말하는 걸 보니 그녀를 사랑하진 않았나봐요. 하지만 풀비아는 진심으로 사랑하겠죠."

"예전에는 그랬다는 편이 더 맞소. 이제 그녀는 내게 골칫거리요. 그녀는 지금 옥타비아누스와 전쟁을 치르고 있소. 소용없는 짓이고 작전 지휘도 엉망진창이오."

"아주 아름다운 여자죠."

"마흔셋이니 여자로서는 한물갔소. 우린 거의 비슷한 나이요."

"그녀는 당신에게 아들들을 낳아줬어요."

"그렇소. 하지만 그애들은 너무 어려서 어떻게 자랄지 아직 알 수 없소. 그녀의 외할아버지는 위대한 인물인 가이우스 그라쿠스니까 내 아들들도 훌륭한 인물이 되기를 바랄 뿐이오. 안틸루스는 다섯 살이고 율루스는 아직 아기요. 풀비아는 훌륭한 암말이오. 클로디우스에게서 딸 둘, 아들 둘 네 자녀를 낳았고, 쿠리오에게서 아들 하나를 낳았고, 내 자식들까지 낳았소."

"프톨레마이오스 가문 사람들도 자식을 많이 낳죠."

"하지만 당신 둥지에는 새끼가 한 마리뿐인데 그건 어떻게 설명할 거요?"

"나는 파라오예요, 마르쿠스 안토니우스. 평범한 인간과는 짝이 될 수 없다는 뜻이죠. 카이사르는 신이었으니 나에게 어울리는 짝이었어요. 나는 그를 만나서 바로 카이사리온을 임신했지만, 그후로는……." 그녀는 한숨을 쉬었다. "소식이 없었죠. 맹세컨대 노력이 부족했던 건 아니에요."

안토니우스는 소리내어 웃었다. "그렇겠죠. 그가 당신에게 말하지 않은 이유를 알겠소."

그녀가 갑자기 뻣뻣해지더니 고개를 들어 그를 쳐다봤다. 그녀의 커다란 황금빛 눈동자에 안토니우스의 짧게 깎은 곱슬머리 뒤로 놓인 등불이 비쳤다. "뭘 말하지 않았단 거죠?"

"그에겐 당신을 다시 임신시킬 마음이 없었다는 것."

"거짓말이에요!"

그는 깜짝 놀라 고개를 들었다. "거짓말이라고? 내가 왜 거짓말을 하겠소?"

"당신 의도를 내가 어떻게 알겠어요? 난 그저 당신 말이 거짓이란 걸 알아요!"

"난 사실을 말하는 거요. 잘 생각해보면 당신도 이해할 수 있을 거요, 클레오파트라. 카이사르가 자기 아들과 결혼할 딸을 당신에게 임신시켰을 것 같소? 그는 철저하게 로마인이었고 로마인들은 근친상간을 용납하지 않소. 남매나 오누이 간의 혼인은 말할 것도 없고 조카와 삼촌, 조카와 고모 간의 혼인조차 허락하지 않소. 사촌끼리의 결혼도 위험하다고 본단 말이오."

환멸이 거대한 파도처럼 그녀를 엄습했다. 진심으로 날 사랑한다고 믿었던 카이사르가 이렇게 감쪽같이 나를 속였다니! 로마에서 지내던 몇 달간 그렇게 임신을 기원했지만 아무 소식이 없었는데, 그는 알고 있었다, 다 알고 있었다! 서방의 신은 나를 속였다. 멍청한 로마인들의 케케묵은 원칙 때문에! 그녀는 이를 갈며 목 뒤에서부터 으르렁 소리를 냈다. 그러더니 어느 순간 초연하게 말했다. "그가 날 속인 거군요."

"당신이 이해하지 못하리라 생각해서 그런 거였소. 내가 보니 그의 생각이 옳았고 말이오."

"당신이 카이사르 입장이라면 내게 똑같이 할 건가요?"

"오, 글쎄." 안토니우스는 그녀에게 좀더 가까이 다가가며 말했다. "난 그렇게 예민한 사람이 아니오."

"너무 고통스러워요! 그는 날 속였는데, 난 그를 너무 사랑했어요!"

"무슨 일이 있었든 간에 그건 과거요. 카이사르는 죽었소."

"난 한때 카이사르와 했던 대화를 당신과도 해야만 해요." 클레오파트라는 슬쩍 눈가를 닦으며 말했다.

"무슨 대화 말이오?" 그는 한 손가락으로 그녀의 팔뚝을 쓸어내리며 물었다.

이번에 그녀는 그 손가락을 뿌리치지 않았다. "나일 강은 4년째 범람하지 않았어요, 마르쿠스 안토니우스. 파라오가 자녀를 잉태하지 못해서예요. 백성을 치유하기 위해 파라오는 반드시 신의 피가 흐르는 자녀를 잉태해야만 해요. 당신의 피는 카이사르의 피예요. 당신은 모계 쪽으로 율리우스 가문의 혈통을 이어받았죠. 나는 아문-라와 이시스에게 기도를 올렸고, 그들은 당신과 나 사이에서 잉태된 아이가 그들을 기쁘게 할 거라고 했어요."

이건 분명 사랑의 고백이 아니었다! 이토록 냉철한 설명에 남자가 어떤 반응을 보여야 한단 말인가? 또한 나 마르쿠스 안토니우스는 이렇게 냉혈한 같고 조그마한 여자와 진심으로 사랑을 나누고 싶은 건가? 그녀는 자신의 말을 진심으로 믿는 여자였다. 하지만 안토니우스는 지상의 신을 잉태시켜보는 것은 새로운 경험이 되리라 생각했다. 규율을 중요시했던 깐깐한 카이사르에게 뼈아픈 패배를 안겨줄 수 있는 일이기도 했다!

그는 그녀의 손을 잡아 자기 입술로 가져갔고 그 손에 입맞추었다. "그건 내게도 영광이오, 나의 여왕이여. 내가 카이사르의 입장을 설명해줄 수는 없지만, 난 당신을 사랑하오."

거짓말쟁이, 거짓말쟁이! 그녀는 속으로 외쳤다. 당신은 로마 이외에는 그 무엇도 사랑할 수 없는 로마인이야. 하지만 난 당신을 이용할 거야. 카이사르가 날 이용했듯이. "알렉산드리아에서 지내는 동안 나와 한 침대를 쓰겠어요?"

"기꺼이 그러겠소." 그는 이 말을 내뱉고 그녀에게 입맞추었다.

기분좋은 입맞춤이었다. 그녀가 상상했던 것처럼 괴롭진 않았다. 그의 입술은 서늘하고 부드러웠고, 그는 서로를 조심스럽게 탐험하는 첫 입맞춤 도중에 불쑥 혀를 집어넣지 않았다. 그저 부드럽고 감각적으로 입술과 입술이 만났다.

"이리 와요." 그녀는 등불 하나를 들고 말했다.

그녀의 침실은 멀지 않았다. 그곳은 파라오의 거처에서 조금 작은 방이었다. 그는 튜닉을 벗고―샅가리개는 하지 않은 채였다―그녀의 옷을 고정해놓은 어깨의 리본을 풀었다. 침대 끄트머리에 앉은 그녀의 주변으로 떨어진 옷이 작은 웅덩이를 이뤘다.

"피부가 곱군." 그는 그녀 옆에 몸을 쭉 뻗고 누우며 말했다. "나는 당신을 다치게 하지 않을 거요, 나의 여왕이여. 안토니우스는 훌륭한 연인이고, 당신처럼 작고 연약한 여자를 어떻게 사랑해줘야 하는지 잘 알고 있소."

그의 말은 사실이었다. 그들의 첫 결합은 느긋했고 놀라울 정도로 기분좋았다. 그는 그녀의 몸을 부드럽게 어루만졌고 그녀의 가슴에 부드러운 관심을 보였다. 그는 그녀를 다치게 하지 않겠다고 맹세했지만, 그녀에게 카이사리온을 출산한 경험이 없었다면 어쩌면 조금 힘들었을 것이다. 그는 그녀 안으로 들어가기 전에 그녀를 몹시 애타게 만들었고 그 거대한 물건을 자유자재로 쓰는 법을 알고 있었다. 그는 자신이 절정에 도달하기 전에 그녀가 절정을 맛보도록 해줬고 그 절정의 감각은 그녀를 놀라게 했다. 그건 마치 카이사르에 대한 배신처럼 느껴졌다. 하지만 카이사르가 먼저 그녀를 배신했는데 그게 무슨 상관인가? 무엇보다 좋은 점은 그가 그 어떤 면에 있어서도 카이사르를 연상시키지 않는다는 것이었다. 안토니우스와의 경험은 오로지 안토니우스에게만 적용됐다. 그녀가 절정에 도달하는 순간마다 안토니우스는 또다시 그녀에게 달려들 준비가 되어 있다는 점도 카이사르와 달랐다. 대체 몇 번이나 절정을 느꼈는지 세는 것이 창피할 정도였다. 그녀는 그토록 굶주려 있었던 걸까? 대답은 분명히 '그렇다'였다. 군주 클레오파트라는 다시 한번 여자가 되었다.

카이사리온은 어머니가 위대한 마르쿠스 안토니우스를 애인으로 받아들였다는 사실에 흥분했다. 그런 면에 있어서 그는 순진하지 않았다.

"그와 결혼할 거예요?" 그는 기쁨에 겨워 흔들리는 눈빛으로 물었다.

"시간이 좀 지난 후에 그럴 수도 있겠지." 그녀는 진심으로 안도하며 말했다.

"왜 지금 당장 하지 않죠? 그는 세상에서 가장 위대한 남자잖아요."

"너무 이르기 때문이란다, 아들아. 안토니우스와 나는 우리 사랑이 결혼의 책임을 다할 수 있을 정도로 단단한지 먼저 확인해야 해."

안토니우스는 터질 듯한 자부심으로 가득했다. 클레오파트라는 그가 사랑을 나눈 첫번째 군주가 아니었지만 가장 중요한 군주인 건 분명했다. 또한 그가 깨달은 바에 따르면 그녀의 성적인 성향은 전문 매춘부와 정숙한 로마인 아내의 중간쯤이었다. 그에게는 딱 맞는 조건이었다. 남자가 한 여자와 하룻밤 이상 관계를 이어가려면 바로 그런 조건이 충족돼야 했는데, 그런 면에서 클레오파트라는 완벽했다.

이 모든 상황은 그의 애인이 그를 위해 호화로운 연회를 베풀어줬을 때 그의 기분에 반영되었을지도 모른다. 포도주는 더없이 훌륭했고 물은 쓴 편이었다. 그러니 훌륭한 포도주에 물을 섞어 맛을 망칠 이유가 어디 있으랴? 안토니우스는 자기도 모르는 사이에 본래의 의도를 망각하고 아주 행복하게, 손쓸 수 없을 정도로 만취했다.

전원 상류층 마케도니아인으로 구성된 알렉산드리아 손님들은 처음에는 당혹스러워하다가, 이내 이 같은 방탕함에도 합당한 이유가 있다고 결론짓는 듯했다. 자만심이 대단한 기록관은 야단법석을 떨고 낄낄대며 술 한 병을 마시더니 지나가던 하녀를 붙잡아 성교를 했다. 얼마 지나지 않아 다른 알렉산드리아인들도 그를 따라 했고, 난잡하게 노는 데 있어선 로마인에 뒤지지 않는다는 것을 증명해 보였다.

이 장면을 놀란 눈으로(또한 맨정신으로) 지켜보던 클레오파트라에게 이는 단 한 번도 상상해보지 못한 종류의 수업이나 다름없었다. 다행히 안토니우스는 술을 마시느라 바빠 그녀가 함께 어울려 놀지 않는다는 사실을 눈치채지 못했다. 원체 음식을 많이 먹는 탓인지 몰라도, 그는 포도주를 아무리 마셔도 구제불능의 멍청이로 변하지는 않았다. 보이지 않는 구석에 숨어 있던 소시게네스는 여왕보다는 이런 일에 익숙했다. 그는 장막 뒤에 요강을 여러 개 준비해놓고 손님들이 어떤 구멍에서 나오는 분출물이든 간에 그곳에서 해결할 수 있도록 했다. 또한 다음날 아침에 찾아올 숙취의 고통을 덜어줄 물약을 준비해두었다.

"오, 정말 재밌게 놀았소!" 안토니우스는 다음날 우렁차게 말했다. 아주 건강한 사람답게 그는 멀쩡했다. "오늘 오후에 또 한번 놀아봅시다!"

그리하여 클레오파트라에게는 인정사정없이 두 달 넘도록 매일 이어지는 연회가 시작되었다. 연회의 행태가 난잡해질수록 안토니우스는 더 즐거워했고 더 활기에 찼다. 소시게네스는 이 시바리스풍의 연회가 더 다양한 형태로 진행될 수 있도록 기발한 아이디어를 내놓는 임무를 맡았다. 그 결과 알렉산드리아에 정박된 모든 선박에서는 지중해 동부 전역에서 모인 악사, 무희, 곡예사, 익살극 배우, 난쟁이, 기형인, 마술사 들이 쏟아져나왔다.

안토니우스는 가끔은 잔인하다 싶을 정도로 짓궂은 농담을 좋아했고 낚시를 좋아했다. 벌거벗은 여자들과 헤엄치기를 좋아했고, 로마에서는 귀족에게 금지된 활동인 전차 몰기를 좋아했다. 악어와 하마 사냥, 못된 장난, 외설적인 시, 가장행렬을 좋아했다. 그의 식욕은 참으로 대단해서 하루에도 열두 번씩 배고프다고 소리를 질러댔다. 소시게네스는 늘 엄청난 양의 최고급 포도주와 함께 완벽한 정찬을 준비해놓는 혜안을 갖추고 있었다. 그의 전략은 즉각적인 성공을 거두었다. 안토니우스는 소시게네스에게 쪽 소리가 나도록 입맞추며 그 왜소한 철학가를 '선한 사람들의 왕자'라 불렀다.

취객 50여 명이 횃불을 들고 거리를 뛰어다니다가 아무 집 대문이나 쾅쾅 두드리고 낄낄거리며 달아나는 행태에 항의하기 위해 알렉산드리아인들이 할 수 있는 일은 거의 없었다. 이 짜증나는 무리에는 도시의 고위 관료들이 포함돼 있었기 때문이다. 관료의 아내들은 집에서 눈물을 흘리며 왜 여왕이 이런 짓을 허락했는지 의아해했다.

여왕이 이런 짓을 허락한 이유는 다른 선택지가 없었기 때문이다. 물론 그녀는 광란의 연회에 참석할 때마다 마음이 내키지 않았다. 한번은 안토니우스가 그녀에게 세르빌리아의 600만 세스테르티우스짜리 진주를 포도주잔에 넣고 그 포도주를 마시라고 했다. 그는 진주가 산에 닿으면 녹는다고 믿었던 것이다. 그렇지 않다는 것을 알고 있었던 클레오파트라는 그가 시킨 대로 진주를 포도주에 담갔지만 그 포도주를 마시지는 않았다. 다음날 그녀의 목에는 전혀 망가지지 않은 진주가 다시 걸려 있었다. 낚시터에서의 장난 또한 끝이 없었다. 낚시 재주가 없던 안토니우스는 잠수부들에게 돈을 주고 자기 낚싯바늘에 살아 있는 물고기를 걸도록 했다. 그는 그런 식으로 팔딱거리는 생선을 낚아올려 자신의 낚시 실력을 뽐냈다. 이런 허세에 질린 클레오파트라는 어느 날 잠수부를 시켜 그의 낚싯바늘에 썩은 생선을 걸게 했다. 하지만 안토니우스는 그 장난을 유쾌하게 받아들였다. 그것이 그의 천성이었다.

카이사리온은 이처럼 우스꽝스러운 장난을 흥미롭게 지켜봤다. 하지만 그는 절대 연회에 초대받지 않았다. 안토니우스가 기분 내킬 때면 두 사람은 악어나 하마를 사냥하기 위해 말을 타고 사라졌다. 클레오파트라는 자기 아들이 거대한 짐승의 발길질이나 길고 누런 이빨에 으스러지는 장면을 떠올리며 고통스러워했다. 하지만 안토니우스에 대해 적절한 평가를 내리자면, 그는 소년을 위험으로부터 잘 보호하면서 즐거운 시간을 보내도록 했다.

"넌 안토니우스가 좋은 모양이구나." 클레오파트라는 1월이 끝나갈 무렵 아들에게 말했다.

"네, 엄마, 아주 좋아해요. 그는 자신이 새로운 디오니소스라고 하지만 실은 헤라클레스예요. 저를 한 손 위에 올려놓을 수도 있다고요. 상상이 되세요? 게다가 원반을 100미터까지 던지기도 해요!"

"놀랍지도 않구나." 그녀는 건조하게 말했다.

"내일 우린 경기장에 갈 거예요. 저는 그와 함께 그의 전차를 탈 거고요. 말 네 필을 나란히 연결한 가장 빠른 전차 말이죠!"

"전차 경주는 점잖은 취미가 아니야."

"알아요. 하지만 재미있잖아요!"

거기에 대고 무슨 말을 할 수 있을까?

그녀의 아들은 지난 두 달간 눈에 띄게 성장했다. 소시게네스의 말이 옳았다. 남자들과 가까이 지낸 덕분에 카이사리온은 너무 곱게 자란 티를 벗을 수 있었다. 클레오파트라는 카이사리온에게서 그런 모습이 사라지기 전까지 그에게 그런 면이 있는 줄도 몰랐다. 이제 그는 으스대는 몸짓으로 궁전을 거닐며 안토니우스처럼 고함을 지르고, 만취한 회계관을 아주 우스꽝스럽게 흉내내고, 매일같이 예전엔 없었던 열정과 생기를 보여줬다. 게다가 그는 강하고 유연했으며 호전적인 운동에 타고난 재능을 보였다. 창을 던졌다 하면 백발백중이었고 활을 쏘면 늘 표적 정중앙에 꽂혔으며, 백전노장 같은 솜씨로 글라디우스를 휘둘렀다. 또한 자기 아버지처럼 뒷짐을 지고도 전속력으로 말을 달릴 수 있었다.

클레오파트라 입장에서는 흥청망청하는 안토니우스를 자신이 얼마나 더 참아줄 수 있을지 의문이었다. 그녀는 계속 피곤했고 구역질이 났으며 요강에서 한시도 떨어져 있을 수 없었다. 나른함이나 눈에 띄는 변화가 없을 초기이기는 했으나 이 모든 것은 임신 증상이었다. 안토니우스가 조만간 이 어지러운 생활을 멈추지 않는다면, 그녀는 그에게 이제 어지럽게 노는 건 혼자 하라고 말해야 할 터였다. 그녀는 작은 체구의 여자치고 아주 강했지만 그런 그녀에게도 임신은 큰 타격을 안겼다.

2월 초 파르티아 국왕이 시리아를 침략하자 그녀의 딜레마는 저절로 해결됐다.

오로데스는 이제 늙어서 전쟁을 직접 치를 나이가 아니었고 무척이나 중요한 왕위 승계를 둘러싼 음모로 골치가 아팠다. 그가 야심만만한 아들들과 파벌들을 처리하는 방법 하나는 그중 가장 공격적인 인물들을 위한 전쟁을 찾아주는 것이었다. 그렇다면 시리아의 로마인들을 상대로 하는 전쟁보다 더 나은 전쟁이 어디 있으랴? 그의 아들 중 가장 강한 사람은 파코로스였으므로 이 전쟁은 그에게 주어져야 했다. 이번에는 오로데스에게 던질 만한 주사위가 많았다. 파코로스 곁에는 스스로 '파르티쿠스'라고 칭하는 퀸투스 라비에누스도 있었다. 그는 카이사르의 가장 위대한 보좌관이었던 티투스 라비에누스의 아들로, 자기 아버지를 누른 사람에게 항복하는 대신 오로데스의 궁정으로 달아나는 쪽을 택했다. 티그리스 강변의 셀레우케이아에서는 로마군을 어떻게 물리쳐야 하는지를 놓고 내분이 일어났다. 마르쿠스 크라수스의 군대를 카라이에서 전멸시킨 싸움을 비롯해 이전의 전투에서 파르티아군은 궁기병에 많이 의지했다. 궁기병은 갑옷을 입지 않은 농민으로, 전속력으로 후퇴하면서 상체를 뒤로 틀어 그들이 탄 말의 엉덩이 너머로 무자비한 화살 세례를 퍼붓도록 훈련받았다. 이것이 그 유명한 '파르티아 화살'이었다. 크라수스가 카라이에서 패배할 당시 파르티아군을 지휘했던 인물은 수레나라는 이름의 여성스럽고 화장을 한 태수였다. 그는 궁기병들의 화살이 떨어지는 일이 없도록 한 가지 방법을 고안했다. 여분의 화살을 낙타에 실어 병사들에게 보급하는 방법이었다. 안타깝게도 그의 전략이 너무 큰 성공을 거두자 오로데스 왕은 수레나가 왕위를 노린다고 의심하며 그를 처형해버렸다.

그후 10년이 넘도록 카라이 전투 승리의 주역이 궁기병인지 철갑 기병인지를 두고 논란이 이어졌다. 철갑 기병은 머리부터 발끝까지 쇠사슬 갑옷을 입고 역시나 쇠사슬 갑옷 차림의 말을 탔다. 이 논쟁은 사회적 문제에 뿌리를 두고 있었다. 궁기병은 농민인 반면 철갑 기병은 귀족이었던 것이다.

그러므로 나이우스 도미티우스 칼비누스와 가이우스 아시니우스 폴리오가 집정관인 해의 2월 초 파코로스와 라비에누스가 군대를 이끌고 시리아로 들어갔을 때, 파르티아 병사들은 전원 철갑 기병으로만 구성되어 있었다. 귀족이 싸움에서 이겼던 것이다.

파코로스와 라비에누스는 제우그마에서 에우프라테스 강을 건넜고 그 이후 갈라졌다. 라비에누스와 그의 용병들은 아마노스 산맥을 넘어 킬리키아 페디아로 서진했고, 파코로스와 철갑 기병들은 시리아를 향해 남진했다. 그들은 두 방향으로 이동하며 눈앞에 나타난 모든 것들을 쓸어버렸는데, 물론 시리아 북쪽에 있던 클레오파트라의 정보원들은 라비에누스보다도 파코로스의 움직임을 예의 주시했다.

안토니우스는 이 소식을 듣고는 곧바로 사라졌다. 애틋한 작별인사라든지 사랑의 표현 같은 건 없었다.

"그가 알고 있나요?" 타카는 클레오파트라에게 물었다.

클레오파트라는 타카의 말뜻을 알았으므로 무슨 얘기인지 되물을 필요가 없었다. "아뇨. 내겐 말할 기회가 없었어요. 그는 다짜고짜 갑옷을 대령하라고 소리치며 델리우스 같은 사람들을 재촉했어요." 그녀는 한숨을 쉬었다. "그의 함선들은 베리토스로 떠날 텐데, 그는 지금 바람이 바다 여정을 떠나기에 좋은지 몰라서 고민중이죠. 함선들보다 앞서 안티오케이아에 도착하길 바라거든요."

"안토니우스가 뭘 모른다는 건가요?" 카이사리온이 물었다. 그는 자신의 영웅이 갑자기 떠나게 되어 누구보다 크게 실망했다.

"8월이면 네게 아기 여동생이나 남동생이 생긴다는 사실 말이지."

어린아이는 얼굴이 밝아지며 기뻐서 펄쩍 뛰었다. "여동생이나 남동생이라니! 엄마, 엄마, 너무 멋져요!"

"이렇게 해두면 당분간 저애도 안토니우스를 잊고 지낼 수 있겠지." 이라스가 카르미온에게 말했다.

"하지만 저분은 안토니우스를 잊고 지낼 수 없을 거야." 카르미온이 답했다.

안토니우스는 아주 빠른 속도로 안티오케이아까지 말을 타고 달렸다. 가는 도중에 남부 시리아의 이런저런 현지 통치자들을 불러냈고, 말에서 내려오지도 않고 그들에게 명령을 내리기도 했다.

그는 헤로데스를 통해 유대인들 간에 의견이 갈라졌다는 놀라운 소식을 전해 들었다. 유대인 반체제 세력 다수는 파르티아의 통치를 갈망하는 듯했다. 친(親)파르티아 세력의 지도자는 하스모니아 혈통의 왕자 안티고노스였다. 그는 히르카노스의 조카였지만 히르카노스나 로마인들에 대한 애정은 전혀 없었다. 헤로데스는 안티고노스가 벌써부터 자신이 넘보는 자리―유다이아의 왕과 대사제 자리―를 놓고 파르티아 특사들과 협상중이라는 소식을 안토니우스에게 전하지 않았다. 그는 이 은밀한 거래와 시네드리온의 분위기에는 별 관심이 없었다. 그리하여 안토니우스는 유대인들의 상황이 얼마나 심각한지 모른 채 계속 북진했다. 이번에는 헤로데스가 허를 찔린 셈이었는데, 형 파사엘로스가 마리암네 공주를 차지하지 못하도록 떼어놓기 바빠서 다른 것은 눈에 안 들어왔기 때문이다.

티로스는 내부로부터 장악하지 않는 한 절대 함락시킬 수 없었다. 자주색 염료 산업의 본고장인 티로스는 죽은 뿔고둥 더미 때문에 악취가 풍기는 지협을 통해 육지와 연결돼 있었고, 그 때문에 섬만큼이나 공격으로부터 안전했다. 그곳 내부에도 배신할 만한 사람은 없었다. 티로스인 중에 자주색 염료를 파르티아 왕이 정한 가격으로 그에게 넘기고 싶은 사람은 없었던 것이다.

안티오케이아에 도착한 안토니우스는 초조하게 방안을 왔다갔다하는 루키우스 데키디우스 삭사를 발견했다. 거대한 도시 성벽 위의 감시탑에 배치된 사람들은 북쪽의 동향을 살피려고 안간힘을 썼다. 파코로스는 오론테스 강을 따라 이동중이니 멀지 않은 곳에 있으리라. 에페소스에 있던 삭사의 형제가 이곳으로 합류했고, 피난민들이 쏟아져 들어왔다. 아마노스 산맥에서 쫓겨난 산적 왕 타르콘디모토스는 안토니우스에게 라비에누스가 아주 훌륭한 솜씨를 보이고 있다고 전했다. 또한 라비에누스는 지금쯤 타르소스와 카파도키아에 도착했을 것으로 짐작된다고 했다. 북쪽의 아마노스 산맥을 국경으로 맞대고 있는 피호국 콤마게네의 왕 안티오코스가 로마와의 동맹을 깨야 할지를 두고 고민중이라고도 전했다. 타르콘디모토스가 마음에 들었던 안토니우스는 그의 말을 귀담아들었다. 그는 산적이긴 하지만 똑똑하고 유능했다.

삭사의 2개 군단을 살펴본 다음 안토니우스는 조금 안심했다. 한때 가이우스 카시우스 소속이었던 이 병사들은 아주 건강했고 전투 경험도 풍부했다.

더 걱정스러운 소식은 이탈리아로부터 전해졌다. 그의 동생 루키우스는 페루시아에 틀어박힌 채로 포위당했고, 그사이에 폴리오는 파두스 강 하구의 늪지로 후퇴했다! 이해할 수 없는 일이었다! 폴리오와 벤티디우스는 옥타비아누스보다 훨씬 병사가 많은데! 왜 그들은 루키우스를 돕지 않는가? 안토니우스는 이렇게 자문했지만, 자신이 앞서 그들의 질문에 한 번도 답장을 주지 않았다는 사실은 완전히 까먹고 있었다. 루키우스의 전쟁이 안토니우스 본인의 정책 일부인지, 아니면 루키우스의 돌출 행동인지를 묻는 질문이었다.

동방의 상황이 얼마나 위태롭든 간에 이탈리아가 더 중요했다. 안토니우스는 최대한 빨리 아테네에 도착할 작정으로 배를 타고 에페소스로 갔다. 더 많은 정보가 필요했다.

이 여정의 단조로운 첫 단계는 안토니우스가 클레오파트라와 이집트에서 보낸 환상적인 겨울에 관해 생각해볼 시간을 마련해줬다. 그에게는 그런 일탈이 얼마나 필요했는지 모른다! 그리고 여왕은 그의 변덕스러운 요구를 다 충족시켜줬다. 그는 자신과 하룻밤 이상 함께한 모든 여자들을 사랑하듯 그녀를 진심으로 사랑했고 그녀가 뭔가 언짢은 짓을 하지 않는 한 계속 사랑할 터였다. 이탈리아에서 띄엄띄엄 전해지는 소식이 사실이라면, 풀비아가 벌인 일은 단순히 언짢은 수준을 넘어섰다. 이런저런 실수를 수천 번씩 저지르고도 여전히 그에게 사랑받는 여자는, 세상에서 가장 한심한 여자임에 틀림없는 그의 어머니뿐이었다.

귀족 가문의 아들은 대부분 그렇게 자라겠지만, 안토니우스의 아버지도 로마에 머무는 일이 별로 없었으므로 가족을 돌보는 사람은—혹은 돌보기로 되어 있던 사람은—율리아 안토니아였다. 그녀는 세 아들과 두 딸을 낳은 뒤에도 전혀 성숙해지지 않았고 무시무시하도록 아둔했다. 그녀에게 돈은 나무에서 뚝 떨어지는 것이었다. 하인들이 그녀보다 훨씬 똑똑할 정도였다. 사랑에 있어서도 운이 따르지 않았다. 첫 남편이자 아이들 아버지는 크레타 섬 해적과의 전쟁에서 참패하자 로마로 돌아와 반역 혐의로 재판을 받느니 자살하는 쪽을 택했다. 두번째 남편은 카틸리나가 주도한 반란에 가담한 혐의로 포룸 로마눔에서 처형되었다. 이 모든 일은 맏이인 마르쿠스가 스무 살이 되기도 전에 벌어졌다. 두 딸은 거대한 덩치와 안토니우스 가문 특유의 못생긴 외모탓에 신분 상승을 꿈꾸는 부자들에게 시집가야 했고, 결혼으로 들어온 돈은 제멋대로 자란 세 아들이 공직 경력을 쌓는 데 이용되었다. 이후 마르쿠스는 큰 빚을 지게 되어 파디아라는 돈 많은 촌뜨기 여자와 결혼해야 했다. 그녀의 아버지는 그에게 지참금으로 200탈렌툼을 지급했다. 포르투나 여신은 안토니우스에게 미소를 짓는 듯했다. 파디아와 그녀가 낳은 아이들이 모두 여름철 전염병으로 죽으면서 그는 다른 상속녀와 결혼할 수 있는 자유의 몸이 된 것이다. 그 상속녀는 그의 사촌 안토니아 히브리다였다. 그 결혼에서 딸아이 한 명이 태어났지만 예쁘지도 똑똑하지도 않았다. 쿠리오가 살해당하고 풀비아가 홀몸이 되자 안토니우스는 사촌과 이혼하고 그녀와 결혼했다. 이것 역시 아주 수익 짧짤한 결합이었는데, 풀비아는 로마에서 가장 부유한 여성이었기 때문이다.

안토니우스의 유년 시절과 청년 시절은 딱히 불행하지 않았다. 오히려 그의 주변에는 그를 혼내는 사람이 없었다. 율리아 안토니아와 그녀의 세 아들을 통제할 수 있는 사람은 카이사르뿐이었지만, 그는 가장 단호한 인물이었을 뿐 그 율리우스 가문의 실질적인 가장이 아니었다. 오랜 세월에 걸쳐 카이사르는 안토니우스 삼 형제를 아낀다는 입장을 분명히 했지만, 그는 절대 호락호락하지 않았고 안토니우스 삼 형제가 이해할 수 있는 사람도 아니었다. 규율이 부족했던 성장 환경과 지나치게 방탕한 성향이 더해지자, 카이사르는 마침내 성인이 된 마르쿠스 안토니우스에게서 등을 돌리게 됐다. 안토니우스는 두 번이나 신뢰를 저버렸고 카이사르는 한 번 이상 봐줄 수 없었다. 그는 채찍을 꺼내 휘둘렀다. 그것도 아주 세게.

난간에 기댄 채 바닷물 위로 올라온 젖은 노에 햇빛이 비치는 것을 지켜보며, 안토니우스는 지금까지도 자신이 진심으로 카이사르 암살 음모에 가담할 생각이었는지 아니었는지 헷갈렸다. 돌이켜 생각해보면 그는 가이우스 트레보니우스나 데키무스 유니우스 브루투스 같은 인간들이 그런 짓을 할 정도로 강심장이거나 증오심이 크다고 생각지 않았던 것 같다. 마르쿠스 브루투스와 카시우스는 그리 중요하지 않았다. 그들은 명목상의 대표였을 뿐 실질적인 범인은 아니었다. 그렇다, 그 음모는 트레보니우스와 데키무스 브루투스의 작품이었다. 그 둘은 죽었다. 트레보니우스는 돌라벨라가 고문하다가 죽였고 데키무스 브루투스는 갈리아 족장이 참수했다. 갈리아 족장이 그렇게 한 이유는 안토니우스가 금 자루를 전달했기 때문이다. 이 때문에 안토니우스는 카이사르 암살을 실질적으로 계획한 것은 자기가 아니라고 결론지었다! 물론 그는 오래전부터 카이사르 없는 로마가 자기에겐 더 살기 좋은 곳이 되리라고 생각했다. 가장 큰 비극은 카이사르의 상속자 가이우스 옥타비우스만 아니었더라면 정말 살기 좋은 세상이 되었으리라는 점이다. 열여덟 살 난 이 상속자는 곧바로 자신의 상속권을 주장했고 그 과정에서 스무 살 생일을 맞기도 전에 두 번이나 로마로 진군했다. 두 번째 진군을 통해 그는 수석 집정관에 당선되었고 이후엔 겁도 없이 자신의 경쟁자인 안토니우스와 레피두스에게 회담을 요청했다. 그 회담을 통해 두번째 삼두연합, 공화정의 질서를 바로잡기 위한 삼두연합이 결성되었다. 한 명이 아닌 세 명의 독재관이 (이론적으로는) 동등한 권력을 나누어 가진다는 취지였다. 이탈리아 갈리아의 강 한가운데 섬에서 안토니우스와 레피두스는 자기들 나이의 절반밖에 안 되는 이 애송이가 간교함과 잔인함에서는 어쩌면 자기들을 능가할지도 모른다는 사실을 서서히 깨달았다.

안토니우스가 가장 우울한 시기에조차 인정하기 싫은 부분이 있었으니, 이제까지 옥타비아누스의 행적은 카이사르의 선택이 옳았음을 증명한다는 점이었다. 옥타비아누스는 어리고 병약하고 너무 예쁘장하며 과보호 속에 자란 애송이였지만, 물에 잠겨 죽어야 할 상황에서도 수면 위로 머리를 내놓고 있었다. 어느 정도는 카이사르라는 이름의 후광 덕분일 수도 있었고—그는 그 이름을 적극적으로 활용했다—또 어느 정도는 마르쿠스 빕사니우스 아그리파 같은 젊은이들의 맹목적인 충성 덕분일 수도 있었다. 하지만 옥타비아누스의 끈질긴 생명력이 대체로 그 누구도 아닌 옥타비아누스 본인의 역량 덕분이라는 점에 반론을 제기할 사람은 없었다. 안토니우스는 자기 동생들에게 농담처럼 카이사르가 수수께끼 같은 존재라고 말하곤 했는데, 옥타비아누스에 비하면 카이사르는 마르키우스 수도교의 물처럼 투명한 사람이었다.

5월에 안토니우스가 아테네에 도착했을 때 총독 켄소리누스는 마케도니아 북쪽을 침략한 야만인들과 싸우느라 바빴다. 그러므로 그는 직접 아테네에 나타나 상관을 맞아줄 수 없었다. 안토니우스는 기분이 좋지 않았다. 그의 친구 바르바티우스가 더이상 친구가 아닌 것으로 드러났기 때문이다. 바르바티우스는 안토니우스가 이집트에서 멋진 시간을 보내는 중이라는 소식을 듣자마자 에페소스의 군단을 이끌고 이탈리아로 가버렸다. 또한 안토니우스가 알게 된 바에 따르면 바르바티우스는 안토니우스의 방치로 더러워진 이탈리아의 물을 더 심하게 흐려놓았다. 바르바티우스의 증언이 폴리오와 벤티디우스에게 전해지면서 한 명은 파두스 강 습지로 후퇴했고, 다른 한 명은 옥타비아누스, 아그리파, 살비디에누스의 눈에 안 띄는 곳에 숨어 갈팡질팡했다.

극도로 불쾌한 이탈리아 소식을 전해준 사람은 루키우스 무나티우스 플랑쿠스였다. 안토니우스는 아테네의 수석 보좌관 아파트를 차지하고 있는 그를 발견했다.

"루키우스 안토니우스의 모든 작전은 재앙이었소." 플랑쿠스는 단어를 신중하게 골라서 말했다. 그는 어쩌다보니 자신의 입장을 잘 포장하면서 정확한 보고를 해야 하는 처지였다. 그의 유일한 대안인 옥타비아누스 편으로의 전향이 지금 당장은 불가능했기 때문이다. "신년 전날 페루시아 주민들은 아그리파의 포위벽을 뚫으려 했지만 운이 따르지 않았소. 폴리오와 벤티디우스의 병력이 옥타비아누스보다 훨씬 많았음에도 불구하고 그들 중 누구도 옥타비아누스 군대를 공격하지 않았소. 폴리오는 계속, 뭐라더라, 당신이 무엇을 원하는지 확실히 모른다고 했고, 벤티디우스는 폴리오가 먼저 나서지 않는 한 꼼짝하지 않으려 했소. 바르바티우스를 통해 당신의, 그 뭐냐, 방탕한 생활을 전해 들은 이후—이건 내 표현이 아니라 그의 표현이오!—폴리오는 혐오감을 드러내며 당신 동생을 페루시아에서 구출하길 거부했소. 그 도시는 해가 바뀐 지 며칠 지나지 않아 함락되었소."

"그렇다면 당신과 당신 군대는 어디 있었소, 플랑쿠스?" 안토니우스는 위험한 불길이 이는 눈빛으로 물었다.

"폴리오나 벤티디우스보단 페루시아에 가까이 있었소! 나는 남쪽에서 협공을 진행하려고 스폴레티움에서 기다렸지만, 협공은 이루어지지 않았소." 그는 한숨을 내쉬고 어깨를 으쓱했다. "게다가 풀비아가 내 진지에 머물렀는데 그녀는 날 정말 힘들게 했소." 그는 물론 그녀를 사랑했지만 자기 목숨을 더 사랑했다. 이러니저러니해도 안토니우스가 풀비아를 반역 혐의로 처형하진 않을 터였다. "아그리파는 감히 나의 최정예 2개 군단을 훔쳐갔소. 믿을 수 있겠소? 나는 캄파니아의 클라우디우스 네로를 도우려 그 2개 군단을 보냈는데, 아그리파가 나타나 병사들에게 더 나은 조건을 제안했소. 그렇소, 아그리파는 나의 2개 군단으로 네로를 격파했소! 네로는 섹스투스 폼페이우스가 있는 시칠리아로 달아나야 했소. 얼핏 보니 로마에서는 아내들과 가족들도 살해될 거라는 소문이 돌고 있는 듯하오. 네로의 아내 리비아 드루실라가 어린

아들을 데리고 네로에게 합류한 것을 보면 말이오." 이쯤에서 플랑쿠스는 인상을 찡그리며 어떻게 말해야 할지 모르겠다는 표정을 지었다.

"솔직히 다 말하시오, 플랑쿠스, 전부 다!"

"아, 당신의 존경스러운 어머니 율리아는 리비아 드루실라와 함께 섹스투스 폼페이우스에게로 갔소."

"내가 잠깐 생각을 멈추고 우리 어머니를 떠올려보면─보통은 머리 아파서 안 떠올리려 하지만─딱 어머니가 할 만한 행동이오. 오, 우린 정말 놀라운 세상에 살고 있다니깐!" 안토니우스는 두 주먹을 꽉 움켜쥐었다. "누구의 칼끝이 누구를 향하는지 다 안다는 듯이 아내들과 어머니들이 군대 진지에서 살고 있는 꼴이라니!" 그는 눈에 띌 정도로 노력한 끝에야 화를 가라앉혔다. "내 동생은 아마 죽었을 거요. 하지만 당신은 내게 그 말을 전해줄 용기는 없는 모양이오, 플랑쿠스?"

마침내 좋은 소식을 전해줄 기회가 찾아왔다! "아니요, 친애하는 마르쿠스! 전혀 그렇지 않소! 페루시아가 성문을 열었을 때 현지 유력가 일부는 그들의 화장용 장작더미를 너무 크고 높게 쌓아둔 상태였고, 결국 도시 전체가 잿더미로 변했소. 포위보다 더 지독한 재앙이었소. 옥타비아누스는 거물급 시민 스무 명을 처형했지만 루키우스의 병사들에게 복수하지는 않았소. 그들은 아그리파의 군단에 흡수되었고, 루키우스는 사면을 요청해 허락받았소. 옥타비아누스가 그를 먼 히스파니아 총독으로 임명하자 그는 곧장 그곳으로 떠났소. 내 생각에 그는 아주 기뻐했던 것 같소."

"옥타비아누스의 독단적인 임명은 로마 원로원과 인민의 승인을 받은 거요?" 안토니우스는 어느 정도 안도하고 어느 정도는 분개하며 물었다. 루키우스 그 망할 놈! 항상 큰형 마르쿠스를 넘어서려고 애쓰지만 절대 성공한 적 없는 녀석.

"그렇소." 플랑쿠스가 말했다. "반대한 사람도 있었소."

"포룸 로마눔의 대머리 선동 정치가에게는 지나치게 관대한 처분이라서?"

"아, 그러니까…… 그렇소, 그런 표현도 나왔소. 반대한 인물들의 명단을 주겠소. 하지만 루키우스는 작년 집정관이었고 당신의 숙부 히브리다는 감찰관이라서 대부분의 사람들은 루키우스에게 사면과 속주 총독 직을 허락해야 한다는 분위기였소. 그는 이제 루시타니족과 작은 전쟁을 몇 번 하고 로마로 돌아와서 개선식을 치를 수도 있을 거요."

안토니우스는 툴툴거렸다. "어려운 상황을 아주 용케 빠져나갔군. 처음부터 끝까지 완전히 백치같이 굴고서는! 하지만 나는 루키우스가 다른 사람의 명령을 따랐을 뿐이라는 데 돈을 걸 수도 있소. 이건 풀비아의 전쟁이었소. 그녀는 지금 어디 있소?"

플랑쿠스는 갈색 눈을 크게 떴다. "여기 아테네에 있소. 그녀와 나는 함께 이곳으로 왔소. 처음엔 브룬디시움 주민들이 우릴 보내주지 않으리라 예상했소. 그들은 예전부터 늘 열렬한 옥타비아누스 지지자들이었으니까. 하지만 내 생각엔 우리가 병사를 이끌고 가지 않는 한 이탈리아를 떠날 수 있게 해주라고 옥타비아누스가 미리 말을 전달해둔 것 같소."

"풀비아가 아테네에 있다는 건 알겠는데, 정확히 아테네 어디에 있소?"

"아티쿠스가 자기 저택을 그녀에게 내주었소."

"대단한 양반이군! 늘 양쪽 진영에 한 발씩 담그고 있다니 과연 아티쿠스답소. 하지만 어째서 그는 내가 풀비아를 다시 보면 반가워하리라고 생각한 거요?"

플랑쿠스는 조용히 앉아 있었다. 그는 안토니우스가 무슨 대답을 듣고 싶은 건지 알 수 없었다.

"또 무슨 일이 있었소?"

"이 정도면 충분하지 않소?"

"빠짐없는 보고가 아니라면 충분하지 않소."

"으음, 옥타비아누스는 페루시아에서 전쟁 비용을 감당할 자금을 얻지 못했소. 하지만 어디선가 돈을 구해 병사들을 계속 자기편으로 묶어둘 만큼 돈을 지급했소."

"카이사르의 군자금이 빠른 속도로 바닥나고 있겠군."

"진짜로 그가 그 돈을 가져갔다고 생각하시오?"

"당연히 그가 가져갔지! 섹스투스 폼페이우스는 뭘 하고 있소?"

"바닷길을 봉쇄하고 아프리카에서 오는 곡물 수송선을 약탈하고 있소. 그의 제독 메노도로스는 사르디니아를 침략해 루리우스를 쫓아냈는데, 이로 인해 옥타비아누스는 섹스투스에게 크게 부풀려진 가격으로 곡물을 구매할 수밖에 없는 입장이오. 1모디우스당 최고 25~30세스테르티우스까지 내고 말이오." 플랑쿠스는 부럽다는 듯 숨을 내쉬었다. "모든 돈이 섹스투스 폼페이우스의 보물창고에 쌓이고 있소. 그 돈으로 로마와 이탈리아를 몽땅 사들이기라도 할 생각인가? 헛꿈일 텐데! 병사들이 두둑한 상여금을 좋아하긴 하지만 자기 할머니들을 굶어죽게 만드는 사람 밑에서 싸우진 않을 거요. 감히 내 의견을 말하자면," 플랑쿠스는 곰곰이 생각에 잠겨 말했다. "섹스투스가 노예와 해방노예를 제독으로 임명할 수밖에 없었던 건 그 때문이겠죠. 어쨌든 안토니우스 당신은 나중에 그에게서 그 돈을 빼앗아야 할 거요. 당신이 빼앗지 않으면 옥타비아누스가 그리할 텐데 돈이 더 필요한 사람은 당신이잖소."

안토니우스는 그 말을 비웃었다. "옥타비아누스가 섹스투스 폼페이우스만큼 경험 많은 인물을 상대로 해전에 승리할 거라고? 무르쿠스와 아헤노바르부스도 섹스투스 곁에 있는 마당에? 나는 때가 되면 섹스투스 폼페이우스를 손봐주겠지만 아직 때가 아니오. 그는 옥타비아누스를 망하게 할 사람이니까."

풀비아는 가장 보기 좋은 상태를 유지하며 남편을 애타게 기다렸다. 회갈색 머리카락에 섞인 몇 안 되는 흰머리는 눈에 띄지 않았지만, 그녀는 하녀를 시켜 흰머리를 보이는 대로 뽑게 한 다음 유행하는 옷으로 갈아입었다. 짙은 빨간색 가운은 그녀의 풍만한 가슴에서 일직선으로 뚝 떨어지며 튀어나온 뱃살과 두꺼워진 허리를 가려줬다. 그래, 나이에 비해 아직 괜찮아. 풀비아는 몸치장을 하며 이렇게 생각했다. 난 여전히 로마에서 가장 아름다운 여자 중 하나니까.

물론 그녀는 안토니우스가 알렉산드리아에서 무척 행복한 겨울을 보냈다는 것을 알았다. 바르바티우스의 고자질은 아주 멀리까지 퍼졌던 것이다. 하지만 그건 남자의 일이었고 그녀가 신경쓸 바가 아니었다. 그가 로마 귀족 가문의 여성과 바람을 피웠다면 상황은 달랐으리라. 그랬다면 그녀는 곧바로 발톱을 세웠을 것이다. 하지만 남자가 몇 달 혹은 몇 년씩 집을 떠나 있던 동안 로마에 남은 지각 있는 아내 중에서 남편이 더러운 물을 빼려고 다른 여자를 만나는 것을 트집잡을 여자는 없었다. 게다가 그녀의 사랑 안토니우스는 여왕, 공주, 외국의 귀족 여성에게 많이 끌리는 듯했다. 그는 그런 여자들과의 잠자리를 통해 공화정 체제를 옹호하는 로마인으로선 최대한 왕이 된 것과 비슷한 기분을 만끽할 수 있었다. 풀비아는 카이사르가 암살되기 전 로마에 머물던 클레오파트라를 만나봤기 때문에 안토니우스가 매력을 느낀 부분은 순전히 여왕의 지위와 권력임을 알았다. 신체 조건을 봤을 때 클레오파트라는 풍만한 몸매를 선호하는 안토니우스가 매력을 느낄 여자가 아니었다. 또한 클레오파트라는 아주 돈이 많았는데, 풀비아는 자기 남편이 어떤 사람인지 잘 알았다. 그는 돈을 보고 그녀에게 구애했으리라.

그리하여 아티쿠스의 집사가 나타나 마르쿠스 안토니우스가 아트리움에 와 있다고 전했을 때, 풀비아는 몸을 털어 옷매무시를 다듬은 다음 자신의 방에서 안토니우스가 있는 곳까지 길게 이어진 소박한 복도를 뛰어갔다.

"안토니우스! 오, 내 사랑, 다시 만나 너무 기뻐요!" 그녀는 문간에서 소리쳤다.

자신의 함선들 옆에서 침울한 표정을 짓고 있는 아킬레우스를 담은 거대한 그림을 유심히 살펴보던 안토니우스가 그녀의 목소리를 듣고 고개를 돌렸다.

바로 그다음에 정확히 무슨 일이 벌어졌는지 풀비아는 알 수가 없었다. 그의 동작이 너무 빨랐기 때문이다. 그녀는 자신의 뺨으로 엄청난 충격이 가해지는 것을 느꼈고, 그 때문에 그녀의 몸은 바닥으로 내동댕이쳐졌다. 그런 다음 그가 다가와 그녀의 머리채를 움켜쥐고 억지로 일으켜세웠다. 그는 손바닥으로 그녀의 얼굴을 사정없이 때렸는데, 여느 남자의 주먹만큼이나 무지막지하고 아팠다. 그녀의 치아가 다 흔들거렸고 코뼈가 부러졌다.

"이 멍청한 잡년!" 그는 계속 그녀를 때리며 소리쳤다. "멍청하고도 멍청한 잡년! 네가 가이우스 카이사르라도 된다고 생각했어?"

그녀의 코와 입에서 피가 쏟아졌다. 풀비아는 늘 맹렬한 불꽃을 품고 우여곡절 많은 삶을 살았지만, 이번만큼은 속수무책에 만신창이였다. 누군가 비명을 질렀는데 분명 그녀 자신의 목소리였으리라. 사방에서 달려온 하인들은 상황을 확인하고 곧바로 달아났으니까.

"머저리! 창녀! 내 이름으로 옥타비아누스와 전쟁을 치른다니 무슨 소리야? 내가 로마, 보노니아, 무티나에 남겨둔 얼마 안 되는 돈을 전부 탕진해? 그 돈으로 플랑쿠스 같은 인간들에게 군대를 마련해줘서 다 잃게 만들고? 진지에서 생활하면서? 당신이 뭐라고 폴리오 같은 남자가 당신 명령을 따를 거라고 생각했어? 여자 주제에? 내 이름을 들먹이며 내 동생을 괴롭히고 그놈한테 잔뜩 바람을 넣었어? 그놈은 바보 천치야! 예전부터 늘 바보 천치였어! 그놈이 여자와 한패가 된 것만 해도 그 증거로는 충분하지! 당신은 경멸할 가치도 없는 인간이야!"

그는 화가 나서 침을 뱉으며 그녀를 거칠게 바닥에 내동댕이쳤다. 그녀는 여전히 비명을 지르며 절름발이 괴물처럼 허둥지둥 몸을 피했다. 이제 피보다 눈물이 더 많이 흐르고 있었다.

"안토니우스, 안토니우스! 당신을 기쁘게 해주려고 그랬어요! 마니우스는 그렇게 하면 당신이 기뻐할 거랬어요!" 그녀가 쉰 목소리로 울었다. "난 당신이 동방에서 바쁘게 지내는 동안 이탈리아에서 당신의 싸움을 이어나간 거예요. 마니우스가 그렇게 얘기했어요!"

풀비아는 더듬거리며 이렇게 말했고, '마니우스'라는 이름을 듣자 갑자기 안토니우스의 화가 가라앉았다. 그녀의 그리스인 해방노예, 그 뱀 같은 놈. 솔직히 그는 그녀를 보기 전까지 자신이 이토록 화가 난 줄도 몰랐고, 에페소스에서 배를 타고 이리로 오는 동안 이토록 분노가 곪은 줄도 몰랐다. 원래 계획대로 안티오케이아에서 곧장 배를 타고 아테네로 왔다면 이렇게까지 격분하지는 않았으리라.

바르바티우스 말고도 여러 사람이 에페소스에서 소문을 퍼뜨리고 있었다. 안토니우스가 클레오파트라와 함께한 겨울에 관해서만 떠드는 게 아니었다. 일부는 그의 가족에 관해 농담했는데, 그 집안에서는 안토니우스가 드레스를 입고 풀비아가 갑옷을 입는다는 내용이었다. 또 어떤 사람들은 비록 여자이긴 하지만 안토니우스 가문에서 적어도 한 명은 전쟁을 일으켰다며 킬킬거렸다. 그는 이런 농담을 듣고도 못 들은 척해야 했고, 그의 분노는 커져갔다. 플랑쿠스에게서 사건의 전말을 전해 들은 것도 사태를 악화시켰고, 루키우스가 무사하다는 소식을 듣기 전까지 그를 몹시 괴롭혔던 깊은 슬픔도 그러했다. 그의 동생 가이우스는 이미 마케도니아에서 살해당한 바 있었고, 그는 동생의 살해범을 처형한 뒤에야 슬픔을 누그러뜨릴 수 있었다. 그는 큰형으로서 동생들을 몹시 사랑했던 것이다.

풀비아를 향한 사랑은 이제 영원히 사라졌다고, 그는 경멸스러운 표정으로 그녀를 내려다보며 생각했다. 멍청하고도 멍청한 잡년! 갑옷을 차려입고 공개적으로 날 웃음거리로 만들다니.

"당신은 내일이 되기 전에 이 집에서 떠나야 해." 그는 그녀의 오른쪽 손목을 쥐고 끌어당겨 아킬레우스 아래쪽에 앉도록 했다. "아티쿠스는 자격이 있는 사람들에게 자비를 베풀어야 할 거야. 난 오늘 당장 그에게 편지를 쓸 거고, 돈이 얼마나 많든 간에 그는 내 말을 거역하지 못할 거야. 당신은 아내로도 여자로서도 수치스러운 존재야, 풀비아! 난 다시는 당신과 엮이지 않을 거야. 당신에게 당장 이혼 통지서를 쓰겠어."

"하지만," 그녀는 훌쩍이며 말했다. "난 돈과 재산을 전부 두고 이리로 왔어요, 마르쿠스! 나도 돈이 있어야 살 수 있다고요!"

"그건 당신 은행가들과 상의해. 당신은 자기 재산을 직접 관리하는 돈 많은 여자니까." 안토니우스는 큰 소리로 하인들을 불렀다. "당장 저 여자의 몸을 씻겨서 내쫓아버려!" 그는 무서워서 기절하기 일보 직전인 집사에게 말했다. 그런 다음 획 돌아서서 자리를 떠났다.

풀비아는 오랫동안 벽에 기대앉아 있었다. 겁에 질린 하녀들이 자신의 얼굴을 씻어주고 피와 눈물을 닦아주는 것도 거의 알아채지 못했다. 그녀는 한때 이런저런 여자들의 마음이 산산조각 났다는 이야기를 들으면 속으로 비웃으면서 마음은 절대 산산조각 날 수 없다고 생각했다. 하지만 이제 생각이 달라졌다. 마르쿠스 안토니우스가 그녀의 마음을 되돌릴 수 없을 정도로 무참히 산산조각 냈기 때문이다.

안토니우스가 아내에게 어떻게 했는지에 관한 소문은 빠르게 퍼졌다. 하지만 그 소식을 듣고 풀비아를 동정하는 사람은 거의 없었다. 그녀는 절대 용서받을 수 없는 짓, 다시 말해 남자의 특권을 빼앗는 짓을 했기 때문이다. 푸블리우스 클로디우스와 결혼했을 때 그녀가 포룸 로마눔에서 보여준 대담한 행태는 물론, 원로원 의사당 문밖에서 연출한 장면도 널리 떠벌려졌다. 클로디우스가 보나 데아 의식을 모독하는 짓을 했을 때 풀비아가 그를 도왔을지 모른다는 의심까지 일었다.

안토니우스는 아테네인들이 뭐라 하든 신경쓰지 않았다. 로마인인 그는 아테네에 거주하는 로마인들이 자신을 나쁘게 생각하지 않는다는 것을 알았다.

게다가 그는 편지를 쓰느라 바빴고 그것은 아주 고된 일이었다. 첫번째는 티투스 폼포니우스 아티쿠스에게 보내는 짧고 퉁명스러운 편지였는데, 임페라토르이자 트리움비르인 마르쿠스 안토니우스는 아티쿠스가 안토니우스 본인의 일에 간섭하지 말고 앞으로 풀비아와 엮이지 않길 바란다는 내용이었다. 두번째는 풀비아에게 보내는 편지로, 그는 여자답지 않은 행동을 한 그녀와 이혼할 것이며 앞으로 그녀는 안토니우스에게서 난 두 아들을 볼 수 없다는 내용이었다. 세번째는 가이우스 아시니우스 폴리오에게 보내는 편지로 이탈리아에서 대체 무슨 일이 벌어지고 있는지, 옥타비아누스를 사랑하는 브룬디시움 주민들이 마르쿠스 안토니우스 자신의 입국을 거부할 경우를 대비해 폴리오의 군대가 남진 준비를 해줄 수 있는지 묻는 내용이었다. 네번째는 아테네의 행정장관에게 보내는 편지로, 그 도시가 올바른 로마인에게 보여준 친절과 충성심에 감사하는 내용이었다. 아테네가 임페라토르이자 트리움비르인 마르쿠스 안토니우스를 만족시켰으므로 아이기나 섬과 그 주변의 부속 섬들을 선물로 얻게 될 것이라고 했다. 안토니우스는 이로써 아테네인들도 만족할 것이라 생각했다.

티베리우스 클라우디우스 네로가 도착하지 않았더라면 그는 더 많은 편지를 쓸 수 있었을지도 모른다.

"흥!" 네로는 콧구멍을 벌름거리며 말했다. "섹스투스 폼페이우스는 야만인이오! 하긴 피케눔의 벼락출세자 가문 출신한테 달리 뭘 기대할 수 있겠소? 그의 본부가 어떤 꼴인지 당신은 상상도 못할 거요. 들쥐, 생쥐, 썩어가는 쓰레기가 넘쳐나지. 그런 오물과 질병의 위험에 내 가족을 노출시킬 수 없었소. 물론 폼페이우스의 거처에는 그보다 더 끔찍한 일이 많았소. 우리가 아직 짐을 풀지도 않았는데 멋을 잔뜩 부린 폼페이우스의 해방노예 겸 '제독' 녀석이 내 아내 주변을 킁킁거리며 다니지 않겠소. 나는 그 천한 놈의 팔뚝을 썰어버렸소! 그런데 폼페이우스가 그 똥개 새끼 편을 들었다면 당신은 믿을 수 있겠소? 난 그에게 내 생각을 다 말해버렸고, 리비아 드루실라와 내 아들과 함께 곧바로 아테네로 오는 배를 탔소."

안토니우스는 이 말을 들으면서 카이사르가 네로에 관해 어떻게 생각했는지 옛 기억을 떠올리고 있었다. 카이사르가 네로를 설명하기 위해 사용한 가장 온건한 단어는 '무능하다' 정도였다. 안토니우스는 네로가 말하지 않은 부분을 통해 더 많은 정보를 얻었다. 네로는 섹스투스 폼페이우스의 소굴에 도착해 수탉처럼 거들먹거리며 불평과 비난을 일삼다가 결국 못 견딜 지경이 된 섹스투스에게 쫓겨난 것이 분명했다. 네로만큼이나 견디기 힘든 속물도 없을 터였고, 폼페이우스 집안 사람들은 피케눔 출신이란 지적을 민감하게 받아들였다.

"이제 어떻게 할 생각이오, 네로?" 그가 물었다.

"내 수입에 맞는 생활을 할 거요. 내 수입에도 한계가 있으니 말이오." 네로는 뻣뻣하게 말했다. 그의 음침하고 어두운 얼굴이 한층 더 거만한 표정을 띠었다.

"당신 아내는 어떻소?" 안토니우스는 음흉하게 물었다.

"리비아 드루실라는 훌륭한 아내요. 내가 시키는 대로만 한다오. 당신은 당신 아내에 관해 그렇게 말할 수 없겠지만!"

네로 집안사람다운 발언이었다. 그의 몸속에는 어떤 말은 입 밖에 내지 않는 게 낫다고 경고해주는 장치 같은 게 없는 듯했다. 난 저놈의 아내를 유혹하고 말 테야! 안토니우스는 사납게 결심했다. 이런 무능한 인간과 결혼하다니 그 여자의 삶도 얼마나 기구한가!

"오늘 오후 정찬에 당신 아내도 데려오시오, 네로." 그는 유쾌하게 말했다. "돈을 절약하는 차원이라 생각하시오. 오늘은 당신 요리사를 시장에 보낼 필요가 없을 테니까."

"고맙소." 네로가 가늘고 긴 몸을 일으켜세우며 말했다. 그는 왼팔로 토가 주름을 추스르며 성큼성큼 방을 나갔고, 홀로 남은 안토니우스는 조용히 낄낄거렸다.

플랑쿠스가 공포에 질린 얼굴로 들어왔다. "이런 제기랄, 안토니우스! 네로가 여기서 뭘 하는 거요?"

"만나는 모든 사람들을 모욕하는 것 외에 말이오? 내 추측에 따르면 그는 섹스투스 폼페이우스의 본부에서 너무 짜증나게 구는 바람에 쫓겨난 것 같소. 당신도 오늘 오후 정찬에 참석해 그와 함께하는 기쁨을 누려보시오. 자기 아내도 데려온다고 했는데, 그런 남편을 견디고 사는 걸 보면 대단히 따분한 여자일 거요. 그런데 그 여자는 어떤 사람이오?"

"그의 친척이오. 실은 아주 가까운 친척이지. 그녀의 아버지는 유명한 호민관 리비우스 드루수스에게 입양된 클라우디우스 네로요. 그래서 그녀의 이름은 리비아 드루실라가 됐소. 네로는 드루수스의 친형제인 티베리우스 네로의 아들이오. 물론 그녀는 재산을 상속받았소. 리비우스 드루수스 가문은 돈이 아주 많으니 말이오. 한때 키케로는 자기 딸 툴리아를 네로에게 시집보내고자 했지만, 툴리아는 돌라벨라를 선택했소. 돌라벨라는 여러모로 더 안 좋은 남편감이었지만 적어도 밝은 사람이었소. 클로디우스가 살아 있을 때 당신도 그 무리와 어울리지 않았소, 안토니우스?"

"그랬소. 그리고 당신 말이 맞소. 돌라벨라는 좋은 친구였소. 하지만 당신 표정이 그 모양인 건 네로 탓이 아닌 것 같소, 플랑쿠스. 무슨 일이오?"

"에페소스에서 편지 꾸러미가 도착했소. 내 편지도 하나 있었지만, 당신 친척 카니니우스가 당신에게 보낸 편지도 있으니 더 많은 소식을 알 수 있을 거요." 플랑쿠스는 눈을 반짝이며 안토니우스의 책상 맞은 편에 놓인 피호민용 의자에 앉았다.

안토니우스는 인장을 뜯어 친척이 보낸 편지를 펼치더니 중얼중얼 소리내어 읽었다. 시간이 오래 걸렸고, 그는 가끔 인상을 찌푸리거나 욕을 내뱉었다. "내게 바람이 있다면," 그가 이렇게 불평했다. "더 많은 사람들이 카이사르의 본보기를 따라 단어의 첫머리에 점을 찍었으면 좋겠소. 지금은 나도 그렇게 하고 폴리오와 벤티디우스도 마찬가지라 오. 이런 말은 하기 싫지만, 옥타비아누스도 그리하고 있소. 그렇게 하 면 끝없이 구불구불 연결된 글자들이 거의 한눈에 알아볼 수 있는 내 용으로 바뀌거든." 그는 다시 중얼거리며 편지를 읽더니 마침내 한숨 쉬며 두루마리를 내려놓았다.

"내가 어떻게 한 번에 두 장소에 있을 수 있겠소?" 그는 플랑쿠스에 게 물었다. "원칙적으로 나는 지금 아시아 속주에서 라비에누스의 공격 에 대비하고 있어야 하지. 그런데 현실은 어쩔 수 없이 이탈리아 가까 운 곳에 머물며 내 병사들을 주변에 묶어둘 수밖에 없는 상황이오. 파 코로스는 시리아를 접수했고 이런저런 군주들은 파르티아와 운명을 함께하기로 했소. 심지어 암블리코스도 넘어갔소. 카니니우스에 따르 면 삭사의 병사들은 파코로스에게로 넘어갔고, 삭사는 어쩔 수 없이 아 파메이아로 달아났다가 킬리키아행 배를 탔다고 하는군. 이후 그에게 서 소식을 들은 사람은 없지만, 그의 형제가 시리아에서 살해당했다는 소문이 있소. 라비에누스는 킬리키아 페디아와 동부 카파도키아를 접 수하느라 정신없다는군."

"더군다나 에페소스 동쪽으로는 군대도 전혀 없을 테고요."

"안타깝게도 에페소스에도 군대가 전혀 없소. 내가 이탈리아의 어지러운 문제를 정리할 때까지 아시아 속주는 알아서 견뎌야 할 거요. 난 이미 카니니우스에게 군대를 마케도니아로 데려오라는 명령을 보내놓았소." 안토니우스는 단호한 어조로 말했다.

"정말로 이 방법밖에 없다고 생각하시오?" 플랑쿠스는 창백한 얼굴로 물었다.

"물론이오. 나는 올해 남은 기간 동안 로마, 이탈리아, 옥타비아누스 문제를 해결하기로 결심했소. 그러니 올해 남은 기간 동안 내 군대는 아폴로니아 인근에 주둔해야 할 거요. 내 군대가 아드리아 해 건너편에 있다는 게 알려지면 옥타비아누스는 내가 자기를 벌레처럼 철썩 때려 잡을 작정임을 알게 되겠지."

"마르쿠스," 플랑쿠스는 비탄에 빠져 말했다. "다들 내전이라면 지긋지긋한 판인데, 지금 당신이 하는 얘기는 딱 내전이잖소! 병사들은 싸우려 하지 않을 거요!"

"내 병사들은 날 위해 싸울 거요!" 안토니우스가 말했다.

리비아 드루실라는 평소처럼 침착한 모습으로 총독 관저에 들어왔다. 크림색 눈꺼풀을 내리깔고 있었는데, 그녀는 자신의 외모에서 눈이 가장 매력적임을 알았기 때문이다. 눈동자를 숨겨야 했다! 그녀는 훌륭한 아내였으므로 언제나처럼 네로보다 한 발 뒤에서 걸었다. 리비아 드루실라는 훌륭한 아내가 되기로 맹세한 터였다. 안토니우스가 풀비아에게 어떤 짓을 했는지 전해 듣고서 그녀 자신은 절대 그런 상황을 만들지 않기로 작정했던 것이다! 갑옷을 입고 칼을 휘두르려면 호르텐시아처럼 행동해야 했다. 그녀가 갑옷을 입은 것은 오직 로마의 지도자들에게 로마 여성들은 가장 높은 계급부터 가장 낮은 계급에 이르기까지 투표권을 얻지 못한다면 세금도 낼 수 없다고 선언하기 위해서였다. 호르텐시아는 그 싸움에서 피 한 방울 흘리지 않고 승리했으며 안토니우스, 옥타비아누스, 레피두스의 삼두연합을 몹시 창피하게 만들었다.

리비아 드루실라가 생쥐가 되기로 작정한 것은 아니었다. 그녀는 단지 작고 온화하고 약간 소심한 사람처럼 연기했다. 마음속에는 커다란 야심이 불탔지만, 그 야심을 어떻게 실현하고 생산적인 무언가로 바꿔야 할지 몰라 혼란스러웠다. 물론 그 야심은 로마인다운 형태였으며 다시 말해 여성답지 않은 행동, 자신을 전면에 내세우는 모습, 너무 눈에 띄는 술수 같은 건 포함되지 않았다. 그라쿠스 형제의 어머니 코르넬리아처럼 되고 싶은 것도 아니었다. 코르넬리아는 일부 여성들에게 진정한 로마 여신으로 추앙받았는데 그녀가 고통을 겪었고, 자녀들을 낳았고, 그 자녀들이 죽는 것을 지켜보았고, 자신의 운명을 단 한 번도 불평하지 않았기 때문이다. 하지만 그건 아니었다. 리비아 드루실라는 높은 자리까지 올라갈 또다른 방법이 있을 거라고 생각했다.

문제는 그녀가 3년간 결혼생활을 하면서 티베리우스 클라우디우스 네로를 통해 그 꿈을 실현하기란 절대 불가능하다는 점을 깨달았다는 것이다. 귀한 가문의 여식들이 대부분 그렇지만, 특히 그녀는 예비 신랑과 사촌지간이었음에도 불구하고 결혼 전까지 그를 잘 알지 못했다. 결혼 전 그와 몇 번 마주쳤을 때 그녀가 느낀 감정은 그의 멍청함에 대한 경멸과 그라는 인간 자체에 대한 본능적 혐오뿐이었다. 흑발인 그녀는 금발에 밝은색 눈동자의 남자를 좋아했다. 그리고 똑똑한 그녀는 위대한 지성을 갖춘 남자를 좋아했다. 네로는 둘 중 어느 쪽에도 해당하지 않았다. 아버지 드루수스가 그녀를 사촌 네로에게 시집보낼 당시 그녀는 열다섯 살이었다. 그녀가 자란 집에는 여자아이에게 육체적 사랑에 관해 알려줄 성행위가 묘사된 벽화나 남근이 조각된 등잔 같은 것이 없었다. 따라서 그녀는 네로와 합방했을 때 역겨움을 느꼈다. 네로 역시 금발과 밝은색 눈의 애인들 쪽을 선호했다. 그가 아내에게서 만족하는 부분은 그녀의 귀족 혈통과 재산이었다.

그렇다면 좋은 아내가 되기로 작정한 그녀가 어떻게 티베리우스 클라우디우스 네로에게서 벗어날 것인가? 누군가 그에게 더 좋은 혼처를 제안하지 않는 한 불가능한 일처럼 보였고, 그런 혼처가 들어올 가능성은 지극히 낮았다. 똑똑한 그녀는 사람들이 그를 싫어한다는 것을 결혼 초반에 깨달았다. 사람들이 그를 봐주는 이유는 그가 파트리키 귀족이라서, 또한 로마가 귀족들에게 제공하는 모든 관직을 차지할 권리를 타고나서였다. 오, 그녀는 그가 지긋지긋했다! 그에게서 듣는 이야기는 대부분 카이사르의 최대 정적 카토 우티켄시스와 그의 눈치 없고 시끄러운 성격에 관한 것이었다. 하지만 리비아 드루실라가 보기에 카토는 네로와 비교하면 황홀하기 그지없는 신과 같았다. 네로와 결혼하고 열 달 뒤 낳은 아들도 마음에 들지 않았다. 어린 티베리우스는 까무잡잡한 피부에 키가 크고 말랐으며 근엄한 성격에 겨우 두 살임에도 불구하고 다소 위선적이었다. 그 아이에겐 자기 어머니를 비난하는 버릇이 있었는데, 아버지가 하는 말을 듣고 배운 것이었다. 게다가 대부분의 어린 아이들과 달리 지금까지 아버지 곁에서 더 많은 시간을 보냈다. 리비아 드루실라는 네로가 그녀와 어린 티베리우스를 늘 곁에 두는 건 카이사르처럼 매력적인 남자에게 그녀의 정절을 빼앗길지 모른다는 두려움 탓이 아닐까 의심했다. 이 얼마나 짜증나는 걱정인가! 저 멍청이는 내가 그런 식으로 나 자신의 위신을 떨어뜨리진 않으리란 것을 모른단 말인가?

네로가 루키우스 안토니우스의 대의명분을 앞세워 캄파니아로 나선 끔찍한 여정 이전까지 그녀는 바깥출입을 거의 하지 않았으므로, 모든 로마인들의 입에 오르내리는 유명인들을 직접 본 적도 없었다. 마르쿠스 안토니우스, 레피두스, 세르빌리우스 바티아, 나이우스 도미티우스 칼비누스, 옥타비아누스, 심지어 그녀가 열다섯 살 되던 해에 죽은 카이사르도 직접 보지 못했다. 그러므로 겉으로 드러내진 않았지만 오늘 그녀는 신이 나 있었다. 그녀는 세상에서 가장 강한 남자인 마르쿠스 안토니우스와 함께 식사를 할 터였다!

하지만 그 기쁜 자리는 하마터면 취소될 뻔했다. 안토니우스는 여자가 남자처럼 긴 의자에 비스듬히 누워 식사하도록 허락하는 민망할 정도로 혁신적인 사람임을 네로가 알게 됐기 때문이다.

"내 아내에게 보통 의자를 주지 않으면 난 떠나겠소!" 네로는 평소 같은 태도로 말했다.

안토니우스가 네로 아내의 작은 계란형 얼굴을 슬쩍 보지 않았다면 네로의 발언을 호통으로 맞받아치고 그를 내쫓았을지도 모른다. 하지만 그 얼굴을 봤기 때문에, 안토니우스는 활짝 웃으며 리비아 드루실라를 위해 보통 의자를 가져오라고 명령했다. 의자가 도착하자 그는 그것을 자신이 앉을 긴 의자 맞은편에 놓았다. 하지만 정찬에 참석하는 남자는 셋뿐이었으므로 네로는 이의를 제기하지 못했다. 아내의 자리가 자기 자리에서 멀리 떨어져 있는 것도 아니었기 때문이다. 네로는 자신을 긴 의자 끝으로 좌천시키고 교만하며 보잘것없는 플랑쿠스에게 가운데 자리를 내준 것은 안토니우스의 상스러운 천성 탓이라 생각했다.

겉옷을 벗으니 리비아 드루실라는 소매가 길고 목이 높이 올라오는 옅은 황갈색 옷을 입고 있었다. 하지만 그 무엇도 그녀의 매력적인 몸매와 티 없이 깨끗한 상앗빛 피부를 가리지 못했다. 숱 많고 칠흑처럼 까만 머리카락에는 짙은 푸른빛 윤기가 돌았다. 머리는 평범하게 정리되어 있었는데 귀를 덮을 정도로 느슨하게 모아 목 언저리부터 땋아놓았다. 얼굴은 무척 아름다웠다! 작고 붉은 입술, 긴 속눈썹이 부채처럼 달린 커다란 눈, 분홍빛 볼, 작지만 콧등이 구부러진 코, 이 모든 것이 어우러져 완벽한 모습이었다. 안토니우스가 그녀의 눈동자 색을 확인할 수 없어 슬슬 짜증이 날 무렵 그녀가 의자를 움직였고 가느다란 햇살이 그녀의 눈에 닿았다. 오, 놀라웠다! 그 눈동자는 아주 짙은 파란색이었지만 흰색에 가까운 황색 줄무늬가 마법처럼 섞여 있었다. 그가 이전엔 보지 못했던 괴이한 눈동자였다. 리비아 드루실라, 당신을 잡아먹고 말겠어! 그는 마음속으로 이렇게 생각하며 그녀가 자신에게 반하게 만들려 나섰다.

하지만 그것은 불가능했다. 그녀는 수줍어하지 않았고 그의 모든 질문에 솔직하고 점잖게 대답했으며, 요청이 들어오면 자기 의견을 내놓는 것도 꺼리지 않았다. 하지만 스스로 대화 주제를 꺼내놓는 경우는 없었고, 의심스러운 눈길로 지켜보는 네로에게 흠잡힐 만한 언행은 하지 않았다. 그녀의 눈에 작은 관심의 불꽃이라도 일었다면 이 모든 것들도 안토니우스에겐 문제가 되지 않을 터였다. 하지만 그런 불꽃은 없었다. 그가 조금 더 예민한 사람이었다면 그녀가 가끔 희미하게 찡그린 것이 실은 혐오감 탓임을 깨달았을 것이다.

그래, 안토니우스는 큰 잘못을 저지른 아내를 때릴 수 있는 사람이야. 그녀는 속으로 생각했다. 하지만 네로처럼 냉정하게, 철저한 계산에 따라 그러진 않을 테지. 안토니우스는 아주 화난 상태에서 아내를 때렸을 거야. 물론 화가 식은 다음에도 자기 행동을 후회하진 않았겠지. 그의 아내는 용서받을 수 없는 죄를 저질렀으니까. 남자들은 대부분 그를 좋아하고 그에게 호감을 느끼고, 여자들은 대부분 그를 갈망하겠지. 아그리겐툼에 있는 섹스투스 폼페이우스의 은신처에서 며칠 지내며 리비아 드루실라는 사랑, 남자, 성행위에 관해 많은 것을 배웠다. 여자들은 큰 성기를 가진 남자를 좋아하는 듯했는데, 큰 성기를 통해 더 쉽게 절정에 도달할 수 있기 때문이었다. 그녀는 절정이 뭔지 몰랐지만 비웃음을 당할까 무서워 그게 뭔지 물어보지 못했다. 그 대신 마르쿠스 안토니우스는 생식기가 거대하기로 유명하다는 것은 알게 됐다. 그렇기는 했지만, 그녀는 안토니우스에게서 호감이나 존경심을 느낄 만한 무언가를 전혀 발견하지 못했다. 안토니우스가 그녀에게서 어떤 반응을 끌어내려고 애쓴다는 사실을 깨달은 후에는 더더욱 그랬다. 그가 원하는 반응을 보여주지 않음으로써 그녀는 대단한 만족감을 느꼈고, 이를 통해 여자가 어떻게 권력을 얻는지 조금은 알게 되었다. 그것은 일시적이고 심지어 하찮은 성욕을 가진 안토니우스 같은 자에게 넘어가지 않음으로써만 가능했다.

"저 위인을 어떻게 생각하시오?" 집으로 돌아가는 길에 네로는 짧고 불타는 듯한 황혼 속에서 물었다.

리비아 드루실라는 눈을 깜빡였다. 평소 남편은 그 누구에 관해서도, 그 무엇에 관해서도 그녀의 의견을 묻지 않았다. "태생은 귀하지만 성품은 천하더군요. 천박하고 막돼먹은 사람이에요."

"동감이오." 그는 만족스러운 목소리로 말했다.

그녀는 결혼한 후 처음으로 남편에게 정치적인 질문을 던지기로 했다. "여보, 어째서 마르쿠스 안토니우스처럼 천박하고 막돼먹은 사람 옆에 붙어 있는 거죠? 사람들 설명에 따르면 카이사르 옥타비아누스는 천박하지도 막돼먹지도 않은 것 같던데, 왜 그쪽을 택하지 않았나요?"

그는 잠시 동안 꼼짝도 않고 서 있다가 짜증난다기보다는 놀란 표정으로 그녀를 돌아봤다. "그 두 가지보다 태생이 우선이오. 안토니우스는 태생이 더 훌륭한 인물이오. 로마는 훌륭한 조상을 가진 사람들의 것이오. 고위 관직을 차지하고 속주를 통치하고 전쟁을 지휘할 자격은 그들에게만, 오직 그들에게만 있소."

"하지만 옥타비아누스는 카이사르의 조카잖아요! 카이사르의 태생은 나무랄 데 없지 않나요?"

"오, 카이사르는 태생, 명석함, 아름다움 등 모든 것을 다 가진 사람이었소. 고귀한 파트리키 귀족 중에서도 가장 고귀한 가문 출신이었지. 그가 물려받은 평민 혈통마저도 최고였소. 모친은 아우렐리우스, 조모는 마르키우스, 증조모는 포필리우스 집안사람이었으니까. 반면 옥타비아누스는 남의 이름을 사칭하는 자요! 아주 조금 물려받은 율리우스 혈통을 빼면 나머지는 쓰레기지. 벨리트라이의 옥타비우스 집안이 뭐란 말이오? 보잘것없는 인간들이지! 옥타비우스 집안사람 중에 존경할 만한 인물도 있긴 하지만 벨리트라이 출신은 아니오. 옥타비아누스의 한쪽 증조부는 밧줄 꼬던 사람이었고 다른 한쪽은 제빵사였소. 그의 조부는 은행가였고. 천하디천한 것들! 그의 아버지는 운좋게 카이사르의 질녀와 재혼했소. 물론 그녀의 피는 더럽혀져 있었는데, 그녀의 아버지는 그저 돈을 주고 카이사르의 누나와 결혼한 별 볼 일 없는 인물이기 때문이오. 그 당시 율리우스 집안은 너무 쪼들려서 딸들을 팔 수밖에 없었소."

"카이사르의 조카라면 4분의 1은 율리우스 혈통이 아닌가요?" 그녀
는 과감한 질문을 던졌다.

"그 허세꾼은 카이사르의 생질손이오! 율리우스 가문의 피는 8분의
1뿐이오. 나머지는 전부 끔찍한 혈통이지." 네로는 흥분하며 소리쳤다.
"위대한 카이사르가 무슨 정신으로 그 천한 애송이를 상속자로 정했는
진 모르겠으나 한 가지는 명심하시오, 리비아 드루실라. 나는 절대 옥
타비아누스 같은 놈들의 편에 서지 않을 것이오."

그래, 그래, 차라리 입을 닫자. 리비아 드루실라는 속으로 생각했다.
로마의 많은 귀족들이 옥타비아누스를 혐오하는 것은 그 때문이겠지!
가장 귀한 혈통을 타고난 사람으로서 나 역시 그를 혐오해야 마땅하지
만, 난 오히려 그가 흥미롭게 느껴져. 그는 아주 높은 곳까지 올라갔으
니까! 그 심정을 이해하기 때문에 난 그를 존경해. 어쩌면 로마는 가끔
씩 새로운 귀족을 만들어내야만 하는 걸지도 몰라. 위대한 카이사르도
그 점을 깨닫고 그런 유언을 남긴 걸지도.

네로가 마르쿠스 안토니우스 편에 선 이유에 관한 리비아 드루실라
의 해석은 지나치게 단순화되어 있었다. 하지만 네로의 논리도 단순하
긴 마찬가지였다. 그의 얕은 지성은 발달되지 않은 상태였다. 그의 지
성은 아무리 많은 세월이 흘러도 카이사르 밑에서 복무했던 어린 시절
보다 하나 나아지지 않을 터였다. 그는 너무 멍청해서 카이사르가 자신
을 싫어했다는 것조차 깨닫지 못했다. 물방울이 오리 등을 타고 미끄러
진다는 갈리아 속담처럼, 그에게는 어떤 말도 먹히지 않았다. 최고의
혈통을 타고난 사람이 자신의 결점을 동료 귀족이 알아볼지도 모른다
는 생각을 떠올릴 수 있겠는가?

마르쿠스 안토니우스가 보기에 그가 아테네에서 보낸 첫 달은 온통 여자들로 어지럽혀져 있었다. 그들 중 그의 귀중한 시간을 할애할 가치가 있는 여자는 없었다. 다만 그의 행동이 아무런 결실을 맺지 못하고 있는 마당에 그의 시간을 진정 귀중하다 말할 수 있을까? 유일한 희소식은 아폴로니아에 있는 퀸투스 델리우스로부터 도착했다. 그의 설명에 따르면 안토니우스의 군대는 마케도니아 서쪽 해안에 도착했으며 기후가 온화한 지역에서 야영하게 되어 기뻐한다고 했다.

델리우스의 소식이 도착한 직후, 루키우스 스크리보니우스 리보가 안토니우스의 기분을 엉망으로 만들어놓을 여자와 함께 나타났다. 그의 어머니였다.

그녀는 아들의 서재로 급히 들어오면서 머리핀, 하녀의 손에 들린 새장 속 새에게 줄 씨앗, 어느 미친 재봉사가 그녀의 숄 가장자리에 달아놓은 기다란 술 장식에서 떨어진 실오라기 등을 줄줄 흘렸다. 가닥가닥 나뉘어 흐트러진 그녀의 머리카락은 이제 금빛보다는 잿빛에 가까웠다. 하지만 그녀의 눈은 아들이 기억하는 그대로였다. 쉴새없이 눈물이 흘러나오는 모습.

"마르쿠스, 마르쿠스!" 그녀는 그의 가슴에 몸을 던지며 울었다. "오, 내가 제일 사랑하는 아들아, 널 다시는 못 보는 줄 알았어! 난 정말 끔찍한 시간을 보냈단다! 그 빌라의 코딱지만한 방에서는 밤낮으로 입에 담기 민망한 짓을 하는 소리가 들리고, 길거리는 가래침과 요강에서 비운 것들로 지저분하고, 침대에는 빈대가 득실대고, 제대로 목욕할 곳도 없는데다……."

안토니우스는 진정시키고 달래는 말을 한참 늘어놓은 뒤에야 율리아 안토니아를 의자에 앉히고 그녀로서는 가장 안정된 상태로 만들 수 있었다. 눈물이 흐르는 속도가 평소 수준으로 떨어지자 안토니우스는 비로소 율리아 안토니아 뒤에 따라 들어온 사람을 확인했다. 아! 모든 아첨꾼들 중에도 최악의 아첨꾼, 루키우스 스크리보니우스 리보. 섹스투스 폼페이우스에게 딱 달라붙은 정도가 아니라 단단히 접목되어 시큼한 밑나무에서 달콤한 포도를 맺으려는 인간.

리보는 키가 작고 야위었으며, 그의 얼굴은 빈약한 체격을 강조하는 동시에 그 속에 숨겨진 괴물의 본성을 드러내고 있었다. 욕심 많고 용기 없고 야심이 넘치지만 확신이 부족하며 이기적인 괴물이었다. 그에게 기회가 온 것은 폼페이우스 마그누스의 장남이 그의 딸과 사랑에 빠져 클라우디아 풀크라와 이혼하고, 폼페이우스 마그누스가 하는 수 없이 사돈에게 그럴싸한 자리를 마련해주면서부터였다. 나이우스 폼페이우스가 아버지를 뒤따라 죽자 차남 섹스투스는 과부가 된 형수와 결혼했다. 그 결과 리보는 해군 함대를 지휘하게 됐으며 이제 그의 주인인 섹스투스의 비공식 특사로 활동하고 있었다. 스크리보니우스 가문 여자들은 가족에게 큰 도움을 줬다. 리보의 여동생은 돈 많고 영향력 있는 남자 두 명과 차례로 결혼했다. 그중 한 명은 파트리키 귀족인 코르넬리우스 가문 출신이었는데, 그녀는 그에게서 딸 하나를 낳았다. 스크리보니아는 이제 30대 초반이었고 팔자가 사납다고 알려져 있었지만—남편을 한 번도 아니고 두 번이나 여읜 건 과했다—리보는 여동생에게 세번째 남편을 못 구해줄까봐 걱정하지 않았다. 반반한 외모, 검증된 출산 능력, 200탈렌툼의 지참금. 그렇다, 스크리보니아는 또 재혼할 수 있을 터였다.

하지만 안토니우스는 리보 집안 여자들에겐 관심이 없었다. 지금 그를 괴롭히는 것은 자기 집안 여자였다. "왜 어머니를 내게로 데려왔소?" 그가 물었다.

리보는 옅은 황갈색 눈을 크게 뜨고 두 손을 양쪽으로 펼쳤다. "친애하는 안토니우스, 그럼 내가 저분을 어디로 모셔야 한단 말이오?"

"로마에 있는 어머니 저택으로 보낼 수도 있었잖소."

"저분은 그 말에 발작적인 거부반응을 보였기 때문에, 나는 섹스투스 폼페이우스를 방에서 쫓아내야만 했소. 안 그랬으면 섹스투스가 그녀를 죽였을 거요. 내 말은 거짓이 아니오. 그녀는 옥타비아누스가 반역 혐의로 자신을 처형할 거라고 빽빽거리며 로마로의 귀환을 거부했소."

"카이사르의 육촌누이를 처형한단 말이오?" 안토니우스는 못 믿겠다는 듯 말했다.

"그러지 말라는 법이 있소?" 리보는 천진난만하게 물었다. "그는 카이사르의 육촌형님이자 당신 어머니의 오빠인 루키우스를 공권박탈자 명단에 올렸소."

"나와 옥타비아누스가 함께 루키우스를 공권박탈자 명단에 올렸던 거요!" 짜증이 난 안토니우스가 쏘듯이 말했다. "하지만 우린 그를 처형하지 않았소! 단지 그의 돈이 필요했던 거지. 우리 어머니는 돈 한 푼 없으니 위험할 일이 전혀 없소."

"그렇다면 그 말을 직접 하시든가!" 리보는 으르렁거리며 말했다. 어쨌거나 꽤 긴 바다 여정 동안 율리아 안토니아에게 시달려야 했던 건 그였다.

두 사람 중 누구도 그녀 쪽을 돌아보지 않았다. 하지만 만약 돌아봤다면 눈물이 차오른 그녀의 파란 눈에 어린 교활함과, 장신구가 잔뜩 달린 귀를 쫑긋 세우고 모든 대화에 집중하는 모습을 발견했을 것이다.

율리아 안토니아는 더할 나위 없이 어리석은 여자였지만, 안락한 생활을 유지하려면 아무 수입 없이 로마에 갇혀 있기보단 큰아들 곁에 있는 편이 낫다는 것을 알 정도의 판단력은 있었다.

바로 그때쯤 집사와 하녀 몇 명이 도착했다. 그들의 얼굴에는 앞날에 대한 공포가 드러나 있었다. 엄청난 짐을 떠맡게 된 하인들의 공포를 못 본 척하면서, 안토니우스는 어머니를 기꺼이 그들의 손에 넘겼다. 그러면서 어머니에게 로마로 돌려보내는 일은 없을 것이라며 안심시켰다. 마침내 정리가 끝나고 서재에는 평화가 찾아왔다. 안토니우스는 안도의 한숨을 내쉬며 의자에 기대앉았다.

"포도주! 난 포도주가 필요하오!" 그는 갑자기 의자에서 벌떡 일어나며 소리쳤다. "적포도주와 백포도주 중 어떤 걸 원하시오, 리보?"

"맛좋고 진한 적포도주로 주면 고맙겠소. 물은 섞지 마시오. 지난 3주 동안 물이라면 지긋지긋하게 많이 봐서 이제 반평생은 보기 싫소."

안토니우스는 활짝 웃었다. "무슨 뜻인지 전적으로 이해하겠소. 우리 어머니를 옆에서 모시는 건 절대 만만한 일이 아닐 테니까." 그는 포도주를 커다란 잔에 가득 따랐다. "여기 있소. 고통을 무뎌지게 해줄 거요. 10년 된 키오스산 포도주요."

두 술꾼이 만족스러운 소리를 내며 잔에 코를 박고 있는 동안 침묵이 내렸다.

"그런데 아테네에는 무슨 일로 왔소, 리보?" 안토니우스가 침묵을 깨며 물었다. "우리 어머니 때문이란 말은 하지 마시오."

"당신 말이 옳소. 당신 어머니는 편리한 구실이었소."

"나에겐 편리하지 않소." 안토니우스는 낮게 으르렁거렸다.

"당신은 어떻게 그리할 수 있는지 궁금하오." 리보는 밝게 말했다.

"말할 때는 가볍고 높은 목소리를 내지만 순식간에 굵은 목소리로 바꿔 으르렁대거나 호통칠 수 있잖소."

"고함을 지를 수도 있소. 고함을 까먹으셨군. 그게 어떻게 가능한지는 묻지 마시오. 나도 모르니까. 그냥 자연스럽게 되는 거요. 내가 고함치는 걸 듣고 싶다면 계속 그렇게 딴소리만 늘어놓으시든가."

"어, 그럴 필요는 없겠소. 다만 당신 어머니에 관해 조금만 더 말하자면, 돈을 잔뜩 쥐여주고 아테네의 훌륭한 상점에서 쇼핑을 하도록 내버려두면 괜찮을 거요. 그렇게만 하면 당신은 어머니를 다시 볼 일도, 목소리를 들을 일도 없을 거요." 리보는 포도주 잔 가장자리에 기포가 생기는 것을 웃는 얼굴로 내려다보며 말했다. "당신 동생 루키우스가 사면을 받고 집정관급 임페리움을 얻어 먼 히스파니아로 떠났다는 소식이 전해진 후로는 당신 어머니를 다루기가 한결 수월해졌소."

"여긴 왜 왔소?" 안토니우스는 다시 물었다.

"섹스투스 폼페이우스는 내가 당신을 만나보는 게 좋을 것 같다고 했소."

"그렇소? 어떤 목적을 이루기 위해서?"

"옥타비아누스에 대항하는 동맹을 당신과 맺기 위해서요. 두 사람이 힘을 모으면 옥타비아누스를 묵사발로 만들 수 있소."

작은 입술이 푹 다물어졌다. 안토니우스는 곁눈질을 했다. "옥타비아누스에 대항하는 동맹이라……. 어디 말해보시오, 리보. 공화정의 질서를 바로잡기 위해 로마 원로원과 인민이 임명한 트리움비르인 내가, 어째서 해적보다 하나 나을 것 없는 인물과 동맹을 맺어야 한단 말이오?"

리보는 움찔했다. "섹스투스 폼페이우스는 모스 마이오룸에 부합하는 시칠리아 총독이오! 그는 삼두연합을 합법적이거나 적절한 조직으로 인정하지 않으며, 자신을 부당하게 불법적인 인물로 규정하고 모든 재산과 유산을 압수한 공권박탈 칙령에 개탄하고 있소! 그가 바다에서 벌이는 활동의 목적은 오직 그가 부당하게 유죄선고를 받았음을 로마 원로원과 인민에게 증명하는 것이오. 그를 공공의 적으로 선포한 내용을 취소하고 모든 금지령, 제한, 추방을 해제한다면 섹스투스 폼페이우스는…… 그러니까 그…… 해적 활동을 중단할 거요."

"그는 자기가 날 도와 옥타비아누스를 로마에서 제거하면 내가 원로원에 요청해 그를 공공의 적으로 선포한 내용을 취소하고 모든 금지령, 제한, 추방을 해제해줄 거라 생각하는 거요?"

"뭐, 그런 셈이오."

"다시 말해 그는 가능하다면 내일 당장 전쟁을 하자고 제안하는 거 아니오?"

"이보시오, 이보시오, 마르쿠스 안토니우스, 당신과 옥타비아누스가 언젠간 충돌할 거란 사실을 온 세상이 다 알고 있소! 두 사람은—레피두스는 빼고 말하겠소—로마 세계의 9할에 해당하는 지역에 대한 임페리움 마이우스를 가지고 있고, 그 수준의 수입은 물론 군대까지 손에 쥐고 있소. 그런 두 사람이 충돌한다면 본격적인 전쟁 말고 무엇을 예상할 수 있겠소? 50년 넘는 세월 동안 로마 공화정의 역사는 내전의 연속이었소. 당신은 정말로 필리피 전투가 마지막 내전의 끝이라고 믿소?" 리보는 부드러운 목소리와 평온한 표정을 유지하며 말했다. "섹스투스 폼페이우스는 불법적인 인물로 사는 데 지쳤소. 그는 자신에게 마땅히 주어져야 할 것들을 원하오. 시민권 회복, 아버지 마그누스의 재산을 상속받을 허가, 그 재산과 집정관 직과 시칠리아를 영구 통치할 수 있는 집정관급 임페리움의 회복 말이오." 리보는 어깨를 으쓱했다. "다른 것도 있지만, 시작 단계에선 그 정도면 충분할 것 같소."

"이 모든 것의 대가는 뭐요?"

"그는 당신의 동맹으로서 해상을 통제하고 청소할 거요. 무르쿠스를 사면해주면 그의 함대까지 얻게 될 테고. 아헤노바르부스는 해적치고는 거물이라 할 수 있는데 자신이 독자적으로 움직인다고 했소. 또한 섹스투스 폼페이우스는 당신 군대에 무상으로 곡물을 제공해줄 것이오."

"날 인질로 붙들겠다는 거군."

"승낙이오, 아니면 거절이오?"

"나는 해적과 거래하지 않소." 안토니우스는 평소의 경쾌한 목소리로 말했다. "하지만 당신 주인에게 그와 내가 바다에서 마주쳤을 때 내 길을 막지 않길 바란다고 전해주시오. 그렇게만 한다면 대화해볼 수도 있을 거요."

"거절보단 승낙에 가까운 것 같소."

"어떤 의미가 있다기보다는 아무 의미도 없소. 적어도 당분간은. 나는 옥타비아누스를 묵사발로 만들기 위해 섹스투스 폼페이우스의 도움을 필요로 하지 않소, 리보. 섹스투스의 생각이 다르다면 그는 착각하고 있는 거요."

"당신 군대를 마케도니아에서 아드리아 해 너머 이탈리아로 데려가기로 결심했다면, 안토니우스, 여러 함대가 당신을 가로막는 반갑지 않은 상황을 만나게 될 거요."

"아드리아 해는 아헤노바르부스의 구역이고 그는 나를 방해하지 않을 거요. 그런 협박은 통하지 않소."

"그렇다면 섹스투스 폼페이우스는 당신의 동맹이 될 수 없다는 거요? 원로원에서 그를 위한 발언을 할 수 없다는 거요?"

"그렇소, 리보. 내가 해줄 수 있는 건 기껏해야 그를 뒤쫓지 않는 것뿐이오. 내가 작심하고 뒤쫓으면 그는 묵사발이 되고 말 거요. 그에게 무상 곡물은 됐고, 그 대신 내 군대를 위해 정상 도매가인 1모디우스당 5세스테르티우스에 곡물을 넘기라고 하시오. 그보다 한 푼도 더 줄 수 없소."

"일방적으로 밀어붙이는군요."

"나는 그럴 수 있는 입장이오. 섹스투스 폼페이우스는 그럴 수 없는 입장이고."

이 고집스러움 중 어느 정도가 어머니라는 무거운 짐을 짊어지게 된 지금 상황에 기인하는 것일까? 리보는 의문스러웠다. 나는 섹스투스에게 이건 좋은 생각이 아니라고 말했지만, 그는 내 말을 듣지 않았지.

퀸투스 델리우스가 방안으로 들어왔다. 그와 팔짱을 끼고 있는 사람은 또다른 아첨꾼 센티우스 사투르니누스였다.

"아그리겐툼에서 리보와 함께 누가 도착했는지 보세요!" 델리우스는 기뻐하며 말했다. "안토니우스, 키오스산 적포도주가 남아 있나요?"

"허!" 안토니우스가 말했다. "플랑쿠스는 어디 있나?"

"여기 있소, 안토니우스!" 플랑쿠스는 리보와 센티우스 사투르니누스를 껴안으러 다가오며 말했다. "정말 멋지지 않소?"

아주 멋지군. 안토니우스는 씁쓸하게 생각했다. 단물 같은 네 아첨꾼들이라니.

군대를 마케도니아의 아드리아 해안으로 이동시키는 것은 순전히 옥타비아누스를 겁주기 위해 시작된 일이었다. 지금 상황이 나아질 때까지 파르티아와의 전쟁은 힘들다고 판단한 안토니우스는 애초에 자기 군대를 에페소스에 남겨둘 생각이었다. 하지만 에페소스를 방문해 보고 마음이 바뀌었다. 카니니우스는 너무 약해서 친척인 안토니우스가 근처에 없으면 많은 선임 보좌관들을 통솔할 수 없었기 때문이다. 게다가 옥타비아누스를 겁준다는 것은 생각만으로도 너무 달콤해 포기하기 힘들었다. 하지만 어찌된 일인지 모든 사람들은 두 트리움비르 간의 예정된 전쟁이 마침내 터질 모양이라 예상했고, 안토니우스는 옴짝달싹할 수 없는 상황에 이르렀다. 옥타비아누스를 지금 공격해야 할까? 그 전쟁은 비용 면에서 더 저렴할 터였고, 안토니우스에게는 작은 바다 너머의 군대를 이탈리아로 데려가기에 충분한 운송수단이 있었다. 또한 그는 이탈리아에서 옥타비아누스의 병사들로 자신의 병력을 보강하고 폴리오와 벤티디우스를 불러들일 수도 있었다. 그 두 사람의 병력만으로도 14개 군단이 추가되었다! 게다가 옥타비아누스가 패배한다면 10개 군단을 더 얻을 수 있었다. 그리고 국고에 남아 있는 모든 것은 안토니우스의 군자금으로 쓰일 터였다.

그럼에도 불구하고, 그는 확신이 서지 않았다. 율리아 안토니아에 관한 리보의 조언이 적중해 어머니의 모습이 눈에 띄지 않게 되자 안토니우스는 다소 안심했다. 그가 누워 있는 아테네의 긴 의자는 너무 편했고, 병사들은 만족한 상태로 아폴로니아에 있었다. 앞으로 어떻게 해야 할지는 시간이 대답해줄 터였다. 다만 그가 미처 깨닫지 못한 부분은, 그 결정을 미룸으로써 그가 세상 사람들 눈에 결단력 없는 사람으로 비친다는 것이었다.

2장
서방의 옥타비아누스

– 기원전 40년부터 기원전 39년까지

40 B.C. - 39 B.C.

가이우스 율리우스 카이사르 옥타비아누스

6 그가 사랑하는 여인 로마는 너무 늙고 지쳐 보였다. 벨리아 고지 꼭대기에 선 옥타비아누스는 포룸 로마눔을 내려다볼 수 있었고 그 너머로 카피톨리누스 언덕이 보였다. 반대편으로 고개를 돌리면 케롤리아이 늪지와 사크라 가도 끝의 세르비우스 성벽이 보였다.

옥타비아누스는 자신의 성향과는 다르게 뜨겁고 열정적인 마음으로 로마를 사랑했다. 그의 성향은 냉정하고 초연한 편이었다. 하지만 그는 지구상에서 여신 로마와 견줄 수 있는 대상은 없다고 생각했다. 태양이 달보다 밝게 빛나듯 아테네가 로마보다 더 빛난다는 말이나, 고지대에 위치한 페르가몬이 훨씬 사랑스럽다는 말이나, 알렉산드리아에 비하면 로마는 갈리아의 요새처럼 보인다는 말을 그가 얼마나 싫어했던가! 로마의 신전들이 낡고 공공건물들이 더러워지고 광장과 정원 들이 방치된 것이 그녀의 탓인가? 아니다, 잘못은 그녀의 이름으로 국가를 통치하는 사람들에게 있었다. 그들은 로마가 자신들을 만들어줬음에도 로마의 명성보다 자신의 명성을 더 소중히 여겼다. 그녀는 더 나은 대접을 받을 자격이 있었고, 옥타비아누스는 자신에게 기회가 주어진다면 그녀가 더 나은 대접을 받도록 해줄 터였다. 물론 예외도 존재했다. 카이사르에게 토론의 장이었던 영광스러운 율리우스 회당, 아이밀리우스 회당, 술라의 타불라리움. 하지만 카피톨리누스 언덕에서 내려다봐도 유노 모네타 같은 거대한 신전은 페인트칠이 시급했다. 대경기장의 달걀과 돌고래부터 교차로의 제단과 분수대에 이르기까지, 가엾은 여신 로마는 초라한 행색으로 쇠락의 길을 걷고 있는 귀부인이었다.

로마인들이 서로 싸우는 데 쏟아부은 돈의 10분의 1만 있다면 로마는 독보적인 아름다움을 되찾게 될 것이라고 옥타비아누스는 생각했다. 그 돈은 전부 어디로 간 걸까? 이것이 그의 머릿속에 계속 떠오르는 질문이었고, 그는 기존의 지식을 바탕으로 어림짐작에 가까운 대답밖에 내놓을 수 없었다. 돈은 병사들의 호주머니로 들어갔고, 개인의 성향에 따라 쓸데없는 일에 낭비되거나 차곡차곡 저축되고 있을 터였다. 전쟁을 통해 수익을 얻는 제조업자들과 상인들, 외국인들의 주머니로도 돈이 들어갔다. 또한 전쟁을 일으킨 당사자들의 주머니로도 돈이 흘러들었다. 하지만 정말 그렇다면 나는 왜 수익을 얻지 못하고 있지? 그는 의문스러웠다.

마르쿠스 안토니우스를 한번 보자. 옥타비아누스의 생각은 계속 이어졌다. 안토니우스는 수천만을 훔쳤고, 그 돈은 대부분 병사들의 임금보다는 그의 향락적인 생활 유지에 사용되었다. 그가 소위 그의 친구라는 작자들에게 거물처럼 보이고 싶어서 얼마나 많은 돈을 퍼줬던가? 오, 물론 나도 돈을 훔쳤다. 카이사르의 군자금을 몰래 훔쳤어. 그러지 않았다면 지금쯤 나는 살아 있지도 못했겠지. 하지만 안토니우스와 달리 나는 그 돈을 한 푼도 허투루 쓰지 않았다. 내 정보원들에게 임금을 지급하는 등 꼭 필요한 경우에만 숨겨둔 보물창고에서 돈을 꺼내 쓴다.

정보원들이 없다면 살아남을 수 없을 테니까. 안타까운 점은 그 돈을 로마를 위해 꺼내 쓸 수 없다는 것이다. 그 돈의 대부분은 병사들에게 거액의 상여금을 지급하는 데 쓰인다. 상여금은 바닥이 안 보이는 구렁텅이 같지만 적어도 한 가지 장점이 있다. 금권가의 숫자가 양손가락으로 꼽을 수 있을 정도였고 병사들의 소득이 5계급 수준도 되지 않았던 먼 옛날과 비교하자면, 상여금은 개인의 부를 조금 더 공평하게 분배하는 역할을 한다. 이젠 더이상 그렇지도 않지만.

그의 눈에 눈물이 차오르면서 포룸 로마눔의 풍경이 흐릿해졌다. 카이사르, 오, 카이사르! 당신이 살아계셨다면 제가 당신에게서 무엇을 배울 수 있었을까요? 살해범들이 당신을 죽일 수 있게 해준 사람은 안토니우스였습니다. 저는 그가 암살 계획의 일원이었다고 확신합니다. 그는 자신이 카이사르의 상속자라고 믿었고 카이사르의 막대한 재산이 절실히 필요했기 때문에 트레보니우스와 데키무스 브루투스의 감언이설에 무너진 겁니다. 브루투스와 카시우스는 명목상의 우두머리에 지나지 않았습니다. 이전의 많은 사람들처럼 안토니우스는 로마의 일인자 자리에 목말라했습니다. 제가 없었더라면 그가 그 자리를 꿰찼겠지요. 하지만 제가 나타났고, 그는 제가 카이사르라는 이름은 물론 카이사르의 재산까지 가로챌까 두려워했습니다. 두려워하는 게 당연하죠. 카이사르 신, 디부스 율리우스께서 제 편에 서 있으니까요. 로마의 번영을 위해서라도 저는 반드시 이 싸움에서 이겨야 합니다! 하지만 저는 안토니우스와의 전쟁에 나서지 않겠다고 맹세했고, 그 맹세를 지킬 생각입니다.

초여름의 서풍 제피로스가 그의 환한 금발을 헝클어놓았다. 사람들은 먼저 그 금발부터 인식했고, 그다음에 금발의 주인공이 누구인지 알아쳤다. 그들은 보통 얼굴을 찌푸리며 그를 빤히 쳐다봤다. 로마를 담당하는 트리움비르로서 그는 어려운 현실—비싼 빵값, 단조로운 부식류, 높은 임대료, 텅 빈 지갑—에 관해 가장 많이 책임 추궁을 당했다. 하지만 누군가 찌푸린 표정을 지을 때마다 그는 미소로 화답했는데, 그 미소는 너무도 강력해서 찌푸린 사람마저 웃게 만들었다.

안토니우스는 심지어 로마 내에서도 갑옷 차림으로 으스대며 걷기를 좋아했지만, 옥타비아누스는 항상 자주색 단을 댄 토가 차림이었다. 토가를 입은 그는 작고 가녀리고 우아해 보였다. 그가 굽 높은 장화를 신고 다니던 시절은 지났다. 로마인들은 그가 의심의 여지 없는 카이사르의 상속자임을 알았고, 많은 이들은 그가 자신을 칭하는 이름—디비 필리우스, 신의 아들—으로 그를 불렀다. 그의 인기가 많이 떨어진 상황에서도 이는 여전히 그에게 가장 큰 장점으로 작용했다. 남자들은 이 맛살을 찌푸리며 구시렁거렸지만, 어머니들과 할머니들은 수줍게 속삭이며 애정을 드러냈다. 옥타비아누스는 아주 영리한 정치인이었으므로 어머니들과 할머니들의 영향력을 과소평가하지 않았다.

그는 벨리아 고지에서 출발해 무고니아 성문의 이끼 덮인 고대 기둥들을 지나 팔라티누스 언덕의 덜 부유한 지역을 오르기 시작했다. 그의 저택은 한때 법정에서 키케로의 경쟁상대로 유명했던 변호인 퀸투스 호르텐시우스 호르탈루스의 소유였다. 안토니우스는 동생 가이우스의 죽음을 호르텐시우스의 아들 탓으로 돌리며 그를 공권박탈자 명단에 올렸다. 하지만 젊은 호르텐시우스는 걱정할 필요가 없었다. 그는 어차피 마케도니아에서 죽었고 그의 시신은 가이우스 안토니우스의 기념물 앞에 던져졌기 때문이다. 대다수의 로마인들처럼 옥타비아누스도, 무능하기 짝이 없는 가이우스 안토니우스가 사라져준 것은 축복이나 다름없음을 잘 알고 있었다.

호르텐시우스 저택은 아주 크고 호화로웠다. 물론 카리나이 지구의 폼페이우스 마그누스 저택에 비할 규모는 아니었다. 그 집은 안토니우스가 낚아채갔다. 그 사실을 알게 된 카이사르는 자신의 칠촌조카가 제대로 집값을 치르게 했지만, 카이사르가 죽자 집값 지불은 중단되었다. 하지만 옥타비아누스는 궁전이라 불릴 만큼 호화로운 집이 필요하지 않았고 그저 집무실 겸 거주지로 쓰일 정도의 크기면 충분했다. 호르텐시우스 저택은 공권박탈자 경매로 단돈 200만 세스테르티우스에 그에게 떨어졌다. 실제 가치에 비하면 아주 적은 금액이었다. 공권박탈자 경매에서는 그런 일이 종종 벌어지곤 했는데, 최고급 부동산 매물이 한 번에 쏟아져나올 때면 특히 그랬다.

팔라티누스 언덕의 인기 지역에 옹기종기 모여 있는 저택들은 모두 포룸 로마눔이 내려다보이는 전망을 놓고 경쟁했다. 하지만 호르텐시우스는 전망 따윈 신경쓰지 않았다. 그에겐 공간이 더 중요했다. 관상용 물고기 애호가로 알려진 그는 금빛과 은빛 잉어를 키우기 위해 저택에 거대한 연못을 만들었다. 또한 카이사르가 클레오파트라에게 지어준 야니쿨룸 언덕 아래의 궁전처럼 세르비우스 성벽 바깥의 빌라에서 더 흔히 찾아볼 수 있는 형태로 바닥과 정원을 꾸몄다. 그 저택의 바닥과 정원은 전설적이었다.

호르텐시우스 저택은 15미터 절벽 위에 세워져 대경기장을 내려다보고 있었다. 가장행렬이나 전차 경기가 있는 날이면 옥외 관람석을 가득 채운 15만 명 이상의 로마 시민들이 감탄과 환호를 쏟아냈다. 옥타비아누스는 대경기장 쪽으로는 눈길도 주지 않고 곧장 정원과 그 너머의 연못을 지나 저택으로 들어갔다. 그는 호르텐시우스가 한 번도 사용한 적이 없는 거대한 응접실로 향했다. 이 응접실이 추가로 지어질 당시 호르텐시우스는 이미 너무 병약해져 있었던 것이다.

옥타비아누스는 저택 구조가 마음에 들었다. 주방과 하인용 숙소는 조금 떨어진 별도의 건물에 마련되었고 거기에 하인용 욕실과 화장실까지 있었기 때문이다. 그와 그의 가족, 손님들을 위한 욕실과 화장실은 가장 큰 건물 안에 값비싼 대리석으로 만들어져 있었다. 대대수 팔라티누스 언덕의 저택들처럼 이 저택도 대하수도로 흘러들어가는 지하 하천 위에 자리하고 있었다. 이러한 조건은 옥타비아누스가 이 저택을 매입한 주된 이유였다. 그는 특히 대소변 해결과 관련하여 사생활을 아주 중요시하는 사람이었다. 누구도 그 장면을 보거나 소리를 들어서는 안 되었다! 이는 목욕할 때도 마찬가지였는데, 그는 적어도 하루 한번은 목욕을 했다. 그러므로 전쟁에 나가는 건 그에게 고통스러운 일이었고, 그에게 최대한 사적인 공간을 마련해주려 애쓰는 아그리파가 있어서 그나마 견딜 수 있었다. 옥타비아누스는 신체적 결함도 없는 자신이 왜 그 문제에 그토록 신경쓰는지 정확히 알 수 없었다. 다만 사람은 제대로 의복을 차려입지 않은 상태에선 취약해진다는 사실만은 분명했다.

그의 시종이 초조한 표정으로 다가왔다. 옥타비아누스는 튜닉이나 토가에 아주 작은 얼룩이 묻는 것도 끔찍이 싫어했다. 그러므로 시종은 날이면 날마다 백악과 맑은 식초를 들고 바쁘게 일해야만 했다.

"그래, 이 토가를 가져가." 그는 무심히 내뱉고 토가를 벗더니 실내 주랑정원으로 걸어갔다. 그곳에는 로마에서 가장 멋진 분수대가 있었는데, 물고기 꼬리가 달린 말들과 조개 모양 전차를 탄 암피트리온이 조각된 것이었다. 채색은 아주 정교했다. 물의 신의 무성한 머리카락은 초록빛으로 반짝였고, 그의 피부는 작은 은빛 비늘로 덮여 아주 사실적이었다. 조각상은 원형 연못 한가운데 놓여 있었는데, 이 연못을 만드는 데 쓰인 옅은 녹색 대리석을 카라라의 채석장에서 운반해오느라 호르텐시우스는 10탈렌툼을 썼다.

라피타이족과 켄타우로스가 돋을새김으로 묘사된 두 짝의 청동 문을 통과해 옥타비아누스는 복도로 들어갔다. 복도 한쪽에는 그의 서재가 있었고 반대쪽에는 식당이 있었다. 그런 다음 그는 거대한 아트리움으로 들어섰다. 그곳의 물받이 아래 놓인 수조는 한낮의 태양을 거울처럼 비추며 반짝였다. 마침내 그는 또다른 청동 문을 통과해 넓고 탁 트인 발코니인 로지아에 도착했다. 호르텐시우스는 식물로 그늘을 만들어 강한 태양을 피하고자 했다. 그는 로지아 일부를 덮는 버팀대를 설치하고 포도덩굴을 심어 버팀대를 타고 올라가도록 했다. 세월이 흘러 덩굴이 무성해지자 그늘이 드리워졌고, 매년 이맘때쯤이면 연녹색 포도송이들이 주렁주렁 맺혔다.

네 남자는 낮은 탁자 둘레에 놓인 큰 의자에 앉아 있었다. 비어 있는 다섯번째 의자까지 더해지면 완벽한 원을 이루었다. 병 두 개와 잔 여러 개가 탁자에 놓여 있었다. 아풀리아에서 생산된 수수한 도자기였다. 옥타비아누스는 황금잔이나 알렉산드리아산 유리병을 쓰지 않았다! 물병은 술병보다 더 컸으며, 술병에는 알바 푸켄티아에서 생산된 아주 옅은 빛깔의 발포성 백포도주가 담겨 있었다. 포도주 애호가 중에 이 포도주 향을 맡고 코를 찡그릴 사람은 없을 터였다. 옥타비아누스는 모든 것을 최고급으로 대접하기를 좋아했기 때문이다. 그가 싫어하는 것은 지나친 사치와 수입품이었다. 그는 들을 자세가 된 모든 사람들에게 이탈리아 제품이 최고라고 말하곤 했다. 그런데 왜 속물처럼 키오스산 포도주, 밀레토스산 양탄자, 히에라폴리스에서 염색한 양모, 코르두바산 태피스트리를 쓴단 말인가?

소리 없이 움직이는 옥타비아누스는 아무도 모르게 그 자리에 도착했고, 문간에 서서 잠시 그의 '원로회'를 관찰했다. 회의체의 구성원 중 최고 연장자인 퀸투스 살비디에누스가 불과 서른한 살이라는 점에 착안해 마이케나스가 농담처럼 붙인 이름이었다. 옥타비아누스는 이 네 사람에게는—아니, 이 네 사람에게만 자기 생각을 들려주곤 했다. 하지만 물론 모든 생각을 말하지는 않았고, 그 영광은 동갑내기 친구이자 영혼의 형제인 아그리파에게만 허락되었다.

스물세 살인 마르쿠스 빕사니우스 아그리파는 모든 면에서 로마 귀족의 외모를 타고난 인물이었다. 그는 죽은 카이사르만큼 키가 컸고 날씬하면서도 근육질인데다 독특하게 잘생긴 얼굴을 하고 있었다. 이마 아래로 짙고 숱 많은 눈썹이 있었고 단호한 입술 아래에는 강인한 턱이 자리했다. 눈썹이 눈을 가리고 있었으므로 움푹 들어간 그의 눈이 담갈색이라는 것을 알아차리기는 쉽지 않았다. 하지만 아그리파의 실제 태생은 너무 천해서 티베리우스 클라우디우스 네로 집안사람의 비웃음을 샀다. 빕사니우스라는 가문을 들어본 사람이 어디 있단 말인가? 아풀리아인이나 칼라브리아인, 아니면 삼니움인이리라. 이러나저러나 이탈리아 촌놈인 건 매한가지였다. 오직 옥타비아누스만이 아그리파가 가진 지성의 깊이와 폭을 온전히 이해했다. 아그리파는 군대를 통솔하고 교량과 수도교를 건설하고 작업편이성을 높여줄 도구와 장치를 발명하곤 했다. 그는 올해 수도 담당 법무관으로 모든 민사소송을 책임지는 것은 물론 형사소송을 다양한 법정으로 배분하는 역할을 맡고 있었다. 무거운 책임이었지만 아그리파를 만족시킬 만큼 무겁지는 않았으므로, 그는 조영관들의 업무도 일부 분담했다. 조영관 직은 원래 로마의 건물과 용역을 관리하는 자리였지만, 아그리파는 그들을 빈둥대기나 하는 족속들이라 불렀다. 그는 상하수도 관리를 직접 맡았고, 이는 도시와 계약을 맺어 수도를 관리하는 회사들 입장에서는 경악스러운 소식이었다. 그는 티베리스 강의 범람으로 하수도가 막히는 것을 방지할 조치를 취해야 한다고 심각하게 말했다. 하지만 그렇게 하려면 수 킬로미터에 이르는 하수도와 배수구의 정확한 지도를 제작해야 하므로 올해 당장 작업에 착수하기는 힘들 것이라고 덧붙였다. 그 대신 그는 현존하는 로마 최고의 수도교인 마르키우스 수도교를 정비했고 율리우스 수도교를 새로 건설하는 중이었다. 로마의 상수도는 이미 세계 최고 수준이었지만, 도시 인구가 증가함에 따라 상수도 정비가 시급했다.

그는 뼛속까지 옥타비아누스의 사람이었다. 그것은 맹목적인 충성이 아니라 통찰력 넘치는 충성이었다. 그는 옥타비아누스의 장점과 더불어 단점도 알고 있었고, 옥타비아누스가 절대 스스로 하지 않는 힘든 일들을 대신 처리했다. 야심에 관해서는 의심의 여지가 없었다. 대부분의 신진 세력과 달리, 아그리파는 지배자가 되어야 할 사람은 혈통을 타고난 옥타비아누스임을 진심으로 이해했다. 그에게 주어진 역할은 헌신적인 친구였으므로, 그는 늘 옥타비아누스를 위해 그 자리에 있어야 했다. 옥타비아누스는 아그리파를 그가 타고난 사회적 지위보다 더 높은 자리까지 이끌어줄 터였다. 로마의 이인자가 되는 것보다 더 나은 운명이 어디 있을까? 아그리파에게 그것은 신진 세력이 얻을 수 있는 최고의 보상이었다.

서른 살인 가이우스 킬니우스 마이케나스는 에트루리아의 아주 오래된 가문 출신이었다. 그의 집안은 아레티움을 지배했는데, 그 분주한 하항은 로마에서 이탈리아 갈리아로 뻗은 안니우스 가도, 카시우스 가도, 클로디우스 가도가 서로 만나는 아르누스 강가에 위치했다. 본인만 알고 있는 어떤 이유 때문에 마이케나스는 가문명인 '킬니우스'를 버리고 스스로 그냥 '가이우스 마이케나스'로 칭했다. 인생에서 더욱 고급스러운 것들을 추구하는 그의 성향은 살짝 통통한 체격에서 드러났지만, 그럼에도 불구하고 그는 결정적 순간에 옥타비아누스를 위해 험난한 여정을 떠나기도 했다. 옅은 파란색 눈은 앞으로 툭 튀어나와서 약간 개구리를 닮은 인상이었다. 그리스인들은 그것을 안구돌출증이라 했다.

재치 있는 이야기꾼으로 알려진 그는 아그리파만큼이나 지성의 폭과 깊이가 대단했지만 아그리파와는 다른 방식으로 뛰어났다. 마이케나스는 문학, 예술, 철학, 수사학을 사랑했고 골동품 항아리가 아니라 신진 시인들을 수집했다. 아그리파는 농담처럼 마이케나스가 매음굴에서의 빵 던지기 싸움도 지휘하지 못할 거라고 했지만, 그는 싸움을 멈추는 방법을 알고 있었다. 마이케나스보다 언변 좋고 설득력 있는 사람은 없었고, 그보다 더 고관 의자 뒤편의 그림자 속에서 온갖 계획을 세우는 데 능한 사람도 없었다. 그는 아그리파처럼 옥타비아누스의 성장을 위해 노력했지만 그 동기가 아그리파만큼 순수하진 않았다. 마이케나스는 배후 조종자이자 외교관이자 인간의 운명을 거래하는 사람이었다. 그는 순식간에 유용한 약점을 파악하고 그 약점에 아무 고통 없이 달콤한 말을 집어넣음으로써 그 어떤 단검보다도 더 심한 상처를 낼 수 있었다. 마이케나스는 위험한 인물이었다.

서른한 살인 퀸투스 살비디에누스는 폼페이우스 마그누스와 티투스 라비에누스 같은 정치계 유명인사와 선동 정치가를 많이 배출한 피케눔 출신이었다. 하지만 그는 포룸 로마눔에서 명성을 얻은 게 아니었다. 그의 무대는 전장이었고, 전장에서 그는 뛰어난 재능을 보였다. 그는 보기 좋은 얼굴과 체격을 지녔고 진한 빨강머리 때문에 '루푸스'라는 코그노멘을 얻었으며 멀리 내다볼 줄 아는 예리한 푸른 눈을 하고 있었다. 마음속에 대단한 야심을 품은 그가 옥타비아누스라는 혜성의 꼬리에 붙게 된 것은 그것이 정상으로 가는 가장 빠른 길이라 판단해서였다. 그의 내면에서는 때때로 피케눔 출신 특유의 부도덕한 성향이 꿈틀댔다. 그는 편을 바꾸는 것이 낫다고 판단하면 그렇게 할 터였다. 살비디에누스는 지는 편에 남을 마음이 없었으며, 과연 옥타비아누스가 다가오는 싸움에서 승리할 능력이 있는지 자문해보곤 했다. 그에게는 감사하는 마음이 거의 없었고 충성심은 아예 없었다. 하지만 그는 이런 마음을 너무나 잘 숨겼기 때문에 옥타비아누스는 그가 그런 생각을 할 거라고는 상상도 못했다. 그는 철저히 자기 마음을 숨겼지만, 가끔 아그리파에게 의심받는 기분이 들었으므로 아그리파 앞에서는 특히 언행을 조심했다. 마이케나스로 말하자면, 그 유들유들한 귀족 양반이 어디까지 눈치챘는지 누가 안단 말인가?

　스물일곱 살인 티투스 스타틸리우스 타우루스는 넷 중에 가장 부족한 인물이었으므로 옥타비아누스의 생각이나 계획에 관해서도 가장 아는 바가 적었다. 무관인 그는 외모도 무관다워서 키가 크고 군인처럼 건장한 체격에 얼굴 여기저기 다친 흔적이 있었다. 왼쪽 귀는 부었고 왼쪽 이마와 뺨에 상처가 있었으며 코는 부러져 있었다. 하지만 그 역시 밀짚색 머리카락과 회색 눈의 잘생긴 청년이었다. 그의 사람 좋은 웃음을 보면 그가 군대를 통솔할 때 엄격하기로 소문났다는 게 거짓말 같았다. 그는 동성애를 혐오했고 아무리 훌륭한 태생이라도 그런 성향이 있는 사람은 부하로 두지 않았다. 군인으로서 그는 아그리파와 살비디에누스보다 부족했지만, 그렇게 많이 부족하진 않았다. 다만 그에게는 두 사람의 천재적인 임기응변 능력이 없었다. 그의 충성심은 의심의 여지가 없었는데, 그가 옥타비아누스에게 완전히 매혹되어 있었기 때문이다. 아그리파, 살비디에누스, 마이케나스의 남다른 재능과 총명함도 카이사르의 상속자가 지닌 비범한 지력 앞에서는 빛을 잃었다.

"반갑네." 옥타비아누스는 빈 의자에 앉으며 말했다.

아그리파가 웃었다. "어디 갔었나? 여신 로마에게 눈길을 주다가 왔나? 포룸 로마눔에서? 아니면 아벤티누스 언덕?"

"포룸 로마눔에 갔었네." 옥타비아누스는 물을 따르더니 시원하게 들이켜고 한숨을 내쉬었다. "내게 로마를 정비할 돈이 생긴다면 어떻게 할지 계획을 세워봤지."

"어차피 계획 세우는 것밖에 못 할 테니까." 마이케나스가 씁쓸하게 말했다.

"맞는 말이야. 하지만 그게 쓸데없는 짓은 아니라네, 마이케나스. 지금 계획을 세워두면 나중에 시간을 아낄 수 있으니까. 우리의 집정관 폴리오가 어떻게 나올지에 관한 소식은 없었나? 벤티디우스는 어떤가?"

"이탈리아 갈리아 동부에 몸을 숨기고 있네." 마이케나스가 말했다. "소문에 따르면 그들은 조만간 안토니우스 군대의 이탈리아 상륙을 돕기 위해 아드리아 해안을 따라 남진할 거라고 하더군. 안토니우스 군대는 현재 아폴로니아 주변에 모여 있지. 폴리오의 7개 군단, 벤티디우스의 7개 군단, 안토니우스의 10개 군단이 더해지면 우리는 순식간에 끝장나고 말 거야."

"나는 안토니우스와 전쟁을 치르지 않을 거야!" 옥타비아누스가 소리쳤다.

"그럴 일은 없을 걸세." 아그리파가 활짝 웃으며 말했다. "그의 병사들은 자네 병사들과 싸우지 않을 테니까. 거기에 내 목숨을 걸 수도 있어."

"동감이야." 살비디에누스가 말했다. "병사들은 그들이 이해할 수 없는 전쟁을 너무 많이 치렀어. 그들 눈에 카이사르의 칠촌조카와 카이사르의 생질손이 뭐가 다르겠나? 그들은 자기들이 한때 카이사르 소속이었다는 것만 기억하고 있네. 카이사르는 생전에 이 군단의 규모를 늘리거나 저 군단의 규모를 줄이려고 병사들을 이리저리 재배치하곤 했어. 그래서 병사들은 자기들이 어떤 군단 소속이 아니라 카이사르 소속이라 생각하지."

"그들은 반란을 일으켰어." 마이케나스는 단호한 목소리로 말했다.

"카이사르에게 직접 반기를 든 것은 9군단뿐이었는데, 폼페이우스 마그누스 패거리에게 뇌물을 먹은 10여 명의 부패한 백인대장 때문이었지. 나머지 반란은 전부 안토니우스 탓이었네. 다른 사람이 아니라 바로 그가 병사들을 선동했어! 그는 백인대장들이 술을 진탕 마시도록 했고 그들의 대변인들을 매수했어. 그가 손을 쓴 거야!" 아그리파는 경멸스럽다는 듯 말했다. "안토니우스는 정치적으로 뛰어난 인물이 아니라 사고뭉치일 뿐일세. 그에게는 교묘함이란 게 없어. 대체 왜 자기 병사들을 이탈리아에 상륙시킬 생각을 한 거지? 말이 안 되잖나! 자네가 그에게 전쟁을 선포하기라도 했나? 레피두스가 전쟁을 선포했나? 그가 이러는 건 자네를 두려워하기 때문이야."

"안토니우스가 섹스투스 폼페이우스 마그누스 피우스보다 더 심한 사고뭉치는 아니야. 그자 이름을 제대로 불러주자면 말일세." 마이케나스는 이렇게 말하고 웃었다. "내가 듣기로 섹스투스는 장인어른인 리보를 안토니우스에게 보내서 둘이 힘을 모아 자네를 박살내자고 했다더군."

"자넨 그걸 어떻게 아나?" 옥타비아누스는 허리를 똑바로 세워 앉으며 물었다.

"울릭세스처럼 나는 사방팔방에 첩자를 두고 있다네."

"그건 나도 마찬가지지만 그 소식은 금시초문이야. 안토니우스는 어떻게 대답했나?"

"거절에 가까워. 공식 동맹은 맺지 않았지만, 섹스투스가 자네를 겨냥하는 한 그의 만행을 막지 않겠다고 했네."

"참 배려심이 깊으시군." 놀랍도록 아름다운 얼굴이 찡그려졌고, 눈에는 긴장감이 어렸다. "뭐 그렇게 치면 나도 레피두스에게 6개 군단을 주며 아프리카 총독 직을 맡겼으니까. 안토니우스는 그 소식을 아직 못 들은 것 같나? 내 정보원들은 못 들은 것 같다던데."

"내 정보원들도 그렇게 말했네." 마이케나스가 말했다. "안토니우스는 그 소식을 반기지 않을 거야, 카이사르. 그것만은 분명해. 팡고가 살해당한 후 안토니우스는 아프리카가 자기 몫이라고 생각했을 걸세. 그러니까 내 말은, 누가 레피두스를 신경이나 쓰겠나? 하지만 이제 새로운 총독까지 죽었으니 레피두스가 나서게 된 거지. 아프리카의 4개 군단에 그가 데려간 6개 군단까지 더해져 레피두스는 이제 이 싸움에서 유력자가 되었어."

"나도 아네!" 약이 오른 옥타비아누스가 톡 쏘듯이 말했다. "하지만 레피두스는 나를 싫어하는 것보다 안토니우스를 훨씬 더 싫어한단 말이야. 그는 올가을 이탈리아로 곡식을 보내줄 걸세."

"사르디니아가 사라졌으니 우리에겐 그 곡물이 꼭 필요하네." 타우루스가 말했다.

옥타비아누스는 아그리파를 쳐다봤다. "우리는 함선이 없으니 배를 건조하는 게 좋겠어. 아그리파 자네는 관직을 내려놓고 테르게스테부터 리구리아까지 이탈리아 반도의 해안을 다 돌아야겠네. 튼튼하고 훌륭한 전쟁용 갤리선을 건조하기 위해서 말이야. 섹스투스를 물리치려면 우리에게도 함대가 필요해."

"그 비용은 어떻게 치를 건가, 카이사르?" 아그리파가 물었다.

"마지막 남은 나무판자를 써야지."

이 수수께끼 같은 대답을 나머지 세 사람은 이해하지 못했지만, 아그리파는 정확히 이해하며 고개를 끄덕였다. '나무판자'는 옥타비아누스와 아그리파가 카이사르의 군자금을 언급할 때 사용하는 암호였다.

"리보는 빈손으로 섹스투스에게 돌아갔고 섹스투스는 그걸 뭐랄까, 불쾌하게 받아들였지. 안토니우스를 못살게 괴롭힐 만큼의 불쾌함은 아니지만, 그가 불쾌해하는 건 분명해." 마이케나스는 말했다. "다른 곳에서도 마찬가지였겠지만, 리보는 아테네에서의 안토니우스를 특히 거슬려했어. 이제 리보는 적이 되어 섹스투스의 귓가에 안토니우스에 관한 악담을 흘릴 거야."

"리보는 뭣 때문에 그리 언짢아하는 거지?" 옥타비아누스는 호기심이 생겨 물었다.

"풀비아도 사라졌으니, 아마도 그는 자기 여동생에게 세번째 남편을 구해주고 싶었던 모양이야. 동맹을 다지기에 결혼보다 더 현명한 방법이 어디 있겠나? 불쌍한 리보! 내 첩자에 따르면 그는 아주 다양한 방식으로 떡밥을 던졌다고 하더군. 하지만 그 주제는 한 번도 거론되지 않았고, 리보는 아주 실망한 채 배를 타고 아그리겐툼으로 돌아가야 했네."

"흠." 금빛 두 눈썹이 가운데로 모였고, 숱 많은 옅은 빛깔 속눈썹이 옥타비아누스의 아름다운 눈을 덮었다. 그는 갑자기 양손으로 무릎을 내려치더니 뭔가 결심한 표정을 지었다. "마이케나스, 당장 짐을 싸게! 아그리겐툼으로 가서 섹스투스와 리보를 만나게."

"대체 무슨 목적으로?" 마이케나스가 물었다. 그는 그 임무가 마음에 들지 않았다.

"자네 목적은 섹스투스와 휴전 협정을 맺어 이탈리아가 올가을에 곡물을 공급받도록 하는 걸세. 합리적인 가격에 말이지. 성공적인 협상을 위해 모든 수단을 다 동원해야 하네. 내 말 이해하겠나?"

"거기에 결혼이라는 수단이 포함된다고 해도?"

"그렇다고 해도."

"그 여자는 30대야, 카이사르. 그녀에겐 코르넬리아라는 딸도 있는데 거의 시집갈 나이라고."

"리보의 여동생이 몇 살인지는 중요하지 않아! 여자는 어차피 다 똑같은데 뭐가 문제란 말이지? 적어도 그녀에겐 풀비아 같은 매춘부 기질은 없지 않나."

풀비아의 딸이 결혼한 지 2년 뒤 여전히 처녀인 상태로 어머니에게 돌려보내진 일에 관해서는 아무도 언급하지 않았다. 옥타비아누스는 안토니우스의 비위를 맞추려고 그녀와 결혼했지만 단 한 번도 잠자리를 같이하지는 않았다. 하지만 리보의 여동생에게도 그럴 수는 없었다. 옥타비아누스는 그녀와 자야만 했고, 아이까지 낳는다면 금상첨화였다. 육체적 사랑에 있어서 그는 감찰관 카토만큼이나 고지식했으므로, 스크리보니아가 너무 박색이거나 음탕하지 않기를 바랄 뿐이었다. 방 안의 모든 사람들은 모자이크 문양의 바닥 타일만 내려다보며 안 들리는 척, 안 보이는 척, 아무것도 모르는 척했다.

"만약 안토니우스가 브룬디시움 상륙을 시도하면 어떡하지?" 살비디에누스가 화제를 약간 돌렸다.

"브룬디시움은 철저하게 요새화되어 있네. 그의 수송선 중 단 한 척도 항구의 쇠사슬을 통과하지 못할 거야." 아그리파가 말했다. "살비디에누스 자네도 알고 있겠지만 브룬디시움의 요새화 작업은 내가 직접 감독했네."

"그가 다른 도시에 배를 댈 수도 있어."

"분명 그렇게 하겠지. 하지만 그 많은 병사들을 전부 어디에 내린단 말인가?" 옥타비아누스는 평온한 표정이었다. "그나저나 마이케나스, 자네는 아그리겐툼에 갔다가 한시바삐 여기로 돌아와야 하네."

"지금은 역풍이 불고 있어." 마이케나스는 처량한 목소리로 말했다. 섹스투스 폼페이우스의 시칠리아 마을 아그리겐툼처럼 불결한 곳에서 단 며칠이라도 여름을 보내고 싶은 사람이 어디 있을까?

"그렇다면 이리로 돌아오는 길에 속도를 내기 좋겠군. 그리로 갈 때는 노를 젓도록 하게! 마차를 타고 푸테올리까지 가서 가장 빠른 배와 가장 유능한 노잡이들을 고용하게. 시세보다 두 배의 임금을 주도록 해. 이제 떠나게, 마이케나스, 지금 당장!"

그렇게 모두들 자기 갈 길을 갔고, 아그리파만 뒤에 남았다.

"우리가 안토니우스와 맞서는 데 내놓을 수 있는 병력의 최근 집계는 어떻게 되나?"

"10개 군단이네, 카이사르. 하지만 우리에게 3개 군단이나 4개 군단밖에 없다고 해도 달라질 건 없어. 양편 중 어느 쪽도 싸우려 들지 않을 테니까. 난 계속 이렇게 얘기하고 있지만, 내 말을 믿어주는 건 자네와 살비디에누스밖에 없는 것 같네."

"내가 그 말을 믿는 건 그게 사실이어야만 우리가 무사할 수 있기 때문이야. 내가 끝났다고 생각하긴 싫거든." 옥타비아누스가 말했다. 그는 한숨을 쉬더니 유감스러운 웃음을 지었다. "오, 아그리파, 제발 리보의 여동생이 견딜 만한 여자였으면 좋겠어! 난 이제까지 아내 복이 없었으니 말일세."

"전부 남이 정해준 여자들이고 정치적인 도구 그 이상도 이하도 아니었기 때문이야. 자넨 언젠가 자네가 선택한 여자를 얻게 될 테고, 그 여자는 세르빌리아 바티아나 클로디우스 집안사람이 아닐 거야. 아마 스크리보니우스 리보 집안의 여자도 아니겠지. 섹스투스와의 협상이 잘 이뤄질지는 모르겠지만." 아그리파는 목청을 다듬더니 껄끄러운 표정을 지었다. "마이케나스는 이미 알고 있지만, 그는 아테네에서 날아온 이 소식을 내가 자네에게 전하는 게 좋겠다고 했네."

"소식? 무슨 소식?"

"풀비아가 손목을 그었네."

오랫동안 옥타비아누스는 아무 말이 없었다. 그의 시선은 대경기장을 향해 너무 단단히 고정되어 있었으므로, 아그리파는 그가 잠시 다른 세상으로 날아간 건 아닐까 생각했다. 카이사르는 모순 덩어리였다. 아그리파는 마음속으로라도 그를 옥타비아누스로 여긴 적이 단 한 번도 없었다. 아그리파는 옥타비아누스를 입양을 통해 얻은 이름으로 불러준 최초의 인물이었다. 물론 지금은 옥타비아누스의 추종자들 모두가 그렇게 했지만. 옥타비아누스보다 차갑고 단호하고 잔인할 수 있는 사람은 없었으나, 지금 그의 모습을 보면 끔찍이 미워하던 풀비아의 죽음을 애도하고 있는 것이 분명했다.

"그녀는 로마 역사의 일부였네." 옥타비아누스는 마침내 입을 열었다. "더 나은 최후를 맞을 자격이 있었어. 유골은 고향에 도착했나? 무덤은 마련되었나?"

"내가 알기로는 둘 다 아닌 것 같아."

옥타비아누스는 자리에서 일어났다. "내가 아티쿠스에게 전하겠네. 우리 둘이서 그녀의 지위에 어울리는 적절한 장례식을 치러줄 수 있을 거야. 그녀와 안토니우스 사이에서 난 아이들은 아직 어리지 않나?"

"안틸루스는 다섯 살, 율루스는 두 살이네."

"그렇다면 누나에게 그애들을 보살펴달라고 부탁해야겠군. 옥타비아 누나는 자기 아이 셋으로는 부족한지 늘 다른 사람의 아이까지 챙기곤 하지."

자네의 이부여동생 마르키아를 포함해서 말이지. 아그리파는 침울하게 생각했다. 우리가 브루투스와 카시우스를 물리치러 가던 중 페트라의 고지대에서 있었던 일을 나는 절대 잊지 못할 것이다. 카이사르는 자리에 앉아 눈물을 쏟으며 자기 어머니의 죽음을 애도했지. 하지만 그녀는 죽지 않았다! 카이사르의 의붓형 루키우스 마르키우스 필리푸스의 아내가 되었을 뿐이다. 이것 역시 카이사르의 모순적인 모습 중 하나다. 그는 풀비아의 죽음을 애도하면서도 자기 어머니는 존재하지 않는 것처럼 행동한다. 물론 나도 그 이유를 안다. 그녀는 과부가 된 지한 달 만에 의붓아들과 불륜을 시작했으니까. 임신만 하지 않았더라도 쉬쉬하고 넘어갈 수도 있었을 테지. 그는 그날 페트라에서 누나의 편지를 받았고, 편지에는 곤경에 처한 어머니를 이해해달라고 사정하는 내용이 담겨 있었다. 하지만 그는 이해해주지 않았다. 그에게 아티아는 매춘부이자 신의 아들의 어머니가 될 자격이 없는 부도덕한 여인이었다. 그래서 그는 아티아와 필리푸스를 미세눔에 있는 필리푸스의 빌라로 추방하고 로마로 돌아오는 것을 엄금했다. 아티아가 병에 걸리고 그녀의 어린 딸이 옥타비아의 육아실에서 길러지고 있는데도 그는 금지령을 풀지 않았다. 언젠가는 그도 이 모든 일들로 괴로워할 터였다. 하지만 그는 이 상황을 제대로 받아들이지 않았으며 자기 이부여동생도 결코 만나지 않으려 했다. 아버지가 까무잡잡한 사람이었음에도 불구하고, 그 아이는 율리우스 가문의 자손답게 아주 하얗고 아름다운 소녀였다.

때마침 먼 갈리아에서 도착한 편지는 옥타비아누스의 머릿속에서 안토니우스나 그의 죽은 아내에 관한 생각을 모두 날려버렸고, 마이케나스가 아그리겐툼에서 조율중이던 결혼식 날짜까지 미루게 했다.

"친애하는 카이사르." 편지에는 이렇게 적혀 있었다. "나의 사랑하는 아버지 퀸투스 푸피우스 칼레누스께서 나르보에서 돌아가셨다는 소식을 전하려고 편지를 보내오. 아버지는 쉰아홉 살이었지만 아주 건강한 분이었는데 갑자기 돌아가셨소. 순식간에 벌어진 일이었소. 아버지의 수석 보좌관으로서 나는 먼 갈리아 곳곳에 배치된 11개 군단의 책임자가 되었소. 현재 아게딩쿰에 4개 군단, 나르보에 4개 군단, 글라눔에 3

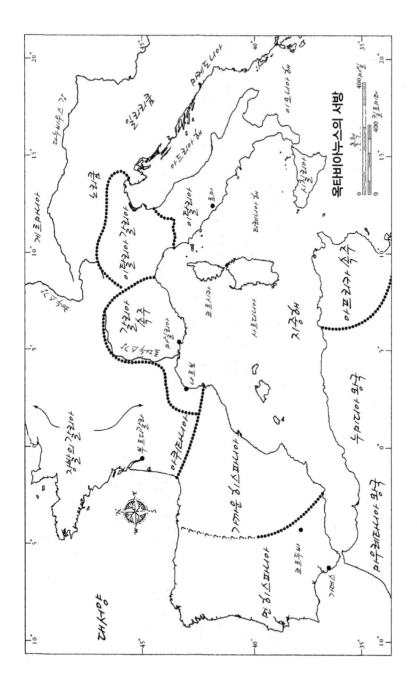

옥타비아누스의 서방

개 군단이 주둔중이오. 아버지께서 작년에 아퀴타니족의 반란을 진압하셨기 때문에 지금 갈리아는 잠잠하오. 하지만 경험이 부족한 내가 지휘권을 맡게 됐다는 소문이 갈리아인들의 귀에 들어가면 무슨 일이 생길지 생각만 해도 두렵소. 갈리아는 마르쿠스 안토니우스의 속주지만 그보다는 당신에게 알리는 게 옳다고 판단했소. 그는 너무 멀리 있기 때문이오. 이곳의 평화를 지키는 데 필요한 군사적 역량을 갖춘 새 총독을 보내주시오. 나는 아버지의 유골을 직접 로마로 가져가고 싶으니 최대한 빨리 총독을 보내줬으면 좋겠소."

옥타비아누스는 이 단도직입적인 편지를 읽고 또 읽으면서 가슴이 두근거렸다. 이번에는 기쁨으로 인한 두근거림이었다. 마침내 얄궂은 운명이 그의 편에 선 것이다! 칼레누스가 죽으리라고 누가 예상이나 했을까?

그는 아그리파를 불러들였다. 아그리파는 긴 여정을 떠나기 위해 수도 담당 법무관 임기를 서둘러 마무리하고 있었다. 수도 담당 법무관은 열흘 이상 로마를 떠나 있을 수 없었기 때문이다.

"자질구레한 일들은 생략하게!" 옥타비아누스는 큰 소리로 말하더니 편지를 건넸다. "이걸 읽고 같이 기뻐하세!"

"노련병으로 구성된 11개 군단이라니!" 아그리파가 중얼거렸다. 그는 이것이 얼마나 중요한 사건인지 곧바로 알아차렸다. "자넨 폴리오와 벤티디우스보다 먼저 나르보에 도착해야만 하네. 그들이 거리로는 더 가까운 곳에 있는데, 부디 이 소식이 그들에게 빨리 전해지지 않기를 바라야지. 젊은 칼레누스는 아버지의 신발끈도 못 맬 사람 같군. 이 편지로 판단해보자면 말이야." 아그리파는 종이를 흔들었다. "생각해보게, 카이사르! 분노 어린 필룸창 한번 휘두르지 않고 먼 갈리아가 자네 무릎 위에 떨어질 참이야."

"살비디에누스도 같이 데려가야겠어." 옥타비아누스가 말했다.

"그게 현명한 일일까?"

회색 눈은 깜짝 놀란 빛을 띠었다. "대체 무슨 이유로 내 판단에 의문을 제기하는 건가?"

"꼭 집어서 말하긴 어렵지만, 먼 갈리아 총독 직에는 아주 거대한 지휘권이 주어지잖나. 살비디에누스가 기고만장해질 수도 있어. 어쨌든 내가 이해한 바에 따르면 자네는 그에게 그 지휘권을 주고 싶다는 거지?"

"그럼 자네가 직접 맡아주겠나? 원한다면 자네에게 맡기겠네."

"아니, 카이사르, 원하지 않네. 이탈리아나 자네로부터 너무 멀리 떨어져 있어야 하니까." 그는 한숨을 내쉬더니 졌다는 듯이 어깨를 으쓱했다. "달리 생각나는 사람이 없군. 타우루스는 너무 젊고, 나머지 사람들은 벨로바키족이나 수에비족을 제대로 무찌를 수 있을 것 같지 않아."

"살비디에누스는 잘해낼 걸세." 옥타비아누스는 자신 있게 말하고 그가 가장 사랑하는 친구의 팔뚝을 토닥거렸다. "우린 내일 새벽에 먼 갈리아로 출발할 거고, 신이자 내 아버지인 그분과 같은 방식으로 이동할 걸세. 노새 네 마리가 끄는 마차를 타고 전속력으로 달려야지. 다시 말해 아이밀리우스 가도와 도미티우스 가도를 이용하게 되겠지. 중도에 노새를 충분히 징발할 수 있도록 게르만족 기병 1개 대대와 함께 갈 걸세."

"자네에겐 상근 경호원이 있어야 해, 카이사르."

"지금은 너무 바쁘니까 됐어. 게다가 내겐 그럴 돈이 없어."

아그리파가 나가자 옥타비아누스는 팔라티누스 언덕을 가로질러 빅토리아 언덕길로 갔다. 그곳에는 매형인 작은 가이우스 클라우디우스 마르켈루스의 저택이 있었다. 마르켈루스는 카이사르가 루비콘 강을 건너던 해에 집정관을 역임했던 우유부단하고 못미더운 인물이었다. 그의 형과 사촌은 터무니없을 정도로 심하게 카이사르를 증오했다. 마르켈루스는 카이사르가 폼페이우스 마그누스와 전쟁을 치르는 동안 이탈리아에 숨어 있었고, 카이사르가 승리한 후 옥타비아와의 결혼이라는 상을 받았다. 마르켈루스에게 이 결혼은 사랑과 정치적 편의의 결합이었다. 카이사르 집안 여자와 결혼하면 그 자신과 이제 전부 그의 몫이 된 마르켈루스 가문의 거대한 재산을 지킬 수 있었기 때문이다. 게다가 그는 값을 매길 수 없는 보석과 같은 그의 신부를 진심으로 사랑했다. 그와 옥타비아 사이에서 난 첫딸은 큰 마르켈라, 아들은 마르켈루스, 둘째딸은 작은 마르켈라 혹은 켈리나라고 불렸다.

저택은 기이할 정도로 조용했다. 마르켈루스의 병세가 몹시 위중했기 때문에, 평소 상냥하던 그의 아내는 집안 하인들에게 수다를 떨거나 물건 부딪치는 소리를 내지 말라고 엄중한 명령을 내린 터였다.

"매형은 어때?" 옥타비아누스는 누나의 볼에 입맞추며 물었다.

"의사들 말에 따르면 며칠 안 남았대. 이 종양은 너무 지독한 악성이라 그이의 내장을 인정사정없이 먹어치우고 있어."

커다란 아콰마린빛 눈동자에 눈물이 차올랐지만, 그 눈물은 오직 그녀가 잠자리에 들었을 때만 흘러내려 베갯잇을 적셨다. 그녀는 의붓아버지가 남편으로 정해주고 남동생도 결혼에 적극 동의한 이 남자를 진심으로 사랑했다. 클라우디우스 마르켈루스 집안은 파트리키 귀족은 아니지만 아주 오래되고 고귀한 평민 가문이었다. 그러므로 작은 마르켈루스는 율리우스 가문의 여자에게 적당한 남편감이 될 수 있었다. 작은 마르켈루스를 못마땅하게 여기며 결혼에 반대했던 사람은 카이사르였다.

누나의 아름다움이 어느 때보다 더 빛난다고 남동생은 생각했다. 그는 누나의 슬픔을 나눠가질 수 있기를 바랐다. 그도 이 결혼에 동의하긴 했지만, 사랑하는 누나 옥타비아를 데려간 저 남자를 정말로 좋아한 적은 없었다. 더군다나 그에게는 계획이 있었고 작은 마르켈루스의 죽음은 그 계획을 앞당길 듯했다. 옥타비아는 그를 잃은 슬픔을 극복하리라. 남동생과 네 살 터울인 옥타비아의 외모는 더할 나위 없이 율리우스 집안사람다웠다. 금발, 파란 눈동자, 도드라진 광대뼈, 사랑스러운 입술, 호감을 불러일으키는 환하고 침착한 표정. 게다가 더 중요한 것이 있었으니 그녀는 대부분의 율리우스 집안 여자들이 타고난다고 알려진 재능, 다시 말해 남편을 행복하게 만들어주는 재능을 누구보다도 많이 타고났다.

켈리나는 아직 신생아였고 옥타비아는 아기에게 직접 젖을 먹였다. 그녀가 유모에게 절대 양보할 수 없는 즐거움이었다. 하지만 이 때문에 그녀는 바깥출입을 거의 할 수 없었고 손님이 찾아왔을 때 자주 자리를 비워야 했다. 옥타비아는 남동생과 마찬가지로 아주 점잖고 조신한 성격이어서 남편 외의 그 어떤 남자 앞에서도 가슴을 드러내고 아기에게 젖을 먹이지 않았다. 이는 옥타비아누스가 누나를 사랑하는 또다른 이유이기도 했다. 그에게 옥타비아는 인격화된 여신 로마였다. 그는 자기가 의심의 여지 없는 로마의 일인자 자리에 오르면 공공장소에 옥타비아의 조각상을 세우리라 다짐했다. 아직까지 여자에게는 금지된 영광이었다.

"마르켈루스를 만나볼 수 있을까?" 옥타비아누스가 물었다.

"방문객을 절대 안 만나겠다고 했어. 너조차도." 그녀의 얼굴이 찡그려졌다. "자존심 때문이야, 카이사르. 깔끔한 남자로서의 자존심. 하인들이 방을 아무리 열심히 닦아도, 내가 향을 아무리 많이 태워도 그의 방에서는 악취가 나거든. 의사들 말에 따르면 그건 죽음의 냄새고 없앨 수가 없대."

그는 두 팔로 누나를 안고 그녀의 머리카락에 입맞추었다. "사랑하는 누나, 내가 해줄 수 있는 일이 없을까?"

"아무것도 없어, 카이사르. 넌 내게 위안을 주지만, 그이에겐 그 무엇도 위안을 줄 수 없어."

어차피 소용없는 일이다. 그는 가혹해져야 했다. "난 적어도 한 달간 먼 곳에 다녀와야 해."

옥타비아는 숨이 턱 막혔다. "오! 꼭 가야 하니? 그이는 보름도 못 버틸 텐데!"

"응, 꼭 가야 해."

"그럼 누가 장례식 준비를 맡지? 장의사를 찾아야 할까? 추도 연설을 해줄 사람을 찾아야 하나? 우리 집안은 너무 작아졌어! 전쟁에, 살인에……. 마이케나스에게 부탁해볼까?"

"그는 아그리겐툼에 있어."

"그렇다면 누가 있지? 도미티우스 칼비누스? 세르빌리우스 바티아?"

옥타비아누스는 누나의 턱을 잡고 그녀의 눈을 똑바로 응시했다. 그의 입술은 단호했고 표정에는 희미한 고통이 스며 있었다. "루키우스 마르키우스 필리푸스가 그 역할을 맡아야 한다고 생각해." 그는 결심했다는 듯 말했다. "내가 그러길 원해서가 아니라, 사회적으로 적당하고 로마인들이 뒷말을 하지 않을 유일한 인물이라서 그래. 우리 어머니가 죽었다고 믿는 사람은 아무도 없으니까, 문제될 게 뭐 있겠어? 내가 그에게 로마로 돌아와 그의 아버지 저택에서 지내달라고 편지를 쓸게."

"그가 네 명령을 듣지 않으려 할지도 몰라."

"허! 그렇겐 안 될걸! 그는 굴복할 거야. 그는 트리움비르인 카이사르 디비 필리우스의 어머니를 유혹했어! 그가 목숨을 건질 수 있었던 유일한 이유는 그 어머니 때문이야. 오, 난 기꺼이 가짜 반역 혐의를 만들어내 쾌락주의자인 그의 접시에 대접하고 싶어! 내 인내심에도 한계가 있다는 걸 그도 잘 알지. 그는 굴복할 거야." 옥타비아누스는 반복해 말했다.

"아기 마르키아를 한번 만나볼래?" 옥타비아는 떨리는 목소리로 물었다. "무척 사랑스러운 아이야, 카이사르, 정말이야!"

"싫어, 안 만나!" 옥타비아누스는 딱 부러지게 말했다.

"하지만 그애는 네 여동생이야! 마르키우스 집안 쪽으로도 혈연이 닿아 있어, 카이사르. 디부스 율리우스의 할머니는 마르키우스 집안사람이었잖아."

"그 아이가 유노라고 해도 나랑은 상관없어!" 옥타비아누스는 사납게 내뱉고 나가버렸다.

저런, 저런! 옥타비아누스가 나가버리는 바람에, 그녀는 안토니우스와 풀비아 사이에서 난 두 아들이 적어도 당분간은 자신의 육아실에서 지내게 됐다는 이야기를 꺼내지 못했다. 그 아이들을 처음 만나러 갔을 때 그녀는 어린 두 아이를 돌보는 사람이 없다는 사실에 충격받았다. 게다가 열 살배기 쿠리오는 야생동물처럼 굴었다. 옥타비아에게 쿠리오까지 집으로 데려와 교육을 시켜줄 권한은 없었지만, 그녀는 순수한 선의의 마음으로 안틸루스와 율루스를 데려왔다. 가엾고도 가엾은 풀비아! 여성의 몸속에 숨겨진 포룸 로마눔 선동 정치가의 영혼. 옥타비아의 친구 필리아는 안토니우스가 아테네에서 풀비아를 손으로 때린 건 물론이거니와 발로 차기까지 했다고 주장했지만, 옥타비아는 그 말을 믿을 수 없었다. 어쨌거나 옥타비아는 안토니우스를 잘 알았고 그를 아주 좋아했다. 그런 호감에는 그가 그녀의 삶에서 보아온 남자들과 전혀 다르다는 점도 어느 정도 작용했다. 늘 똑똑하고 섬세하고 의뭉스러운 남자들과 어울리는 건 피곤한 일이었다. 안토니우스와 함께하는 건 분명 모험 같은 삶일 테지만, 그가 자기 아내를 때린다고? 아니, 그는 절대 그럴 리 없다! 절대.

그녀는 육아실로 돌아가 조용히 울었다. 그녀가 우는 것을 눈치챌 만큼 나이를 먹은 마르켈라, 마르켈루스, 안틸루스에게 들키지 않으려고 조심했다. 그래도 어머니가 다시 내 삶에 돌아오시는 건 너무 잘된 일이야! 그녀는 기운을 내며 생각했다. 어머니는 심각한 관절 질환 때문에 아기 마르키아를 로마에 있는 옥타비아에게 보낼 수밖에 없었다. 하지만 이제 곧 어머니는 로마로 돌아와 딸들을 만날 수 있을 터였다. 내 동생 카이사르는 언제쯤 어머니를 이해해줄까? 그럴 날이 오기나 할까? 옥타비아는 그날이 오지 않으리라고 생각했다. 어머니는 그애에게 용서받을 수 없는 짓을 한 것이다.

그녀의 생각은 다시 마르켈루스에게로 향했다. 그녀는 곧장 그의 방으로 갔다. 마르켈루스는 옥타비아와 결혼할 당시 마흔다섯 살이었으며 남자로서 전성기였다. 날씬하고 보기 좋은 몸매에 교육을 많이 받아 박식했고 카이사르 집안사람과 비슷하게 잘생긴 외모의 소유자였다.

율리우스 가문 남자들 특유의 무자비한 태도는 그에게서 엿보이지 않았다. 물론 그에게도 교활하고 의뭉스러운 면이 있었는데, 그 덕에 그는 이탈리아가 카이사르 디부스 율리우스를 열광적으로 지지하던 때에도 체포되지 않았고 멋진 결혼을 통해 아무 피해 없이 카이사르 진영에 안착했다. 그 점에 있어서 그는 안토니우스에게 고마워했고 은혜를 잊지 않았다. 따라서 옥타비아는 잦은 방문객인 안토니우스와 안면이 있었다.

이제 스물일곱 살이 된 아름다운 아내는 꼬챙이 같은 남편을 쳐다봤다. 활력을 조금씩 갉아먹는 종양 때문에 그는 비쩍 말라갔다. 그가 가장 아끼는 노예 아드메토스가 침대맡에 앉아 한 손으로 마르켈루스의 마른 손을 잡고 있었다. 하지만 옥타비아가 들어오자 아드메토스는 재빨리 자리에서 일어나 그녀에게 의자를 내줬다.

"어떠신가?" 그녀가 속삭였다.

"양귀비 진액을 드시고 잠드셨습니다, 마님. 그 외에는 그 어떤 것도 고통을 덜어주지 못하는데, 참 딱한 일입니다. 그 약은 주인어른의 의식을 무척 흐리게 만드니까요."

"알고 있네." 옥타비아는 자리에 앉으며 말했다. "식사를 하고 잠을 자두게. 눈 깜빡할 사이에 또 자네 차례가 될 테니까. 이이가 다른 사람이 곁에 머무는 것을 허락해줬으면 좋겠지만, 그러질 않으니 말이야."

"제가 이렇게 엄청난 고통 속에서 서서히 죽어간다면, 마님, 저라도 눈을 떴을 때 보고 싶은 얼굴이 눈앞에 있기를 바랄 겁니다."

"틀림없이 그럴 걸세, 아드메토스. 이제 나가보게. 식사를 하고 잠을 자둬. 이이는 자네를 해방해준다는 유언장을 남겼고 내게도 그렇게 말했어. 자네는 가이우스 클라우디우스 아드메토스가 될 거야. 하지만 앞으로도 계속 내 곁에 머물러주면 좋겠네."

그리스인 젊은이는 너무 감동받아 할말을 잃은 채 옥타비아의 손에 입맞추었다.

몇 시간이 흘렀지만, 침묵이 깨지는 순간은 보모가 젖을 먹이러 켈리나를 데려올 때뿐이었다. 다행히 켈리나는 순한 아기라 배고플 때도 시끄럽게 울지 않았다. 마르켈루스는 깨지 않고 계속 자는 것이 분명했다.

문득 그가 꿈틀거리더니 어두운 빛깔의 멍한 눈을 떴다. 그 눈은 그녀를 발견하자 반짝였다.

"옥타비아, 내 사랑!" 그가 쉰 목소리로 말했다.

"마르켈루스, 내 사랑." 그녀는 환한 미소를 짓고 일어나서 물을 섞은 달콤한 포도주 한 잔을 가져왔다. 그는 속이 빈 갈대로 포도주를 마셨지만 많이 마시지는 못했다. 그녀는 물이 담긴 대야와 천을 가져왔다. 그러더니 그의 뼈와 살가죽을 덮고 있던 아마천을 걷어내고 더러워진 기저귀를 벗긴 다음 그에게 다정하게 말을 걸며 깃털 같은 손길로 그의 몸을 닦기 시작했다. 그녀가 방안 어디에 있든, 애정으로 환히 빛나는 그의 시선은 그녀를 따라다녔다.

"나이 많은 남자는 젊은 여자와 결혼하지 말아야 하오." 그가 말했다.

"내 생각은 달라요. 젊은 여자가 젊은 남자와 결혼한다면 절대 성장할 수 없고 너무 뻔한 것만 배우게 될 거예요. 둘 다 똑같이 경험이 없으니까요." 그녀는 대야를 치웠다. "다 됐어요! 기분이 한결 낫죠?"

"그렇소." 그는 거짓말을 했다. 그러나 갑자기 머리부터 발끝까지 경련이 일었고, 입가가 극심한 고통으로 일그러졌다. "오, 유피테르 신이

시여, 유피테르 신이시여! 통증이, 통증이! 내 진액, 내 진액 어디 있소?"

그리하여 그녀는 그에게 양귀비 진액을 건넸고, 아드메토스가 달려와 그녀의 자리를 대신할 때까지 가만히 앉아 다시 잠이 든 남편을 지켜봤다.

마이케나스는 자신의 임무가 수월해졌음을 깨달았다. 섹스투스 폼페이우스는 마르쿠스 안토니우스에게 제안을 거절당한 데 앙심을 품고 있었기 때문이다. '해적'이라고 했겠지! 옥타비아누스를 잡기 위한 비공식 음모에는 동의하지만, 공개적인 동맹을 선언할 수는 없단 말이지. 섹스투스 폼페이우스는 단 한 번도 자신을 '해적'으로 여긴 적이 없었고 앞으로도 그럴 터였다. 그는 바다에서 지내며 삼사백 척의 함선을 지휘하는 것을 즐기게 된 이후로 자신을 전투에서 절대 지지 않는 사람, 바다의 카이사르쯤으로 여겼다. 그렇다, 그는 바다에서 적수가 없었고 로마의 일인자 자리를 겨루는 강력한 후보였다. 그 점에서 그는 자신보다 더 강력한 후보인 안토니우스와 옥타비아누스를 두려워했다. 둘 중 한 명과 동맹을 맺어 다른 한 명을 밀어내야만 했다. 세 명에서 두 명으로 후보의 숫자를 줄이기 위해서였다. 사실 그는 한 번도 안토니우스를 만난 적이 없었다. 안토니우스가 카이사르의 고분고분한 호민관이었던 시절 원로원 의사당 밖에서 공화파 의원들에게 맹비난을 쏟아낼 때도 섹스투스는 군중 속에서 그 장면을 구경하지 못했다. 열여섯 살 소년에게는 더 재미있는 일들이 많았고 섹스투스는 그때나 지금이나 정치에 별 관심이 없었던 것이다. 반면 옥타비아누스 쪽은 장화 모양 이탈리아 반도의 발바닥 부분에 위치한 작은 항구도시에서 한

번 만난 적이 있었고, 그는 옥타비아누스를 예쁜 소년의 탈을 쓴 무시무시한 적으로 판단했다. 그때 섹스투스는 스물다섯 살, 옥타비아누스는 스무 살이었다. 옥타비아누스를 보고 처음 든 생각은 그가 타고난 무법자이지만 자신이 무법자로 규정당할 상황을 만들지는 않으리라는 것이었다. 그들이 거래를 맺은 다음 옥타비아누스는 계속 브룬디시움으로 진군했고 섹스투스는 배를 타고 떠났다. 이후 그들의 입장은 바뀌었다. 브루투스와 카시우스가 전쟁에 패배해 사망했고, 세상은 삼두연합 천하가 된 것이다.

섹스투스는 동방을 자기 몫으로 선택한 안토니우스의 근시안적 판단을 믿을 수 없었다. 지성이라는 게 조금이라도 있는 사람이라면 동방이 함정이라는 것을, 끔찍한 낚싯바늘에 매달린 미끼용 황금이라는 것을 눈치챌 터였다. 이 세상의 지배권은 이탈리아와 서방을 다스리는 사람에게 넘어갈 터였고 그 사람은 옥타비아누스였다. 물론 그것은 가장 힘든 일, 가장 인기 없는 일이었기에 레피두스는 루키우스 안토니우스의 6개 군단을 얻어 아프리카로 황급히 달아났다. 그곳에서 때를 기다리며 더 많은 병력을 모으기 위해서였다. 그 역시 멍청하긴 마찬가지였다. 그렇다, 옥타비아누스는 망설임 없이 가장 힘든 임무를 받아들였기 때문에 가장 무서운 상대였다.

안토니우스가 섹스투스와 공식 동맹을 맺는 데 합의했다면 로마의 일인자 자리를 꿰차기 위한 섹스투스의 여정은 수월해졌으리라. 하지만 안토니우스는 해적과 어울리기를 거부했다!

"그렇다면 하는 수 없겠군요." 섹스투스는 리보에게 말했다. 그의 진한 파란색 눈동자가 돌처럼 차가워졌다. "옥타비아누스를 약화시키는 데 시간이 좀더 걸리겠어요."

"친애하는 섹스투스, 당신은 절대 옥타비아누스를 약화시킬 수 없소." 며칠 뒤 아그리겐툼에 나타난 마이케나스가 말했다. "그에게는 당신이 노릴 만한 약점이 없으니 말이오."

"말도 안 되는 소리!" 섹스투스가 쏘듯이 말했다. "우선 그에게는 내 세울 만한 제독이나 함선이 전혀 없소. 무력한 그리스인 해방노예 헬레노스 같은 사람을 나한테 보내서 사르디니아를 빼앗으려 하다니! 그나저나 그 친구는 이곳에 있소. 안전하고 다친 곳도 없지. 함선과 제독이 그의 두 가지 약점이오. 세번째 약점, 그에겐 돈이 없소. 네번째 약점, 그는 각계각층 사람들을 적으로 두고 있소. 더 말해주길 바라시오?"

"그것들은 약점이 아니라 부족한 점이오." 마이케나스는 입안의 새우를 음미하며 말했다. "오, 이거 정말 맛있군요! 왜 이곳 새우는 로마의 새우보다 훨씬 맛있는 거요?"

"진흙 많고 영양분이 풍부한 물에서 자라서 그렇소."

"바다에 관해 많이 아시는군요."

"그래서 옥타비아누스가 바다에서 날 이길 수 없다는 것도 아는 거요. 그가 함선을 마련한다고 해도 말이오. 해전을 지휘하는 것은 그 자체로 하나의 예술이고, 나는 로마 역사를 통틀어 해전에 가장 뛰어난 사람이오. 우리 형 나이우스도 탁월했지만 내 수준은 아니었소." 섹스투스는 의자에 등을 기대며 만족스러운 표정을 지었다.

이 세대 젊은이들에게 무슨 일이 벌어지고 있는 거지? 마이케나스는 완전히 매료되어 생각했다. 우리는 학교에서 또다른 스키피오 아프리카누스, 또다른 스키피오 아이밀리아누스는 나오지 않을 것이라고 배웠다. 하지만 그들은 한 세대 간격으로 한 명씩 등장했고 각자가 살던 시대에는 아주 특별한 사람이었다. 오늘날에는 그렇지 않다. 어쩌면 너무 많은 4, 50대 남자들이 죽거나 영구 추방을 당하면서 젊은이들에게 기회가 주어졌기 때문이 아닐까. 이 젊은이들은 아직 서른 살도 되지 않았거늘.

섹스투스는 자기만족적인 몽상에서 빠져나왔다. "이 말은 꼭 해야겠소, 마이케나스. 나는 당신 주인이 직접 찾아오지 않아서 무척 실망했소. 너무 귀하신 몸이라 그런 모양이오?"

"아니요, 그건 분명 아니오." 마이케나스는 아주 유들유들하게 말했다. "그는 정말 미안하다는 말을 전해달라고 했소. 먼 갈리아에서 일이 터지는 바람에 그곳에 꼭 가야만 하는 상황이었소."

"나도 들었소, 아마 그보다 먼저 소식을 들었을 거요. 먼 갈리아! 얼마나 많은 것들이 그의 몫이 될지! 최고의 노련병 군단, 곡물, 햄과 소금에 절인 돼지고기, 사탕무······. 히스파니아로 통하는 육로는 말할 것도 없겠지. 그가 아직 이탈리아 갈리아는 손에 넣지 못했지만 말이오. 물론 폴리오가 집정관 직을 맡기로 결심하면 그곳은 분명 옥타비아누스의 몫이 될 거요. 하지만 소문에 따르면 그때까진 시간이 좀 걸릴 거라더군. 폴리오는 안토니우스의 브룬디시움 상륙을 도우러 7개 군단을 이끌고 아드리아 해를 따라 이동중이라는 소문이 있소."

마이케나스는 놀란 표정이었다. "안토니우스가 이탈리아에 상륙하는 데 어째서 군사 원조가 필요하다는 거요? 가장 유력한 트리움비르로서 어디든 자유롭게 오갈 수 있는 몸일 텐데."

"브룬디시움 주민들이 가만히 있어주지 않는 한 불가능한 일이오. 그런데 브룬디시움 주민들은 왜 안토니우스를 그렇게까지 미워하는 거요? 안토니우스의 유골에 침이라도 뱉을 사람들이오."

"디부스 율리우스께서 파르살로스 전투가 벌어지기 바로 전년에 안토니우스를 브룬디시움에 남겨두며 나머지 군대를 아드리아 해 너머로 옮기라고 했을 때, 그는 브룬디시움 사람들에게 아주 고약하게 굴었소." 마이케나스는 파르살로스 전투가 언급되자 섹스투스의 안색이 어두워지는 것을 무시하고 말했다. 섹스투스의 아버지가 패배한 그 전투 이후로 세상이 달라졌다. "안토니우스는 불합리한 행동을 곧잘 하는데, 디부스 율리우스께서 그를 철저히 감시하던 그 시절에 가장 그런 모습을 보였소. 게다가 그의 군사 기강은 어지럽기 그지없었소. 그는 병사들이 강간과 약탈을 일삼고 미쳐 날뛰도록 내버려뒀소. 그러다 디부스 율리우스께서 그를 기병대장으로 임명하자 그는 브룬디시움에서 주민들을 상대로 마구 분풀이를 했소."

"그렇다면 설명이 되는군요." 섹스투스는 활짝 웃으며 말했다. "하지만 트리움비르가 자기 병력을 다 이끌고 돌아오는 건 뭔가 침략처럼 보인단 말이오."

"자기 힘을 과시하기 위함이고, 임페라토르 카이사르에게……."

"누구?"

"임페라토르 카이사르라고 했소. 우리는 그를 옥타비아누스라고 부르지 않소. 로마인들도 마찬가지요." 마이케나스는 차분한 모습이었다. "폴리오가 로마에 안 오는 건 그 때문인지도 모르죠. 차석 집정관으로 당선됐는데도 말이오."

"임페라토르 카이사르에게 먼 갈리아보다는 덜 기쁜 소식이 있소." 섹스투스는 날카롭게 말했다. "폴리오는 아헤노바르부스를 안토니우스 편으로 끌어들였소. 임페라토르 카이사르께서 이 소식에 기뻐하시지 않겠소!"

"오, 그놈의 누구누구 편." 마이케나스는 심드렁한 목소리로 소리쳤다. "유일하게 존재하는 건 로마의 편뿐이오. 섹스투스 당신도 잘 알겠지만 아헤노바르부스는 성급한 사람이오. 그는 그 누구도 아닌 아헤노바르부스 자신에게 속해 있고, 자기 바다를 휘젓고 다니며 넵투누스 흉내를 내는 걸 좋아하죠. 그러니 앞으로 아헤노바르부스와 더 많이 부딪칠 사람은 당신 아니겠소?"

"모르겠소." 섹스투스는 복잡한 표정을 지으며 말했다.

"더 중요한 문제가 있소. 많은 눈과 많은 혀가 달린 독수리 같은 소문에 따르면, 당신은 요즘 루키우스 스타이우스 무르쿠스와 사이가 틀어졌다고 들었소." 마이케나스는 알아듣지도 못하는 사람에게 자신의 박식함을 과시하며 말했다.

"무르쿠스는 공동 지휘권을 원하오." 섹스투스가 자기 혀를 제어하기도 전에 말이 튀어나와버렸다. 마이케나스와 대화를 하다보면 그런 점이 문제였다. 그는 듣는 사람에게 강한 친근감을 심어줌으로써 자신을 옥타비아누스의 부하에서 신뢰할 수 있는 친구로 바꿔버렸다. 섹스투스는 자신의 무분별한 대답에 짜증이 났지만 어깨를 으쓱하며 상황을 수습했다. "물론 그는 공동 지휘권을 얻지 못할 거요. 난 다른 사람을 믿지 않소. 내가 승승장구하는 이유는 모든 결정을 직접 내리기 때문이오. 무르쿠스는 자기가 로마 귀족이라고 착각하는 아풀리아 출신 염소지기요."

그러는 당신은 어떻고? 마이케나스는 속으로 생각했다. 그렇다면 무르쿠스와도 곧 작별이겠군, 안 그래? 내년 이맘때쯤이면 그는 죽어 있겠지. 어떤 위반 혐의나 다른 혐의를 뒤집어쓴 채로. 이 거만하고 타락한 젊은 놈은 자기와 어깨를 나란히 할 사람을 곁에 두지 않는구나. 그러니 해방노예 제독들을 선호할 수밖에. 그와 아헤노바르부스의 밀월은 아헤노바르부스가 그를 '피케눔 출신 벼락출세자'라고 부르는 순간 끝나버릴 테지.

이 모든 것은 유용한 정보였지만, 마이케나스가 여기 찾아온 이유는 그 때문이 아니었다. 새우와 새로운 정보 캐내기는 잠시 접어두고 마이케나스는 자신의 진짜 임무를 시작해야 했다. 바로 옥타비아누스와 이탈리아에게 살아남을 기회를 줘야 한다고 섹스투스 폼페이우스를 설득하는 일이었다. 이탈리아는 든든히 먹을 수 있게 해주고, 옥타비아누스는 자신이 가진 것을 계속 붙들고 있게 해주어야 했다.

"섹스투스 폼페이우스." 이틀 뒤 마이케나스는 아주 진지하게 말했다. "당신이나 다른 누군가가 옳으니 그르니 판단하는 것은 내 역할이 아니오. 하지만 당신도 시칠리아의 쥐가 당신 조국인 이탈리아 사람들보다 더 배불리 먹는다는 것을 알고 있을 거요. 피케눔, 움브리아, 에트루리아부터 브루티움, 칼라브리아까지 전부. 당신의 고향 도시, 당신 아버지가 오랜 세월 동안 가꾸어왔던 그곳까지 말이오. 문다 전투 이후 6년간 밀을 되팔아 수억 세스테르티우스를 벌었으니 당신이 원하는 건 돈이 아닐 거요. 하지만 당신 주장처럼 로마 원로원과 인민을 압박해 시민권과 그에 따른 모든 권한을 돌려받고 싶은 거라면, 로마 내에 아주 강력한 동지를 두고 있어야 한다는 사실을 알아야 합니다. 사실 당신을 도울 수 있는 힘을 가진 건 두 사람뿐이오. 마르쿠스 안토니우스와 임페라토르 카이사르 말이죠. 어째서 당신은 임페라토르 카이사르보다 덜 합리적이고 심지어 덜 믿음직한 안토니우스와 동맹을 맺으려는 거요? 안토니우스는 당신을 해적이라 불렀고, 당신이 동맹을 제안했을 때 루키우스 리보의 말을 듣지 않았소. 반면 임페라토르 카이사르는 지금 당신에게 먼저 동맹을 제안하고 있소. 그의 진심이, 당신을 향한 배려가, 당신을 돕고자 하는 의지가 강하게 느껴지지 않소? 임페라토르 카이사르의 입에서 해적이니 어쩌니 하는 비난이 나올 일은 절대 없을 거요! 그에게 표를 던지시오! 안토니우스는 당신에게 흥미가 없소. 그건 논쟁의 여지가 없는 사실이오. 당신이 누군가의 편을 선택해야 한다면 옳은 편을 택하시오."

"알겠소." 섹스투스는 화난 목소리로 말했다. "옥타비아누스에게 표를 던지겠소. 하지만 그가 원로원과 민회에서 날 위해 노력해줄 것이라는 확실한 증거가 필요하오."

"임페라토르 카이사르는 뭐든 해줄 거요. 당신을 만족시킬 믿음의 증거로 어떤 걸 원하시오?"

"우리 집안과 혼인을 맺자고 하면 그가 어떻게 나올 것 같소?"

"무척 기뻐할 거요."

"내가 알기로 그에겐 아내가 없지 않소?"

"그렇소. 그는 두 번의 결혼으로 얻은 신부 어느 쪽과도 첫날밤을 치르지 않았소. 매춘부의 딸들은 역시 매춘부가 될 거라 생각했기 때문이죠."

"그가 이 여자에게는 마음이 동하면 좋겠소. 내 장인 루키우스 리보에겐 여동생이 있는데 흠잡을 데 없이 훌륭한 과부요. 그녀가 괜찮다면 신부로 데려가시오."

튀어나온 두 눈이 크게 떠졌다. 마치 그 여자를 신붓감으로 제안받은 것이 흥분되고 놀라운 일인 것처럼. "섹스투스 폼페이우스, 임페라토르 카이사르는 영광으로 여길 거요! 나도 그녀에 관해 조금 아는데 대단히 적절한 배필이오."

"결혼이 성사된다면 아프리카 곡물 수송선을 막아서지 않겠소. 또한 옥타비아누스부터 가장 작은 규모의 거래상까지 나를 찾아오는 모든 이들에게 1모디우스당 13세스테르티우스에 내 밀을 판매하겠소."

"불길한 숫자군요."

섹스투스는 활짝 웃었다. "옥타비아누스에게는 그럴지 모르겠지만, 내겐 그렇지 않소."

"그건 모르는 일이오." 마이케나스는 부드럽게 말했다.

옥타비아누스는 스크리보니아를 처음 보고 남몰래 기뻐했다. 하지만 몇 안 되는 결혼식 하객들 중에 그의 냉정한 태도와 무표정하고 조심스러운 눈을 보고 그 사실을 알아챈 사람은 아무도 없었다. 그렇다, 그는 기뻤다. 스크리보니아는 서른세 살처럼 보이지 않았고 스물세 살 생일을 앞둔 옥타비아누스의 또래처럼 보였다. 머리카락과 눈동자는 짙은 갈색이었고 보드라운 피부는 맑은데다 우윳빛이었으며, 얼굴이 어여쁘고 몸매도 훌륭했다. 그녀는 초혼 신부가 입는 새빨갛고 샛노란 옷 대신 여러 겹의 얇은 분홍색 천으로 만든 옷을 선홍색 속치마 위에 입었다. 결혼식장에서 주고받은 몇 마디 대화를 통해 옥타비아누스는 스크리보니아가 수줍음 많은 여자가 아니지만 수다쟁이도 아니라는 것을 알았다. 그리고 이후 나눈 더 많은 대화를 통해 그녀가 학식이 뛰어나고 책을 많이 읽었으며 그보다도 그리스어를 잘한다는 것을 알게 되었다. 그가 유일하게 불편함을 느낀 부분이 있었다면 그녀의 유머감각이었으리라. 유머감각이 부족한 옥타비아누스는 그런 면에서 뛰어난 사람들을, 특히 여자들을 무서워했다. 그들이 그를 웃음거리로 여기지 않는다는 보장이 어디 있단 말인가? 하지만 스크리보니아가 신의 아들이자 자기보다 훨씬 지위가 높은 남편에게서 특별히 웃기거나 익살맞은 부분을 발견할 수는 없을 듯했다.

"나 때문에 당신 아버지와 이별하게 되어 유감이오." 그가 말했다.

그녀의 눈동자가 흔들렸다. "난 아무렇지 않아요, 카이사르. 우리 아버지는 늙고 귀찮은 존재니까요."

"진심이오?" 그는 깜짝 놀라 물었다. "난 아버지와 헤어지는 것이 여자에게 아주 큰 충격일 거라고 늘 생각해왔소."

"당신을 만나기 전에 벌써 그 충격을 두 번이나 경험했어요, 카이사르. 그리고 충격은 횟수를 거듭할수록 약해지죠. 이 단계에서는 철썩 부딪치는 게 아니라 토닥토닥 쏠어내리는 느낌에 가까워요. 게다가 난 세번째 남편이 당신처럼 아름다운 젊은이일 거라고는 상상도 못했어요." 그녀가 킥킥거렸다. "잘해봐야 기운 팔팔한 여든 살 노인일 거라 생각했죠."

"오!" 당황한 그가 내뱉을 수 있는 말은 이게 전부였다.

"당신 매형인 작은 가이우스 마르켈루스가 돌아가셨다고 들었어요." 그녀는 혼란스러워하는 그를 불쌍히 여기며 말했다. "내가 언제쯤 당신 누나를 방문해 위로의 말을 전할 수 있을까요?"

"그렇소, 옥타비아 누나는 우리 결혼식에 올 수 없었던 것을 유감스럽게 여기고 있소. 누나는 비탄에 빠져 있는데 나로서는 그 이유를 모르겠소. 난 그렇게 지나친 감정은 약간 볼썽사납다고 생각하오."

"오, 그렇지 않아요." 그녀는 다정하게 말했다. 그녀는 이제 그에 관해 더 많은 것을 알았고, 새롭게 알게 된 그의 면모에 당황해 했다. 어째서인지 모르겠지만 그녀는 카이사르가 섹스투스 폼페이우스처럼 자신만만하고 거만하고 미숙하며 아주 남성적인 사람일 거라고 짐작했다. 그런데 그녀의 눈앞에 있는 것은 무서울 정도로 아름다운 외모와 덕망 높은 집정관의 태도를 지닌 사람이었다. 맑고 반짝이는 눈동자는 그의 미모를 최고 수준으로 끌어올렸지만, 그녀를 바라보는 눈에는 그 어떤 욕망도 담겨 있지 않았다. 이것은 그에게도 세번째 혼사였다. 그가 이전의 두 아내에게 손끝 하나 대지 않고 그 어머니들에게로 돌려보낸 것을 보면, 이런 정치적인 아내들은 필요에 따라 받아들여 잠시 보관해두었다가 입고된 상태 그대로 반납하는 듯했다. 그녀의 아버지는 자신과 섹스투스 폼페이우스가 내기를 했다고 말했다. 섹스투스는 옥타비아누스가 거사를 치르지 않을 것이라는 확률 높은 쪽에 판돈을 건 반면, 리보는 옥타비아누스가 이탈리아인들을 위해 거사를 치를 것이라고 믿었다. 그러므로 이번 결혼의 두 주인공이 첫날밤을 치르고 그 증거가 드러난다면 리보는 엄청난 돈을 딸 터였다. 이 내기 소식을 듣고 그녀는 박장대소했지만, 옥타비아누스에게 그런 말을 전해선 안 된다는 것을 알 만큼 이미 그를 잘 파악하고 있었다. 참 이상한 일이지. 그녀가 아는 바에 따르면, 그의 외외종조부인 디부스 율리우스는 아마 그녀의 농담에 함께 웃었으리라. 하지만 그의 생질손에게는 그런 면을 조금도 찾아볼 수 없었다.

"옥타비아 누나는 언제든 방문해도 좋소." 그는 그녀에게 말했다. "하지만 눈물과 어린아이들을 각오하고 가시오."

그것은 스크리보니아의 새로운 하녀가 그녀를 옥타비아누스의 침대로 밀어넣기 전까지 신랑신부가 나눌 수 있었던 마지막 대화였다.

저택은 아주 컸고 근사한 유색 대리석으로 지어져 있었다. 하지만 저택의 새 주인은 적당한 가구를 들여놓지도, 분명히 그림을 걸도록 만들어진 자리에 그림을 걸어놓지도 않았다. 침실의 거대한 규모에 비해 침대는 너무 작았다. 그녀가 모르는 사실이 있었으니, 호르텐시우스는 로마인들이 보통 침실로 이용하는 작은 방을 몹시 싫어했다. 그래서 다른 남자들의 서재와 맞먹을 정도로 큰 침실을 만들었던 것이다.

"내일 당신 하인들이 당신 거처를 마련해줄 거요." 그가 칠흑 같은 어둠 속에서 침대로 들어오며 말했다. 그는 문간의 촛불을 껐던 것이다.

이는 그가 신중한 성격을 타고났음을 보여주는 첫번째 증거였다. 그녀로서는 극복하기 어려운 부분이었다. 두 남자와 결혼해 잠자리를 경험해본 여자로서 그녀는 다급한 애무, 찌르기와 꼬집기, 그녀도 비슷한 정도로 달아오르게 해줄 격렬한 몸짓을 기대했지만, 그런 일은 벌어지지 않았다.

그런 것은 카이사르의 방식이 아니었다(그녀는 반드시, 반드시, 반드시 까먹지 말고 그를 카이사르라 불러야 했다!). 침대가 너무 좁아서 벌거벗은 두 사람의 몸이 닿을 수밖에 없었지만, 그는 그녀를 만지려고 하지 않았다. 그러다 갑자기 그녀 위에 올라타고 무릎으로 그녀의 두 다리를 벌리더니, 안타까울 정도로 메말라 있는 그녀의 몸안으로 성기를 밀어넣었다. 그녀는 전혀 준비가 되어 있지 않았던 것이다. 그럼에도 불구하고 그는 멈추지 않았다. 그는 부지런히 움직이며 조용히 절정에 이르렀고, 그녀에게서 떨어져나와 자기는 씻어야 한다고 중얼거리며 침대 밖으로 나가더니 침실을 떠났다. 그가 돌아오지 않자 그녀는 얼떨떨한 상태로 누워 있다가 하인을 불러 등불을 가져오게 했다.

그는 서재에 있었다. 그가 마주한 낡고 오래된 책상 위에는 두루마리가 수북했고, 그의 오른손 아래에는 종이가 쌓여 있었으며, 손에는 아무 장식이 없는 밋밋한 갈대펜이 쥐여 있었다. 그녀의 아버지 리보의 펜은 금을 씌웠고 끝에 진주가 달려 있었다. 하지만 옥타비아누스―카이사르―는 그런 외관에 신경쓰지 않는 게 분명했다.

"여보, 괜찮아요?" 그녀가 물었다.

또다른 등불이 나타나자 그는 고개를 들었다. 그러더니 그녀가 본 중에 가장 사랑스러운 미소를 지으며 말했다. "그렇소."

"혹시 내가 당신 기분을 망쳤나요?"

"그렇지 않소. 당신은 아주 훌륭했소."

"이런 일이 자주 있나요?"

"무슨 일 말이오?"

"음, 그러니까, 잘 시간에 일하는 거요."

"늘 있는 일이오. 나는 평화와 침묵을 좋아하오."

"그렇다면 내가 방해됐겠네요. 미안해요. 다시는 방해 안 할게요."

그는 별생각 없이 다시 고개를 숙였다. "잘 자요, 스크리보니아."

그는 몇 시간이 흐른 뒤에야 다시 고개를 들고 그 짧은 만남을 되짚었다. 이윽고 마음 깊이 안도하며 자신의 새 아내가 마음에 든다고 생각했다. 그녀는 넘지 말아야 할 선을 알고 있었다. 그가 그녀를 임신시킨다면 섹스투스 폼페이우스와의 계약도 유지될 터였다.

스크리보니아는 옥타비아에게 조문을 갔다가 그녀가 예상과는 완전히 다른 상태임을 알게 됐다. 놀랍게도 옥타비아는 올케를 맞으면서 울지 않았고 활기찬 모습을 보였다. 옥타비아가 소리내어 웃으며 올케를 편안한 의자로 이끈 것을 보면, 스크리보니아의 놀란 감정이 눈에 드러난 것이 분명했다.

"작은 가이우스는 내가 비탄에 잠겨 있다고 말한 모양이네요."

"작은 가이우스요?"

"카이사르요. 습관을 못 버리고 계속 작은 가이우스라 부르게 되네요. 내 눈에는 늘 그렇게 보이거든요. 내 뒤를 아장아장 따라다니며 귀찮게 하는 사랑스러운 어린아이 말이죠."

"그를 몹시 사랑하는군요."

"미치도록 사랑하죠. 하지만 최근에는 그애가 너무 대단하고 중요한 사람이 되는 바람에 큰누나와 '작은 가이우스'는 왠지 어울리지 않는 상황이 됐죠. 올케는 지각 있는 여자처럼 보이니까 그애에게 이런 말은 전달하지 않을 거라 믿고 얘기하는 거예요."

"난 듣지도 보지도 말하지도 못한다고 생각하세요."

"안타까운 건 그애가 제대로 된 유년 시절을 보낸 적이 없다는 거죠. 그애는 지독한 천식에 시달리느라 다른 남자애들과 어울리거나 마르스 평원에서 군사 훈련에 참여할 수 없었어요."

스크리보니아는 멍한 표정이었다. "천식? 그게 뭔가요?"

"그애는 낯빛이 시커멓게 변할 때까지 숨을 씨근덕거려요. 가끔은 거의 죽을 것처럼 힘들어하죠. 오, 그걸 지켜보는 게 얼마나 끔찍한 일인지!" 옥타비아의 눈은 그 익숙하고도 오래된 공포의 현장을 보고 있는 듯했다. "공기 중에 먼지가 많을 때나 말과 짚여물 가까이에 있을 때 증상이 악화돼요. 그래서 마르쿠스 안토니우스가 작은 가이우스는 필리피 전투 때 염습지에 숨어 있었고 승리에 기여한 바가 전혀 없다는 얘길 하고 다니는 거예요. 사실 그 당시엔 심각한 가뭄이 들었었어요. 전장에는 짙은 안개처럼 먼지와 마른 풀잎이 자욱했는데 그건 치명적인 환경이었어요. 작은 가이우스가 숨을 돌릴 수 있는 유일한 장소는 평지와 바다 사이의 염습지뿐이었죠. 그애가 전투에서 달아난 것처럼 오해받아서 느끼는 슬픔은 내가 마르켈루스를 잃고서 느끼는 슬픔보다 더 클 거예요. 정말이지 이건 가볍게 하는 말이 아니에요.”

“하지만 이 사실을 알린다면 사람들은 이해해줄 거예요!” 스크리보니아가 외쳤다. “나도 그 소문을 들었는데 그냥 그게 사실이겠거니 생각했어요. 카이사르가 소책자 같은 걸 출간하면 안 될까요?”

“그애의 자존심이 허락하지 않을 거예요. 더구나 그건 신중한 처사가 아니에요. 사람들은 요절할 듯싶은 고등 정무관을 원하지 않아요. 게다가 안토니우스가 먼저 말을 퍼뜨렸죠.” 옥타비아는 비참한 표정이었다. “그는 나쁜 사람은 아니지만, 워낙 건강한 몸을 타고났기에 약하거나 섬세한 사람들을 이해해주지 않아요. 안토니우스에게 천식은 비겁함을 덮기 위한 구실이자 핑계일 뿐이에요. 우린 모두 친척이지만 서로 아주 다르고, 그중에도 작은 가이우스가 가장 남달라요. 그애의 의지는 거의 필사적이죠. 천식은 그런 성향에 뒤따르는 증상이라고, 디부스 율리우스를 보살피던 이집트인 의사도 그렇게 말했어요.”

스크리보니아는 몸을 떨었다. “그의 호흡이 곤란해지면 난 어떻게 해야 하나요?”

“아마도 올케는 그런 모습을 절대 볼 수 없을 거예요.” 옥타비아가 말했다. 그녀는 올케가 작은 가이우스에게 빠져들고 있음을 바로 알아차렸다. 그녀가 막을 수 있는 일은 아니었지만, 괴로움과 슬픔으로 이어질 것이 분명한 상황이었다. 스크리보니아는 사랑스러운 여자였지만 작은 가이우스나 임페라토르 카이사르의 마음을 사로잡을 수는 없었다. “로마에서는 가뭄이 들지 않는 한 그애의 호흡이 불편해지지 않을 거예요. 올해는 아주 잠잠했어요. 나도 그애가 로마에 있는 동안은 별로 걱정하지 않고, 올케도 걱정할 필요가 없어요. 그애는 천식 발작이 시작됐을 때 어떻게 해야 하는지 알고 있고, 그애 곁에는 늘 아그리파가 있죠."

"우리 결혼식 때 그의 옆에 서 있던 근엄한 표정의 젊은이 말인가요?"

"네, 그 두 사람이 쌍둥이 같은 사이는 아니죠." 옥타비아는 수수께끼의 해답을 찾아낸 듯한 어조로 말했다. "두 사람 사이에는 그 어떤 경쟁의식도 존재하지 않아요. 아그리파가 작은 가이우스의 부족한 부분을 채워준다고 하는 편이 더 정확하겠네요. 가끔 아이들이 너무 말을 안 들으면 내 몸을 둘로 나누고 싶을 때가 있어요. 작은 가이우스는 그걸 성공적으로 해냈죠. 그애에겐 자신의 다른 반쪽인 마르쿠스 아그리파가 있으니까요."

옥타비아의 저택을 떠나기 전, 스크리보니아는 옥타비아가 하나같이 자기가 배 아파 낳은 자식처럼 키우는 아이들을 만났다. 또한 다음 번 방문할 때는 그곳에 아티아도 있을 것이란 소식을 들었다. 시어머니 아티아. 스크리보니아는 이 놀라운 가족의 비밀을 한층 더 깊이 파고들었다. 카이사르는 어떻게 자기 어머니를 없는 사람 취급할 수 있는가? 그의 자부심과 오만함이 얼마나 높기에 다른 면에서는 흠 잡을 데 없이 훌륭한 어머니가 어쩔 수 없이 저지른 실수를 용서해주지 않는 걸까? 옥타비아의 설명에 따르면, 임페라토르 카이사르 디비 필리우스의 어머니에게는 그 어떤 결점도 허락되지 않는다고 했다. 그의 이런 태도는 그가 어떤 아내를 원하는지 명확히 보여주었다. 불쌍한 세르빌리아 바티아와 클로디아는 둘 다 처녀였지만, 도덕적으로 문제 있는 그들의 어머니에게 발목이 잡혔다. 그러므로 아티아는 부도덕한 여성의 살아 있는 증거가 되느니 차라리 죽은 사람이 되는 게 나았다.

그럼에도 불구하고, 건장하고 사나운 게르만족 경호원 두 명 사이에 끼여 집으로 돌아오는 길에 그녀의 머릿속은 그의 얼굴로 가득찼다. 그가 나를 사랑하게 만들 수 있을까? 오, 그가 날 사랑하게 해달라고 기도해야지! 그녀는 결심했다. 내일 유노 소스피타에게 임신을 기원하는 제물을 바치고, 베누스 에루키나에게 내가 잠자리에서 그를 만족시킬 수 있도록 제물을 바치고, 보나 데아에게 자궁의 조화를 기원하는 제물을 바쳐야겠어. 그리고 실망이 도사리고 있을지도 모르니까 베디오비스에게도 제물을 바쳐야지. 희망을 상징하는 스페스에게도.

7 마르쿠스 안토니우스가 2개 군단을 이끌고 브룬디시움에 도착해 항구 진입을 시도했으나 실패했다는 소식이 전해졌을 무렵 옥타비아누스는 로마에 있었다. 항구는 쇠사슬로 단단히 막혔고 보루에는 사람들이 배치되어 있었다. 편지에는 브룬디시움은 괴물 안토니우스의 현재 지위 따윈 신경쓰지 않는다고 적혀 있었다. 또한 원로원이 안토니우스의 입항을 허락하라는 명령을 내린다 해도 듣지 않겠다고 했다. 그가 다른 항구를 통해 이탈리아로 들어오는 건 내버려두겠지만 브룬디시움 항구만은 절대로 안 된다는 것이었다. 그 주변에서 2개 군단을 상륙시킬 수 있는 다른 항구도시는 장화 모양 이탈리아 반도의 굽 안쪽에 해당하는 타렌툼뿐이었다. 그리하여 화가 잔뜩 난 안토니우스는 브룬디시움 인근의 훨씬 작은 여러 항구에 병사들을 조금씩 나눠서 상륙시켜야 했다.

"그는 앙코나로 갔어야 했어." 옥타비아누스는 아그리파에게 말했다. "그랬다면 그곳에서 폴리오와 벤티디우스와 합류할 수 있었을 테고, 지금쯤 로마로 진군할 수 있었겠지."

"그가 폴리오를 철저히 신뢰했다면 그렇게 했을 거야." 아그리파가 대답했다. "하지만 그는 폴리오를 믿지 못하고 있어."

"그렇다면 자네는 의심과 불만이 존재한다는 플랑쿠스의 편지를 믿는 건가?" 옥타비아누스는 종이 한 장을 흔들었다.

"그래, 그 말을 믿네."

"나도 그렇긴 해." 옥타비아누스는 활짝 웃으며 말했다. "플랑쿠스는 이러지도 저러지도 못하는 상황이야. 그는 안토니우스를 선호하지만 상황을 봐서 우리 쪽으로 넘어올 수 있도록 길을 열어두고 싶은 거지."

"브룬디시움 주변에는 자네의 군단이 너무 많아서, 안토니우스는 폴리오가 도착하기 전에는 자기 병사들을 한곳으로 집결시키지 못할 거야. 내 정찰병들에 따르면 폴리오가 도착하려면 최소 여드레는 걸릴 거라더군."

"우리가 브룬디시움까지 가기엔 충분한 시간이네, 아그리파. 우리 병사들은 미누키우스 가도에 배치되어 있나?"

"완벽하게 배치되어 있지. 폴리오가 싸움을 피하고자 한다면 베네벤툼과 아피우스 가도 쪽으로 진군해야만 할 걸세."

옥타비아누스는 펜을 통에 꽂고 종이 여러 장을 가지런히 정리했다. 여러 기관과 개인이 보낸 편지, 법률 초안, 이탈리아 상세 지도 등이었다. 그는 자리에서 일어났다. "그렇다면 이제 브룬디시움으로 가야지. 마이케나스와 네르바는 준비됐나? 그 중립파 친구는 어떻게 됐지?"

"자네가 산더미 같은 문서에 코를 박고 있지 않았더라면 벌써 그 답을 알았을 거야, 카이사르." 아그리파는 오직 그만이 감히 옥타비아누스에게 쓸 수 있는 말투로 말했다. "그들은 며칠 전부터 준비돼 있었어. 마이케나스가 중립파 네르바를 살살 구슬려서 따라오도록 설득했네."

"잘됐군!"

"어째서 그가 그렇게 중요한가, 카이사르?"

"형제 중 한 명은 안토니우스를, 다른 한 명은 나를 선택했으니 그의 중립성은 안토니우스와 내가 정면충돌했을 때 코케이우스 네르바 파벌이 살아남을 유일한 방법일세. 안토니우스 편의 네르바는 시리아에서 죽었으니 그의 자리는 공석이 됐지. 루키우스 네르바는 그 공석을 바라보며 식은땀을 흘리고 초조해하지만, 그가 과연 그 자리를 채우려 할까? 그는 결국 거절할 거야. 그렇다고 내 편에 서는 걸 선택하지도 않겠지만." 옥타비아누스는 히죽히죽 웃었다. "그의 아내가 그의 목줄을 단단히 쥐었으니 그는 로마에 묶여 있을 수밖에 없어. 그러니 중립을 지킬 수밖에 없지."

"나도 그건 알지만, 의문이 생기는군."

"내 계획이 성공하면 자네도 답을 알게 될 거야."

마르쿠스 안토니우스를 아테네의 편안한 긴 의자에서 끌어내린 것은 옥타비아누스의 편지였다.

편지 내용은 다음과 같았다. "친애하는 안토니우스, 먼 히스파니아에서 지금 막 도착한 소식을 당신에게 전해야 하는 이 상황이 너무 가슴 아픕니다. 당신의 동생 루키우스는 총독 임기를 시작한 지 얼마 지나지 않아 코르두바에서 사망했습니다. 그 문제에 관한 여러 보고서에 따르면 그는 갑자기 쓰러져 죽었다고 합니다. 병을 앓거나 고통을 느끼지도 않고 말이죠. 의사들은 뇌에 문제가 생겨서 발생한 비극이라고 했는데 부검을 해보니 뇌 주변에 온통 피가 고여 있었습니다. 그는 코르두바에서 화장되었고, 그의 유골은 모든 면에서 저를 만족시킬 만한 보고서와 함께 도착했습니다. 저는 당신을 기다리며 그의 유골과 보고서를 보관하고 있습니다. 진심 어린 조의를 표합니다." 편지에는 디부스 율리우스의 스핑크스 반지 인장이 찍혀 있었다.

물론 안토니우스는 루키우스가 죽었다는 사실 외에 다른 말은 믿지 않았다. 그는 그날 당장 파트라이로 갔고, 서부 마케도니아로 명령을 전달해 2개 군단이 즉시 아폴로니아에서 출발하도록 했다. 나머지 8개 군단은 그의 소환 명령이 떨어지자마자 수송선을 타고 브룬디시움으로 출발할 수 있도록 대기했다.

옥타비아누스가 그 소식을 먼저 접하다니 참을 수 없다! 어째서 이 편지가 도착하기 전에 그에게 먼저 소식이 닿지 않은 걸까? 안토니우스는 이 편지를 도발로 받아들였다. 당신 동생의 유골이 로마에 있다. 가져갈 배짱이 있으면 가져가봐라! 그에게 그럴 배짱이 있을까? 유피테르 옵티무스 막시무스 신께 맹세코, 그에겐 그럴 배짱이 있었다!

플랑쿠스가 옥타비아누스에게 보낸 흥미로운 편지는 파트라이를 출발했지만, 노기등등한 안토니우스는 그의 2개 군단이 도착했다는 소식이 들릴 때까지 파트라이에서 기다려야만 했다. 그 편지는(안토니우스가 내용을 알았더라면 배달되지 못했겠지만) 폴리오에게 당장 군대를 이끌고 아드리아 해안 가도를 따라 남진하라는 안토니우스의 퉁명스러운 명령서와 같은 편에 배달되었다. 현재 폴리오와 그의 군대는 파눔 포르투나이에 있었고, 플라미니우스 가도를 따라 로마로 이동하거나 아드리아 해안 가도를 따라 브룬디시움으로 이동할 수 있었다. 겁먹은 플랑쿠스는 안토니우스의 함선에 자기 자리를 마련해달라고 사정했다. 이탈리아 땅에 있어야 옥타비아누스 편으로 넘어가기가 더 용이하다고 판단했던 것이다. 이때쯤 그는 자신이 그 편지를 보낸 것을 몹시 후회하고 있었다. 옥타비아누스가 그 내용을 다시 안토니우스에게 흘리지 않는다는 보장이 어디 있단 말인가?

플랑쿠스는 죄책감 때문에 바다 여정 내내 초조하고 불안해했다. 그래서 아드리아 해 한가운데 나이우스 도미티우스 아헤노바르부스의 함대가 보이자, 플랑쿠스는 샅가리개에 똥을 지렸고 거의 까무러칠 뻔했다.

"오, 안토니우스, 우린 다 죽었소!" 그가 흐느꼈다.

"아헤노바르부스의 손에? 그럴 일은 없소!" 안토니우스는 콧구멍을 벌름거리며 말했다. "플랑쿠스, 당신 똥을 지린 것 같소!"

플랑쿠스는 달아났고, 안토니우스 혼자 남아서 그의 함선 쪽으로 노를 저어 다가오는 조각배를 기다렸다. 그의 깃발은 여전히 돛대에 매달려 펄럭이고 있었지만, 아헤노바르부스는 깃발을 내린 상태였다.

땅딸막하고 까무잡잡하고 대머리인 아헤노바르부스는 줄사다리를 타고 가뿐히 올라와 입이 귀에 걸리도록 웃으며 안토니우스에게 다가왔다. "마침내!" 성질이 불같은 그는 안토니우스를 끌어안으며 말했다. "그 역겨운 벌레 옥타비아누스를 처리하러 오셨군요, 그렇죠? 제발 그렇다고 해주십시오!"

"그렇네." 안토니우스가 대답했다. "부디 그놈이 자기 똥에 질식하기를! 플랑쿠스는 자네 모습만 보고 똥을 지렸는데, 그자가 옥타비아누스보단 더 배짱 좋다고 착각할 뻔했어. 옥타비아누스가 무슨 짓을 했는지 아나, 아헤노바르부스? 그는 먼 히스파니아의 루키우스를 살해했고, 그런 다음 자기가 루키우스의 유골을 가지고 있다고 자랑하는 편지를 감히 내게 보내왔네! 유골을 가져갈 테면 가져가보라는 거지! 그가 제정신인 것 같나?"

"저는 어떤 고난이 있어도 당신 편입니다." 아헤노바르부스는 걸걸한 목소리로 말했다. "제 함대도 당신 것이나 다름없죠."

"잘됐네." 안토니우스는 강한 포옹을 풀면서 말했다. "내게는 브룬디시움 항구의 쇠사슬을 박살낼 만큼 단단한 청동 충각이 달린 커다란 전함이 필요해."

하지만 20탈렌툼의 청동 충각이 달린 16단 노선도 브룬디시움 항 입구의 쇠사슬을 끊을 수는 없을 터였다. 게다가 아헤노바르부스에게는 16단 노선의 절반만한 전함조차 없었다. 쇠사슬은 강철 부품으로 보강한 두 개의 단단한 부두에 걸려 있었고, 양쪽 연결부는 15센티미터 두께의 청동으로 만들어졌다. 안토니우스와 아헤노바르부스 양쪽 모두 이보다 더 괴물 같은 장애물을 본 적이 없었고, 쇠사슬 절단 시도가 실패로 돌아가는 것을 지켜보며 이보다 더 기뻐하는 주민들을 본 적도 없었다. 여자들과 아이들이 환호와 야유를 쏟아내는 동안, 브룬디시움 남자들은 아헤노바르부스의 전투용 5단 노선에 창과 화살 세례를 퍼부어 마침내 먼바다로 후퇴하게 만들었다.

"저건 뚫을 수가 없습니다!" 아헤노바르부스는 분해서 눈물을 흘리며 소리쳤다. "오, 하지만 나중에 성공하면 저놈들은 고통스러운 대가를 치르게 될 거예요! 그나저나 저게 어디서 나온 건지 아십니까? 예전 쇠사슬은 저 쇠사슬의 10분의 1 굵기였는데!"

"아풀리아 촌놈 아그리파가 저걸 설치했네." 플랑쿠스가 말했다. 이제는 자기 몸에서 똥냄새가 안 난다는 걸 확인한 터였다. "내가 안토니우스 당신에게 오려고 이탈리아를 떠났을 때 브룬디시움 사람들이 저 쇠사슬의 기원을 설명해줬소. 아그리파는 이 지역을 일리온보다 더 철저히 요새화했소. 육지 쪽도 포함해서 말이오."

"저들은 빨리 죽지 못할 거요." 안토니우스가 으르렁거렸다. "나는 브룬디시움 행정장관들의 똥구멍에 긴 막대를 꽂고 하루에 3센티미터씩 안으로 밀어넣고 말겠소."

"으으!" 그 장면을 상상해본 플랑쿠스가 움찔거리며 말했다. "우린 이제 어쩌지요?"

"내 병사들이 도착하길 기다렸다가 브룬디시움 남쪽과 북쪽의 어느 곳으로든 상륙시킬 거요." 안토니우스가 말했다. "폴리오만 도착하고 나면—그 자식 아주 여유를 부리고 있소!—우린 이 무지몽매한 도시를 내륙에서부터 박살낼 거요. 아그리파의 요새든 뭐든 전부 말이오. 아마 포위전을 치러야겠지. 주민들은 내가 자비를 베풀지 않으리란 걸 아니까 마지막까지 저항할 거요."

그리하여 안토니우스는 브룬디시움 항 입구에서 멀지 않은 섬으로 후퇴했다. 그는 그곳에서 폴리오를 기다렸고, 벤티디우스가 이상할 정도로 조용한 이유가 무엇인지 알아보려 했다.

8월이 지나고 9월 노나이가 지났다. 하지만 날씨는 여전히 뜨거워 섬에서의 생활은 지옥 같았다. 안토니우스는 방을 왔다갔다했고 플랑쿠스는 그가 왔다갔다하는 것을 지켜봤다. 안토니우스는 으르렁댔고 플랑쿠스는 생각에 잠겼다. 안토니우스의 생각은 루키우스 안토니우스라는 주제를 벗어나지 못했고, 플랑쿠스의 생각은 더 넓은 범위를 포괄했지만 역시 주제는 한 가지였다. 훨씬 흥미로운 그 주제는 바로 마르쿠스 안토니우스였다. 플랑쿠스는 안토니우스의 새로운 면을 보게 됐고 그것이 마음에 들지 않았다. 경이롭고 눈부시게 아름다운 풀비아가 그의 머릿속을 들락날락했다. 너무도 용감하고 사납고 너무도, 너무도 흥미로운 그녀. 안토니우스는 어떻게 여자를, 그것도 자기 아내를 때릴 수 있었을까? 그것도 가이우스 그라쿠스의 손녀를!

안토니우스는 마치 제 엄마 곁에서 눈물을 훔치는 어린애 같다고 플랑쿠스는 생각했다. 그는 지금 동방에서 전투를 치르고 있어야 한다. 그것이 그의 의무다. 하지만 그는 지금 이탈리아 땅에 있다. 이탈리아를 버릴 용기가 없는 것처럼. 그를 초조하게 하는 것은 옥타비아누스일까, 아니면 불안감일까? 안토니우스는 진심으로 미래의 월계관이 자기 몫이라 믿는 걸까? 오, 물론 그는 용감하지만 군대를 통솔하는 데 필요한 건 용기가 아니다. 그보다는 지력, 기술, 재능이 더 요구된다. 디부스 율리우스는 그 일에 탁월한 재능을 보였고, 안토니우스는 디부스 율리우스의 칠촌조카다. 하지만 내가 보기에 그 사실은 안토니우스에게 기쁨이 아닌 부담으로 작용한다. 그는 실패를 너무 두려워하기 때문에, 폼페이우스 마그누스가 그러했듯 아군의 숫자가 적군보다 훨씬 많지 않은 한 움직이지 않을 것이다. 폴리오의 군단, 벤티디우스의 군단, 그가 작은 바다 너머에 남겨둔 군단을 모두 합하면 이곳 이탈리아에서는 그의 병력이 우세하고 옥타비아누스를 박살내기에 충분하다. 칼레누스가 남겨둔 먼 갈리아의 11개 군단이 옥타비아누스 손에 넘어간 것을 감안한다 해도. 내가 얻은 정보에 따르면 그 군대는 살비디에누스의 지휘하에 여전히 먼 갈리아에 있다. 그리고 살비디에누스는 편을 바꿀 기회를 노리며 주기적으로 안토니우스에게 편지를 쓰고 있지. 나는 이 작은 정보를 옥타비아누스에게 알려주지 않았다.

안토니우스가 옥타비아누스에게서 두려워하는 것은, 디부스 율리우스가 넘치도록 가지고 있던 그 천재성이다. 오, 군대를 이끄는 장군으로서의 천재성을 말하는 게 아니다! 무한한 용기를 가진 남자, 안토니우스가 서서히 잃어가고 있는 그런 용기를 가진 남자로서의 천재성이다. 그렇다. 안토니우스는 점점 더 실패를 두려워하게 된 반면, 옥타비아누스는 모든 일에 용기로 맞서고 예측할 수 없는 일에 도박을 하기 시작했다. 안토니우스는 옥타비아누스를 상대함에 있어 불리한 위치지만, 파르티아 같은 생소한 적을 상대함에 있어서는 더욱더 불리한 위치다. 과연 그가 언젠가는 그 전쟁을 치를 것인가? 그는 자금이 부족하다고 떠들어대지만, 그가 반드시 치러야 할 전쟁을 미루며 망설이는 것이 순전히 자금 부족 탓일까? 그 전쟁을 치르지 않는다면 그는 로마와 로마인들의 신임을 잃을 것이고 그도 그 사실을 안다. 그는 서방에 머물기 위해 옥타비아누스를 핑계로 삼고 있다. 그가 옥타비아누스를 싸움판에서 밀어낸다면 25만 명의 적군도 물리칠 수 있을 만큼 거대한 병력을 얻게 된다. 하지만 디부스 율리우스는 고작 6만 명으로 30만 명 이상의 적을 물리쳤다. 그는 자신의 천재성을 이용해 전쟁을 치렀으니까. 안토니우스는 세상의 지배자, 로마의 일인자가 되고 싶지만 그렇게 할 방법을 모른다.

자꾸만 왔다갔다, 왔다갔다, 왔다갔다하는 걸 보면 그는 자신이 없는 것이다. 결정의 순간이 다가오는데도 자신이 없다니. 그렇다고 악명 높은 그의 '기상천외한 삶'으로 돌아갈 수도 없다. 알렉산드리아에서 그의 친구들이 '기상천외한 생활자 모임'이라고 불렀다니 얼마나 우스운 일인가! 하지만 이제 그는 이곳에 있다. 흥청망청 즐기며 걱정을 잊어버릴 수 없는 상황에 놓였다. 안토니우스의 방탕함은 단순히 그가 타고난 약점을 입증한다는 걸 나는 깨달았는데, 그의 친구들은 아직 깨닫지 못했을까?

그렇다, 이제 편을 바꿀 시간이다. 플랑쿠스는 결론 내렸다. 하지만 지금 당장 그럴 수 있을까? 나는 안토니우스를 믿지 못하는 것처럼 나 자신도 믿지 못한다. 그와 마찬가지로 나 역시 용기가 부족하므로.

옥타비아누스는 진작에 그 모든 사실들을 플랑쿠스보다 더 확실하게 알고 있었다. 다만 이제 안토니우스가 브룬디시움 연안에 도착했으니 주사위가 어느 방향으로 던져질지 알 수 없었다. 옥타비아누스는 군단병들에게 모든 것을 걸었다. 바로 그때 군단병들의 대표자들이 그를 찾아와 폴리오의 병사든 벤티디우스의 병사든 간에 안토니우스의 군대와는 싸우지 않겠다고 말했다. 이 같은 선언에 옥타비아누스는 몸이 휘청할 정도로 안도했다. 이제 안토니우스의 병사들이 그를 위해 싸울 마음이 있는지 지켜보는 일만 남았다.

2주 뒤 그는 답을 알게 됐다. 폴리오와 벤티디우스 수하의 병사들이 전우들과의 전투를 거부한 것이다.

옥타비아누스는 자리에 앉아 안토니우스에게 편지를 썼다.

친애하는 안토니우스, 우리는 교착상태에 직면했습니다. 제 병사들은 당신 병사들과 싸우기를 거부하고 당신 병사들도 제 병사들과 싸우기를 거부합니다. 그들의 말에 따르면 그들은 로마에 속해 있지 어떤 한 사람에게 속해 있지 않다고 합니다. 설사 그 사람이 트리움비르라 할지라도 말이죠. 그들은 어마어마한 상여금의 시대는 이제 지났다고 말합니다. 저도 그 말에 동의합니다. 필리피 회전 이후 저는 우리가 더이상 전쟁을 통해 입장차를 좁힐 수 없음을 깨달았습니다. 우리에겐 임페리움 마이우스가 있지만, 그 권력을 휘두르려면 우릴 위해 기꺼이 싸워줄 병사들이 필요합니다. 하지만 우리에겐 그런 병사들이 없죠.

　마르쿠스 안토니우스, 그러므로 저는 우리가 각자 대리인을 한 명씩 지명해 이 교착상태를 타개할 해결책을 찾아야 한다고 생각합니다. 양쪽 모두가 공정하고 적당하다고 인정할 중립파 인사로는 루키우스 코케이우스 네르바를 지명하면 어떨까요? 당신은 언제든 제 선택에 반론을 제기하고 다른 사람을 지명할 수 있습니다. 제 대리인은 가이우스 마이케나스가 될 겁니다. 당신이나 저는 이 회의에 참석해선 안 됩니다. 우리가 참석하면 불필요한 감정싸움이 될 수 있을 테니까요.

"교활한 쥐새끼!" 안토니우스는 편지를 손으로 구기며 소리쳤다.

　플랑쿠스는 그걸 집어들더니 다시 펴서 읽었다. "마르쿠스, 이건 당신의 난관을 타개하기에 타당한 해결책이오." 그는 잠시 머뭇거렸다. "지금 당신이 어디 있는지, 무엇에 직면해 있는지 한번 생각해보시오. 옥타비아누스의 제안은 양쪽의 다친 감정을 치유해줄 연고가 될지도 모르오. 이건 정말로 당신에게 최선의 대안이오."

　몇 시간 뒤 바리움에서 거룻배를 타고 도착한 가이우스 아시니우스 폴리오도 같은 이야기를 반복했다.

　"제 병사들은 싸우지 않을 것이고 사령관님 병사들도 마찬가지입니다." 그는 단호히 말했다. "저로서는 병사들 마음을 바꿀 수 없고, 사령관님 병사들도 마음을 바꾸지 않을 것이며, 보고서에 따르면 옥타비아누스도 같은 처지라고 합니다. 병사들이 우리를 위해 결정을 내린 겁니다. 그러므로 떳떳한 출구를 찾아내는 것은 우리에게 달렸습니다. 저는 병사들에게 휴전협정을 조율해보겠다고 했습니다. 벤티디우스도 그렇게 했고요. 포기하십시오, 마르쿠스, 포기하세요! 이건 패배가 아닙니다."

"옥타비아누스가 죽음의 아가리에서 기어나갈 수 있는 모든 상황이 나에겐 패배일세." 안토니우스는 고집스럽게 말했다.

"터무니없는 소립니다! 그의 병사들은 우리 병사들만큼이나 불만을 품고 있습니다."

"그는 나와 맞대면할 용기도 없네! 마이케나스 같은 대리인을 통해 전부 해결하겠다고 했지. 감정싸움? 진짜 감정싸움이 뭔지 한번 보여줘야겠어! 그가 뭐라 하든 상관없어. 나 자신을 대변하기 위해 그의 작은 모임에 직접 참석해야겠네!"

"그는 그 자리에 안 나올 겁니다, 안토니우스." 폴리오가 말했다. 그의 시선은 천장을 향해 눈을 굴리는 플랑쿠스에게 고정되어 있었다. "제게 훨씬 나은 계획이 있습니다. 괜찮으시다면 제가 사령관님의 대리인으로 나서겠습니다."

"자네가?" 안토니우스는 못 믿겠다는 듯 물었다. "자네가?"

"네, 제가요! 안토니우스, 저는 8개월 보름 동안 집정관이었지만, 로마에 가서 집정관의 정복을 입어보지도 못했습니다." 부아가 치민 폴리오가 말했다. "집정관으로서 저의 권위는 가이우스 마이케나스와 그 보잘것없는 네르바의 권위를 합친 것보다 더 큽니다! 제가 마이케나스 같은 족제비에게 속을 것 같습니까? 그렇게 생각하세요?"

"그러진 않겠지." 안토니우스는 한발 양보하며 말했다. "좋아, 동의하겠네. 하지만 조건이 있어."

"말하십시오."

"나는 브룬디시움을 통해 이탈리아로 들어갈 수 있어야 하고, 자네는 아무 방해 없이 로마로 돌아가 집정관 자리를 차지할 수 있어야 하네. 나는 이탈리아 내에서 모병 활동을 할 권리를 유지해야 하고, 또 추방자들에게는 즉시 귀국이 허락되어야 하네."

"그 조건 중 문제가 될 내용은 없다고 생각합니다." 폴리오가 말했다. "이제 앉아서 그 내용을 적어주십시오, 안토니우스."

참 이상한 일이야. 폴리오는 미누키우스 가도를 따라 브룬디시움으로 말을 달리며 생각했다. 나는 항상 위대한 결정이 내려지는 현장에 있단 말이지. 카이사르가—정말로 디부스 율리우스였지!—루비콘 강을 건널 때 나는 그의 곁에 있었고, 이탈리아 갈리아의 작은 강섬에서 안토니우스, 옥타비아누스, 레피두스가 세상을 나눠 가지기로 합의했을 때도 현장에 있었다. 이제 나는 중대한 회의의 진행을 맡게 될 것이다. 마이케나스는 바보가 아니니 내가 의장석에 앉는 데 이의를 제기하지 않겠지. 근대사 작가로서 얼마나 대단한 행운인가.

사비니족 출신인 그의 가문은 그가 등장하기 전까지 별로 인정받지 못했지만, 폴리오는 놀라운 지성의 소유자였으므로 카이사르가 가장 아끼는 부하 중 한 사람이 되었다. 병사로서 훌륭하고 지휘관으로서 더 탁월한 폴리오는 카이사르의 독재관 취임 이후 카이사르와 함께 승승장구했으며, 카이사르가 살해당하기 전까지는 자신이 충성할 대상이 누구인지 분명히 알고 있었다. 그는 너무 현실적이고 실용적이라 카이사르의 상속자 편에 설 수 없었다. 그가 따를 수 있는 사람은 단 한 명, 마르쿠스 안토니우스뿐이었다. 폴리오는 다른 여러 동료들과 마찬가지로 열여덟 살 소년 가이우스 옥타비아누스를 웃기는 존재로 여겼고, 카이사르처럼 비할 데 없는 인물이 그 예쁜 소년에게서 무엇을 발견한 건지 짐작조차 할 수 없었다. 폴리오는 카이사르도 자신이 그렇게 일찍 죽을 줄 몰랐을 것이며—그는 오래된 군화만큼 질긴 사람이었다—옥타비아누스는 그저 일시적인 후계자였을 거라고, 안토니우스가 정신 차릴 때까지 후계자 자리에서 배제하기 위한 장치였을 거라고 생각했다. 또한 카이사르는 그 마마보이가—이젠 자기 어머니의 존재를 부정하고 있지만—장차 어떤 재목으로 커나갈지 보고 싶었으리라. 그러다 운명의 여신들이 카이사르에게 궁극의 벌을 내렸고, 근시안적이며 질투심과 적의로 들끓는 일단의 남자들이 그를 살해하는 것을 허락했다. 폴리오에게는 최근 사건을 객관적이고 공정하게 서술할 능력이 있었지만, 개인적으로 그가 그 사건을 얼마나 안타깝게 여겼던가. 문제는 갑자기 예상치 못한 자리에 오르게 된 카이사르 옥타비아누스가 어떻게 나올지 당시의 폴리오로서는 전혀 알 수 없었다는 것이다. 경험도 부족한 젊은이에게 그런 용기와 배짱이 숨겨져 있을 줄 누가 상상이나 했으랴? 하지만 폴리오가 옥타비아누스의 실체를 알게 되었을 무렵 이미 때는 늦었고, 명예를 중시하는 남자로서 폴리오는 옥타비아누스 편에 설 수 없었다. 안토니우스는 더 나은 사람이 아니라 단순히 그의 자존심이 허락하는 대안일 뿐이었다. 또한 결점이 있긴 해도—결점이 아주 많았다—최소한 그는 성인 남자였다.

폴리오는 옥타비아누스를 거의 몰랐지만, 자기와 맞서게 될 상대편 대리인 가이우스 마이케나스는 알고 있었다. 외형적으로 폴리오는 모든 면에서 중간 정도였다. 키, 덩치, 머리카락과 피부색, 얼굴의 호감도까지. 뛰어난 지성의 소유자들이 대체로 그러하듯 폴리오는 그 어떤 면에서든 중간 정도가 아닌 인물들을 신뢰하지 않았다. 옥타비아누스가 그렇게 허영심이 강하고(굽이 8센티미터인 장화라니, 세상에!) 예쁘지만 않았더라면 카이사르의 암살 직후 폴리오에게 훨씬 후한 평가를 받았으리라. 통통한 체격, 밋밋한 얼굴, 튀어나온 눈에 돈 많고 버릇 나쁜 마이케나스에 대한 평가도 마찬가지였다. 마이케나스는 실없이 웃고 양손을 모아 손가락 끝을 붙이고 입술을 오므렸으며 즐거워할 일이 하나도 없는데 즐거워하는 자였다. 젠체하는 인간. 밉살스럽고 성가신 녀석. 하지만 그가 이 젠체하는 인간과 교섭에 나선 이유는, 안토니우스가 흥분이 가라앉으면 자신의 대리인으로 퀸투스 델리우스를 선택하리라는 생각 때문이었다. 그건 절대로 두고 볼 수 없는 일이었다. 델리우스는 그런 민감한 협상에 투입되기엔 너무 부패했고 굶주려 있었다. 마이케나스 역시 민감한 협상에 투입되기에 너무 부패하고 굶주린 인간일 수도 있지만, 폴리오가 아는 바에 따르면 옥타비아누스는 지금까지 자신의 측근을 선택하면서 실수를 별로 하지 않았다. 살비디에누스는 실수였지만, 그의 앞날은 얼마 남지 않았다. 안토니우스는 늘 탐욕을 적대시했으므로 살비디에누스가 쓸모없어지는 즉시 아무 거리낌 없이 그를 제거할 터였다. 하지만 마이케나스는 안토니우스에게 접근한 적이 없었고 폴리오가 인정할 만한 한 가지 장점을 지니고 있었다. 그는 문학을 사랑했고, 카툴루스 이후 최고로 손꼽히는 베르길리우스와 호라티우스 같은 전도유망한 시인들의 열성적 후견인으로 알려져 있었다. 이는 폴리오가 양측 모두 만족할 만한 합의가 도출될지도 모른다고 희망을 품는 유일한 이유였다. 하지만 소박한 병사인 그가 마이케나스 같은 미식가가 내놓는 음식과 음료를 어떻게 견딘단 말인가?

"평범한 음식과 물을 많이 섞은 포도주를 대접해도 괜찮을까요?" 마이케나스는 브룬디시움 외곽의 놀랍도록 소박한 저택에 도착한 폴리오에게 물었다.

"고맙네, 난 그편이 더 좋아." 폴리오가 말했다.

"아닙니다, 제가 고맙지요, 폴리오. 진짜 대화를 나누기 전에, 제가 당신의 산문을 재미있게 읽었다고 말씀드려도 될까요? 당신이 아첨에 약할 거라곤 생각하지 않으니, 이건 아첨하려고 지어낸 말이 아닙니다. 진심이라서 드리는 말입니다."

쑥스러워진 폴리오는 그곳에 모인 세 명 중 마지막 한 사람인 루키우스 코케이우스 네르바에게 인사를 건넴으로써 교묘하고도 가볍게 그 칭찬을 흘려버렸다. 이자가 중립파라고? 하긴 이런 사람이 중립 말고 어떤 입장을 취할 수 있을까? 그러니 아내에게 잡혀 사는 게 놀랄 일도 아니지.

정찬으로 나온 계란, 샐러드, 닭고기, 갓 구운 바삭한 빵을 먹으면서 폴리오는 마이케나스에게 호감을 느꼈다. 그는 호메로스부터 카이사르와 파비우스 픽토르 같은 라틴어권 유명 작가까지 모든 이들의 책을 다 읽은 듯했다. 폴리오가 생각하기에 군대에서 부족한 것이 하나 있다면 바로 문학에 관해 심도 깊은 토론을 나눌 기회였다.

"물론 베르길리우스는 형식면에서 그리스 영향을 많이 받았지만 그건 카툴루스도 마찬가지예요. 오, 참 대단한 시인이었죠!" 마이케나스는 한숨을 쉬며 말했다. "제겐 하나의 이론이 있어요."

"그게 뭔가?"

"가장 서정적인 시나 산문을 쓰는 사람들은 모두 어느 정도 갈리아인의 피가 흐른다는 거예요. 그들 혹은 그들의 조상이 이탈리아 갈리아 출신이라는 거죠. 켈트족은 서정적인 민족이에요. 음악적이기도 하죠."

"동의하네." 폴리오가 말했다. 그는 달달한 간식이 식단에서 빠져 있는 것을 보고 안심했다. 「여정」을 제외하면—참으로 놀라운 시야!—카이사르는 전형적인 산문 작가일세. 그의 라틴어는 유려하면서도 대담하고 절제되어 있지. 아울루스 히르티우스는 카이사르 곁에 충분히 오래 있었기 때문에 카이사르가 직접 쓰지 못한 전기의 끝부분을 저술하면서 그 문체를 흉내낼 수 있었네. 하지만 그의 문체에는 거장 특유의 능숙함이 부족해. 그 대신 히르티우스는 카이사르라면 거론하지 않았을 부분을 책에 썼네. 이를테면 루비콘 강을 건넌 이후 티투스 라비에누스가 폼페이우스 마그누스 편으로 넘어간 이유라든지.”

“그래도 그자가 지루한 작가는 아니었죠.” 마이케나스가 킥킥거렸다. “세상에, 감찰관 카토는 얼마나 지루한 사람인지! 정치가 지망생이 로스트라 연단에 처음 올라가 하는 연설을 억지로 듣는 기분이죠.”

그들은 마음 편히 함께 웃었고, 그동안 마이케나스가 중립파 네르바라고 이름 붙인 인물은 꾸벅꾸벅 졸고 있었다.

다음날 아침 그들은 다소 음울한 방에서 협상에 돌입했다. 방안에는 큰 탁자 한 개, 등받이가 있지만 팔걸이는 없는 나무의자 두 개, 상아 대좌 한 개가 준비되어 있었다. 그것을 보고 폴리오는 눈을 껌뻑였다.

“당신 자리입니다.” 마이케나스가 말했다. 그는 나무의자에 앉으며 네르바에게 맞은편 나무의자를 가리켜 보였다. “아직 취임하지 않았다는 건 알지만, 올해의 차석 집정관인 당신에게는 이 회의를 주재하고 상아 대좌에 앉을 자격이 있습니다.”

폴리오는 탁자의 상석에 앉으며 아주 섬세하고 외교적인 배려라고 생각했다.

“의사록을 작성할 필경사를 원하시면 사람을 부르겠습니다.” 마이케나스가 말했다.

"아니, 아닐세, 우리끼리 하지." 폴리오가 말했다. "네르바가 필경사 역할을 맡아 의사록을 작성해줄 걸세. 속기를 할 줄 아시오, 네르바?"

"키케로 덕분에 할 줄 압니다." 네르바는 뭔가 할 일이 생겨 기뻐하는 듯했다. 그는 판니우스 종이 한 무더기를 오른손 아래 두고 여남은 개의 펜 중에 하나를 골랐으며, 누군가 친절하게도 잉크 덩어리를 물에 개어놓은 것을 발견했다.

"현상황을 요약하는 것부터 시작하겠네." 폴리오는 활기차게 말했다. "하나, 마르쿠스 안토니우스는 카이사르 옥타비아누스가 트리움비르로서 의무를 다하지 않는 데 불만을 품고 있다. A, 그는 이탈리아인들을 배불리 먹이지 못했다. B, 그는 섹스투스 폼페이우스의 해적 활동을 억제하지 못했다. C, 그는 충분히 많은 퇴역병에게 토지를 나눠주고 정착시키지 못했다. D, 이탈리아 상인들은 상업 활동에 큰 어려움을 겪고 있다. E, 이탈리아 지주들은 퇴역병들이 정착할 땅을 마련하기 위해 그가 도입한 가혹한 조치에 분개한다. F, 이탈리아 전역의 마을 10여 곳도 불법으로 땅을 빼앗겼는데 이 역시 퇴역병 정착 문제 때문이다. G, 그는 견디기 힘든 수준까지 세금을 인상했다. H, 그는 원로원을 자기 부하들로 채우고 있다.

둘, 마르쿠스 안토니우스는 자신의 속주 중 하나인 먼 갈리아의 총독 직과 군대를 카이사르 옥타비아누스가 가로챈 방식이 불만스럽다. 그곳 총독 직과 군대는 마르쿠스 안토니우스의 관할이며, 안토니우스는 퀸투스 푸피우스 칼레누스의 죽음을 즉시 보고받고 신임 총독 지명과 칼레누스의 11개 군단 처분을 직접 결정할 수 있어야 했다.

셋, 마르쿠스 안토니우스는 이탈리아 내에서 내전이 발생한 사실이 불만스럽다. 카이사르 옥타비아누스는 어째서 죽은 루키우스 안토니우스와의 의견 충돌을 평화적으로 해결하지 않았는지 안토니우스는 의문을 품고 있다.

넷, 마르쿠스 안토니우스는 아드리아 해의 주요 항구도시 브룬디시움을 통한 이탈리아 입국을 거절당한 것이 불만스러우며, 브룬디시움이 이탈리아에 상주중인 트리움비르 카이사르 옥타비아누스를 거역하고 독자적으로 나선 것은 아닐 거라 생각한다. 마르쿠스 안토니우스는 카이사르 옥타비아누스가 브룬디시움에 그를 막으라고 명령을 내린 것이라 믿는다. 안토니우스는 이탈리아로 입국할 자격뿐만 아니라 그의 군대를 이끌고 들어올 자격도 있다. 카이사르 옥타비아누스는 어떻게 이 군대의 이동 목적이 전쟁이라고 확신할 수 있는가. 안토니우스는 이 부분을 의문스러워한다. 그들이 제대를 앞둔 병사들일 수도 있지않은가.

다섯, 마르쿠스 안토니우스는 이탈리아와 이탈리아 갈리아에서의 신병 모집이 그의 합법적인 권리인데도 불구하고 옥타비아누스가 비협조적인 움직임을 보인다는 점이 불만스럽다.

이게 전부일세." 폴리오는 내용을 적어둔 종이를 한번 쳐다보지도 않고 발표를 마쳤다.

마이케나스는 태연하게 듣고 있었고, 네르바는 열심히 받아 적었다. 폴리오에게 금방 한 말을 되풀이해달라고 하지 않는 걸 보니 제대로 다 적은 듯했다.

"카이사르 옥타비아누스는 이탈리아에서 말로 다할 수 없는 어려움에 직면해 있습니다." 마이케나스는 조용하고 듣기 좋은 목소리로 말했다. "제가 당신처럼 간단명료하게 항목을 열거하는 방식으로 설명하지 못하는 점을 용서해주십시오, 가이우스 폴리오. 저는 그런 냉철한 논리의 소유자가 아닙니다. 제 방식은 이야기를 들려주는 것에 가깝지요.

카이사르 옥타비아누스가 트리움비르로서 이탈리아와 섬들과 두 히스파니아를 맡게 됐을 때 국고는 텅 비어 있었습니다. 그는 10만 명 이상의 퇴역병을 정착시킬 땅을 압수하거나 매입해야 했습니다. 200만 유게룸이죠! 그래서 그는 디부스 율리우스의 암살범들을 지지했던 도시 열여덟 곳의 공유지를 압수했습니다. 정당하고 공정한 결정이었죠. 또한 돈이 조금이라도 들어오면 라티푼디움 소유주들의 땅을 매입했습니다. 소유주들이 한때 밀밭으로 쓰였던 드넓은 땅을 목장으로 변경해 착취행위를 했다는 정황이 밝혀졌을 때만 그렇게 했고요. 곡물 생산자의 땅을 강제 매입하지는 않았습니다. 카이사르는 라티푼디움을 잘게 쪼개 퇴역병들에게 나눠주면 현지 곡물 생산량이 증가할 것으로 내다봤습니다.

섹스투스 폼페이우스의 무자비한 약탈행위 때문에 아프리카, 시칠리아, 사르디니아에서 수확된 밀이 이탈리아에 들어올 수 없었습니다. 로마 원로원과 인민은 언제든 해외에서 생산된 곡물을 들여올 수 있다고 믿어 식량 자급자족에 무심해졌던 겁니다. 그런데 섹스투스 폼페이우스를 통해 수입된 밀에 의존하는 나라는 무너지거나 협박당하기 쉽다는 것이 증명되었습니다. 카이사르 옥타비아누스에게는 섹스투스 폼페이우스를 바다에서 몰아내거나 그의 근거지인 시칠리아를 침략할 자금과 함선이 없습니다. 따라서 그는 섹스투스 폼페이우스와 조약을 맺었고 심지어 리보의 여동생과 결혼까지 했습니다. 그가 세금을 부과한 것은 다른 대안이 없었기 때문입니다. 올해 섹스투스 폼페이우스가 판매한 밀 가격은 1모디우스당 30세스테르티우스였습니다. 로마가 구입해 이미 값까지 치렀던 밀인데요! 카이사르 옥타비아누스는 어디서든 매달 4천만 세스테르티우스를 구해 와야 합니다. 상상해보세요! 일년 어치면 거의 5억 세스테르티우스입니다! 일개 해적인 섹스투스 폼페이우스에게 그 돈을 주는 겁니다!" 마이케나스가 너무도 진심을 담아 외친 까닭에, 그의 얼굴에는 평소 보기 드문 격정이 드러났다.

"1만 8천 탈렌툼이 넘는 돈이군." 폴리오는 생각에 잠겨 말했다. "자네가 다음으로 꺼낼 이야기는, 히스파니아의 은광은 보쿠스 왕이 침략할 당시 채굴 생산을 시작했고 이제 폐광되었기에 국고가 바닥났다는 것이겠지."

"정확합니다." 마이케나스가 말했다.

"그건 다 들었다 치고, 다음에 이어질 이야기는 뭔가?"

"로마는 티베리우스 그라쿠스 시대부터 처음에는 가난한 사람들에게, 나중에는 퇴역병들에게 정착할 땅을 나눠주었습니다."

"내가 늘 생각했던 게 있는데," 폴리오가 끼어들었다. "원로원과 인민이 저지른 가장 큰 태만죄는 로마 병사들의 봉급으로 마련해놓은 땅을 퇴역병들에게 지급하길 거부한 일일세. 카툴루스와 스카우루스 같은 전직 집정관들이 가이우스 마리우스의 무일푼 퇴역병들에게 토지 지급을 거부하자 마리우스는 자기 이름으로 병사들에게 땅을 지급했네. 그게 60년 전 일인데, 이후 퇴역병들은 로마가 아니라 자기네 사령관에게 보상을 기대하게 되었지. 끔찍한 실수였네. 그 탓에 장군들은 그들에게 절대 허락되어선 안 될 권력을 얻게 됐으니까."

마이케나스가 웃었다. "제 이야기를 대신 해주고 계시는군요, 폴리오."

"용서하게나, 마이케나스. 계속 얘기해보게."

"카이사르 옥타비아누스 혼자의 힘으로는 섹스투스로부터 이탈리아를 지킬 수 없습니다. 그는 마르쿠스 안토니우스에게 여러 차례 도움을 요청했지만, 마르쿠스 안토니우스는 아마도 귀머거리이거나 까막눈인 모양입니다. 편지에 단 한 번도 답장을 보내지 않았으니까요. 그러다 내전이 발생했는데, 그건 어떻게 봐도 카이사르 옥타비아누스가 일으킨 전쟁이 아니었습니다! 그는 루키우스 안토니우스의 반란—로마에 있던 우리 눈에는 그렇게 보였습니다—을 선동한 진짜 배후가 풀비아의 피호민인 해방노예 마니우스였다고 믿습니다. 마니우스는 풀비아에게 카이사르 옥타비아누스가, 음, 그러니까 마르쿠스 안토니우스의 타고난 권리를 훔치고 있다는 확신을 심어줬습니다. 아주 이상한 비난이었지만 풀비아는 그 말을 곧이곧대로 믿었지요. 그리하여 그녀는 루키우스 안토니우스를 설득해서 마르쿠스 안토니우스를 위해 모집하던 병사들을 이끌고 로마로 진군하게 했습니다. 저는 이 주제에 관해선 더 말할 필요가 없다고 생각합니다. 다만 마르쿠스 안토니우스에게 그의 동생은 기소당하지 않았고 집정관급 임페리움을 부여받아 먼 히스파니아 총독으로 파견되었음을 분명히 알려드리고 싶습니다."

마이케나스는 옆에 있던 수많은 두루마리를 뒤지더니 하나를 꺼내흔들어 보였다. "퀸투스 푸피우스 칼레누스의 아들이 쓴 편지가 여기있습니다. 원래대로라면 마르쿠스 안토니우스에게 보냈어야 하지만, 그는 카이사르 옥타비아누스에게 편지를 썼지요." 마이케나스는 그 편지를 폴리오에게 넘겨주었고, 폴리오는 글을 많이 읽은 사람답게 그 내용을 금세 읽어내려갔다. "카이사르 옥타비아누스는 이 편지를 읽고 큰 걱정에 빠졌습니다. 편지를 통해 칼레누스 2세의 나약하고 결단력 부족한 성격을 파악할 수 있었으니까요. 당신은 먼 갈리아 전쟁에 참전했던 분이시니 장발의 갈리아가 얼마나 위험한 지역인지, 그곳 주민들이 얼마나 재빨리 미숙한 총독의 냄새를 맡는지 굳이 말씀드리지 않아도 잘 아실 겁니다. 그런 이유에서, 오직 그 이유 때문에 카이사르 옥타비아누스는 즉각 조치를 취했습니다. 마르쿠스 안토니우스는 아주 먼 곳에 있었으므로, 그는 직접 나르보까지 한걸음에 달려갔고 퀸투스 살비디에누스를 '임시' 총독으로 임명했습니다. 현재 칼레누스의 11개 군단은 원래 있던 그 자리에 있습니다. 4개 군단은 나르보에, 4개 군단은 아게딩쿰에, 3개 군단은 글라눔에 있죠. 카이사르 옥타비아누스의 이런 행동에 잘못된 점이 어디 있단 말입니까? 그는 친구로서, 동료 트리움비르로서, 현장을 지키고 있던 사람으로서 조치를 취한 겁니다."

마이케나스는 한숨을 쉬며 유감스러운 표정을 지었다. "카이사르 옥타비아누스에게 책임을 물을 수 있는 가장 그럴듯한 혐의를 감히 말씀드리자면, 그가 브룬디시움을 제대로 통제하지 못했다는 겁니다. 브룬디시움은 마르쿠스 안토니우스가 원하는 만큼의 병사들을 이끌고 상륙할 수 있도록 협조하라는 명령을 받았습니다. 그 목적이 병사들의 휴가든 퇴역이든 간에 말이죠. 브룬디시움은 로마 원로원과 인민의 명령을 거역했고, 그냥 그렇게 된 겁니다. 카이사르 옥타비아누스는 브룬디시움을 설득해 그 명령 거부를 철회할 수 있기를 바랍니다. 이게 전부입니다." 마이케나스는 싱긋 웃으며 마무리했다.

그때부터 논쟁이 시작되었지만 격정이나 적의를 품은 논쟁은 아니었다. 두 사람은 제기된 사안의 진실을 알고 있었으나 자신들의 주인에게 충성을 다해야 했고, 그러기 위한 가장 좋은 방법은 설득력 있는 주장을 펼치는 것이었다. 옥타비아누스는 네르바가 작성한 의사록을 꼼꼼히 읽을 터였고, 마르쿠스 안토니우스는 의사록을 읽지 않더라도 네르바에게 회의 내용에 관해 질문을 퍼부을 터였다.

마침내 10월 노나이 직전, 폴리오는 이제 할 만큼 했다는 결론을 내렸다.

"이것 보게." 그가 말했다. "필리피 회전 이후 모든 일이 부주의하고 비효율적으로 처리되었다는 것은 나도 확실히 알겠네. 마르쿠스 안토니우스는 자기만 잘났다고 믿었고, 옥타비아누스가 필리피에서 보인 태도 때문에 그를 경멸했지." 그는 그 말을 받아 적으려는 네르바에게 벌컥 화를 냈다. "네르바, 지금 하는 말은 한 마디도 받아 적을 생각 마시오! 이제 솔직해져야 할 시간이오. 위인들은 솔직함을 좋아하지 않으니 그들에겐 비밀로 하는 게 최선이오. 다시 말해 안토니우스가 당신을 협박해도 입다물어야 한단 말이오, 알겠소? 행여 이 일을 무심코 발설한다면 당신은 죽은목숨이오. 내 손으로 당신을 죽일 거요, 알겠소?"

"알겠습니다!" 네르바는 황급히 펜을 내려놓으며 새된 소리로 대답했다.

"정말 마음에 드는군요!" 마이케나스는 활짝 웃으며 말했다. "계속 말씀하십시오, 폴리오."

"삼두연합의 현재 모습은 아주 터무니없네. 필리피 회전 이후의 모양새가 딱 그거잖나. 안토니우스는 속주부터 군단에 이르기까지 뭐든 가장 좋은 부분을 취하려 했네. 그래서 어떻게 됐나? 옥타비아누스는 곡물 공급과 섹스투스 폼페이우스를 맡게 됐지만, 섹스투스를 물리칠 함대는 얻지 못했네. 병사들을 시칠리아로 옮겨 그곳을 장악하는 데 필요한 수송선은 말할 것도 없고. 옥타비아누스는 무관이 아니고 무관이라고 우길 일도 절대 없겠지만, 그가 만약 무관이었다면 자신의 해방노예 헬레노스가—분명 설득력 있는 친구이긴 하겠지만!—사르디니아를 빼앗을 수 없다는 걸 진작 깨달았을 걸세. 무엇보다 옥타비아누스에게는 충분한 수송선이 없으니 절대 불가능한 일이야. 그에겐 배가 없어. 속주들은 상상을 초월할 정도로 뒤죽박죽 배분되어 있네. 옥타비아누스는 이탈리아, 시칠리아, 사르디니아, 코르시카, 먼 히스파니아와 가까운 히스파니아를 얻게 됐지. 안토니우스는 동방 전체를 얻었지만, 그것만으로는 충분하지 않았네. 그래서 그는 일리리쿰은 물론 갈리아 전체를 가져갔지. 어째서? 갈리아에는 아직 현역으로 활약중이고 제대할 생각이 없는 병사들이 제일 많으니까. 나는 마르쿠스 안토니우스를 아주 잘 아네. 그는 용감하고 관대하고 대단히 좋은 사람일세. 상태가 아주 좋을 때는 그보다 더 유능하고 똑똑한 사람이 없을 정도지. 하지만 그는 또한 그 대상이 무엇이 됐든 한번 꽂히면 자기 욕구를 주체 못하는 탐욕스러운 사람이야. 파르티아인들과 퀸투스 라비에누스는 아시아 전역과 아나톨리아 대부분의 지역에서 미친듯이 활개치고 있네. 그런데 우리는 바로 여기, 브룬디시움 외곽에 앉아 있지 않나."

폴리오는 어깨를 활짝 펴더니 다시 움츠렸다. "마이케나스, 우리의 의무는 이 상황을 바로잡는 거야. 우리가 어떻게 그럴 수 있냐고? 동방과 서방의 경계를 정한 다음 옥타비아누스에게 한쪽을, 안토니우스에게 나머지 한쪽을 맡기는 걸세. 말할 것도 없겠지만 레피두스에겐 아프리카를 맡기고 말이야. 그는 그곳에 10개 군단을 두고 있으니 안심하고 안전하게 지낼 수 있을 걸세. 옥타비아누스가 가난하고 지치고 배고픈 이탈리아를 맡았으니 가장 힘든 임무를 떠안게 됐다는 주장에 이의를 제기할 생각은 없네. 우리의 주인 중 돈이 있는 사람은 없어. 로마는 파산 직전이고, 동방은 너무 기진맥진해서 공세로 큰돈을 내놓을 수 없지. 하지만 안토니우스는 모든 것을 자기 뜻대로 할 순 없고 그 자신도 그 점을 깨달아야만 하네. 나는 옥타비아누스에게 서방 전체—먼 히스파니아, 가까운 히스파니아, 먼 갈리아의 모든 지역, 이탈리아 갈리아, 일리리쿰—를 넘겨줌으로써 그가 더 나은 수입을 확보할 수 있게 하는 방안을 제안하고 싶네. 드리누스 강이 마케도니아와 일리리쿰을 나누는 자연경계이니 동방과 서방의 경계로 삼으면 되겠지. 말할 것도 없겠지만 안토니우스에겐 옥타비아누스와 마찬가지로 언제든 이탈리아와 이탈리아 갈리아에서 병사를 모집할 권한이 있네. 이탈리아 갈리아는 모든 측면에서 이탈리아의 일부로 가정해야 할 테고."

"대단하십니다, 폴리오!" 마이케나스는 환하게 웃으며 외쳤다. "저라면 당신이 방금 하신 것처럼 그렇게 훌륭하게 정리하지 못했을 겁니다." 그는 몸을 떠는 시늉을 했다. "무엇보다도 저는 안토니우스에게 감히 그런 조치를 강요하지 못할 테니까요. 네, 정말 말씀 한번 잘하셨습니다! 이제 우리에게 남은 일은 안토니우스가 동의하도록 설득하는 것뿐이군요. 카이사르 옥타비아누스는 그 어떤 반론도 제기하지 않을 것으로 예상됩니다. 그는 아주 끔찍한 시간을 보냈고, 로마에서 여기까지 오면서 천식이 악화되기도 했죠."

폴리오는 놀란 표정이었다. "천식?"

"네. 천식 때문에 죽을 것처럼 힘들어하죠. 그래서 필리피 회전 때 염습지에 숨어 있었던 겁니다. 공기 중에 먼지와 짚여물이 너무 많았으니까요!"

"이제야 알겠군." 폴리오는 천천히 말했다. "이제 알겠어."

"이건 그의 비밀입니다, 폴리오."

"안토니우스도 알고 있나?"

"물론이죠. 그들은 친척이라 안토니우스는 진작 알고 있죠."

"추방된 사람들을 불러들이는 것에 옥타비아누스가 어떻게 반응할 것 같나?"

"반대하지 않을 겁니다." 마이케나스는 뭔가를 생각하더니 입을 열었다. "옥타비아누스는 절대로 안토니우스와 전쟁을 치르지 않으리란 걸 아셨으면 합니다. 당신이 안토니우스에게도 그런 확신을 심어줄 수 있을지는 모르겠지만요. 더이상의 내전은 안 됩니다. 그는 그 방침에 따를 겁니다, 폴리오. 우리가 여기 모인 건 그것 때문이죠. 어떤 도발이 있더라도 옥타비아누스는 로마인 동포를 상대로 전쟁을 벌이지 않을 겁니다. 그의 방식은 외교, 회의용 탁자, 협상이니까요."

"그의 생각이 그렇게 확고한지는 미처 몰랐네."

"확고합니다, 폴리오, 정말 확고합니다."

폴리오가 마이케나스에게 제시한 조건을 안토니우스가 받아들이도록 설득하는 8일은 오열과 주먹질로 벽에 구멍 뚫기와 눈물과 고함의 연속이었다. 그러다 그는 진정하기 시작했다. 그 분노는 너무 파괴적이어서, 안토니우스처럼 건장한 남자라도 그 정도의 에너지를 8일 이상 유지할 수는 없었다. 그의 분노는 아래로 곤두박질쳐 우울로 바뀌었고 마침내 절망으로 변했다. 그의 기운이 가장 밑바닥에 도달했을 때 폴리오가 공격에 나섰다. 지금이 아니면 기회는 절대 없을 터였다. 마이케나스 같은 사람은 안토니우스를 감당할 수 없을 테지만, 안토니우스에게 사랑받고 존경받는 군인 폴리오는 무엇을 어떻게 해야 할지 정확히 알고 있었다. 게다가 폴리오는 필요에 따라선 로마의 열성당원들이 자신의 맹비난에 힘을 실어주리라 확신했다.

"좋아, 좋아!" 안토니우스는 양손으로 머리를 쥐어뜯으며 힘겹게 외쳤다. "그렇게 하겠네! 추방된 사람들에 대한 합의는 확실하겠지?"

"물론입니다."

"자네가 언급하지 않은 내용도 몇 개 추가하고 싶네."

"그게 뭔지 지금 말씀하시죠."

"칼레누스의 11개 군단 중 5개 군단을 배로 내게 보내주는 걸세."

"그건 문제가 되지 않을 겁니다."

"그리고 섹스투스 폼페이우스를 바다에서 몰아내기 위해 내 병력과 옥타비아누스의 병력을 합치는 것엔 동의할 수 없네."

"현명하지 못한 처사입니다, 안토니우스."

"내가 신경이나 쓸 것 같나? 난 신경 안 써!" 안토니우스는 사납게 말했다. "나는 아헤노바르부스를 비티니아 총독으로 임명해야만 했네. 그는 자네가 제시한 조건에 대단히 분개했으니까. 그건 다시 말해 섹스투스의 함대를 제외하면 내가 의지할 수 있는 함대가 전혀 없다는 말일세. 그는 내가 필요할 때를 대비해 그대로 둬야 하고, 그 부분을 명확히 해야만 하네."

"옥타비아누스는 동의하겠지만, 기뻐하진 않을 겁니다."

"옥타비아누스를 안 기쁘게 하는 건 뭐든 날 기쁘게 하지!"

"왜 옥타비아누스의 천식을 감춘 겁니까?"

"허!" 안토니우스가 소리쳤다. "그놈은 계집애야! 무슨 병이든 간에 여자들이나 그렇게 골골대는 법이지. 천식은 핑계에 불과해."

"섹스투스 폼페이우스를 그대로 둔다면 대가를 치르게 될 겁니다."

"무슨 대가?"

"그야 저도 모르죠." 폴리오는 눈살을 찌푸리며 말했다. "어쨌든 그렇게 될 겁니다."

마이케나스가 알려준 조건에 대한 옥타비아누스의 반응은 사뭇 달랐다. 흥미롭군. 마이케나스는 속으로 생각했다. 지난 12개월 동안 옥타비아누스의 얼굴이 얼마나 많이 변했는지. 그의 얼굴에서 절대로 아름다움이 사라질 리는 없지만, 그는 성장을 통해 예쁜 티를 벗었다. 머리카락은 더 짧아졌고, 그는 툭 튀어나온 귀에 더는 신경쓰지 않는다. 하지만 가장 많이 변한 것은 눈이다. 내가 본 중에 가장 놀라운, 아주 크고 반짝이는 은회색 눈. 저 눈은 늘 불투명해서 절대 생각이나 감정을 밖으로 내보이지 않는다. 하지만 이제 저 반짝이는 눈 뒤에는 어떤 돌 같은 단단함이 존재한다. 난 절대 입맞춤을 허락받지 못하겠지만, 내가 늘 입맞추고 싶어했던 저 입술은 단호해지고 일자로 펴졌다. 아마도 그가 성장했다는 뜻일 테지. 성장했다고? 그는 어린아이였던 적이 없는데! 10월 칼렌다이가 되기 아흐레 전 그는 만 스물세 살이 됐다. 마르쿠스 안토니우스는 이제 마흔네 살인데. 정말 대단한 사람이다.

"안토니우스가 나를 도와 섹스투스 폼페이우스를 물리치기를 거부한다면," 옥타비아누스가 말했다. "그는 반드시 대가를 치러야 하네."

"하지만 어떻게? 자네에겐 그에게 대가를 강요할 지렛대가 없잖나."

"아니, 있어. 그리고 섹스투스 폼페이우스는 내게 지렛대를 제공했지."

"그게 뭔가?"

"결혼." 옥타비아누스는 평온한 얼굴로 말했다.

"옥타비아!" 마이케나스가 나직이 말했다. "옥타비아……."

"그래, 우리 누나 말일세. 누나는 이제 과부라서 아무런 장애물도 없다네."

"하지만 그녀는 아직 10개월간의 애도도 마치지 않았어."

"벌써 6개월이 지났고, 마르켈루스는 아주 오랫동안 고통받다 떠났으니 누나가 지금 임신중일 리 없다는 건 모든 로마인들이 잘 알아. 대신관단은 물론, 추첨을 통해 종교 민회에서 투표권을 얻게 될 17개 트리부스의 특별 허가를 받아내는 것도 어렵진 않을 걸세." 옥타비아누스는 흐뭇한 웃음을 지었다. "그들은 나와 안토니우스 사이의 전쟁을 막을 수 있는 조치라면 뭐든 통과시키려고 정신없이 서두르겠지. 이 결혼은 로마 역사상 대중으로부터 가장 큰 환호를 받게 될 걸세."

"그는 동의하지 않을 거야."

"안토니우스? 그는 젖소하고도 성교할 텐데."

"지금 자네가 무슨 소리를 하는지 모르겠나, 카이사르? 자네가 누나를 얼마나 사랑하는지 나도 알아. 그런 누나를 안토니우스에게 시집보낼 거라고? 그는 술주정뱅이에다 아내를 패는 인간이야! 제발 부탁이니 다시 생각해보게! 옥타비아는 로마에서 가장 사랑스럽고 다정하고 훌륭한 여자야. 최하층민들조차 그녀를 아낀단 말일세. 그들이 디부스 율리우스의 딸을 아꼈던 것처럼."

"듣고 있자니 자네가 우리 누나와 결혼하고 싶은 것 같아, 마이케나스." 옥타비아누스는 은근히 비꼬며 말했다.

마이케나스는 기분 나쁜 듯 고개를 치켜들었다. "이토록, 이토록 심각한 일을 두고 어떻게 그런 농담을 할 수 있지? 난 여자를 좋아하지만 동시에 여자의 운명을 동정해. 그들은 너무나 따분한 인생을 살아야 하고 정치적으로 중요한 역할을 할 기회는 결혼밖에 없지. 여자들이 로마에서 그나마 정당한 대접을 받는 점은 대부분 자기 재산을 직접 관리한다는 것뿐이야. 호르텐시아나 풀비아 같은 여자들은 공적인 삶의 변방으로 밀려나는 것을 언짢아하겠지만, 옥타비아는 그렇지 않지. 만약 그랬다면 자네는 지금처럼 그녀가 자네 명령을 따르리라 확신하며 의기양양한 표정으로 여기 앉아 있지 못할 거야. 이제 그녀에게도 자신이 진짜 원하는 남자와 결혼할 기회를 줄 때가 되지 않았나?"

"난 누나에게 이 결혼을 강요하지 않을 거야. 자네가 하려는 말이 그거라면 말일세." 옥타비아누스는 흔들림 없는 태도로 말했다. "자네도 알겠지만 난 멍청하지 않네. 난 파르살로스 전투 이후로 가족 만찬에 충분히 많이 참석했기 때문에, 옥타비아 누나가 안토니우스에게 반쯤은 반해 있단 걸 눈치챘어. 누나는 자기 운명을 기꺼이 받아들일 걸세. 어쩌면 아주 감사하는 마음으로 받아들이겠지."

"믿을 수 없군!"

"사실이야. 여자들이 남자에게서 뭘 원하는지 나로서는 이해할 수 없지만, 내 말 믿게. 옥타비아 누나는 안토니우스에게 관심이 많아. 그런 사실과 더불어 나와 스크리보니아의 결혼에서 이 아이디어를 얻었네. 과음이라든지 아내에게 폭력을 행사한 부분과 관련해서 나는 안토니우스를 불신하는 입장이 아니야. 그가 풀비아를 때리긴 했지만 그건 그녀가 심각한 도발을 했기 때문일세. 그는 온갖 허세를 부리지만 실은 여자에게 마음이 약해. 옥타비아 누나는 그에게 잘 어울리는 짝일세. 최하층민들처럼 그 역시 옥타비아 누나를 아끼게 되겠지."

"이집트 여왕도 있잖나. 그는 부정한 남편이 될 걸세."

"해외에서 근무하는 남자 중에 안 그런 사람이 어디 있나? 옥타비아 누나는 너무나 훌륭한 교육을 받고 자랐으니 그의 부정을 비난하지 않을 거야."

두 손을 든 마이케나스는 외교관의 골치 아픈 운명을 고민하러 떠났다. 옥타비아누스는 내가, 이 마이케나스가 이따위 협상에 순순히 임하리라 생각했던 걸까? 아니, 그럴 리가 없지! 옥타비아 같은 진주를 안토니우스 같은 돼지 앞에 던져준다고? 절대로 안 돼! 절대, 절대, 절대!

옥타비아누스는 이 협상 건에 관해서만큼은 뒤로 물러나 있을 마음이 없었다. 그는 기꺼이 직접 협상에 나설 생각이었다. 지금쯤이면 안토니우스도 필리피 전투 직후 그의 막사에서 벌어진 사건 같은 건 잊었을지도 몰랐다. 당시 옥타비아누스는 브루투스의 잘린 머리를 요구했고 마침내 그것을 손에 넣었다. 안토니우스의 증오는 너무 거대해져서 개별적인 사건들을 모두 가려버릴 정도였고, 그 증오 자체만으로 충분했다. 옥타비아누스는 안토니우스와 옥타비아가 결혼한다고 해서 그 증오가 변할 거라고 생각진 않았다. 마이케나스처럼 감수성 풍부한 사람들은 그것이 옥타비아누스의 목적이라 생각했지만, 옥타비아누스는 그런 기적을 바라기엔 너무 현실적이었다. 옥타비아가 안토니우스의 아내가 되면 그녀는 정확히 안토니우스가 원하는 대로 행동할 터였다. 그녀는 무슨 일이 있어도 자기 남동생에 관한 안토니우스의 생각을 바꾸려 애쓰지 않을 것이다. 옥타비아누스가 이 결혼을 통해 기대하는 건 그게 아니라, 평범한 로마인들과 군단병들에게 전쟁의 위협이 완전히 사라졌다는 희망을 심어주는 효과였다. 그러다 어느 날 안토니우스가 새로운 여자에 대한 새로운 욕구를 품고 자기 아내를 내치면, 수백만 로마 시민들의 가슴속에서 안토니우스의 명성은 바닥을 치게 되리라. 옥타비아누스는 절대 내전을 벌이지 않겠다고 맹세했으므로, 그는 안토니우스의 권위—직위에 따르는 공적인 위상—가 아니라 존엄—개인의 행동과 성취에 따르는 공적인 위상—을 파괴해야 했다. 카이사르 신이 루비콘 강을 건너 내전을 벌인 것은 목숨보다 더 소중히 여기던 존엄을 지키기 위해서였다. 그의 업적이 로마 공화정의 공식 기록과 역사에서 지워지고 영구 추방을 당하는 건 그로서는 내전보다 더 끔찍한 일이었다. 하지만 옥타비아누스는 그런 유의 인간이 아니었다. 그에게는 불명예나 추방령보다 내전이 더 끔찍했다. 또한 그에게는 전쟁에서의 승리를 보장해주는 군사적 천재성도 없었다. 옥타비아누스의 방식은 마르쿠스 안토니우스의 존엄을 서서히 갉아먹어, 그가 더는 위협 요소가 아니게 될 정도로 그 존엄을 밑바닥까지 추락시키는 것이었다. 그때부터는 옥타비아누스의 별이 점점 하늘 높이 올라갈 터였고, 안토니우스가 아닌 옥타비아누스가 끝내 로마의 일인자가 될 터였다. 하루아침에 가능한 일이 아니므로 오랜 세월이 걸릴 터였다. 하지만 옥타비아누스는 그 오랜 시간을 감내할 수 있었다. 그는 안토니우스보다 스물한 살 어렸다. 오, 수년 동안 이탈리아 사람들을 먹이고, 끊임없이 쏟아지는 퇴역병들에게 땅을 마련해주기 위해 고생할 일을 생각해보라!

그는 안토니우스의 깜냥을 알고 있었다. 디부스 카이사르라면 지금쯤 티그리스 강변의 셀레우케이아에서 오로데스 왕의 궁전 정문을 두드리고 있을 텐데, 안토니우스는 지금 어디 있나? 그는 트리움비르로서 자신의 권리를 지키기 위해 거기 있다고 씨부렁대지만, 실은 시리아에서 파르티아인들과 싸울 능력이 없어서 거기 있는 것이다. 그는 자기 혼자 힘으로 필리피 전투에서 승리를 거뒀다고 씨부렁대지만, 옥타비아누스의 군대가 없었다면 승리할 수 없었음을 알고 있다. 옥타비아누스의 군대는 옥타비아누스에게만 충성했으므로 안토니우스가 지휘할 수 없었던 것이다.

나는 거의 모든 것을 포기할 수 있다. 옥타비아누스는 안토니우스에게 보낼 편지를 작성해 해방노예 배달원에게 전달한 다음 생각했다. 안토니우스를 영원히 보내버릴 무언가를 포르투나 여신이 내 무릎에 떨어뜨려주기만 한다면 나는 거의 모든 것을 포기할 수 있다. 옥타비아 누나는 그 무언가가 아니다. 안토니우스가 누나의 선한 천성에 질려 누나를 내치는 상황도 그 무언가가 아니다. 포르투나 여신이 내게 미소 짓고 있다는 것을 잘 안다. 나는 아주 여러 번 죽을 고비를 넘기고 살아남았다. 그리고 매번 나를 깊은 수렁에서 건져낸 것은 행운이었다. 여동생에게 걸출한 남편을 구해주려는 리보의 욕심. 나르보에서 갑작스럽게 죽은 칼레누스와 그 소식을 안토니우스가 아닌 내게 전한 그의 멍청한 아들. 나를 위해 군대를 통솔해주는 아그리파. 천식이 숨통을 조여오지만 매번 죽음의 고비를 넘기는 상황. 나의 파산을 막아주고 있는 내 아버지 디부스 율리우스의 군자금. 안토니우스의 입국을 거부한 브룬디시움. 리베르 파테르, 솔 인디게스, 텔루스 신이시여, 브룬디시움에 미래의 평화와 거대한 번영을 내리소서. 나는 그 도시에 그렇게 하라는 명령을 내린 적이 없다. 풀비아가 나를 상대로 벌인 헛된 전쟁에서 내가 상대를 도발하지 않았던 것과 마찬가지로. 불쌍한 풀비아!

나는 매일 포르투나 여신을 비롯한 10여 명의 신들에게 제물을 바친다. 안토니우스가 세월의 무게에 필연적으로 무너지는 것보다 더 빨리 그를 무너뜨릴 무기를 내게 달라고. 그 무기는 존재한다. 그 점에 대한 나의 확신은, 내가 로마의 지속적인 자립을 돕고 로마 제국의 경계에 영구적 평화를 가져오기 위해 선택받은 사람이라는 확신만큼이나 강하다. 나는 마이케나스의 시인 베르길리우스의 시에 등장하는, 로마의 모든 예언자들이 황금기를 열어줄 것이라고 주장하는 그 선택받은 사람이다. 디부스 율리우스는 나를 그의 아들로 만들었고, 나는 그가 시작한 일을 내가 마무리해주리라는 그의 믿음을 저버리지 않을 것이다. 오, 그것이 디부스 율리우스가 만들고자 했던 것과 똑같은 세상은 아닐 테지만, 그는 충분히 만족하고 기뻐하리라. 포르투나 여신이여, 카이사르의 전설적인 행운을 내게도 내리소서! 내게 무기를 내리시고, 그것이 눈앞에 나타났을 때 내가 알아보게 하소서!

안토니우스는 같은 배달원 편에 답변을 보내왔다. 그렇다, 그는 휴전기 아래에서 카이사르 옥타비아누스를 만나겠노라고 했다. 하지만 우리는 전쟁중이 아닌데! 옥타비아누스는 이렇게 생각하며 천식이 아닌 다른 무언가 때문에 숨이 턱 막혔다. 우리가 전쟁중이라 생각하다니 그는 머리가 어떻게 된 걸까?

다음날 옥타비아누스는 율리우스 가문의 공마를 타고 나섰다. 작지만 아주 잘생긴 말로 몸은 크림색이고 말갈기와 꼬리는 더 진한 색이었다. 말을 타려면 토가를 입을 수 없었으나, 그는 호전적으로 보이고 싶지 않았다. 그래서 오른쪽 어깨에 원로원 의원을 상징하는 넓은 자주색 띠가 둘러진 하얀 튜닉을 입었다.

안토니우스는 당연히 은도금된 갑옷으로 완전무장을 하고 나왔다. 가슴 윤곽을 따라 입체적으로 만들어진 판갑에는 헤라클레스가 네메아의 사자를 죽이는 장면이 그려져 있었다. 그의 튜닉은 자주색이었고, 어깨 위에서 펄럭이는 팔루다멘툼은 원래 심홍색이어야 했으나 역시 자주색이었다. 그는 언제나처럼 건장하고 건강해 보였다.

"굽 높은 장화는 안 신었나, 옥타비아누스?" 그는 씩 웃으며 물었다.

안토니우스는 손을 내밀지 않았지만, 옥타비아누스가 너무 보란듯이 오른손을 내밀고 있었으므로 그 손을 받아줘야 했다. 그는 상대의 연약한 손을 으스러지도록 세게 잡았다. 옥타비아누스는 표정 변화 없이 그 악력을 견뎠다.

"안으로 들어오게." 안토니우스는 자기 막사의 덮개문을 열어주며 옥타비아누스를 안으로 초대했다. 개인 저택이 아니라 막사에서 생활하는 쪽을 택했다는 것은, 브룬디시움 함락은 시간문제라는 그의 자신감을 보여줬다.

막사의 응접실은 널찍했지만 덮개문을 내리자 아주 어두웠다. 옥타비아누스가 보기에 이는 안토니우스의 경계심을 의미했다. 그는 자기 얼굴에 감정이 드러날까봐 두려웠던 것이다. 옥타비아누스는 그 점을 걱정하지 않았다. 그에게는 생각의 패턴이 더 중요했으므로 표정보다는 그쪽에 더 신경썼다.

"대단히 기쁩니다." 그는 자신의 작은 몸집에 비해 너무 큰 의자에 푹 파묻혀 말했다. "우리가 합의사항을 초고로 작성하는 단계에 도달했다는 게 말이죠. 아직 서로 합의하지 못한 문제에 관해서는 직접 만나서 처리하는 게 최선이라 생각했습니다."

"고상하게 말하자면 그렇겠지." 안토니우스는 여봐란듯이 포도주에 물을 섞더니 쭉 들이켜며 말했다.

"아름다운 물건이군요." 옥타비아누스는 손안의 잔을 천천히 돌리며 말했다. "어디서 만들어진 거죠? 푸테올리산은 아니라는 데 돈을 걸 수도 있어요."

"알렉산드리아의 유리공예품이야. 난 음료를 유리잔에 담아 마시는 걸 좋아하네. 최고급 도자기잔에도 앞서 마신 포도주 냄새가 배기 마련이지만, 유리잔엔 전혀 냄새가 안 배거든." 그는 얼굴을 찡그렸다. "그리고 금속잔은…… 금속맛이 난달까."

옥타비아누스는 눈을 껌뻑였다. "맙소사! 포도주를 담아두는 물건에 관한 당신의 감식안이 그렇게 뛰어난지 미처 몰랐어요."

"빈정거리는 건 아무 도움이 안 돼." 안토니우스는 태연한 어조로 대꾸했다. "이 이야기는 전부 클레오파트라 여왕에게 들은 걸세."

"아, 네, 그럼 말이 되죠. 알렉산드리아를 몹시 좋아하시는군요."

안토니우스의 얼굴이 밝아졌다. "당연하지! 알렉산드리아는 세상에서 가장 아름다운 도시고, 페르가몬이나 심지어 아테네까지 초라하게 만든다네."

음료를 한 모금 마신 옥타비아누스는 손에 든 잔이 뜨겁기라도 한 것처럼 얼른 내려놓았다. 여기 또 멍청이가 있구나! 자신의 도시는 보살핌이 부족해 허물어져가고 있는데 어째서 다른 도시의 아름다움을 찬양한단 말인가? "당신은 칼레누스의 군대에서 원하는 만큼의 군단을 데려갈 수 있습니다. 그건 말 안 해도 당연한 일이죠." 그는 거짓말을 했다. "사실 당신이 내건 조건 중에 단 하나 저를 당황하게 한 것은, 저를 도와 섹스투스 폼페이우스를 바다에서 몰아낼 수 없다는 입장 표명입니다."

안토니우스는 이맛살을 찌푸리며 자리에서 일어나 막사 덮개문을 활짝 열었다. 옥타비아누스의 표정을 제대로 봐야 한다고 판단한 듯했다. "이탈리아는 자네 관할일세, 옥타비아누스. 내가 내 관할구역을 다스리면서 자네 도움을 구한 적 있나?"

"아니요, 없습니다. 하지만 동방 속주의 공세 중 로마의 몫을 국고위원회로 보낸 적도 없죠. 제가 군이 말하지 않아도 다 알겠지만, 아무리 트리움비르라도 원칙적으로 국고위원회에 모든 속주의 공세를 납부한 다음 로마 속주 총독에게 교부금이 지급되도록 해야 합니다. 속주 총독은 그 돈으로 해당 속주 내에서 병사 급료와 공공사업비를 충당하고요." 옥타비아누스는 침착하게 말했다. "제가 아는 바에 따르면 그 어떤 총독도, 트리움비르라면 말할 것도 없지만, 국고위원회에서 요구하는 금액의 공세만 징수하진 않습니다. 늘 더 많은 돈을 걷어서 잉여분은 자기 몫으로 떼어놓죠. 이 오래된 관습에 이의를 제기할 생각은 없습니다. 저 역시 트리움비르니까요. 하지만 당신은 지난 2년 동안 총독으로 지내면서 로마에 아무것도 납부하지 않았습니다. 당신이 공세를 납부했다면 저도 섹스투스와의 전쟁에 필요한 함선을 구입할 수 있었겠죠. 물론 당신은 해적선을 자기 함대처럼 이용하는 게 가능하겠죠. 브루투스와 카시우스 편에 섰던 해군 제독들은 전부 필리피 전투 이후 해적이 되었으니까요. 저라고 그들을 이용하고 싶은 마음이 없는 건 아닙니다. 그들이 저의 살을 뜯어먹으며 배를 불리고 있지만 않다면 말이죠! 그들이 로마와 이탈리아에―최고의 군인들이 배출되는 지역이죠― 증명한 사실은, 트리움비르 두 명에 수백만 병사가 있어도 함대가 없으면 아무 소용이 없다는 겁니다. 당신은 동방 속주로부터 곡물을 얻어 당신 병사들을 배불리 먹여야 합니다! 파르티아인들이 비티니아와 아시아 속주를 제외한 모든 지역에서 활개치도록 내버려둔 건 당신이지 제가 아닙니다! 섹스투스 폼페이우스는 당신에게 아주 긴요한 사람이죠. 그와 좋은 관계를 유지하는 한 그는 당신에게 저렴한 가격에 이탈리아의 곡물을 판매할 테니까요. 제가 기억을 상기시켜드리자면, 로마 국고위원회에서 이미 값을 다 치른 곡물이죠! 네, 이탈리아는 제 속주지만 저의 유일한 수입은 이탈리아에 거주하는 로마 시민들로부터 짜내는 세금뿐입니다. 함선을 구입하기에도, 섹스투스 폼페이우스가 훔쳐간 곡물을 1모디우스당 30세스테르티우스씩 주고 사기에도 부족한 돈이죠! 그러니 다시 묻겠습니다. 동방 속주의 공세는 다 어디로 갔습니까?"

안토니우스는 점점 더 분노를 느끼며 듣고 있었다. "동방은 파산 지경이야!" 그는 소리쳤다. "로마로 보낼 공세가 전혀 없었단 말일세!"

"그렇지 않습니다. 이탈리아 전체를 통틀어 가장 하찮은 로마 시민도 아는 사실입니다." 옥타비아누스가 반격했다. "일례로 트랄레스의 피토도로스는 타르소스에 있는 당신에게 은 2천 탈렌툼을 가져왔습니다. 티로스와 시돈은 당신에게 추가로 1천 탈렌툼을 바쳤고요. 당신은 킬리키아 페디아를 약탈해 4천 탈렌툼을 얻었습니다. 총 1억 7천500만 세스테르티우스죠! 이건 사실입니다, 안토니우스! 잘 알려진 사실이요!"

왜 애초에 이 작고 가증스러운 각다귀와의 직접 대면을 승낙한 걸까? 안토니우스는 꿈틀거리며 자문했다. 저놈이 나를 눌러버리기 위해 해야 할 일은, 내가 동방에서 무슨 짓을 하든 그것이 이탈리아 땅에 있는 모든 로마인들의 귀에 들어가게 되어 있다는 사실을 상기시켜주는 것뿐이다. 저놈은 대놓고 말하지는 않지만 내 평판이 바닥이라는 것을 넌지시 알려주고 있다. 내가 비판으로부터 자유로울 수 없음을, 로마 원로원과 인민이 내 직위를 박탈할 수도 있음을 알려주는 거다. 그렇다, 나는 로마로 진군해 옥타비아누스를 처형하고 스스로 독재관이 될 수도 있다. 하지만 큰 소란을 피워가며 독재관 직을 폐지한 사람은 바로 나였다! 브룬디시움 사태로 내 병사들이 옥타비아누스의 병사들과 싸우지 않으리란 사실이 밝혀졌다. 저 좆만한 놈이 내 앞에서 나를 거역하고 자신의 적대감을 마음껏 드러낼 수 있는 건 오직 그 때문이다.

"그러니까 나는 로마에서 인기가 없다는 거군." 그는 뚱하게 말했다.

"솔직히 말해 안토니우스 당신은 로마에서 전혀 인기가 없습니다. 브룬디시움 포위 이후로는 더더욱 그렇죠. 제가 브룬디시움에 당신의 입국을 막으라는 명령을 내렸다고 비난하든 말든 당신 마음이지만, 제가 그러지 않았다는 걸 당신도 알 겁니다. 제가 왜 그래야 하죠? 저한테 아무 도움도 안 되는데! 당신의 행동 때문에 로마인들은 당신이 로마로 진군할 줄 알고 지독한 공포에 떨었어요. 하지만 당신은 진군할 수 없죠! 당신 병사들이 허락하지 않을 테니까요. 진심으로 평판을 끌어올리고 싶다면, 당신은 그 점을 제가 아니라 로마인들에게 증명해야 합니다."

"자네를 도와 섹스투스 폼페이우스와 싸우는 일은 없을 거야. 자네가 노리는 게 그거라면 말이지. 내가 가진 거라고는 아테네에 있는 전함 100척뿐이라네." 안토니우스는 거짓말을 했다. "그리고 자네에겐 전함이 하나도 없으니 목표를 달성하기엔 턱없이 부족해. 현재로서는 섹스투스 폼페이우스가 자네보단 나에게 더 우호적이니, 나는 그를 도발할 행동은 하지 않을 걸세. 당장은 그가 날 내버려두고 있으니 말이야."

"당신이 절 도우리라 생각하진 않았습니다." 옥타비아누스는 차분하게 말했다. "저는 가장 높은 자리부터 가장 낮은 자리에 있는 모든 로마인의 눈에 더 확실히 드러나는 조치를 생각하고 왔습니다."

"뭐?"

"제 누나 옥타비아와의 결혼입니다."

입이 떡 벌어진 안토니우스는 그를 괴롭히는 상대방을 빤히 쳐다봤다. "세상에!"

"뭐 그리 놀랄 일이죠?" 옥타비아누스는 웃으며 부드럽게 물었다. "당신도 알겠지만 저도 최근 비슷한 결혼 동맹을 맺었습니다. 스크리보니아는 곁에 두기 좋은 사람입니다. 착한 여자인데다 예쁘고 출산 능력도 증명됐고……. 그녀와의 결혼을 통해 적어도 당분간은 섹스투스를 저지할 수 있기를 바라고 있죠. 하지만 스크리보니아도 옥타비아와는 비교가 안 됩니다, 안 그런가요? 저는 당신에게 디부스 율리우스의 생질손을 제안하는 겁니다. 율리아가 그랬듯 모든 계층의 로마인에게 잘 알려졌고 사랑받는 여자, 아름다운 외모, 한없이 친절하고 사려 깊은 성품, 순종적인 아내이며 아들 한 명을 비롯한 세 아이의 어머니. 디부스 율리우스가 자기 아내에게 요구했던 것처럼, 옥타비아는 한 점의 흠결조차 없습니다. 그녀와 결혼하면 로마인들은 당신이 로마를 해할 마음이 없다고 생각하게 될 겁니다."

"왜 그렇게 된다는 거지?"

"옥타비아처럼 대중의 귀감이 되는 여자에게 못되게 군다면, 당신은 모든 로마인들의 눈에 괴물로 비칠 겁니다. 그들 중 가장 멍청한 사람이라도 옥타비아에게 함부로 대하는 인물을 용납하진 않을 겁니다."

"알겠네. 좋아, 알겠어." 안토니우스는 천천히 말했다.

"그렇다면 거래가 성사된 건가요?"

"성사되었네."

안토니우스는 이번에는 옥타비아누스와 부드러운 악수를 나눴다.

브룬디시움 협약은 10월 12일에 브룬디시움의 광장에서 타결되었다. 현장에 있던 사람들은 환한 얼굴로 환호하며 옥타비아누스의 발에 꽃을 던졌지만, 한편으론 안토니우스의 발에 침을 뱉고 싶은 충동을 꾹 참고 있었다. 안토니우스의 만행은 절대 용서받거나 잊힐 수 없었지만, 이날은 옥타비아누스와 로마의 승리를 의미했다. 또다른 내전은 일어나지 않을 터였다. 이 사실에 브룬디시움 주민들보다 더 기뻐한 것은 도시를 에워싸고 있던 군단병들이었다.

"이 일을 자네는 어떻게 생각하나?" 폴리오는 노새 네 마리가 끄는 마차를 타고 아피우스 가도를 따라 로마로 올라가는 길에 마이케나스에게 물었다.

"카이사르 옥타비아누스는 음모의 천재이고 저보다 훨씬 나은 협상가라고 생각합니다."

"그의 사랑스러운 누나를 안토니우스에게 바치자는 건 자네 생각이었나?"

"아뇨, 아뇨! 그의 생각이었습니다. 제 머릿속엔 그런 생각이 아예 떠오르지도 않았어요. 그가 동의할 가능성이 희박하다 싶었을 테니까요. 그러다 그가 안토니우스를 만나기 전날 그 말을 꺼내기에 당연히 제게 협상을 맡길 줄 알았는데……. 으으! 전 잔뜩 주눅들어 있었죠! 하지만 그게 아니었어요. 그는 동행도 없이 혼자 협상하러 갔죠."

"자네를 보내지 못한 건 남자 대 남자로 직접 대화해야 했기 때문이네. 그가 했던 말은 오직 그만이 할 수 있는 말이었을 테니까. 내 짐작에 그는 대부분의 로마인들이 안토니우스에 대한 사랑과 존경을 모두 잃었다고 알려준 것 같네. 안토니우스가 그 말을 믿을 수밖에 없는 방식으로 말이지. 그런 다음 그 작고 교활한 좆놈은—이런, 실례했군! 그 작고 교활한…… 음, 족제비는 안토니우스에게 옥타비아와 결혼함으로써 깎인 명성을 회복할 기회를 제안했을 걸세. 기가 막히지 않나!"

"저도 동의합니다." 마이케나스가 말했다. 그는 좆놈 옥타비아누스나 족제비 옥타비아누스를 머릿속에 그려보고 웃었다.

"나는 옥타비아누스와 마차를 같이 탄 적이 있네." 폴리오는 생각에 잠긴 목소리로 말했다. "삼두연합이 처음 결성된 직후 이탈리아 갈리아에서 로마로 돌아가는 길이었지. 그는 스무 살이었지만 말하는 건 마치 존경받는 전직 집정관 같았네. 그는 곡물 공급에 관해, 아펜니누스 산맥을 이용하여 곡물을 아프리카와 시칠리아에서 들여오는 것보다 더 쉽게 이탈리아 갈리아에서 로마로 들여올 방법에 관해 말했어. 온갖 수치와 통계를 늘어놓는 모습이 더없이 느긋하고 나이든 공무원 같았지. 유일한 차이점이 있다면, 그는 꼭 해결해야 한다고 생각하는 일을 잔뜩 쌓아두고 그 일에서 손을 떼지 않았네. 그렇지, 참으로 인상 깊은 여정이었어. 카이사르가 그를 상속자로 지명했을 때 나는 그가 몇 달 안에 죽을 거라 생각했네. 그런데 그 여정을 통해 내가 잘못 알았다는 걸 깨달았어. 그 누구도 그를 죽일 순 없을 걸세."

아티아는 눈물 바람으로 옥타비아의 운명에 관한 소식을 가져왔다. "사랑스러운 내 딸아!" 그녀는 옥타비아의 목에 얼굴을 묻으며 울었다. "내 배은망덕한 아들놈이 너를 배신했어! 다른 사람도 아닌 너를! 그애의 권모술수로부터, 그 냉정함으로부터 이 세상에서 유일하게 안전한 사람이라 믿었던 너를!"

"엄마, 좀더 분명하게 말씀해보세요!" 옥타비아는 아티아를 자리에 앉히며 말했다. "작은 가이우스가 제게 무슨 짓을 했는데요?"

"널 마르쿠스 안토니우스와 약혼시켰어! 자기 아내를 발로 차는 짐승 같은 놈! 그 괴물!"

옥타비아는 의자에 털썩 주저앉아 어머니 얼굴을 쳐다봤다. 안토니우스? 마르쿠스 안토니우스와 결혼한다고? 충격이 가시자 따뜻한 기운이 서서히 퍼져 온몸에 가득찼다. 그녀의 눈꺼풀이 순식간에 아래로 내려와 아티아가 그녀의 눈빛을 볼 수 없게 했다. 아티아는 울 만큼 울었는지 이제 분개하기 시작했다.

"안토니우스!" 아티아가 시끄럽게 절규하자 하인들이 달려왔고, 그녀는 조급한 손짓으로 하인들을 쫓아버렸다. "안토니우스! 막돼먹은 놈, 쓰레기 같은 놈, 아, 아, 오, 그를 묘사할 말이 없어!"

그러는 동안 옥타비아는 속으로 생각했다. 마침내 내게도 원하는 남자를 남편으로 맞는 행운이 찾아온 건가? 고마워, 고마워, 작은 가이우스!

"안토니우스!" 아티아가 으르렁거렸다. 그녀의 입가에 거품이 맺히기 시작했다. "사랑하는 내 딸아, 용기를 내서 싫다고 말해야 해! 그애에게 안 된다고 해, 내 망할 아들놈에게 안 된다고 하라고!"

그러는 동안 옥타비아는 속으로 생각했다. 내가 얼마나 오랫동안 속절없이 쓸쓸한 심정으로 그를 마음속에 간직했던가. 그 옛날 그가 이탈리아에 머물며 한번씩 마르켈루스를 찾아올 때 나는 무슨 핑계라도 만들어 그 자리에 꼭 참석하곤 했지.

"안토니우스!" 아티아는 울부짖으며 주먹으로 의자 팔걸이를 내리쳤다. 쾅, 쾅, 쾅! "그는 로마 역사를 통틀어 그 어떤 남자보다 사생아를 많이 싸질렀을 거야! 그에겐 부부간의 신의를 지킬 마음이 털끝만큼도 없어!"

그러는 동안 옥타비아는 속으로 생각했다. 나는 자리에 앉아 내 눈에 그의 모습을 담았고, 그가 조만간 또 우리집을 방문하게 해달라고 스페스 신께 제물을 바쳤었지. 그러면서도 절대 내 마음을 들키지 않으려고 아주 조심했어. 그런데 이런 일이?

"안토니우스!" 아티아가 훌쩍이며 말했다. 이제 그녀는 자신의 무력

함을 깨닫고 다시 한번 눈물을 흘리기 시작했다. "난 내년 여름까지라도 사정사정할 수 있겠지만, 배은망덕한 내 아들놈은 귓등으로도 안 듣겠지!"

그러는 동안 옥타비아는 속으로 생각했다. 난 훌륭한 아내가 될 거야. 그게 무엇이 됐든 그가 원하는 사람이 될 거야. 그의 정부들에 관해 불평하거나 동방으로 돌아갈 때 나를 데려가라고 애원하지도 않을 거야. 그의 주변엔 여자가 많고 그들 모두 나보다 경험도 많겠지! 그가 언젠간 내게 질리게 되리라는 걸 나도 잘 알아. 하지만 결혼생활이 끝난다 해도 그와 내가 함께했던 시절의 기억은 그 무엇도 빼앗아갈 수 없지. 사랑은 이해하는 것, 사랑은 용서하는 것이야. 나는 마르켈루스에게 훌륭한 아내였고, 훌륭한 아내로서 그의 죽음을 애도했어. 하지만 난 로마의 모든 여신들에게 남은 생을 마르쿠스 안토니우스와 함께할 수 있게 해달라고 기도했어. 그가 내 진짜 사랑이니까. 그와 헤어진 이후엔 아무도 없겠지. 아무도…….

"울지 말아요, 엄마." 그녀는 반짝이는 눈을 뜨더니 큰 소리로 말했다. "전 동생이 시키는 대로 마르쿠스 안토니우스와 결혼할 거예요."

"하지만 넌 가이우스의 손안에 있는 존재가 아니야. 독립 상태라고!" 그러더니 아티아는 딸의 반짝이는 아쿠아마린빛 눈에 드러난 표정을 알아차리고 경악했다. "맙소사!" 그녀는 맥없이 소리쳤다. "너 그를 사랑하는구나!"

"그의 손길을 갈망하고 그에게 잘 보이고 싶은 마음이 사랑이라면, 전 분명 사랑에 빠졌어요." 옥타비아가 말했다. "결혼식 날짜는 알고 계세요?"

"필리푸스에 따르면 안토니우스와 네 인정머리 없는 남동생이 브룬디시움에서 협약을 체결했기 때문에 내전은 벌어지지 않을 거랬어. 온 나라가 기뻐서 날뛰는 중이라 두 사람은 그들이 로마로 돌아오는 장면을 그럴듯한 볼거리로 만들기로 했지. 아피우스 가도를 따라 테아눔까지 이동하고 거기서부터 라티나 가도를 따라 올라올 거야. 10월 말까지는 로마에 도착하지 않을 모양이야. 결혼식은 두 사람이 도착한 뒤 곧바로 치러질 거고." 어머니는 얼굴을 찡그렸다. "오, 제발, 사랑하는 내 딸아, 안 하겠다고 해! 넌 독립 상태고 네 운명은 네 손안에 있어."

"엄마가 무슨 말을 하든, 얼마나 애원하든 간에 전 기쁜 마음으로 운명을 따를 거예요. 저도 안토니우스가 어떤 사람인지 알지만 그 사실은 제 마음을 조금도 바꿔놓을 수 없어요. 그의 곁엔 늘 정부들이 있겠지만, 그는 이제껏 한 번도 만족스러운 아내를 가진 적이 없어요. 그의 예전 아내들을 보세요." 옥타비아는 열의를 띠고 말을 이어나갔다. "첫번째 아내 파디아는 노예부터 곡물까지 뭐든 사고파는 거래상의 글도 모르는 딸이었어요. 전 물론 그녀를 한 번도 못 봤지만 못생긴데다 둔한 여자였던 것 같아요. 하지만 안토니우스는 그녀와 이혼하지 않았고, 단지 그녀가 있는 집에 자주 들어가지 않았죠. 그녀는 그에게 아들 하나, 딸 하나를 낳아줬는데 사람들 말에 따르면 아이들은 둘 다 똑똑했대요. 파디아와 그녀의 아이들이 여름철 전염병에 걸려 죽은 건 안토니우스의 책임이 아니에요. 그다음으로 얻은 아내는 안토니아 히브리다, 자기 노예를 고문한 남자의 딸이었죠. 소문에 따르면 안토니아 히브리다도 노예들을 고문했는데 안토니우스가 그녀의 버릇을 때려잡았죠. 그런 끔찍한 버릇을 고치려고 아내를 구타한 안토니우스를 비난할 수 있겠어요? 전 안토니아 히브리다와 그녀가 낳은 아이를 희미하게나마 기억해요. 그 작고 불쌍한 여자애는 너무 뚱뚱하고 박색이었어요. 하지만 더욱 안타까운 건 머리가 약간 모자라다는 점이었죠."

"가까운 친척끼리 결혼하면 그런 애들이 나오지." 아티아는 엄숙한 어조로 말했다. "작은 안토니아는 이제 열여섯 살이지만 아주 천한 태생의 남편조차 구하지 못할 거야." 그녀는 콧방귀를 뀌었다. "여자들은 멍청이야! 안토니아 히브리다는 안토니우스에게 잔인한 말을 듣고 이혼당한 후 우울증에 빠졌어. 그런데도 그녀는 아직 그를 사랑하지. 네가 원하는 운명이 그거니? 그런 거야?"

"안토니아 히브리다가 안토니우스를 사랑했든 안 했든 간에, 엄마, 중요한 사실은 그녀가 흥미로운 아내가 아니었다는 거예요. 반면 풀비아는 온갖 결함이 있긴 했어도 달랐죠. 그녀의 문제는 돈이 너무 많았다는 점과, 엄마가 자꾸 제게 들먹이는 독립 상태였다는 점과, 그의 첫 남편 푸블리우스 클로디우스에게 있어요. 클로디우스는 그녀가 포룸 로마눔에서 활개치고 귀족 가문 여성에겐 용납되지 않는 행동을 하도록 부추겼어요. 하지만 그녀가 선을 넘은 건 필리피 전투 이후였어요. 안토니우스가 몇 년 동안 동방에 머무를 예정이고 로마로 돌아올 계획이 없다는 걸 알게 됐으니까요. 그녀의 해방노예 마니우스가 그녀에게 접근해 그녀를 선동했죠. 그러고는 루키우스 안토니우스까지 선동했고요. 하지만 대가를 치른 건 루키우스가 아니라 그녀였어요."

"넌 어떻게든 변명거리를 찾을 작정이구나." 아티아는 한숨을 쉬며 말했다.

"변명거리가 아니에요, 엄마. 제가 하고 싶은 말은 안토니우스의 예전 아내 중 훌륭한 아내는 한 명도 없었다는 거예요. 저는 완벽한 아내, 저 늙고 끔찍하고 편협한 감찰관 카토도 고개를 끄덕일 만한 아내가 될 작정이에요. 남자들은 육체적 쾌락을 위해 매춘부와 정부를 찾아가요. 그건 그들이 아내로부터 얻을 수 없는 쾌락인데, 아내들은 육체적으로 남자를 만족시키는 법을 알아서는 안 된다고 알려져 있기 때문이죠. 도덕적인 아내로서 저는 다른 도덕적인 아내들과 전혀 다르지 않게 행동할 거예요. 하지만 안토니우스와 만날 때마다 저는 제가 잘 교육받은 흥미로운 대화 상대이며 함께 즐거운 시간을 보내기 좋은 사람임을 확실히 보여줄 거예요. 전 정치가 가문에서 자라며 디부스 율리우스와 키케로 같은 남자들의 말을 많이 들었고 아주 좋은 교육을 받았어요. 또한 그의 아이들에게도 아주 멋진 엄마가 될 거고요."

"넌 이미 그의 아이들에게 멋진 엄마가 되어주고 있잖니!" 아티아는 절망에 빠져 옥타비아의 만만치 않은 포부를 듣고 있다가 따끔하게 쏘아붙였다. "아마도 넌 결혼하자마자 그 끔찍한 사내아이 가이우스 쿠리오를 맡아서 기르게 해달라고 요구하겠지? 그애가 널 얼마나 팔팔 뛰게 할지!"

"제가 길들일 수 없는 아이는 세상에 없어요." 옥타비아가 말했다.

아티아는 손마디가 굵어지고 잘 움직이지 않는 손을 비틀며 일어났다. "이 말은 해주고 싶어, 옥타비아. 넌 내가 생각했던 것만큼 곱게만 자란 여자가 아니구나. 어쩌면 네가 생각하는 것보다 더 많은 풀비아가 네 안에 있는지도 몰라."

"아뇨, 전 아주 달라요." 옥타비아는 미소 지으며 말했다. "엄마가 무슨 말씀을 하시려는지는 알겠어요. 하지만 엄마가 잊고 계신 게 있는데, 전 작은 가이우스의 친누나예요. 다시 말해 로마가 배출한 가장 똑똑한 여자 중 하나라는 거죠. 저는 뛰어난 지성에서 비롯된 자신감을 갖고 있지만 마르켈루스와 엄마를 비롯해 많은 사람들에게 그것을 숨겨왔어요. 하지만 작은 가이우스는 제 속에 무엇이 있는지 잘 알아요.

마르쿠스 안토니우스에 대한 제 감정을 그애가 몰랐다고 생각하세요? 작은 가이우스는 아무것도 놓치는 법이 없어요! 그리고 그애가 자기 경력을 쌓기 위해 이용하지 못할 건 아무것도 없지요. 그앤 절 사랑해요, 엄마. 그것만으로도 엄마는 전부 알아차리셔야 했어요. 작은 가이우스가 제가 원하지 않는 결혼을 억지로 시킨다고요? 아뇨, 엄마, 절대 그럴 일은 없어요!"

아티아는 한숨을 쉬었다. "이왕 여기까지 왔으니 네 육아실이 더 북적북적해지기 전에 그 안을 살펴보고 싶구나. 아기 마르키아는 어떻게 지내니?"

"본색을 드러내기 시작했어요. 고집이 대단한 아이예요. 그애가 원치 않는 상대에게 그애를 시집보낼 순 없을 걸요!"

"스크리보니아가 임신했다는 소문은 들었어."

"저도요. 정말 잘됐죠! 그녀의 딸 코르넬리아는 착한 아이니 이번에도 성격 좋은 아이가 태어날 것 같아요."

"글쎄, 아직 너무 일러서 뱃속의 아이가 아들인지 딸인지는 알 수 없겠어." 아티아는 아기가 울고, 걸음마를 뗀 아이들이 낄낄대고, 더 큰 아이들이 다투는 소리가 들리는 육아실로 향하면서 활기차게 말했다. "작은 가이우스를 위해서라도 난 딸이면 좋겠어. 그애는 세상에서 제가 제일 잘난 줄 아니까, 자기 아들이자 상속자를 그런 엄마에게서 얻고 싶지 않을 거야. 그애는 기회만 생기면 바로 이혼할걸."

육아실이 멀지 않아 천만다행이구나! 지금 우리가 나누는 대화는 너무 위험해. 옥타비아는 생각했다. 불쌍한 엄마, 늘 작은 가이우스의 삶 주변부에만 머물며 그애에게 보이지 않는 존재로, 그애의 입에 오르내리지 않는 존재로 살아야 한다니.

행차가 로마에 당도할 즈음 마르쿠스 안토니우스는 기분이 아주 좋았다. 길목마다 빽빽이 늘어선 군중의 반응이 너무도 열렬했다. 환호가 어찌나 뜨거운지, 요즘 로마에서 안토니우스의 인기가 영 안 좋다는 옥타비아누스의 말이 과장은 아니었을까 하는 의심마저 들었다. 로마에 있는 원로원 의원들이 전부 복장을 완벽하게 갖춰 입고 떼 지어 서 있는 모습을 보니 그러한 의구심은 더더욱 짙어졌다. 모두 옥타비아누스가 아닌 안토니우스를 맞으러 나온 사람들이었다. 하지만 안토니우스는 확신할 수 없었다. 내전을 피했다는 안도감이 이탈리아와 로마에 팽배한 게 사실이었으니까. 어쩌면 그의 오랜 추종자들이 모두 진심으로 그의 편으로 돌아온 건 브룬디시움 협약 때문인지도 몰랐다. 만일 안토니우스가 한 달 전쯤 변장을 하고 이탈리아와 로마를 염탐하며 돌아다녔다면 자신에게 쏟아지는 환멸에 찬 말들과 욕설을 직접 귀로 들었으리라. 어쨌든 안토니우스는 그간의 사정을 통 몰랐으므로, 의구심과 들뜬 기분을 오가며 언제나처럼 옥타비아누스에 대한 욕을 나직이 중얼거렸다.

옥타비아누스의 누이와 결혼할 일은 전혀 걱정되지 않았다. 솔직히 말하면 그 때문에 기분이 더 좋았다. 안토니우스 쪽에서 먼저 옥타비아를 아내감으로 생각해본 적은 없었지만 그는 전부터 옥타비아가 마음에 들었고 외모도 매력적이라고 생각했으며 그녀를 아내로 둔 친구 마르켈루스의 행운이 부러웠다. 옥타비아누스에게 듣기로 그녀는 풀비아가 죽은 뒤 안틸루스와 율루스를 데려다 보살펴주고 있었다. 심보가 못돼먹은 동생과 딴판으로 인간성이 좋은 여자인 모양이었다. 그런 경우는 흔했다. 안토니우스 본인과 그의 아우들인 가이우스와 루키우스만 해도 그랬다. 삼 형제 모두 안토니우스 집안 특유의 건장한 체격을 타고났지만 가이우스는 뒤뚱대는 걸음걸이 때문에, 루키우스는 머리가 벗겨져서 점수가 깎였다. 율리우스 가문의 명석함을 물려받은 사람은 안토니우스뿐이었다. 그는 조심성 없이 씨를 퍼뜨리고 다니긴 했지만 적어도 자기가 아는 자식들에겐 애정을 갖고 있었으며, 마음속으로나마 안쓰럽게 여겨온 작은 안토니아와 관련해서는 최근 기막힌 구상을 해둔 터였다. 사실 안토니우스는 이번에 로마로 돌아오면서 자식들 생각을 유독 많이 했다. 멀리서 그를 기다리는 클레오파트라로부터 다음과 같은 편지를 받았기 때문이다.

친애하는 나의 안토니우스, 이 편지를 쓰는 지금은 8월 이두스로 이곳에는 연일 온화한 날씨가 이어지고 있답니다. 이 날씨를 당신이 나와 함께 즐길 수 있다면 얼마나 좋을까요—당신을 사랑하며 당신의 행운을 비는 카이사리온과도 함께 말이죠. 카이사리온은 무럭무럭 자라고 있어요. 로마인 남자들(특히 당신)과 더불어 보낸 시간이 그애에게 좋은 경험이 되었죠. 그애는 요즘 폴리비오스를 읽어요. 그라쿠스 형제의 어머니 코르넬리아가 쓴 서간문들은 치워버렸죠. 거기엔 전쟁 같은 흥미로운 사건이 등장하지 않잖아요. 물론 자기 아버지 책은 줄줄 외울 정도랍니다.

당신이 이 편지를 이 세상 어디쯤에서 받을지 모르겠군요. 하지만 편지가 곧 당신에게 닿긴 하겠죠. 누구는 당신이 아테네에 있다고 들었다는데 다음 순간 다른 이는 당신이 에페소스에 있다고 하고, 심지어 어떤 이는 당신이 로마에 있다고 들었다는군요. 뭐, 상관없어요. 어쨌든 내가 이 편지를 쓰는 건 카이사리온에게 남동생과 여동생을 한꺼번에 선사해준 당신에게 감사를 표하기 위해서랍니다. 그래요, 난 쌍둥이를 낳았어요! 당신 집안에 쌍둥이 내력이 있나요? 내쪽에는 없거든요. 물론 나는 기뻐요. 예비 왕위 계승자와 카이사리온의 신붓감을 단번에 확보했으니까요. 당연히 나일 강은 풍요 수위로 껑충 뛰어올랐답니다!

과연 나를 잘 알아, 하고 안토니우스는 생각했다. 내가 장문의 편지를 안 읽는 걸 알고 짤막하게 썼군. 좋아, 좋아! 난 임무를 훌륭히 수행했어. 한꺼번에 둘, 게다가 아들 하나와 딸 하나라니. 하지만 클레오파트라에게 이 아이들은 카이사리온을 위한 부속물에 지나지 않겠지. 카이사르의 아들을 향한 이 여자의 열정은 끝이 없으니까.
안토니우스는 곧바로 답장을 썼다.

친애하는 클레오파트라, 그것참 기쁜 소식이오! 내 아우들이 나한테 그랬던 것처럼 형이자 오빠인 카이사리온의 뒤를 졸졸 따라다닐 안토니우스 집안의 꼬마가 하나도 아니고 둘이라니. 나는 곧 옥타비아누스의 누나 옥타비아와 결혼식을 올릴 예정이오. 심성이 곱고 외모도 아름다운 여성이지. 로마에 있을 때 그녀를 만나봤소? 이 혼약으로 나와 옥타비아누스의 껄끄럽던 관계가 풀리고 나라에 평화가 찾아왔소. 이제 내전은 없을 테니 말이오. 마이케나스한테서 전해 듣기로 옥타비아누스도 마찬가지 생각이라더군. 이는 곧 내가 진군해서 옥타비아누스를 짓뭉개버릴 수 있다는 뜻이지만, 군인들은 지금 내전을 불법화하려는 국가적 움직임에 동조하고 있소. 내 군대도 그의 군대와 싸우려들지 않고 그의 군대도 내 군대와 싸우려들지 않소. 병사들이 싸우려는 의지가 없다면 그들의 장군은 하렘의 환관만큼이나 불능 상태가 아니겠소. 뭐, 우리가 남자의 정력에 관해 이야기하자면 파피루스 종이를 한 두루마리 더 채우고도 남을 거요. 이곳 생활이 지루해지면 즉시 알렉산드리아로 달려가 기상천외한 삶을 당신에게 보여줄 테니 부디 기대하시오.

그래. 이 정도면 됐어. 안토니우스는 판니우스 편지지 하단에 붉은색 밀랍을 녹여 살짝 붓고 반지의 인장을 찍었다. 정중앙에 '헤르쿨레스 인빅투스', 둘레에 'IMP. M. ANT. TRI.(임페라토르 마르쿠스 안토니우스 트리움비르)'라고 새겨져 있었다. 그가 이 반지를 주문한 것은 이탈리아 갈리아의 강섬에서 열린 회담이 끝나고였다. 그가 정말로 원한 칭호는 '디부스 안토니우스(안토니우스 신)'였지만, 옥타비아누스가 살아 있는 동안에는 불가능할 것 같았다.

당연히 안토니우스는 결혼식에 앞서 '호르텐시우스 저택'에서 열린 남자들의 연회에 참석해야 했다. 연회에서 옥타비아누스의 태평한 얼굴이 몹시 거슬렸던 안토니우스는 결국 참지 못하고 독기 품은 혓바닥을 휘둘렀다.

"자네 살비디에누스를 어떻게 생각하나?" 안토니우스는 이날 연회를 주선한 옥타비아누스에게 물었다.

옥타비아누스는 살비디에누스의 이름을 듣자마자 얼굴에 화색이 돌았다. 놈과 은밀히 더러운 남색을 즐기는 게 분명해, 하고 안토니우스는 생각했다.

"실력 있는 군인들 중에도 단연 으뜸이지요!" 옥타비아누스가 외쳤다. "먼 갈리아에서 아주 잘하고 있습니다. 살비디에누스가 일을 마치는 대로 5개 군단을 곧장 당신에게 보내겠습니다. 지금은 벨로바키족이 말썽을 부리고 있어서요."

"아, 그곳 일에 관해서라면 내가 아주 잘 아네. 자네 참 바보로구먼, 옥타비아누스!" 안토니우스가 비아냥거렸다. "그 으뜸가는 군인이 자네와 나 사이에 있지도 않은 전쟁에서 편을 바꿀 요량으로 나와 부지런히 협상중이거든. 먼 갈리아에 도착한 이래로 줄곧 그래왔어."

옥타비아누스의 얼굴에는 놀라움이나 경악, 그 어떠한 감정도 드러나지 않았다. 심지어 방금 전 살비디에누스에 대한 애정으로 얼굴이 밝게 빛났을 때조차도 눈동자만큼은 아무 변화가 없었다. 지금까지 그런 적이 있긴 했던가? 안토니우스는 생각했다. 돌이켜보면 옥타비아누스의 눈동자에 변화가 감지된 적은 한 번도 없었다. 옥타비아누스의 두 눈은 무엇에 관해서든 자신의 진짜 생각을 밖으로 드러내지 않았다. 그것들은 그저 관찰할 뿐이었다. 자기 자신을 포함한 모든 이의 행동을. 마치 그의 눈과 그 뒤에 자리한 정신이 그의 육체로부터 스무 걸음 떨어져 있기라도 한 것처럼. 저렇듯 빛나는 두 구체가 어쩌면 저리도 불투명할 수 있을까?

옥타비아누스가 입을 열었다. 그의 목소리는 편안했고 심지어 조심스러움까지 묻어났다. "당신이 보기에 살비디에누스의 행위는 반역죄에 해당합니까, 안토니우스?"

"어떻게 보느냐에 따라 다르지. 상당한 지위의 한 로마인을 등지고 동등한 지위의 다른 로마인에게 충성을 바치려는 것은, 음, 배신행위랄 수 있지만 반역행위는 아니지. 하지만 그 행위의 목적이 그 두 로마인 사이에 내전이 일어나도록 종용하는 데 있다면 그건 분명 반역행위지." 안토니우스가 내심 신이 나서 말했다.

"살비디에누스를 경반역죄로 법정에 세워야 한다고 주장할 수 있을 만큼 확실한 물증을 갖고 있습니까?"

"물증이야 차고 넘치지."

"제가 요청하면 그 증거물을 재판에 제출할 수 있으십니까?"

"물론일세." 안토니우스가 놀라는 척하며 말했다. "내 동료 트리움비르에 대한 당연한 의무가 아니겠나. 그런데 살비디에누스가 유죄판결을 받으면 자네는 아주 유능한 지휘관 하나를 잃게 되는군. 뭐, 내 쪽에서야 좋은 일이겠지만, 안 그래? 그러니까 '만약에' 자연스레 내전이 벌어진다면 말일세. 나라면 그런 자를 보좌관으로 쓰기는커녕 아예 군대에 두지도 않았을 거야. 반역자들을 이용할 수는 있어도 절대 그들을 좋아하거나 믿어서는 안 된다고 말했던 게 자네였나, 아니면 신이 된 자네 아버지셨나?"

"누가 그 말을 했느냐는 중요하지 않습니다. 살비디에누스는 제거돼야 합니다."

"스틱스 강 저편으로 보낸다는 뜻인가, 영구 추방시킨다는 뜻인가?"

"스틱스 강 저편으로 보낸다는 뜻입니다. 원로원에서 재판이 끝난 후가 되겠죠. 재판은 민회에서 열지 않겠습니다. 너무 공개적이니까요. 원로원에서 비공개 재판으로 진행하겠습니다."

"좋은 생각이군! 그래도 자네가 힘들어지겠어. 이제 먼 갈리아는 자네의 공식 관할 지역이니 아그리파를 그리로 보내야 할 것 아닌가. 뭐, 나라면 아무나 한 명 골라서 보내면 되지. 예를 들면 폴리오로. 이제 나는 당분간 마케도니아의 켄소리누스 자리를 폴리오한테 맡기고 벤티디우스한테 라비에누스와 파코로스 견제를 맡기려고 해. 그러니까 내가 직접 파르티아를 상대할 환경이 마련될 때까지 말일세." 안토니우스가 옥타비아누스의 가슴에 꽂힌 비수를 비틀었다.

"당신은 당장에라도 파르티아를 상대할 수 있습니다! 당신을 막는 건 아무것도 없어요!" 옥타비아누스가 신랄한 어조로 말했다. "왜요, 저나 이탈리아나 섹스투스 폼페이우스로부터 너무 멀리 떨어져 있기가 두렵습니까?"

"내겐 자네와 이탈리아와 섹스투스 폼페이우스로부터 멀리 떨어질 수 없는 이유가 있어!"

"그럴 이유 따윈 전혀 없습니다!" 옥타비아누스가 딱딱댔다. "저는 어떠한 상황에서도 당신과 전쟁을 하지 않습니다. 섹스투스 폼페이우스와는 가능하기만 하다면 당장에라도 전쟁을 하겠지만요."

"그건 우리가 맺은 협정에 따라 불가능해."

"가당찮은 말씀입니다! 섹스투스 폼페이우스는 공공의 적으로 선포되었어요. 서판에 그리 쓰여 있지요. 기억하십니까? 당신이 함께 발의한 법입니다. 섹스투스는 시칠리아나 그 어디의 총독도 아닙니다. 그는 해적이에요. 저는 로마의 곡물 담당관으로서 그를 잡아들일 의무가 있습니다. 그는 곡물의 자유로운 유통을 방해하고 있어요."

옥타비아누스가 겁 없이 대드는 모습에 당황한 안토니우스는 이쯤에서 이 대화 혹은 언쟁을 끝내기로 마음먹었다. "행운을 빌겠네." 안토니우스는 비꼬는 투로 말하고 파울루스 레피두스에게로 한가로이 걸어갔다. 동료 트리움비르 레피두스의 형인 그가 스크리보니아의 딸 코르넬리아와 결혼한다는 소문이 사실인지 확인하려는 것이었다. 사실이라면 저자는 지금쯤 자기가 되게 똑똑한 줄 알겠지, 하고 안토니우스는 생각했다. 하지만 그는 이 혼인으로 신분 상승은 조금도 이루지 못해. 그가 기대할 수 있는 건 막대한 지참금뿐일걸. 옥타비아누스는 섹스투스를 물리치는 즉시 스크리보니아와 이혼할 테니까. 그래, 그러니까 나는 절대로 그런 날이 오지 못하게 막아야 해. 옥타비아누스에게 큰 승리를 안겨주고 온 이탈리아가 그를 찬양하게 해? 내가 이탈리아 가까이 머물러 있으려는 한 가지 이유가 마르쿠스 안토니우스라는 이름이 이탈리아 사람들의 뇌리에서 지워지지 않게 하려는 것임을 저 작은 버러지 새끼가 알까? 알고도 남겠지.

옥타비아누스는 중력에 이끌리듯 아그리파 곁으로 갔다. "또 말썽이 생겼어." 옥타비아누스가 침울하게 말했다. "방금 안토니우스한테 들었는데 우리의 친애하는 살비디에누스가 몇 달 전부터 안토니우스 쪽으로 편을 옮기려고 그와 내통해왔다는군." 옥타비아누스의 눈동자가 어두운 잿빛을 띠었다. "그 말을 듣고 솔직히 충격받았어. 살비디에누스를 그렇게 어리석게 보진 않았는데."

"살비디에누스로서는 당연한 수순을 밟은 걸세, 카이사르. 피케눔 출신의 빨강머리잖아. 그런 자가 신의를 지키는 걸 본 적 있나? 항상 더 넓은 바다의 큰 물고기가 되고 싶어 안달하지."

"그래서 이젠 자네를 먼 갈리아 총독으로 보내야 해."

아그리파는 충격을 받은 듯했다. "안 돼, 카이사르!"

"달리 누가 있나? 일이 이렇게 되었으니 어차피 당분간은 섹스투스 폼페이우스를 치기 힘들어. 행운의 여신이 안토니우스에게 가 있군. 늘 그래."

"코사에서 게누아까지의 조선소는 내가 먼 갈리아로 이동하면서 살펴볼 수 있지만 게누아에서 플라켄티아 구간은 아이밀리우스 스카우루스 가도를 타고 가야 할 텐데. 연안을 전부 끼고 돌기에는 시간이 부족하니까. 카이사르, 카이사르, 내가 먼 갈리아에서 일을 제대로 마치려면 로마로 돌아오기까지 족히 두 해는 걸릴 걸세!"

"당연히 제대로 마쳐야지. 장발의 갈리아에서 봉기가 일어나는 꼴을 더는 보고 싶지 않아. 디부스 율리우스가 드루이드들을 자유롭게 풀어 준 건 실수였어. 그들이 하는 짓이라곤 끊임없이 불만세력을 자극하는 것뿐이야."

"동감일세." 문득 아그리파의 얼굴이 밝아졌다. "벨가이족의 질서를 바로잡을 묘책이 떠올랐네."

"뭔가?" 옥타비아누스가 궁금한 얼굴로 물었다.

"우비계 게르만족을 갈리아 쪽 레누스 강변에 정착시키는 거야. 그러면 네르비족에서 트레베리족까지 벨가이족은 모두 게르만족을 몰아내느라 봉기를 일으킬 여력이 없을걸." 아그리파의 두 눈에 선망의 빛이 떠올랐다. "나도 디부스 율리우스처럼 게르마니아로 가고 싶어!"

옥타비아누스가 웃음을 터트렸다. "아그리파, 자네가 수에비계 게르만족에게 교훈을 줘야겠다고 마음먹었다면 반드시 그렇게 해내겠지. 다른 한편으로 우리에겐 우비족이 필요하니까 그들에게 더 좋은 땅을 선물로 내주는 게 어때? 그들은 로마가 지금까지 보유한 어떤 기병대보다도 우수해. 아무튼 친구, 내가 지금 할 수 있는 말은 자네가 나를 선택해주어 무척 기쁘다는 거야. 살비디에누스 같은 자들은 수백 명 잃어도 끄떡없지만, 마르쿠스 아그리파 자네만큼은 절대로 잃고 싶지 않아."

아그리파의 얼굴이 빛났다. 그는 자기도 모르게 친구의 팔뚝을 잡았다. 아그리파는 자신이 죽을 때까지 카이사르의 사람일 것을 알았다. 하지만 카이사르가 말이나 행동으로 그 사실을 인정할 때면 언제나 기뻤다. "그보다 중요한 건 내가 먼 갈리아에 가 있는 동안 자네가 누구를 쓸 건지야."

"당연히 스타틸리우스 타우루스지. 사비누스도 괜찮아. 칼비누스는 말할 필요도 없고. 코르넬리우스 갈루스는 시만 붙들고 있지 않으면 영리하고 믿음직한 인물인데. 히스파니아의 카리나스도 있네."

"칼비누스를 가장 많이 의지하게." 아그리파의 대답이었다.

스크리보니아처럼 옥타비아도 자신의 결혼식에 진한 빨간색이나 노란색 옷은 적절하지 않다고 생각했다. 의상을 고르는 안목이 높은 옥타비아는 자신에게 잘 어울리는 옅은 하늘색을 골랐다. 우아하게 걸친 드레스 위로는 화려한 목걸이와 귀걸이를 착용했다. 안토니우스가 결혼식 전날 고(故) 작은 마르켈루스의 집에 들러 그녀를 만나서 선물한 것이었다.

"오, 안토니우스, 정말 아름다워요!" 옥타비아가 경이에 찬 눈빛으로 찬찬히 보석을 들여다보며 나직이 말했다. 좁고 납작한 옷깃 모양의 큼지막한 황금 목걸이에 카보숑 커트(위쪽을 볼록하고 매끄럽게 다듬는 보석 연마 방식—옮긴이)로 가공한 티 없이 맑은 터키석들이 아낌없이 달려 있었다. "보석에 어두운 부분이 없고 온통 새파랗네요."

"당신 눈동자를 처음 봤을 때 이 보석들이 떠올랐소." 안토니우스는 옥타비아가 기뻐하는 모습에 기분이 좋아져 말했다. "클레오파트라가 풀비아한테 선물하라고 줬던 거라오."

옥타비아는 그 말에 시선을 돌리지 않았다. 안토니우스를 흠모하는 눈빛도 변함없었다. "정말 아름다워요." 그녀가 까치발을 들어 안토니우스의 뺨에 입을 맞췄다. "내일 결혼식 때 찰게요."

"아마도," 안토니우스는 생각 없이 계속 말했다. "클레오파트라의 안

목엔 못 미치는 물건이었던 모양이지. 그 여자는 여기저기서 선물이 많이 들어오거든. 쓰다가 마음에 안 들어서 준 걸 거요. 그 여자한테서 돈은 한 푼도 못 챙겼지만." 안토니우스가 억울한 표정으로 말을 맺었다. "그 여자는 말이오—아차차, 미안하오."

옥타비아는 아들 마르켈루스가 짓궂은 장난을 칠 때 짓는 미소를 지어 보였다. "욕하고 싶은 거면 해도 괜찮아요, 안토니우스. 저는 순진하고 어린 처녀가 아니니까요."

"나와 결혼해도 괜찮소?" 안토니우스가 물었다. 한 번쯤은 물어봐야 할 것 같았다.

"수년 전부터 온 마음을 바쳐 당신을 사랑해왔어요." 옥타비아가 감정을 전혀 숨기지 않고 말했다. 그녀는 안토니우스가 사랑받기를 좋아하며 받은 사랑을 되돌려주는 사람임을 본능적으로 느꼈다. 옥타비아는 안토니우스에게 사랑받기를 간절히 바랐다.

"짐작도 못했소!" 안토니우스가 놀라서 말했다.

"당연히 그랬겠죠. 저는 마르켈루스의 아내였고 혼인의 언약에 충실했으니까요. 당신을 향한 사랑은 마음속에 간직해온 저만의 비밀이었어요."

안토니우스는 뱃속에 무언가가 밀려드는 익숙한 기분이 들었다. 그가 사랑에 빠져들고 있음을 알리는 신체 반응이었다. 포르투나는 심지어 이 일에서도 그의 편이었다. 내일이면 옥타비아는 그의 것이 된다. 그녀는 절대 다른 남자에게 눈길을 주지 않을 것이다. 작은 마르켈루스의 것이었던 7년 내내 그에게 한 번도 눈길을 주지 않았으니까. 안토니우스는 지금까지 자기 아내의 정절을 의심해본 적이 없었고 지금까지 그를 거쳐간 세 아내 모두 그에게 충실했다. 하지만 이 네번째 아내는 그중에서도 단연 최고였다. 근사하고 날씬하고 우아했으며 율리우스 가문의 피를 물려받은 공화국의 공주였다. 송장이 아니고서야 어느 사내가 이 여인에게 끌리지 않을까.

안토니우스는 고개 숙여 옥타비아의 입술에 키스했다. 순간 욕정이 솟구쳤다. 옥타비아는 살짝 현기증을 느꼈지만, 욕망이 그녀를 불태우기 전에 정신을 가다듬고 그에게서 한 걸음 물러났다.

"내일요." 옥타비아가 말했다. "이제 당신 아들들을 보러 가요."

육아실은 그리 크지 않았다. 얼핏 봐선 어린아이들이 많아 비좁은 느낌이었다. 그가 숙련된 군인의 눈으로 빠르게 훑어보니 아장아장 걸어다닐 나이의 아이들이 여섯, 요람에 누운 아기가 하나였다. 두 살배기로 보이는 귀여운 금발머리 여자아이가 다섯 살쯤에 머리칼 색이 짙고 잘생긴 남자아이의 정강이를 세게 걷어찼다. 남자아이가 즉각 여자아이를 손바닥으로 밀치자 여자아이는 쿵 소리를 내며 바닥에 주저앉더니 요란한 비명을 질렀다.

"엄마, 엄마!"

"마르키아, 남을 아프게 하면 너도 똑같이 당할 수 있어." 옥타비아는 조금도 안쓰러워하는 기색 없이 말했다. "뚝 그쳐, 안 그럼 애초에 싸움을 시작한 널 때릴 테야."

남자애와 나이가 엇비슷해 보이는 다른 아이 셋과, 드센 금발 여자애보다 살짝 어려 보이는 아이 하나가 안토니우스를 발견하고는 입을 벌린 채 찬찬히 그를 쳐다보며 서 있었다. 마르키아와 마르키아의 발에 차인 남자애도 마찬가지였다. 옥타비아는 그 아이가 마르켈루스라고 소개해주었다. 다섯 살인 안틸루스는 아버지를 흐릿하나마 기억하고 있었지만, 옥타비아가 확인시켜주기 전까지 이 거인이 정말로 자기 아버지라고 믿지 못했다. 안틸루스는 무서워서 아버지를 물끄러미 쳐다만 볼 뿐 안아달라고 팔을 뻗지 않았다. 두 살이 채 되지 않은 율루스는 거인이 자기 쪽으로 다가오자 요란한 울음을 터트렸다. 옥타비아가 웃으며 율루스를 안아 안토니우스에게 건네자 아이는 금세 미소를 지었다. 그러자 안틸루스가 자기도 안아달라며 팔을 뻗었고 이내 아버지 품에 함께 안겼다.

"참 잘생겼죠?" 옥타비아가 물었다. "장성하면 당신처럼 커질 테죠. 아이들이 판갑과 프테루게스를 입은 모습을 어서 보고 싶기도 하지만, 한편으론 두렵기도 해요. 그때쯤이면 이미 내 품을 벗어났을 테니까요."

안토니우스는 뭐라고 대꾸하면서 속으로 딴생각을 했다. 마르키아라는 아이가 신경쓰였다. 마르키아? 마르키아라고? 누구 딸이지? 어째서 옥타비아를 엄마라고 부르지? 하긴 안틸루스와 율루스도 옥타비아를 엄마라고 부르긴 했다. 마르키아처럼 금발머리이고 요람에 누운 아기는 옥타비아의 막내딸이었다. 이름은 켈리나랬지. 저 마르키아는 누구의 자식일까? 생김새가 율리우스 가문의 혈통이야. 안 그랬으면 아이들을 워낙 좋아하는 옥타비아가 필리푸스 집안의 불쌍한 친척아이를 하나 데려다 키우나보다 짐작했을 텐데. 옥타비아는 정말이지 아이들을 말도 못하게 좋아하는 것 같았다.

"안토니우스, 부탁인데 어린 쿠리오를 제가 키워도 될까요?" 옥타비아가 간절한 눈빛으로 물었다. "당신 허락 없이 데려오면 안 될 것 같아서요. 하지만 지금 그 아이는 안정과 보살핌이 필요해요. 이제 곧 열한 살인데 아주 거칠어요."

안토니우스가 눈을 깜빡였다. "그 말썽쟁이를 맡아준다면야 당연히 환영이지만, 옥타비아, 어째서 고생스럽게 아이를 더 데려오려고 하오?"

"왜냐하면 지금 그 아이는 불행하니까요. 그 나이의 아이는 불행해선 안 돼요. 그앤 엄마를 몹시 그리워하고 자기 가정교사를 완전히 무시해요. 아주 어리석고 무능한 사람이거든요. 게다가 어린 쿠리오가 포룸 로마눔에서 말썽을 피우는 모습이 자주 목격되고 있어요. 한두 해 지나면 다른 사람 돈주머니를 훔치고 있을 거예요."

안토니우스가 빙그레 웃었다. "흠, 나와 내 친구 쿠리오도 그맘때 그랬지! 그애 할아버지인 감찰관 쿠리오는 인색하고 편협한 귀족이었고 자기 아들을 자주 집에 가두었다오. 그러면 내가 쿠리오를 몰래 빼내서 또다시 말썽을 피우곤 했소. 그래요, 지금 어린 쿠리오에겐 당신이 필요할 것 같소."

"아, 고마워요!" 옥타비아가 육아실 문을 닫자 안에서 아이들이 입을 모아 저항하는 소리가 들렸다. 옥타비아는 원래 육아실에 들를 때마다 아이들과 오랫동안 시간을 보내는 모양이었다. 그래서 지금 아이들은, 심지어 안틸루스와 율루스마저도 거인을 원망하고 있었다.

"마르키아는 누구 자식이오?" 안토니우스가 물었다.

"제 이부누이예요. 엄마는 첫째인 저를 열여덟에 낳고 마르키아를 마흔넷에 낳으셨어요."

"그러니까 아티아와 작은 필리푸스 사이에 생긴 자식이군?"

"네, 그렇죠. 엄마가 애를 제대로 키울 수 없어서 제게 보내셨어요. 관절이 부어서 통증이 말도 못하게 심하거든요."

"하지만 옥타비아누스는 그 아이의 존재를 입에 올린 적이 한 번도 없소! 어머니가 돌아가신 셈 치고 사는 건 익히 알았지만 이부누이가 있었다니! 세상에, 어이가 없군!"

"사실 이복누이도 있죠. 아버지가 첫번째 아내한테서 얻은 딸요. 이제 40대예요."

"그렇군, 하지만……!" 안토니우스는 연타를 맞은 권투선수처럼 고개를 도리질 쳤다.

"안토니우스, 제 동생을 잘 아시잖아요! 저는 그앨 무척 사랑하지만 그애한테 결점이 있다는 사실을 잘 알아요. 그애는 자기 지위를 지나치게 의식하고 있어요. 그러니 자기보다 스무 살이나 어린 이부누이가 생긴 게 거북하겠죠. 수치스러울 거예요! 더구나 아기 같은 여동생이 있다는 사실이 세상에 알려지면 옥타비아누스의 젊은 나이가 더 부각될 테니 로마는 더더욱 그애를 진지하게 받아들이지 않겠지요. 불쌍한 의붓아버지가 돌아가신 뒤에 어머니에게 마르키아가 너무 일찍 생긴 탓도 있어요. 로마는 엄마를 오래전에 용서했지만 카이사르는 앞으로도 절대 용서하지 않을 거예요. 게다가 마르키아는 걸음마를 떼기도 전에 저한테 왔기 때문에 사람들이 흔히 오해해요." 옥타비아가 쿡쿡 웃었다. "우리집 육아실 아이들을 본 사람들은 다들 마르키아가 제 딸인 줄 안답니다. 저랑 많이 닮았잖아요."

"아이들이 그렇게 좋소?"

"좋다는 말로는 부족해요. 너무 흔하고 자주 잘못 쓰이는 말이잖아요. 전 아이 하나를 위해서 말 그대로 목숨도 바칠 수 있어요."

"누구의 자식이든 상관치 않고 말이지."

"맞아요. 전 늘 아이들은 어른들이 삶을 영웅적으로 살 수 있게끔 기회를 주는 존재라고 믿어왔어요. 아이들은 우리가 과거의 실수를 반복하지 않고 바로잡을 기회를 주죠."

다음날 아침 고(故) 작은 마르켈루스의 하인들은 아이들을 카리나이 지구에 자리한 폼페이우스 마그누스의 대리석 저택에 데려다주었다. 작은 마르켈루스의 집에 머무르며 그곳을 관리하게 된 하인들은 이제 옥타비아 마님을 모시지 못한다는 생각에 눈물을 흘렸다. 그들이 관리할 집의 소유주는 어린 마르켈루스였지만 소년은 앞으로 몇 년은 이 집에서 살 수 없을 터였다. 유언장 집행자인 안토니우스는 당분간 이 집을 세주지 않기로 결정했다. 하지만 그의 비서 루킬리우스는 감독과 관리가 철저한 사람이었다. 이 공간을 그냥 놀리며 낡아가도록 방치해둘 리 없었다.

황혼 무렵 안토니우스는 새 신부를 안고 폼페이우스 저택의 문지방을 넘었다. 앞서 폼페이우스가 율리아를 안고 똑같은 문지방을 넘으며 시작된 6년간의 행복한 결혼생활은 율리아가 출산중에 세상을 떠나며 갑작스레 마감되었다. 나는 그런 운명을 겪지 않을 거야, 하고 옥타비아는 생각했다. 남편은 깜짝 놀랄 만큼 아내를 가뿐히 안아올렸다 내려주었고, 아내는 물과 불을 받아든 뒤 그 위로 두 손을 통과시킴으로써 이 집의 안주인 자리를 받아들였다. 족히 100명은 되어 보이는 하인들이 때로는 한숨지으며 때로는 다정히 수런거리며 그 광경을 지켜보다 차분히 갈채를 보냈다. 옥타비아 마님은 친절하고 이해심이 많은 안주인이라는 소문이 벌써 하인들 사이에 퍼져 있었다. 나이 많은 하인들, 특히 집사 에곤은 이 집이 율리아가 살던 시절처럼 다시 아름답게 꽃피리라고 기대했다. 안토니우스의 전처 풀비아는 하인들에게 요구가 많은 안주인이었지만 집안 문제는 등한시했다.

옥타비아의 눈에 동생 옥타비아누스는 기쁘고 만족한 듯 보였다. 정확한 이유는 알 수 없었다. 그래, 저애는 이 결혼을 통해 자신과 안토니우스의 관계가 회복되길 바랐으니까. 하지만 결혼식에 참석한 사람들은 속으로 이 혼사가 결국 파경에 이르리라 예감하고 있지. 만일 정말로 그렇게 된다면 저애가 얻게 될 것은 무엇일까? 가장 두려운 것은 남들의 예감이 아니었다. 카이사르가 이 혼사는 반드시 파경으로 끝나리라 믿고 있다는 옥타비아 자신의 예감이었다. 그녀는 맹세했다. 설사 그리된다 해도 절대로 나 때문에 그리되지는 않을 거야!

안토니우스와의 첫날밤은 희열 그 자체였다. 작은 마르켈루스와 보낸 밤을 모두 합친 것보다도 훨씬 큰 만족을 느꼈다. 새 남편이 자신을 만지는 방식에서, 그리고 그녀에게 밀착해 있기를 좋아하는 모습에서 그가 여자를 무척 좋아한다는 사실이 느껴졌다. 신기하게도 그녀는 그의 도움으로 그동안 자신을 억압해온 모든 것을 벗어던졌다. 그는 그녀의 손길과 그녀가 놀라움과 기쁨에 차서 내뱉는 신음 소리를 반겼으며, 마치 그것이 자신에게도 첫 경험인 것처럼 그녀가 자신을 마음껏 탐색하도록 했다. 그는 옥타비아에게 실로 완벽한 연인이었다. 육감적이고 관능적이었으며 그녀의 예상과 달리 자신의 욕구에만 탐닉하지 않았다. 사랑의 말과 행위가 불길처럼 이어졌고 그녀는 마침내 놀라운 기쁨 속에 울음을 터트렸다. 몽롱하고 황홀한 잠에 빠져들 무렵 옥타비아는 아이들뿐만 아니라 안토니우스를 위해서도 기쁘게 죽을 수 있을 것만 같았다.

다음날 아침 그녀는 안토니우스 역시 전날 밤 똑같은 행복을 느꼈음을 알게 되었다. 그녀가 침대에서 내려가려고 했을 때 그 모든 것은 다시 처음부터 시작되었다. 이제는 살짝 친숙해진 느낌이 들어서 어제보다 더욱 아름다운 정사가 되었다. 그리고 그녀가 스스로에게 정말 필요한 것이 무엇인지 더 잘 이해하게 되었기에, 또 그는 그것을 너무나 기쁜 마음으로 주고자 했기에 더욱 만족스러운 정사였다.

오, 훌륭해! 이틀 뒤 나이우스 도미티우스 칼비누스가 연 만찬 자리에서 두 사람을 본 옥타비아누스는 생각했다. 내 생각이 맞았어. 성향이 정반대라서 서로에게 매혹된 거야. 이제는 안토니우스가 누나에게 싫증나기만을 기다리면 돼. 십중팔구 그렇게 되리라. 분명해! 나는 퀴리누스 신께 제물을 바치며 빌겠어. 부디 안토니우스가 로마 여자가 아닌 외국 여자한테 빠져서 누나 곁을 떠나게 해달라고. 가장 훌륭하고 위대한 유피테르 신께도 빌겠어. 그가 정해진 수순대로 누나에게 싫증을 느끼는 것이 로마에 이익이 되게 해달라고. 사랑에 빠져 허우적거리는 저 꼴 좀 봐! 열다섯 살 여자애처럼 감상에 푹 젖어 있군. 저렇듯 시시하고 불쾌한 질병에 굴복하는 인간들을 내가 얼마나 경멸하는지! 내게는 절대 저런 일이 일어나지 않을 거야, 분명해. 정신력으로 감정을 조절하는 나는 저렇게 역겹도록 들척지근한 기분에 빠져들 수 없어. 옥타비아는 어쩌면 저자에게 저리 푹 빠질 수 있지? 누나는 저자를 최소한 2년은 붙들겠지만 결국엔 그를 잃게 될 거야. 지금은 누나의 선하고 다정한 성품이 그에게 새로운 매력으로 느껴지겠지만, 본래 선하지도 다정하지도 않은 그는 저 감정이 사그라지면 결국 타고난 본성대로 폭풍 같은 혐오감을 드러낼 테지.

나는 이 결혼에 관한 소문을 최대한 멀리 퍼뜨리겠어. 이탈리아와 이탈리아 갈리아의 모든 도시, 마을, 자치구에서 내 정보원들이 쉬지 않고 지껄이게 할 거야. 지금까지 그들은 주로 내 자신의 주장을 전파하는 데, 섹스투스 폼페이우스의 배신행위들을 열거하고 나라의 어려움에 무관심한 마르쿠스 안토니우스의 태도를 널리 알리는 데 쓰였지. 하지만 올겨울 그들은 그 모든 것을 멈추고, 이 혼인 자체가 아니라 카이사르의 누이이자 로마의 귀부인이 갖춰야 할 모든 것의 화신인 옥타비아를 칭송할 거야. 누이의 조각상을 최대한 많이 세우겠어. 계속, 이탈리아 반도가 그 무게에 짓눌리도록. 아, 눈앞에 그려지는 듯하군! 능욕당하고 자결한 루크레티아 못지않은 정숙과 덕성의 상징 옥타비아, 베스타 여신보다 존경받아 마땅한 옥타비아, 무책임한 망나니 마르쿠스 안토니우스를 순하게 길들인 옥타비아, 혼자 힘으로 나라를 내전의 위협에서 구한 옥타비아. 그래, 이 모든 것은 옥타비아 푸디카(정숙한 옥타비아라는 뜻—옮긴이) 한 사람의 공이어야 해! 내 정보원들이 이 임무를 마칠 즈음이면 옥타비아 푸디카는 그라쿠스 형제의 어머니 코르넬리아처럼 여신의 반열에 올라 있으리라! 그리하여 안토니우스가 누나를 내칠 때 로마와 이탈리아의 모든 사람들은 그를 짐승이라고, 욕정만 따르는 냉혈한 괴물이라고 비난하리라.

아, 미래를 내다볼 수 있다면! 안토니우스가 옥타비아 푸디카를 내치게 만들 여자의 정체를 알 수 있다면! 나는 그 여자가 로마와 이탈리아의 모든 사람들이 증오하고 증오하고 또 증오할 수 있는 누군가이길 로마의 모든 신들께 기도하겠어. 가능하다면 비난의 초점이 안토니우스의 행실에서 그 여자의 치맛바람으로 옮겨가게 만들리라. 그 여자를 키르케처럼 사악하고 트로이아의 헬레네처럼 허영심 많으며 메데이아처럼 악질이고 클리타임네스트라처럼 잔인하며 메두사처럼 파괴적인 여자로 보이게 만들 거야. 설사 그 여자가 실제로는 전혀 그렇지 않더라도 그렇게 보이게 만들겠어. 누나를 여신으로 만든 것과 똑같은 방법으로, 내 정보원들을 통해 소문을 퍼뜨려 그 여자를 악녀로 만들 테다.

한 남자를 끌어내릴 방법은 그와 전쟁을 벌이는 것 말고도 여러 가지가 있지. 전쟁으로 희생되는 목숨과 번영의 기회는 얼마나 막대한가! 얼마나 많은 돈이 낭비되는가! 그 돈은 로마의 더 큰 영광을 위해 쓰여야 해.

나를 조심해야 할 겁니다, 안토니우스! 하지만 당신은 그러지 않겠지요. 나를 계집애같이 무능한 놈으로 취급하니까요. 네, 나는 디부스 율리우스가 아닙니다. 하지만 그분의 이름을 물려받았지요. 당신의 눈을 가리지요, 안토니우스, 장님이 되십시오. 나는 당신을 파괴할 겁니다. 그로 인해 사랑하는 누이의 행복이 희생되더라도. 그라쿠스 형제의 어머니 코르넬리아의 삶이 고통과 실망으로 얼룩지지 않았다면 로마 여성들은 그녀의 무덤에 꽃을 바치지 않겠지. 옥타비아 푸디카도 코르넬리아와 같은 삶을 살리라.

 트리움비르 안토니우스와 트리움비르 옥타비아누스가 가깝고 오래된 벗인 양 나란히 로마의 거리를 거니는 눈부신 광경을 본 로마인들은 기쁨에 들떴다. 사람들은 올겨울이야말로 예언자들이 임박했다고 주장한 황금기의 서막이라며 환호했다. 트리움비르 안토니우스의 아내와 트리움비르 옥타비아누스의 아내 둘 다 임신했다는 사실도 이러한 분위기 조성에 한몫 거들었다. 다시는 내려올 수 없을 만큼 창조적 변용의 창공 높이 날아오른 베르길리우스는 『전원시』 제4권에서 머지않아 세상을 구원할 아이가 태어나리라고 예언했다. 냉소적인 사람들은 트리움비르 안토니우스의 아들과 트리움비르 옥타비아누스의 아들 중 누가 '선택된 아이'일지에 내기를 걸었다. 딸이 태어나리라고 예상하는 사람은 없었다. '열번째 시대'를 열 인물이 딸은 아니리라는 것만큼은 확실했다.

좋은 일만 있었던 것은 아니다. 퀸투스 살비디에누스 루푸스의 비밀 재판에 관한 소문이 돌고 있었다. 재판에 어떤 증거가 제출됐는지, 살비디에누스의 변호인들이 변론을 펼칠 때 그가 무슨 말을 했는지 아는 사람들은 오로지 원로원 의원들뿐이었음에도 말이다. 평결은 충격적이었다. 로마인이 반역죄로 사형을 언도받은 것은 상당히 오래된 일이었으니까. 그랬다. 그동안 실로 많은 이들이 추방당했고 많은 이들이 공권박탈자 명단에 올랐다. 하지만 지금까지 원로원이 정식으로 연 재판에서 사형을 언도받은 자는 없었다. 사형은 로마 시민권자에게 내릴 수 없는 형벌이었다. 그러니 참수는 로마 시민권을 박탈한 후에야 가능했다. 로마에는 반역 법정이 따로 있었고, 지난 몇 년간 운영은 되지 않았지만 여전히 법적 지위를 유지하고 있었다. 그런데도 어째서 이리도 비밀스럽게, 어째서 원로원에서?

원로원이 살비디에누스를 처리하기가 바쁘게 헤로데스가 티로스 자주색과 금색의 화려한 의상을 입고 로마 거리를 활보하는 모습이 보였다. 그는 오르비우스 언덕길 모퉁이의 여관에 투숙했다. 도심에서 가장 비싼 축에 드는 숙소였다. 그는 최고급 특실을 잡고 돈이 궁한 원로원 의원들에게 후원금을 돌리기 시작했다. 의결 정족수를 겨우 넘긴 원로원 회의가 열리기 전 의원 대기소에서 헤로데스가 자신을 유대인의 왕으로 지명해달라고 청원을 올리자 우호적인 분위기가 조성되었다. 그동안 돌린 후한 후원금과 그의 곁에 자리한 안토니우스 덕분이었다. 하지만 파르티아의 승인을 받은 유대인의 왕 안티고노스는 당분간 퇴위될 가능성이 별로 없었으므로 이 모든 것은 가설을 전제로 한 것일 뿐이었다. 파르티아와 상관없이 유대인 대다수 역시 안티고노스를 원했다.

"그 돈은 다 어디서 났소?" 안토니우스가 헤로데스와 함께 의원 대기소에 들어서며 물었다. 카피톨리누스 언덕 자락의 콩코르디아 신전에 인접한 작은 건물이었다. 원로원 회의소에는 외국인들이 입장할 수 없지만 이곳 대기소는 외국인 출입에 제약이 없었다.

"클레오파트라 여왕이 줬습니다." 헤로데스가 대답했다.

거대한 두 주먹에 힘이 불끈 들어갔다. "클레오파트라가?"

"네, 그게 그리 놀랄 일입니까?"

"클레오파트라 여왕은 인색해서 아무한테도 돈을 주지 않소."

"하지만 여왕의 아들은 다릅니다. 게다가 여왕은 아들에게 꼼짝 못하죠. 그리고 저는 훗날 왕이 되면 예리코산 발삼으로 거둔 수익을 여왕에게 주기로 합의했습니다."

"아!"

헤로데스는 원로원 결의를 얻었다. 원로원에서 공식적으로 유대인의 왕임을 인정받은 것이다.

"이제 당신이 할 일은 당신의 왕국을 차지하는 것이로군요." 퀸투스 델리우스가 잘 차려진 음식을 들며 말했다. 헤로데스가 묵는 여관의 요리사들은 실력이 뛰어나기로 유명했다.

"그래요, 나도 알고 있소!" 헤로데스가 쏘아붙였다.

"내가 유다이아를 훔쳐가기라도 했소?" 델리우스가 나무라듯 말했다. "어째서 나한테 성을 내시오?"

"그거야 하필 지금 내 코앞에서 암퇘지 젖통을 아가리에 쑤셔넣는 사람이 당신이기 때문이지요. 당신이 먹는 그 한 입마다 예리코산 발삼이 한 방울씩 들어 있소! 당신은 안토니우스가 과연 그 무거운 엉덩짝을 떼서 파코로스와 싸우러 가리라 보시오? 그는 파르티아 원정을 언급조차 하지 않았소."

"떠날 수가 없지요. 그는 저 깜찍한 옥타비아누스를 근거리에서 주시할 필요가 있으니까."

"하, 그거야 온 세상이 알지요!" 헤로데스가 조바심치며 말했다.

"깜찍하다는 얘기가 나와서 말이오만, 헤로데스, 마리암네를 향한 당신의 소망은 어찌되었소? 안티고노스가 그녀를 아직도 처녀인 채로 두었을까요?"

"일단 안티고노스는 마리암네의 삼촌이라서 그녀와 결혼할 수 없소. 그렇다고 그녀를 다른 친척한테 내주기에는 두려움이 많지요." 헤로데스가 싱긋 웃더니 통통한 양손을 털며 털썩 드러누웠다. "어쨌거나 마리암네를 데리고 있는 건 안티고노스가 아니오. 그녀는 내게 있소."

"당신에게 있다니?"

"내가 데리고 있소. 예루살렘이 무너지기 직전에 내가 빼내서 숨겼소."

"똑똑하시군." 새로운 진미가 델리우스의 눈길을 끌었다. "이 굴뚝새 요리에는 예리코산 발삼이 몇 방울이나 들었소?"

이런저런 다양한 사건들이 있었지만, 카이사르가 사망한 이후 로마가 줄곧 맞닥뜨려온 진짜 문제에 비하면 아무것도 아니었다. 지금 가장 심각한 문제는 곡물 공급난이었다. 착하게 굴겠다고 단단히 약속했던 섹스투스 폼페이우스는 브룬디시움 협약이 기록된 밀랍 서판이 채 굳기도 전에 다시 해상 수송로에 나타나 화물을 갖고 달아나기 시작했다. 그는 점차 대담해져 이제는 곡창이 밀집한 이탈리아 해안지역에 부하들을 내보내서 주민들이 방심한 사이 곡식을 도둑질해 갔다. 엿새 치 공공 배급분의 가격이 40세스테르티우스까지 치솟았고, 로마와 크고 작은 이탈리아 도시 곳곳에서 봉기가 일어났다. 극빈층 시민들은 무상 곡물을 배급받을 수 있었지만 앞서 디부스 율리우스가 재산 평가 제도를 도입해 수혜자를 절반으로 줄인 터라 이제는 그 수가 15만 명에 지나지 않았다. 그때는 밀이 1모디우스당 40세스테르티우스가 아니라 10세스테르티우스였지 않은가! 하고 성난 군중은 외쳤다. 종전 가격의 네 배에 달하는 곡물값을 감당할 수 없는 사람들을 모두 아우를 수 있도록 무상 곡물수급 기준이 완화되어야 했다. 원로원이 이 요구를 거절하자, 봉기는 사투르니누스 시절 이래 그 어느 때보다도 심각한 양상을 띠기 시작했다.

안토니우스에게는 난처한 상황이었다. 그는 곡물 공급난이 날로 심각해져가는 것이 직접 보이는 위치에 있었다. 그리고 섹스투스 폼페이우스가 활동을 재개하게 해준 사람이 그 누구도 아닌 바로 자신임을 잘 알았다.

안토니우스는 한숨을 삼키며 유흥에 쓰려고 두었던 200탈렌툼을 꺼내 15만 명에게 추가로 나누어줄 곡식을 사들였다. 최하층민들에게서 과분한 찬사가 쏟아졌다. 그런데 거금 200탈렌툼이 별안간 어디서 났을까? 다름 아닌 트랄레스의 피토도로스에게서였다. 안토니우스는 이 자산가에게 자신의 못생기고 뚱뚱하고 저능한 딸인 작은 안토니아를 신붓감으로 제안하며 그 대가로 현금 200탈렌툼을 요구했다. 아직 한창때인 피토도로스는 이 제안을 반겼고, 작은 안토니아는 이미 엄마 잃은 송아지처럼 울부짖으며 트랄레스에 있다는 남편에게 보내지는 중이었다. 안토니아 히브리다는 아기 송아지를 잃은 어미 소처럼 울부짖으며 딸아이에게 닥친 불행을 온 로마에 알렸다.

"어찌 그런 비열한 짓을 합니까!" 옥타비아누스가 양숙 안토니우스를 찾아와 소리쳤다.

"비열해? 비열하다고? 첫째, 그애는 내 딸이야! 나는 그애를 누구와도 결혼시킬 수 있어!" 안토니우스가 포효했다. 그는 옥타비아누스의 예전과 다르게 당돌한 의사표현에 몹시 당황했다. "둘째, 내가 그애를 신붓감으로 내주고 받은 돈으로 한 달 반 동안 두 배나 많은 시민들을 먹여 살렸어! 정말 배은망덕하군! 내가 먹여 살린 최하층민들의 열 배에 달하는 수를 먹여 살릴 딸을 낳으면 그때 그런 소릴 하게!"

"허튼소리 집어치워요!" 옥타비아누스가 경멸에 찬 얼굴로 말했다. "당신은 로마에 와서 상황을 직접 목격하기 전까진 그 돈을 천정부지로 쌓여가는 빚을 해결하는 데 쓰려고 했잖습니까! 당신의 불쌍한 딸은 자기에게 닥친 운명을 이해할 지각이 조금도 없어요. 최소한 어머니를 같이 보냈어야죠! 지금 그분은 딸을 잃어 슬퍼하며 만나는 사람 누구에게나 한탄을 쏟아내고 있단 말입니다!"

"네놈이 언제부터 그렇게 이해심이 깊었어? 이 좆만한 놈이!"

상스러운 욕에 옥타비아누스가 역겹다는 표정을 지어 보이자, 안토니우스는 분노하여 방문을 박차고 나가버렸다. 옥타비아까지 나와서 그를 달랬지만 역부족이었다.

바로 이때 가이우스 아시니우스 폴리오가 무대에 등장했다. 그는 마침내 집정관으로서 자격을 완전히 갖췄다. 집정관 직을 상징하는 정복을 입었고 희생제의와 선서의식도 치렀다. 폴리오는 남은 두 달여 임기를 영광스럽게 보낼 방법이 무엇일지 고민해왔고 드디어 답을 찾았다.

바로 섹스투스 폼페이우스가 제정신이 돌아오게 만드는 것. 사고방식이 공정했던 그는 위대한 인물의 차남인 섹스투스 폼페이우스에게 어느 정도 권리가 있다고 생각했다. 선친이 이집트에서 살해되었을 때 섹스투스는 겨우 열일곱이었고, 문다 전투 후 친형이 죽었을 때도 채 스무 살이 되지 않았다. 복수심에 불타오른 원로원과 인민은 섹스투스 폼페이우스가 손놓고 기다리는 동안 결국 그를 범법자의 삶으로 내몰았다. 그에게는 가문을 일으킬 기회가 주어지지 않았다. 그러니 지금의 난국을 타개하려면 원로원 결의를 통과시켜서 섹스투스 폼페이우스가 고국으로 돌아와 선친의 지위와 재산을 물려받게 해야 했다. 하지만 선친의 지위는 정적들의 지위를 드높이는 과정에서 의도적으로 땅에 떨어뜨려졌고, 재산은 막대한 내전 비용을 대느라 사라진 지 오래였다.

하지만 우리 트리움비르들이 지금 뭔가 확실한 조치가 시급하다는 사실을 깨닫도록 내가 도움을 줄 수는 있겠지, 하고 생각하며 폴리오는 안토니우스, 옥타비아누스, 마이케나스와 회의를 열고자 그들을 자택으로 불러모았다.

"그러지 않으면," 폴리오가 자신의 서재에서 물 탄 포도주를 앞에 두고 말했다. "머지않아 이 방에 있는 우리 모두 폭도들 손에 죽고 말겁니다. 폭도들은 통치할 방법을 모르니 로마에 새로운 지배자들이 등장하겠지요. 지금으로선 누구일지 전혀 가늠할 수 없는 사람들이 저 깊은 구렁에서 하늘 높이 솟아오를 겁니다. 나는 생을 이런 식으로 마감하고 싶지 않습니다. 월계관을 쓰고 명예롭게 은퇴한 뒤 우리가 사는 이 격동의 시대를 역사로 기록하고 싶어요."

"시처럼 아름다운 표현들이군요." 상관들이 침묵을 지키는 동안 마이케나스가 중얼거렸다.

"정확히 무슨 말이 하고 싶은 겁니까, 폴리오?" 옥타비아누스가 긴 침묵 끝에 물었다. "우린 지난 몇 년간 저 무책임한 도둑 때문에 고통받았고 국고는 바닥났습니다. 이제 와서 난데없이 그를 칭송하자는 겁니까? 다 용서해줄 테니 집으로 들어오라고 하자고요? 하!"

"돌이켜보면," 안토니우스가 정치가다운 표정을 지으며 말했다. "우리가 그에게 좀 가혹했지, 안 그래? 폴리오의 말에도 일리가 있어. 무조건 섹스투스 탓만 할 순 없지. 나는 항상 개인적으로 섹스투스에게 가한 조치들이 지나치다고 느껴왔어. 그래서 그 소년을—아니, 그 청년을—짓뭉개버리길 그토록 주저했던 걸세, 옥타비아누스."

"이 위선자!" 옥타비아누스가 소리쳤다. 이 방의 어느 누구도 옥타비아누스가 그렇게 화내는 모습을 본 적 없었다. "제가 400만 명을 먹여 살리려고 안간힘 쓰는 동안 매년 겨울을 방탕하고 게으르게 보내온 당신이야 그렇게 친절하고 이해심 많을 수 있겠지요! 제가 로마인을 먹여 살리는 데 필요한 돈은 어디 있습니까? 재산을 빼앗기고 부당하게 취급받았다는 저 불쌍한 소년의 보물창고에 있지요! 저 소년이 바로 그 보물창고를 지킨답시고 저를 쥐어짜고 있어요! 저를 쥐어짜는 것은 곧 로마와 이탈리아를 쥐어짜는 겁니다, 안토니우스!"

마이케나스가 옥타비아누스의 어깨에 손을 얹었다. 손길은 부드러워 보였지만 실제로는 손가락에 힘을 세게 주었기 때문에 옥타비아누스는 움찔하며 손을 뿌리쳤다.

"나는 이견을 확인하려고 두 분을 모신 게 아닙니다." 폴리오가 강한 어조로 말했다. "해상전을 벌이는 것보다 훨씬 경제적으로 섹스투스 폼페이우스 문제를 해결할 방법을 찾기를 두 분께 부탁드립니다. 해답은 갈등이 아닌 협상에 있어요! 옥타비아누스, 나는 특히 당신이 이 점을 잘 이해하리라고 생각했소."

"차라리 파코로스와 협정을 맺어서 동방을 전부 그에게 내주고 말겠습니다." 옥타비아누스가 대꾸했다.

"듣자 하니 자네는 해결책을 바라지 않는 것 같군." 안토니우스가 말했다.

"저는 해결책을 원합니다! 해결책은 단 하나예요! 섹스투스 폼페이우스의 배를 남김없이 불태우고, 그의 제독들을 처형시키고, 선원과 군인 들을 노예로 판 뒤 그가 스키티아로 달아나든 말든 내버려두는 것이지요! 그리하지 않는 한 로마와 이탈리아는 섹스투스 폼페이우스 때문에 줄곧 굶주릴 겁니다! 그 사악한 인간은 중요하지도 명예롭지도 않아요!"

"이러면 어떻겠나, 폴리오. 섹스투스에게 사절단을 보내 회담을 갖자고 하세. 장소는 푸테올리? 그래, 푸테올리가 좋겠군." 안토니우스가 선심을 쓰듯이 말했다.

"동의합니다." 옥타비아누스가 재깍 대꾸했다. 모두가, 심지어 마이케나스마저도 깜짝 놀랐다. 그렇다면 방금 전의 분노에 찬 언행은 우발적이라기보다 철저히 계산된 것이었을까? 그는 무엇을 노리는 걸까?

잠시 후 폴리오는 옥타비아누스가 푸테올리 회담에 찬성한 것으로 간주하고 주제를 바꿨다.

"마이케나스 자네가 잘해야 해." 폴리오가 말했다. "나는 집정관급 총독을 지내러 즉시 마케도니아로 떠날 생각일세. 올해 남은 기간은 원로원이 지명한 보결 집정관이 로마를 맡을 거야. 나는 일주일 뒤에 떠나네."

"몇 개 군단이 필요하겠나?" 안토니우스가 물었다. 논쟁의 여지 없이 자기 관할이 확실한 문제를 논의하게 되어 편안해진 얼굴이었다.

"6개 군단이면 되겠습니다."

"좋아! 그러면 동방을 맡을 벤티디우스에게는 11개 군단을 보낼 수 있겠군. 파코로스와 라비에누스를 견제할 사람은 당분간 벤티디우스가 될 테니까." 안토니우스가 미소를 지었다. "뛰어난 노새몰이꾼이지."

"어쩌면 당신이 생각하는 것보다도 뛰어날 수 있지요." 폴리오가 건조하게 말했다.

"허! 그건 내 눈으로 직접 확인한 후에나 인정하겠네. 내 아우가 페루시아에 갇혔을 때는 활약이 그리 뛰어나지 못했거든."

"그건 나도 그랬습니다, 안토니우스!" 폴리오가 쏘아붙였다. "우리가 제대로 움직이지 못한 건 어느 특정 트리움비르가 서신을 받고도 답장을 주지 않았기 때문이기도 하지요."

옥타비아누스가 일어섰다. "괜찮다면 먼저 일어나겠습니다. 서신 얘기가 나오니 아직 답장을 쓰지 못한 100여 통의 편지가 떠오르는군요. 정말이지 요즘 같아선 디부스 율리우스처럼 한 번에 네 명의 비서에게 구술할 능력이 있으면 좋겠습니다."

옥타비아누스와 마이케나스가 자리를 뜨자 폴리오가 안토니우스를 노려보았다.

"마르쿠스, 당신의 문제는 나태함과 허술함입니다." 폴리오는 날카롭게 말했다. "그 무거운 엉덩이를 떼고 하루빨리 움직이지 않으면 조만간 무엇을 하려든 너무 늦었음을 깨닫는 날이 올 겁니다."

"폴리오, 자네 문제는 자네가 까다로운 트집쟁이라는 거야."

"플랑쿠스가 날마다 불평합니다. 그는 당파의 우두머리예요."

"그러면 에페소스에 가서 불평하라고 하게. 아시아 속주를 통치하러 가면 되니까. 이르면 이를수록 좋고."

"아헤노바르부스는요?"

"계속 비티니아를 통치하면 되지."

"피호왕국들은 어쩔 겁니까? 데이오타로스는 죽었고 갈라티아가 날로 황폐해지고 있어요."

"아, 걱정 말게! 내게도 생각이 있으니까." 안토니우스가 느긋하게 말하더니 하품을 했다. "에잇, 로마의 겨울은 정말 따분하다니까!"

섹스투스 폼페이우스와의 푸테올리 협정은 늦여름에 타결되었다. 안토니우스의 속마음은 알 수 없지만, 옥타비아누스는 섹스투스가 명예롭게 행동하지 않으리라는 것을 잘 알았다. 섹스투스는 결국 해적으로 전락한 피케눔 출신 싸움꾼이고 약속을 지킬 줄 모르는 인간이니까. 그는 이탈리아로의 자유로운 곡물 운송을 허용하는 대가로 시칠리아, 사르디니아, 코르시카의 관할권을 공식 인정받았다. 또 그리스의 펠로폰네소스와 은 1천 탈렌툼과 4년 내에 집정관으로 선출될 권리도 손에 넣었다. 리보가 그 이듬해 집정관이 된다는 조건도 받아들여졌다. 이게 희대의 광대극이란 건 콩알만큼의 지능이라도 있는 사람이라면 누구든 알겠지. 섹스투스 폼페이우스 당신은 지금쯤 얼마나 크게 웃고 있을까, 하고 옥타비아누스는 회담 직후 생각했다.

5월에 옥타비아누스의 아내 스크리보니아가 딸을 낳았고, 옥타비아누스는 딸에게 율리아라는 이름을 붙였다. 6월 말 옥타비아는 딸 안토니아를 낳았다.

섹스투스 폼페이우스와 맺은 계약 조항 중 하나는 추방자들이 누구나 로마로 돌아올 수 있다는 것이었다. 그중에는 유서 깊은 가문 출신의 귀족 티베리우스 클라우디우스 네로도 있었다. 브룬디시움 협정이 타결되었을 때만 해도 그는 아직 충분히 안전하지 않다고 느껴 줄곧 아테네에 머물러왔다. 하지만 이젠 그도 이만하면 로마로 돌아가도 되겠다는 판단이 들었다. 귀향이 쉽지는 않았다. 재산이 형편없이 쪼그라들었으니까. 어느 정도는 네로 자신의 잘못이었다. 어리석게도 징세청부업자들에게 자금을 투자했던 것이다. 아시아 속주에서 수입을 올리던 이들 징세청부업자들은 퀸투스 라비에누스와 그의 파르티아인 용병들이 알짜배기 땅인 카리아, 피시디아, 리키아를 침략하자 죄다 그곳에서 쫓겨났다. 하지만 네로가 어쩔 수 없었던 부분도 있었다. 물론 네로가 좀더 영리한 사내였다면 파렴치한 그리스인 해방노예들과 타성에 젖은 은행가들에게 재산을 맡겨두고 외국으로 도피하는 대신 이탈리아에 남아 스스로 재산을 지켰겠지만.

상황이 이러했으니, 티베리우스 클라우디우스 네로는 초가을에 고국으로 향하면서도 금전적인 압박 탓에 아내에게 그리 잘해줄 수 없었다. 수중의 현금이 빠듯해 가마와 짐수레를 겨우 한 대씩만 빌렸다. 네로는 아내에게 같이 가마에 타도 좋다고 허락했지만, 리비아 드루실라는 별다른 이유를 대지 않고 제안을 거절했다. 사실 이유는 두 가지였다. 첫째로 가마꾼들이 하나같이 깡마르고 부실해 네로와 그의 아들만 태우고 가기에도 벅차 보였고, 둘째로 그녀는 남편과 아들 곁에 있기가 정말 싫었다. 리비아 드루실라는 천천히 움직이는 가마 옆에서 같이 걸었다. 날씨가 산뜻했다. 햇볕이 따스하고 시원한 산들바람이 불어오며 그늘도 풍부했고, 갈색으로 시들어가는 풀과 농부들이 겨울 해충을 쫓으려 기르는 약초에서 향긋한 내음이 피어올랐다. 네로는 포장도로를 선호했지만 리비아 드루실라는 샛길이 좋았다. 그런 길에는 데이지 꽃밭이 하얀 양탄자처럼 펼쳐져 있었고, 바람이 과수원 밖으로 씨를 뿌려 자라난 나무에 매달린 철 이른 사과와 철 늦은 배를 따먹을 수 있었다. 가마에 탄 네로의 시야에서 벗어나지 않는 한 리비아 드루실라는 자기만의 세상에 머무를 수 있었다.

그들은 테아눔 시디키눔에서 아피우스 가도를 벗어나 내륙 쪽 라티나 가도로 접어들었다. 아피우스 가도를 따라 학질이 창궐하는 포메티아 늪지를 통과해 로마로 들어가는 이들은 목숨을 잃을 각오를 해야 했다.

프레겔라이 외곽에서 그들은 욕조를 사용할 수 있는 그럭저럭 괜찮은 숙소를 잡았다. 네로는 뜨뜻한 목욕 생각이 간절했다.

"나와 내 아들이 쓰고 난 목욕물을 버리지 말거라." 네로가 지시했다. "내 아내가 쓸 수 있으니까."

방에 들어선 네로는 인상을 찌푸리며 아내를 쳐다보았다. 리비아 드루실라는 가슴이 방망이질 쳤다. 행여 속마음이 표정에 드러날까 걱정하면서 그녀는 그저 조신하고 고분고분한 얼굴로 서 있었다. 오랜 경험으로 미루어보건대 남편은 한바탕 일장연설을 늘어놓으려는 모양이었다.

"이제 로마에 거의 다 왔소, 리비아 드루실라. 앞으로 공연히 헛돈을 쓰지 않게 최선을 다해야 함을 유념하시오." 네로가 훈계했다. "내년이면 우리 아들 티베리우스에게 가정교사가 필요하오. 반갑지 않은 지출이지. 하지만 그게 얼마나 부담이 될지는 당신이 그동안 얼마나 알뜰히 절약하느냐에 달렸소. 옷이나 장신구를 새로 사지 말고, 미용사나 화장사 같은 하인을 두는 것도 절대 안 되오. 알아들었소?"

"네, 여보." 리비아 드루실라는 공손히 대답했지만 속으로 한숨을 쉬었다. 미용사 따위가 아쉬워서가 아니었다. 그녀가 갈망하는 것은 평온함, 안전하고 비난받지 않는 생활이었다. 그녀에게 천국이란 원하는 책을 마음껏 읽고, 비용을 의식하지 않고 식단을 짜고, 생활비를 유용했다고 노예처럼 추궁당하지 않는 곳이었다. 리비아 드루실라는 선망받고 싶었다. 평범한 사람들이 리비아 드루실라의 이름을 듣기만 해도 얼굴이 환해지길 바랐다. 마르쿠스 안토니우스의 칭송받는 아내 옥타비아처럼. 베네벤툼, 카푸아, 테아눔 시디키눔의 시장에 옥타비아의 조각상이 세워져 있었다. 하지만 옥타비아가 트리움비르와 결혼한 것 말고 뭘 했는가? 그런데도 사람들은 마치 옥타비아가 여신이라도 되는 듯 그녀를 찬양했고, 로마와 브룬디시움 사이를 오가는 옥타비아를 한 번이라도 볼 수 있기를 기도했다. 사람들은 옥타비아에게 열광했다. 옥타비아가 평화를 가져왔다고 했다. 오, 나도 옥타비아처럼 된다면! 하지만 그저 파트리키 귀족일 뿐인 남자의 아내에게 누가 관심을 갖겠어? 그 이름이 무려 티베리우스 클라우디우스 네로라고 해도.

네로가 어리둥절한 얼굴로 아내를 빤히 쳐다보았다. 리비아 드루실라는 소스라치게 놀라며 몽상에서 깨어나 혀로 입술을 적셨다.

"하고 싶은 말이라도 있소?" 네로가 싸늘하게 물었다.

"네, 여보."

"그러면 말하시오!"

"뱃속에 아기가 생겼어요. 아들 같아요. 티베리우스를 가졌을 때와 증상이 똑같거든요."

네로의 표정에 충격이, 곧이어 불쾌감이 몰려들었다. 그는 입꼬리를 축 늘어뜨리더니 이를 갈았다. "아, 리비아 드루실라! 일을 좀 잘 처리할 수 없소? 나는 자식을 더 감당할 수 없소, 더군다나 아들은! 로마에 닿는 대로 보나 데아를 찾아가 약을 타 오시오."

"죄송하지만 그러기에는 좀 늦은 것 같아요."

"빌어먹을!" 네로가 사납게 내뱉었다. "얼마나 됐소?"

"거의 두 달요. 약은 6주 이내에 먹어야 해요. 저는 이미 7주를 넘겼어요."

"그렇다고 해도 약은 먹으시오."

"꼭 그렇게 할게요."

"안 그래도 성가신 일이 많은데!" 네로가 부르쥔 주먹을 휘두르며 소리쳤다. "나가시오! 조용히 목욕 좀 하게 썩 나가라고!"

"티베리우스는 부르지 말까요?"

"당연히 불러야지! 티베리우스는 내게 기쁨이자 위안이니까!"

"그러면 저는 오래된 시가지를 걷다 와도 될까요?"

"나야 당신이 절벽에서 뛰어내리든 말든 하등 관심 없소!"

프레겔라이는 로마에 대항해 반란을 일으킨 죄로 루키우스 오피미우스의 손에 폐허가 된 뒤 여든다섯 해째 유령도시로 남아 있었다. 반란이 일어날 무렵 이탈리아 반도는 도시국가들이 바둑판무늬처럼 흩어져 있었고 그 사이사이에 로마 시민권자 거류지가 배치되어 있었다. 로마의 오만한 조치를 부당하게 느낀 이탈리아 도시국가들은 마침내 하나로 힘을 합쳐 로마가 씌운 멍에를 벗어던지려 했다. 이후로 벌어진 치열한 전쟁에는 수많은 원인이 있었지만, 그것을 직접적으로 촉발한 사건은 당시 호민관을 지내던 리비아 드루실라의 양할아버지 마르쿠스 리비우스 드루수스의 암살이었다.

어쩌면 이 모든 과거를 알고 있어서였을까, 드루수스의 양손녀는 상처받은 마음을 부여잡고 울지 않으려 애쓰며 프레겔라이의 허물어진 성벽과 여전히 우뚝 서 있는 오래된 건물 사이를 거닐었다. 아, 네로가 감히 그녀를 어찌 이리도 홀대한단 말인가! 어떻게 임신을 그녀 탓으로 돌릴 수 있을까? 선택할 수만 있다면 절대 그의 침대에 눕지 않고 싶은 그녀였다! 사실 남편에 대한 혐오감은 이미 아테네에서부터 커져가고 있었다. 이 순종적인 아내는 예전과 다름없이 순종적이었지만, 순종의 의무를 이행해야 하는 매 순간을 혐오했다.

양할아버지의 사연과 달리 리비아 드루실라가 모르는 것이 있었으니, 50년 전 루키우스 코르넬리우스 술라 역시 그녀와 같은 길을 걸으며 지난 전쟁에서 벌어진 살육이 무엇을 위한 것이었는지 자문하고 있었다는 사실이다. 당시 술라는 이탈리아인과 로마인의 피에서 양분을 얻고 자라난 핏빛 양귀비꽃과 해골의 눈구멍으로 자라난 노랗고 앙증맞은 데이지꽃을 바라보며, 우리는 어째서 우리 형제와 전쟁을 벌이는가 하고 아무도 답할 수 없는 질문을 던졌다. 그리고 과거에 술라가 그랬던 것처럼, 리비아 드루실라 역시 눈물로 흐릿해진 시야에 자신을 향해 걸어오는 한 로마인이 들어오자 그가 실체인지 환영인지 어리둥절해했다. 처음에 그녀는 숨을 데를 찾아 몰래 주변을 두리번거렸지만, 그가 점점 가까워지자 그 옛날 가이우스 마리우스가 앉았던 바로 그 돌기둥에 앉아 그가 다가오기를 기다렸다.

남자는 자주색 단을 댄 토가를 걸쳤으며 황금빛 머리칼이 풍성했다. 걸음걸이는 우아하고 자신감 넘쳤으며 느슨하게 걸친 옷 안의 몸은 날씬하고 젊었다. 남자가 불과 몇 걸음 앞으로 다가왔고 그녀는 그의 얼굴을 또렷이 보았다. 매끈하고 아름다운 얼굴이었다. 단호하면서도 부드러웠고 은색 눈동자에 금색 테가 둘러져 있었다. 리비아 드루실라는 자기도 모르게 입을 벌리고 그를 바라보았다.

옥타비아누스 역시 도피처가 필요했던 참이었다. 사람들은 간혹 그를 지치게 했다. 그들의 의도가 아무리 좋더라도, 그들의 충성심이 아무리 절대적이라도 마찬가지였다. 그리고 마침 오래된 도시 프레겔라이가 가까이에 있었다. 프레겔라이를 대체하기 위해 조성되는 도시 파브라테리아 노바 근처였다. 옥타비아누스는 온몸에 햇살을 받고 서서 고개를 들어 구름 한 점 없는 하늘을 바라보며 마음이 알아서 흘러가도록 내버려두었다. 평소에 좀처럼 하지 않는 행동이었다. 폐허가 된 이 장소가 그의 마음을 묘하게 끌어당겼다. 아마도 고요함 때문이었으리라. 북적거리는 시장의 수다 소리가 아닌 벌들의 윙윙거림, 어느 시장의 길거리 악사가 아닌 서정적인 새가 부르는 은은한 노랫소리. 평온! 이 얼마나 아름다운가, 이러한 것들이 내게 얼마나 필요했던가!

마음의 경계를 풀고 있었기 때문인지 어느새 외로움이 가슴속에 파고들었다. 항상 바쁘게 살아왔던 그는 불현듯 태어나서 처음으로 그의 인생에 그만을 위해주는 누군가가 단 한 명도 없다는 생각이 들었다. 아, 그래, 아그리파가 있지. 하지만 그런 존재를 말하는 게 아니다. 어머니나 아내가 해줄 법한 방식으로 오로지 그만을 위해주는 누군가, 여성성과 사심 없는 헌신의 달콤한 결합. 옥타비아가 안토니우스에게 주는 그것, 또는 엄마—아, 당신을 저주합니다!—가 작은 필리푸스에게 주는 그것과 같은. 아니, 나는 지금 아티아의 부정한 행실에 관해 생각하지 않을 것이다! 차라리 누이를 생각하는 편이 낫다, 로마에 살았던 그 어느 여성보다도 다정한 로마 여성. 어찌하여 그러한 만족을 안토니우스 같은 무식한 인간이 누려야 할까? 어찌하여 옥타비아누스에게는 옥타비아와 다르더라도 그런 존재가 되어줄 그만의 여자가 없을까?

옥타비아누스는 누군가가 프레겔라이의 황폐한 돌무더기 길을 걷는 것을 발견했다. 여자는 그를 보고 도망치려는 것 같더니 이내 부러진 돌기둥에 주저앉았다. 여자의 뺨에 흐르는 눈물이 강렬한 햇빛을 받아 반짝 빛났다. 처음에 그는 그녀가 지상에 강림한 여신이라고 생각했다. 하지만 잠시 멈추어서 보니 그녀는 진짜 사람이었다. 조그마하고 매력적인 얼굴이 그를 향하더니 이내 아래로 떨구어졌다. 무릎 위에 포개진 아름다운 두 손이 파르르 떨리고 있었다. 손에 보석 장신구는 없었지만 그것 말곤 태생을 낮게 볼 만한 구석이 전혀 없었다. 그녀가 고귀한 여성임을 그는 뼛속깊이 감지했다. 그의 내면에 잠자던 어떤 본능이 우리 속에서 뛰쳐나오며 전율하듯 비명을 질렀다. 갑자기 그는 이것이 신이 내려준 메시지임을 깨달았다. 이 여자는 신이 보낸 선물이다. 그가 거부할 수 없는—결코 거부하지 않을!—신의 선물. 그는 신이 된 아버지를 향해 크게 소리치려다 고개를 가로저었다. 그녀에게 말을 걸어, 어서 주문을 풀어!

"내가 방해가 되었나요?" 그가 아름다운 미소를 지으며 물었다.

"아니요, 아니에요!" 그녀가 깜짝 놀라 눈물을 마저 닦아내며 말했다. "아녜요!"

그는 그녀의 발치에 앉았다. 그녀의 얼굴을 호기심 어린 표정으로 올려다보는 그의 아름다운 두 눈에 다정한 빛이 어렸다. "한순간 당신이 시장의 여신인 줄 알았어요." 옥타비아누스가 말했다. "지금 보니, 어쩌면 프레겔라이의 운명을 애도하는 건지 모르겠지만 당신에게서 슬픔이 보이는군요. 하지만 당신은 여신이 아니에요—아직은요. 언젠가 내가 당신을 여신으로 만들 겁니다."

오만함이 보통이 아니군! 그녀는 그의 말을 이해할 수 없었다. 그는 살짝 제정신이 아닌 것 같았다. 하지만 그녀는 첫눈에, 번개가 치는 것보다도 빠르게 사랑에 빠지고 말았다. "쉴 시간이 조금 생겨서요." 리비아 드루실라가 긴장한 목소리로 말했다. "폐허가 된 이곳을 보고 싶었어요. 여긴 너무나 평온하군요. 아, 난 평온을 간절히 원해요!" 그녀의 마지막 말에 열정이 담겨 있었다.

"사람들이 어딘가를 떠나면 모든 두려움도 함께 사라지지요. 그러고 나면 그곳은 죽음이 주는 평온을 내뿜기 시작해요. 하지만 당신은 죽음을 준비하기엔 너무 젊군요. 내 대고모부 가이우스 마리우스는 언젠가 이 적막한 도시에서 내 또다른 대고모부 술라와 만났어요. 잠깐의 숨 돌리기 같은 거였죠. 두 분 다 또다른 도시들을 이곳 프레겔라이처럼 죽음의 장소로 만드느라 바빴으니까."

"당신도 그런 적이 있나요?"

"일부러 그런 적은 없어요. 나는 파괴하기보다는 건설하죠. 하지만 프레겔라이는 절대 재건하지 않겠어요. 이곳은 내가 당신에게 바치는 기념비니까."

정말 제정신이 아니야! "농담이겠죠. 그리고 난 그런 걸 받을 자격이 없어요."

"어떻게 당신의 눈물을 보고서 농담을 하겠어요? 왜 울고 있었죠?"

"자기 연민이죠." 그녀가 솔직히 대답했다.

"착한 아내가 할 법한 대답이군요. 당신은 착한 아내예요, 그렇죠?"

그녀는 금으로 된 밋밋한 결혼반지를 내려다보았다. "그러려고 노력해요. 가끔은 쉽지 않지만요."

"내가 당신의 남편이라면 그렇지 않을 텐데요. 남편이 누구죠?"

"티베리우스 클라우디우스 네로요."

그가 쉬익 숨을 내쉬었다. "아, 그자! 그리고 당신은?"

"리비아 드루실라예요."

"유서 깊은 훌륭한 가문 태생이군요. 상속녀이기도 하고요."

"이젠 아니에요. 내 지참금은 다 사라졌어요."

"네로가 썼다는 말이군요."

"네, 피난을 떠난 다음에요. 사실 나는 클라우디우스 씨족의 네로 분가 사람이에요."

"그러면 남편과 사촌지간이군요. 아이도 있나요?"

"네 살배기 아들이 있어요." 그녀의 검은 속눈썹이 아래로 드리워졌다. "그리고 뱃속에 또하나가 있고요. 곧 약을 먹을 테지만요." 세상에! 난생처음 본 사람에게 내가 무슨 말을 하는 거지?

"스스로 원해서요?"

"그렇기도 하고 아니기도 해요."

"원하는 이유는 뭐죠?"

"나는 남편이 싫고 아들도 싫어요."

"원하지 않는 이유는요?"

"앞으로 내 자궁에 더는 자식이 들어서지 않을 것 같은 예감이 들어서요. 카푸아에서 보나 데아께 제물을 바칠 때 보나 데아의 음성을 들었거든요."

"나는 카푸아에 있다 왔어요. 하지만 거기서는 당신을 못 봤는데요."

"나도요."

침묵이 내려앉았다. 꿀처럼 달콤하고 고요한 침묵이었다. 주변에서

종달새 지저귀는 소리와 작은 풀벌레 우는 소리가 들려왔다. 마치 침묵에도 결이 있는 듯, 그 소리들마저도 원래부터 침묵의 일부인 듯했다.

나는 지금 마법에 사로잡힌 거야, 하고 리비아 드루실라는 생각했다. "여기 영원히 앉아 있으래도 있겠어요." 그녀가 쉰 목소리로 말했다.

"나도 그래요. 단, 당신과 함께여야만."

순간 그녀는 혹시 그가 자기를 만지려고 다가올까봐, 그리고 그녀가 마음이 약해져 그를 뿌리치지 못할까봐 겁이 났다. 그래서 불쑥 활기찬 목소리를 내며 분위기를 바꿨다.

"토가 프라이텍스타를 입으셨는데 얼굴이 너무 젊어 보여요. 옥타비아누스를 따르는 분이세요?"

"나는 그 누구도 따르지 않아요. 나는 카이사르예요."

그녀는 자리에서 벌떡 일어났다. "옥타비아누스요? 당신이 옥타비아누스세요?"

"그 이름에는 대답을 거부하겠어요." 그가 말했다. 하지만 화난 목소리는 아니었다. "나는 카이사르, 디비 필리우스입니다. 훗날 인민이 승인한 원로원 결의를 통해 카이사르 로물루스가 될 거고요. 내가 정적들을 물리치고 나에게 필적할 자가 없을 때요."

"내 남편은 공공연한 당신의 정적이에요."

"네로요?" 그가 진심으로 재미있다는 듯 웃음을 터트렸다. "네로는 아무것도 아니에요."

"그는 내 남편이고 내 운명의 결정권자예요."

"당신이 그의 재산이나 다름없다는 뜻이겠죠. 난 네로를 잘 알아요! 수많은 남자들이 자기 아내를 가축이나 노예처럼 여기죠. 굉장히 유감스러운 일이에요, 리비아 드루실라. 나는 아내란 남편의 가장 소중한 동료가 되어야 한다고 생각해요, 소유물이 아니라요."

"그게 당신이 아내를 바라보는 시각인가요?" 그녀가 바닥에 손을 짚고 일어서는 그에게 물었다. "아내분을 당신의 동료로 생각하세요?"

"아뇨, 지금의 아내는 그런 존재가 아니에요. 그녀에겐 안타깝게도 지성이 없거든요." 그의 토가가 엉망으로 구겨져 있었다. 그는 주름을 가지런하게 정리했다. "이제 가봐야 해요, 리비아 드루실라."

"나도요, 카이사르."

그들은 몸을 돌려 여관 방향으로 함께 걸었다.

"나는 먼 갈리아로 가요." 옥타비아누스가 갈림길에서 말했다. "원래는 거기 오래 있을 계획이었지만, 이렇게 당신을 만났으니 그럴 수 없겠군요. 겨울이 완연해지기 전에 돌아올게요." 그가 미소를 짓자 새하얀 치아가 갈색 피부와 뚜렷한 대조를 이루었다. "돌아와서 당신과 결혼하겠어요, 리비아 드루실라."

"난 이미 결혼한 몸이고 내가 한 서약을 충실히 지켜요." 리비아 드루실라는 존엄이 손상된 듯 결연히 가슴을 펴며 말했다. "나는 세르빌리아 같은 여자가 아니에요, 카이사르. 설사 상대가 당신이라도 절대로 서약을 깨뜨리지 않아요."

"그래서 당신과 결혼하겠다는 거예요!" 옥타비아누스는 뒤돌아보지 않고 왼쪽으로 난 길로 걸어갔다. 하지만 그의 목소리는 또렷하게 들렸다. "그래요, 나 같은 사람과 결혼하도록 네로가 당신과 이혼해줄 리 없지요, 안 그래요? 이 얼마나 난처한 상황입니까! 이 문제를 해결하려면 대체 어떻게 해야 할까요?"

리비아 드루실라는 그의 뒷모습을 바라보았다. 그녀는 그가 완전히 사라진 뒤에야 비로소 다리의 힘을 추스르고 걷기 시작했다. 카이사르 옥타비아누스라고! 물론 그건 다 헛소리였다. 보나마나 뻔했다. 젊고 예쁜 여자를 만날 때마다 비슷한 말을 늘어놓겠지. 권력을 거머쥔 남자들은 모든 여자들이 자기를 원할 거라는 망상을 품지 않는가. 마르쿠스 안토니우스가 그녀를 유혹하려 했던 걸 생각해보라. 하지만 이러한 이성적인 추론에도 한 가지 문제가 있었으니, 그녀가 안토니우스에게 혐오를 느낀 반면 그의 정적에게는 반해버렸다는 사실이었다. 그녀는 그를 처음 본 순간 마음을 빼앗겼다.

　카푸아에서 보나 데아의 제단에 사는 성스러운 뱀에게 그녀가 달걀과 우유를 바친 날, 뱀은 제단의 틈새를 비집고 밖으로 미끄러져 나왔다. 밝은 햇빛을 받아 비늘이 황금빛으로 번쩍였다. 뱀은 우유를 냄새 맡아보고 달걀 두 개를 한꺼번에 삼키더니 세모꼴 머리를 들어 고요하고 차가운 눈으로 그녀를 응시했다. 두려움 없이 뱀을 마주보던 리비아 드루실라는 그녀의 내면에서 뱀의 낯선 언어를 들었다. 그녀가 손을 뻗어 쓰다듬자 뱀은 그녀의 손가락에 턱을 얹고 혓바닥을 날름거렸다. 뱀은 말했다. 무엇을? 그녀는 뿌연 잿빛 안개 속을 헤치듯 그날의 기억을 떠올리려 애썼다. 보나 데아가 뱀을 통해 그녀에게 들려주려고 한 메시지가 있었다. 만일 네가 희생할 준비가 되어 있다면 보나 데아는 네게 세상을 선사하리라. 그날은 그녀가 임신을 확인한 날이었다. 신성한 뱀을 눈으로 직접 본 사람은 그때까지 아무도 없었다. 뱀은 밤이 되어야 비로소 밖으로 나와 우유를 마시고 달걀을 삼켰다. 하지만 팔뚝만큼 두껍고 기다란 황금빛 뱀이 리비아 드루실라에게 모습을 나타낸 때는 밝은 대낮이었다. 보나 데아, 보나 데아, 제게 세상을 내려주세요. 그러면 남자들이 당신에게 간섭하기 전처럼 세상이 당신을 온전히 숭배하도록 만들겠나이다!

네로는 두루마리 뭉치를 읽고 있었다. 리비아 드루실라가 들어오자 그는 고개를 들고 무서운 얼굴로 쳐다봤다.

"산책이 길었군, 리비아 드루실라. 안 그래도 종일 걸어다니면서 말이오."

"프레겔라이의 폐허에서 만난 남자분과 대화를 나눴어요."

네로의 얼굴이 경직됐다. "부녀자가 수상한 사내와 말을 섞다니!"

"수상한 사내가 아니에요. 그는 카이사르 디비 필리우스였어요."

리비아 드루실라가 수차례 들은 잔소리가 다시 쏟아지기 시작했으므로, 그녀는 목욕물이 너무 차가워지기 전에 빨리 써야겠다는 가벼운 변명과 함께 자리를 빠져나왔다. 욕실에 막상 가보니 목욕을 하려면 용기가 필요한 상황이었다. 몸에서 나온 기름과 때가 물에 둥둥 떠 있고 땀내가 진동했다. 그녀는 네로를 잘 알았다. 아마도 이 목욕물에 오줌을 누었겠지. 아들 티베리우스도 그랬을 터다. 리비아 드루실라는 헝겊 조각으로 최대한 이물질을 걷어낸 뒤 온기가 거의 사라진 물에 몸을 담갔다. 어떤 남자든 오로지 그녀만 사용하는 예쁜 대리석 욕조에 달콤한 향수를 뿌린 깨끗하고 따뜻한 물을 채워 목욕할 수 있게 해준다면 아내의 의무 따위는 기꺼이 내팽개치고 그에게 가리라는 생각이 들었다. 그녀는 오줌이나 때 생각을 겨우 머릿속에서 지워내고 그 남자가 정말로 카이사르 옥타비아누스이기를, 그가 오늘 한 말이 부디 진심이기를 간절히 소망했다.

그가 한 말은 진심이었다. 하지만 파브라테리아 노바에 자리한 두움비르의 집으로 걸어 돌아가며 옥타비아누스는 스스로를 책망하고 있었다. 그가 건넨 사랑의 말들은 어설프기 짝이 없었다.

그래, 신들을 도발하면 어찌되는지 잘 알겠지? 옥타비아누스는 비틀린 미소를 지으며 자문했다. 나는 저급한 감상주의를 혐오해왔어. 큐피드의 화살에 맞아 여자에게 첫눈에 반했다고 주장하는 사내들을 나약한 인간으로 여겼지. 그런데 여기 내 가슴팍에 화살이 꽂혀 있다. 잘 알지도 못하는 여자를 헤아릴 수 없이 사랑하게 되었어. 어떻게 이런 일이 있을 수 있지? 어떻게 내가, 늘 이성적이고 초연하던 내가 지금까지 믿어온 모든 것과 상치되는 감정에 굴복한단 말인가? 그 여자는 어느 신이 내려보낸 환영이었어, 그랬어야만 해! 그렇지 않고서야 어떻게 내가! 나는 이성적이고 초연한 사람이라고! 그런 내가 어떻게, 어떻게 사랑이라는 감정의 파도에 이리도 휩쓸린단 말인가? 아, 그녀는 내 마음을 완전히 흔들어놓았어! 그녀의 괴로움을 내가 모두 짊어지고 싶었어, 그녀에게 키스를 퍼붓고 싶었어, 여생을 그녀와 함께하고 싶었어! 리비아 드루실라. 저 가식적인 속물 티베리우스 클라우디우스 네로의 아내. 저 쓰레기통 분가에서 나온 또다른 클라우디우스 집안 남자. 클라우디우스 가문에서도 풀케르 분가는 기이하고 독자적이며 비정통적인 집정관과 감찰관 들을 배출한 반면에 네로 분가 출신들은 그저 하등 볼품없는 인간이었다. 네로도 그랬다. 오만하며 고집 세고 시시한 인간. 카이사르 옥타비아누스가 간청한다고 자기 아내와 이혼해줄 인간이 결코 아니었다.

그녀의 얼굴이 눈앞에 아른거리며 그를 미치게 했다. 줄무늬 진 눈동자, 검은 머리칼, 젖빛 피부, 탐스럽고 붉은 입술. 그렇다면 이것은 단순한 성욕의 발로인 걸까? 마르쿠스 안토니우스로 하여금 끊임없이 뜨거운 물속으로 뛰어들게 만드는 바로 그 질병을 그 역시 앓는 것일까?

아니, 그는 그렇게 믿지 않을 것이다! 이 낯선 감정이 무엇이든 거기에는 단순히 성기의 찌릿함 이상의 이유가 있어야 했다. 옥타비아누스는 이륜마차가 그를 다시 로마로 실어 가는 내내 궁리했다. 어쩌면 우리 모두에겐 처음부터 정해진 짝이 있는 건지도 모른다. 나는 드디어 내 짝을 찾은 거야. 멧비둘기들처럼. 그녀는 다른 남자의 아내다. 더군다나 그의 아이를 임신한. 하지만 상관없어. 어차피 그녀는 내게 속한 사람이니까. 내게!

옥타비아누스는 비밀을 갖게 되었지만, 이내 속마음을 털어놓고 싶어도 털어놓을 상대가 주변에 한 명도 없다는 사실을 깨달았다. 푸테올리와 오스티아에 곡물 선단이 안전하게 들어오고 최소한 올해만큼은 밀 가격이 안정을 되찾았으니 안토니우스는 아테네로 돌아가기로 결정한 터였다. 옥타비아와 그녀의 아이들도 따라갈 터였다. 그가 이 당황스럽고 모순된 감정에 관해 믿고 대화할 상대는 옥타비아밖에 없었지만, 그녀는 지금 안토니우스와 함께 너무나 행복했고 아테네로 떠날 준비에 여념이 없었다. 그러니 아무래도 남편에게 실수로 말을 흘릴 수 있을 터였다. 그러면 안토니우스는 환호를 올리며 옥타비아누스를 놀려델 게 뻔했다. 하하하, 옥타비아누스, 네놈도 어쩔 수 없이 아랫도리 문제로 쩔쩔매는구나! 안토니우스의 비아냥거림이 귀에 쟁쟁 울리는 듯했다. 그리하여 옥타비아누스는 이 문제에 관해 함구한 채 안토니우스 가족을 배웅했다. 어쩌면 아그리파가 현명한 조언을 해줄 수 있을지도 몰랐다. 로마에서 한 달 거리인 나르보 가까이 가면 히스파니아 국경 근처에서 아그리파를 만날 수 있으리라.

그는 지금의 마음 상태가 너무나 괴로웠다. 그의 머릿속은 평소 냉정한 논리로 정리되고 감정은 억제되어 있었다. 그런 그에게 당황스러운 열정이 똬리를 튼 것이다. 그는 혼란스럽고 초조했으며 마음속은 갈망으로 가득했다. 식욕은 물론이고 이성까지 잃을 지경이었다. 게다가 눈에 띄게 살이 빠졌다. 마치 뜨거운 열기로 가득한 용광로가 그의 살을 태워 증발시켜버리는 것 같았다. 그리스어로 생각하는 것도 전혀 되지 않았다. 평상시에도 너무 어려워서 강철 같은 각오로 스스로를 단련시켜야만 가능하던 일이었다. 그리스어로 구술해야 할 서신이 쉰 통도 넘었다. 그는 결국 비서들에게 라틴어로 구술한 뒤 그리스어로 옮겨 오라고 무뚝뚝하게 지시했다.

마이케나스는 로마에 없었다. 어쩌면 차라리 잘된 일이었다. 그리하여 옥타비아누스가 먼 갈리아로 떠나기 바로 전날 그에게 말을 걸 용기를 낸 사람은 스크리보니아뿐이었다.

순조로웠던 임신 기간 동안 스크리보니아는 아주 행복하게 지냈다. 아기 율리아도 순산했다. 아기는 누가 봐도 예뻤다. 가느다란 머리칼은 금빛이었고, 크고 파란 눈동자는 색이 아주 옅어서 수개월이 지나도 갈색으로 바뀌지 않을 것 같았다. 스크리보니아는 코르넬리아를 키우면서 즐거웠던 기억이 전혀 없었지만 이 아기에게는 좋은 엄마가 되려고 전념했다. 그녀는 여전히 서먹서먹하고 매사에 지나치리만치 꼼꼼한 남편을 그 어느 때보다도 깊이 사랑했다. 남편이 자신을 사랑하지 않는다는 사실은 크게 슬프지 않았다. 남편은 그녀에게 다정했고 항상 예의와 존중을 갖추었으며 산후조리가 끝나는 대로 다시 잠자리를 갖기로 약속한 터였다. 다음번에는 아들을 낳게 해주세요! 스크리보니아는 유노 소스피타와 마그나 마테르와 스페스 신에게 기도했다.

그런데 옥타비아누스가 오래된 군사 도시 카푸아 주변에 흩어져 있는 여러 군단 훈련소를 방문하고 로마로 돌아오는 동안 무슨 일이 있었던 게 분명했다. 스크리보니아가 보기에도 그랬고, 옥타비아누스의 집사이자 디부스 율리우스가 아끼던 게르만족 해방노예 부르군두스의 손자인 가이우스 율리우스 부르군디누스를 포함해 여러 하인들의 말을 종합해봐도 마찬가지였다. 부르군디누스 본인은 호르텐시우스 저택의 집사로서 늘 로마에 머물렀지만, 옥타비아누스의 피호민인 그의 형제와 자매와 사촌과 이모와 삼촌 들은 옥타비아누스가 어디를 가든 늘 그 곁에 따라다녔다. 부르군디누스가 전해 들은 중요한 소식에 따르면 옥타비아누스는 프레겔라이에 산책을 다녀온 후 지금까지 그 누구도 보지 못한 분위기를 풍겼다. 부르군디누스는 아마도 옥타비아누스가 거기서 신을 만났으리라 추측했고, 다른 여러 사람들도 제각기 의견을 냈다.

스크리보니아는 혹시 남편에게 정신적으로 문제가 생긴 것은 아닌지 걱정했다. 항상 차분하고 침착했던 옥타비아누스가 신경질적이고 성마르게 굴었으며 전에는 개의치 않던 것까지 일일이 지적했기 때문이다. 스크리보니아가 아그리파만큼 옥타비아누스를 잘 알았더라면 이 모든 것은 자기혐오의 징후라는 정확한 진단을 내렸을 것이다. 하지만 옥타비아누스를 잘 몰랐던 스크리보니아는 그에게 어서 기운을 내야 한다고, 그러려면 음식을 들어야 한다고 종용했다.

"기운 내야죠, 여보. 그러니 어서 드세요." 스크리보니아가 평소보다 잘 차린 만찬을 앞에 두고 말했다. "내일 나르보로 떠나면 입에 맞는 음식은 전혀 못 드시잖아요. 제발요, 카이사르, 드세요!"

"시끄럽소!" 옥타비아누스가 쏘아붙이며 긴 의자에서 일어났다. "말버릇을 고치시오, 스크리보니아! 점점 성질 나쁜 뒤쥐가 돼가는군!" 그는 말을 멈추고 하인이 신발의 죔쇠를 채우도록 한 발을 들었다. "흠! 적절한 표현이야! 당신은 정말이지 뒤쥐 같소, 그것도 성질이 아주 더러운 뒤쥐!"

그 순간부터 다음날 아침까지 스크리보니아는 남편의 모습을 전혀 보지 못했다. 남편이 집에서 나가는 소리에 눈물을 줄줄 흘리며 뛰쳐나온 그녀는 남편의 금발머리가 이륜마차 안으로 사라지는 모습만을 얼핏 보았다. 쏟아지는 비를 막아줄 유개마차였다. 카이사르가 로마를 떠나려 했고, 로마는 울고 있었다.

"인사도 없이 가버리셨어!" 스크리보니아가 가까이 다가온 부르군디누스에게 소리쳤다. 그는 풀 죽은 얼굴을 하고 있었다.

그가 스크리보니아의 시선을 피하며 두루마리를 내밀었다. "마님, 카이사르 어르신께서 마님께 이걸 드리라고 하셨습니다."

당신과 이혼하겠소.

사유는 다음과 같소. 당신은 뒤쥐처럼 입버릇이 사납고, 나이가 많으며, 예의가 없고, 성격이 나와 맞지 않으며, 낭비가 심하오.

집사에게 미리 지시해뒀으니 우리 아이를 데리고 쿠리아이 베테레스 근처 황소머리의 내 예전 집으로 거처를 옮기시오. 거기서 내 딸을 높은 신분에 걸맞게 키우시오. 실잣기나 길쌈질은 가르치지 말고 수준 높은 교육을 받게 하시오. 내 은행가들이 생활비를 충분히 지급할 것이며 당신 지참금도 온전히 당신 소유요. 하지만 나는 이 관대한 처분을 언제라도 중단할 수 있으며, 당신의 행실이 부적절하다는 소문이 들리는 대로 곧장 그리할 것임을 명심하시오. 그런 경우 당신을 당신 부친에게 돌려보내고 내가 직접 율리아의 양육을 맡을 것이며, 당신은 절대로 율리아를 만날 수 없소.

편지에는 스핑크스 인장이 찍혀 있었다. 스크리보니아의 손가락에서 감각이 사라지며 편지가 바닥으로 떨어졌다. 그녀는 대리석 벤치에 주저앉아 무릎 사이에 얼굴을 파묻고 정신을 잃지 않으려고 안간힘을 썼다.

"다 끝났어." 가까이 서 있는 부르군디누스에게 스크리보니아가 말했다.

"네, 마님." 부르군디누스가 다정한 목소리로 말했다. 그는 스크리보니아를 좋아했다.

"하지만 나는 아무 짓도 하지 않았어! 나는 뒤쥐가 아니야! 그가 열거한 사유 중 어느 것에도 해당하지 않아! 나이가 많다니! 아직 서른다섯도 안 됐는데!"

"카이사르는 마님이 오늘 집에서 나가셔야 한다고 명령하셨습니다."

"하지만 나는 아무 짓도 하지 않았어! 이런 취급을 받을 이유가 없어!"

가엾은 분, 마님은 그분의 신경을 거스른 거예요, 하고 부르군디누스는 생각했다. 하지만 옥타비아누스의 피호민인 부르군디누스는 아무것도 모르는 척해야 했다. 그분은 자신의 면을 세우기 위해 온 세상에 당신이 뒤쥐 같은 여자라고 말할 거예요. 가엾은 분! 그리고 가엾은 율리아 아기씨.

마르쿠스 빕사니우스 아그리파는 나르보에 있었다. 끝없이 말썽을 일으키는 아퀴타니족 때문이었다. 로마에는 여전히 우수한 군대와 능력 있는 지휘관들이 존재한다는 사실을 그들에게 각인시켜주어야 했다.

"부르디갈라를 약탈했어. 하지만 마을을 불태우진 않았네." 아그리파가 옥타비아누스에게 말했다. 옥타비아누스는 힘들게 나르보에 도착했고 천식이 2년 만에 재발한 터였다. "금이나 은은 없지만, 쇠를 씌운 단단한 수레바퀴가 산처럼 쌓여 있더군. 튼튼한 저장용 나무통 4천 개와 마실리아에 노예로 내다팔 건장한 사내 1만 5천 명도 확보했네. 판매상들이 신이 나서 손바닥을 비비고 있지. 시장에 이런 1등급 상품이 풀린 게 오랜만이거든. 여자나 아이까지 노예로 파는 건 신중치 않다고 판단했어. 하지만 자네 생각이 다르다면 언제든지 잡아들일 수 있네."

"아니, 자네가 판단하게. 노예 매매로 얻는 수익은 모두 자네 것이잖아, 아그리파."

"이번 원정에서는 아니야, 카이사르. 남자 노예들을 팔면 2천 탈렌툼이 생길 텐데 그 돈을 사용할 데가 있어. 내 주머니로는 들어가지 않을걸세. 나는 필요한 게 많지 않아. 또 내겐 언제나 나를 챙겨주는 자네가 있지 않나."

옥타비아누스는 허리를 바로 세우고 앉았다. 눈빛이 반짝였다. "작전이 있군! 생각해둔 작전이 있어! 뭔지 알려주게!"

대답 대신 아그리파는 자리에서 일어나 지도를 들고 와서 그의 수수한 책상 위에 펼쳤다. 옥타비아누스가 고개를 숙이고 살펴보니 푸테올리 주변 지역과 캄파니아의 가장 큰 항구와 로마에서 남동쪽으로 150여 킬로미터까지의 지역이 상세히 그려져 있었다.

"자네가 섹스투스 폼페이우스를 진압하는 데 필요한 군함이 충분히 마련될 날이 반드시 올 거야." 아그리파가 신중하게 중립적인 어조를 유지하며 말했다. "400척 정도면 될 걸세. 그런데 그 절반이라도 수용할 수 있는 규모의 항만이 어디 있지? 브룬디시움. 타렌툼. 하지만 두 곳 다 거기서 티레니아 해안까지 가려면 섹스투스가 항시 대기중인 메사나 해협을 거쳐야 해. 그러니 브룬디시움이나 타렌툼에는 함대를 정박시킬 수 없어. 그러면 티레니아 해안의 항만들은 어떨까. 푸테올리는 상선들로 붐비고, 오스티아는 개펄로 둘러싸였고, 수렌툼은 어선이 너무 많아. 코사는 건드리지 말아야 해. 일바 섬에서 들어오는 쇠로 강철을 제조하는 곳이니까. 그리고 이들 지역 모두 대형 선박 400척을 수용할 수 있다 해도 섹스투스의 공격에 취약해."

"나도 다 알고 있네." 옥타비아누스가 피곤한 표정으로 말했다. 천식으로 체력이 소진되어 있었다. 그의 주먹이 지도에서 미끄러져 내려왔다. "소용없네, 소용없어!"

"대안이 있어, 카이사르. 나는 조선소들을 처음 방문할 때부터 줄곧 이 문제를 고민해왔네." 아그리파의 모양이 잘 잡힌 큼지막한 손이 지도 위를 맴돌았다. 집게손가락이 푸테올리 근처의 두 작은 호수에 내려앉았다. "여기 우리의 답이 있네, 카이사르. 루크리누스 호수와 아베르누스 호수. 루크리누스 호수는 수심이 얕아. 그리고 불의 평원 때문에 수온이 높지. 반면 아베르누스 호수는 아주 깊어. 물이 너무나 차가워서 빠지면 지하세계로 직행할걸."

"뭐, 아무튼 어둡고 음울하니까." 종교 설화를 그다지 믿지 않는 옥타비아누스가 말했다. "농부들은 혹여 사령(死靈)의 분노를 살까 두려워서 그 주변 숲에서 나무를 베지 않지."

"숲을 없애야 해." 아그리파가 딱 잘라 말했다. "큰 운하를 여러 개 파서 루크리누스 호수와 아베르누스 호수를 합칠 생각이네. 그런 다음 제방을 허물어 루크리누스 호수에 바닷물이 흘러들게 할 거야. 운하를 통해 바닷물은 차츰 아베르누스 호수까지 흘러들겠지."

옥타비아누스의 얼굴이 놀라움과 경외감으로 가득찼다. "하지만…… 하지만 그 제방은 루크리누스 호수에 바닷물이 유입되지 않고 굴 양식에 적합한 수온과 염도를 유지하도록 모래톱에 일부러 쌓은 것이지 않은가." 그가 머릿속으로 주판알을 튕겼다. "바닷물이 들어가면 굴 양식장이 엉망이 돼. 아그리파, 굴 양식업자 수백 명이 들고 일어날걸세! 자네 시민권을 박탈하라고, 자네의 피를 보겠다고, 자네의 목을 치라고 아우성일 거야!"

"양식업은 섹스투스를 완전히 끝장낸 뒤 재개하면 돼." 아그리파가 무뚝뚝하게 말했다. 수세대에 걸쳐 성장한 산업을 망치는 데도 아무런 가책을 느끼지 않는 듯했다. "내가 허문 건 그들이 다시 세우면 되네. 내 말대로만 된다면, 카이사르, 우리 함선을 모두 정박시킬 수 있는 안전하고 조용한 초대형 항만을 보유하게 되는 거야. 그뿐만이 아니야. 거기서 우리는 섹스투스의 급습을 받을 염려 없이 선원과 해병 들을 훈련시킬 수 있어. 입구가 너무 좁아서 섹스투스의 배가 한꺼번에 두 척 이상 들어올 수 없으니까. 또한 섹스투스가 우리를 공격하려고 해안에서 기다릴 경우를 대비해 아베르누스 호수와 쿠마이 해변을 잇는 큰 수로 두 개를 팔 거야. 우리 배가 그 수로로 안전하게 이동해 섹스투스의 옆구리를 칠 수 있게."

아그리파의 구상을 완전히 이해한 옥타비아누스는 얼음물을 한 바가지 뒤집어쓴 기분이었다. "자넨 가히 카이사르와 맞먹을 만하군." 그가 천천히 말했다. 어안이 벙벙해진 탓에 양아버지를 디부스 율리우스로 부르는 것을 깜빡했다. "이건 카이사르가 짰을 법한 구상이야. 공학적 전투의 결작이로군."

"내가 디부스 율리우스와 맞먹는다고?" 아그리파가 놀란 표정을 지었다. "아니야, 카이사르. 이건 그저 상식적인 발상일 뿐이야. 실행이 힘들 뿐 공학적 천재성이 필요한 구상은 아닐세. 나는 조선소들을 돌아보며 생각할 시간이 많았어. 내가 간과한 게 한 가지 있는데 선박들이 자력으로 움직일 순 없다는 거야. 시설이 완비되고 선원까지 딸린 선박을 구하겠지만 3분의 2 가량은 선원이 딸리지 않은 새 선박일 걸세. 내가 제작 의뢰한 갤리선들은 5단 노선이야. 조선소에서 시설이 구비되지 않은 3단 노선도 몇 척 구했지만. 길이 60미터에 폭 7미터 반짜리 선박으로 개조하려고 해."

"5단 노선은 움직임이 둔한데." 옥타비아누스는 전투용 갤리선에 관한 지식이 아주 없진 않음을 드러냈다.

"맞아, 하지만 크다는 이점이 있고 위협적인 청동 충각을 두 개나 달수 있어. 개조식 5단 노선을 시도해봤네. 노당 노잡이를 두 명 이하로 3단 배치하는 거지. 둘, 둘, 하나로. 갑판이 넓으니까 해병 100명과 카타풀타, 발리스타를 둘 수 있어. 단을 한쪽에 평균 서른 개씩 두면 한 척당 노잡이가 300명이야. 거기에 선원 서른 명 추가."

"자네가 말한 문제가 뭔지 이제 알겠군. 하지만 자넨 물론 잘 해결할거야. 노잡이 300명 곱하기 300척이면 총 9만 명이군. 거기에 추가로해병 4만 5천 명과 선원 2만 명까지." 옥타비아누스는 기분좋은 고양이처럼 몸을 쭉 폈다. "장군도 제독도 아니지만 나 역시 로마식 병참학에일가견이 있다네."

"그러니까 자네 말은, 해병은 한 척당 100명이 아니라 150명이 낫단거지?"

"아, 그렇지. 적을 향해 개미떼처럼 몰려가려면."

"시작은 2만 명 정도면 될 걸세." 아그리파가 말했다. "일단 항만을 건설해야 해. 자네의 토지 판무관들이 퇴역병에게 나누어주지 않은 라티푼디움을 찾아 노예 출신 사내들이 이탈리아를 떠돌고 있어. 사람을 시켜 그들을 징발하려고 하네. 여기서 노예를 팔아 거둔 수익금으로 그들에게 돈을 주고 먹이고 재울 걸세. 봐서 쓸 만하면 노잡이로 훈련시키고."

"고용 장려책이군." 옥타비아누스는 미소를 지으며 말했다. "영리한 수야. 고향으로 돌아갈 돈이 없는 가난뱅이들에게 먹을 것과 잘 곳을 제공하는 거지. 안 그러면 그들은 조만간 루카니아로 흘러들어가 노상강도가 될 테니까. 전자가 나아." 옥타비아누스가 혀를 찼다. "시간이 걸리겠는데. 내가 바랐던 것보다 훨씬 오래 걸리겠어. 얼마나 소요될까, 아그리파?"

"4년, 카이사르. 올해는 빼고 내년부터 세어서."

"섹스투스는 그 기간의 3분의 1도 지나기 전에 협정을 어기겠지." 굵은 금빛 속눈썹이 내려와 눈을 가렸다. "더구나 나는 이제 스크리보니아와 이혼했으니까."

"저런! 어째서?"

"성질 더러운 뒤쥐처럼 굴어서 도저히 같이 못살겠어. 내가 하려는 건 다 싫대. 바가지를 박박 긁어댄다고."

아그리파는 옥타비아누스의 얼굴을 뚫어져라 날카롭게 응시했다. 그러니까 바람이 방향을 바꾸었군. 내가 감지할 수 없는 쪽에서 불고 있어. 카이사르가 뭔가를 꾸미는 게 분명해. 대체 무슨 꿍꿍이기에 스크리보니아와의 이혼이 필요했을까? 그 여자가 뒤쥐 같다고? 바가지를 긁어? 그럴 리가, 카이사르. 자넨 내 눈은 못 속여.

"호수 작업을 감독할 사람이 몇 명 필요해." 아그리파가 말했다. "내가 직접 골라도 괜찮겠나? 내 군단 소속 공병들 중에서 고를까 해. 하지만 영향력 있는 누군가의 보호가 필요하거든. 여유가 된다면 법무관급을 쓰면 좋겠네."

"법무관급은 없지만 집정관급은 한 명 있어."

"집정관급? 설마 칼비누스는 아니겠지. 그를 히스파니아로 보내서 아쉽군. 그가 맡아주면 딱 좋을 텐데."

"어쩔 수 없었어. 그쪽 군대에 항명 조짐이 있어서."

"알고 있네. 히스파니아 문제는 세르토리우스와 함께 시작되었지."

"세르토리우스는 30년도 더 전의 사람이야! 어떻게 그를 탓하나?"

"세르토리우스는 지역민들을 징병해서 로마인처럼 싸우는 방법을 가르쳤어. 그래서 히스파니아 군단들이 지금처럼 된 거야. 아주 사납지. 하지만 그들이 엄마젖을 빨 때부터 로마식 훈련을 받은 건 아니야. 내가 갈리아인들을 데리고 같은 실험을 하지 않으려는 건 그 이유도 있다네. 어쨌거나 원래 주제로 돌아가세. 누군가?"

"사비누스. 그라면 새 총독으로 부임해 갈 속주가 있대도 총독 자리는 거절할 거야. 어차피 지금은 공석도 없고. 사비누스는 이탈리아에 계속 있길 바라고 기회가 된다면 함대를 다뤄보고 싶어하지." 옥타비아누스가 싱긋 웃었다. "이게 4년짜리 일인 걸 알면 좀 낙담할 거야. 군단을 내줄 정도로 그를 신임하진 않지만, '율리우스 항'에서 공병들을 감독하는 일은 아주 잘해낼 것 같아. 이제부터 자네 항만을 그렇게 부르세."

아그리파가 웃음을 터트렸다. "불쌍한 사비누스! 그는 지난 과오를 절대 만회하지 못할 거야. 카이사르가 먼 갈리아를 정복하던 시절에 그가 망친 전투 말일세."

"당시의 사비누스나 지금의 사비누스나 똑같이 오만해. 그에게 항만 일을 철저히 감독하라고 시키겠네. 자네는 그가 올 때까지 나르보에 있을 건가?"

"사비누스가 굉장히 빨리 온다면 모를까, 이동해야지. 게르마니아로 가려고."

"아그리파! 진담인가?"

"그래, 아주 진지해. 수에비족이 들끓고 있네. 레누스 강 너머로 보이는 무너진 카이사르 다리의 풍경에 이제 익숙해진 거지. 그 다리를 사용하진 않을 거야. 그보다 상류에 새 다리를 놓으려고 하네. 내 말을 잘 따르는 우비족이나 케루스키족을 놀라게 하고 싶지 않아. 나는 순수한 수에비족의 땅으로 뛰어들 걸세."

"숲을 관통해서?"

"아니. 그것도 불가능하진 않지만 병사들은 바케니스 숲을 두려워해. 음침하니까. 병사들은 게르만족이 나무 뒤에 숨어 있다고 상상하지. 그뿐인가. 곰, 늑대, 야생 소도 공포의 대상이야."

"그런데 그게 정말인가? 정말로 숨어 있어?"

"아주 없지는 않겠지. 염려 말게, 카이사르. 조심할 테니."

카이사르의 후계자라면 갈리아 지역 군대에 얼굴을 비추는 것이 적절했으므로, 옥타비아누스는 나르보에 오래 머물며 그 주변에 흩어져 주둔해 있는 6개 군단을 빠짐없이 방문했다. 그는 군인들 사이를 걸으며 옛 카이사르의 미소를 지어 보였다. 그들 중 상당수는 갈리아 전쟁

퇴역병 출신으로 민간 생활에 지루함을 느껴 재입대한 자들이었다.

이런 현실을 뜯어고쳐야 해, 하고 군단들을 돌아보던 옥타비아누스는 생각했다. 어찌나 여러 번 열렬한 악수를 나누었는지 오른손이 얼얼했다. 그들 중에는 군에 열두 번 입대해 땅부자가 된 사람도 있었다. 제대하고 1인당 10유게룸을 받은 뒤 한 해 지나 또다른 원정에 참가한 것이다. 그들은 제대와 입대를 반복하며 땅을 불려나갔다. 로마에는 이제 상비군이 있어야 했다. 20년간 제대하지 않고 나라를 위해 복무하는 군인들. 그리고 복무를 마친 뒤 그들은 토지가 아닌 연금을 받을 것이다. 이탈리아 토지는 한정되어 있고, 군인들은 갈리아나 히스파니아나 비티니아 같은 외국에 정착하는 것을 달가워하지 않는다. 로마인인 그들은 말년을 고국에서 보내길 바랐다. 신이 된 나의 아버지는 항명을 이유로 10군단을 나르보 주변에 정착시켰지만, 그들은 지금 어디에 있는가? 그렇다, 아그리파 휘하 군단에 있다.

군대는 위험이 있는 곳에 있어야 한다. 일주일 내로 싸울 준비가 돼 있어야 한다. 법무관들을 급파해 카푸아 주변에서 황급히 병사들을 모으고 무장 훈련시켜 즉시 적과 맞붙도록 1천500킬로미터를 행군시키는 일은 이제 그만두어야 한다. 물론 카푸아는 앞으로도 훈련소로 기능할 것이다. 하지만 훈련병이 만족스러운 수준에 이르면 즉각 전선에 투입돼야 한다. 가이우스 마리우스는 가난한 최하층민에게 군 입대 기회를 열어주었다. 오, 보니파가 그런 그를 얼마나 증오했던가! 보니, 즉 '선한 사람들'이 보기에 가난한 최하층민에겐 지킬 게 없었다. 그들에겐 땅도 재산도 없으니까. 하지만 실전에서 최하층민 군인은 기존의 유산자 군인보다 용맹했고, 이제 로마 군단은 완전히 최하층민으로만 이루어져 있다. 한때 로마에 내줄 것이라고는 자식뿐이었던 무산자들은 이제 로마를 위해 용맹을 발휘하고 목숨을 내놓았다. 탁월한 조치였습니다, 가이우스 마리우스!

디부스 율리우스는 묘했다. 그의 군단들은 그가 신으로 떠받들어지기 훨씬 전부터 그를 신처럼 숭배했다. 하지만 그는 군대에 절실히 필요한 조치들을 취하지 않았다. 심지어 군대를 하나의 집합체가 아닌 그저 개별 군단들의 모음으로 여겼다. 그는 법체계를 엄격히 수호하는 사람이었고, 보니파의 그에 관한 비방과 정반대로 기성 법체계 즉 모스 마이오룸을 변경하는 것을 극도로 싫어했다. 하지만 모스 마이오룸에 관한 디부스 율리우스의 생각은 틀렸다.

새로운 모스 마이오룸이 진작부터 필요했어. 모스 마이오룸은 모든 일이 이전부터 처리되어오던 방식을 의미한다지만, 사람의 기억이 지속되는 시간은 짧으니 새로운 모스 마이오룸도 머지않아 모두가 신성시하는 전통이 될 것이다. 이제 대제국에 걸맞은 다른 정치 구조가 필요한 때야. 과연 나, 카이사르 디비 필리우스가 나를 정치적으로 무력화하려고 작정한 자들에게 자신을 순순히 내어줄까? 디부스 율리우스는 그런 상황을 허용했고, 결국 스스로를 구하기 위해 루비콘 강을 건너는 반역을 저질러야만 했어. 하지만 좋은 모스 마이오룸이 있었더라면 카토 우티켄시스와 마르켈루스 형제들과 폼페이우스 마그누스는 결코 내 아버지를 그리로 내몰 수 없었을 거야. 좋은 모스 마이오룸이 있었더라면 그것이 그를 지켜주었겠지. 그는 교만한 두꺼비 폼페이우스 마그누스가 열 번도 넘게 저지른 짓들을 단 한 번도 저지르지 않았으니까. 마그누스에게는 이 법을 갖다 대고 카이사르에게는 저 법을 갖다대는 전형적인 아전인수의 사례였지. 명예에 오점을 남기게 된 카이사르의 심장은 산산이 부서졌어. 9군단과 10군단이 항명을 저질렀을 때도 그랬지. 정신 나간 정적들에서 무능한 친척들까지 모든 것을 그가 좀더 주도면밀하게 주시하고 제대로 통제했더라면 둘 다 일어나지 않았을 일이야. 그래, 나는 절대 그런 일들을 당하지 않겠어! 내 필요에 맞게 모스 마이오룸과 로마의 통치 체계를 뜯어고치겠어. 나는 범법자가 되지 않으리라. 내전을 일으키지 않으리라. 모든 것을 합법적으로 처리하리라.

옥타비아누스는 나르보에서의 마지막날 저녁을 들며 아그리파에게 이 모든 이야기를 했다. 하지만 이혼, 리비아 드루실라, 또한 그가 봉착한 선택의 딜레마에 관해서는 말을 아꼈다. 여름의 환한 태양빛 아래에서처럼 그의 눈에 명백하게 보이는 것이 있었으니, 그가 겪고 있는 감정적 괴로움에 아그리파가 마음을 써서는 안 된다는 것이었다. 아그리파에게 그런 부담을 지우는 것은 부당했다. 아그리파는 그의 쌍둥이 형제도, 신이 된 아버지도 아니다. 아그리파는 그가 직접 창조한 민간 및 군사 집행부였다. 그의 천하무적 오른팔이었다.

그리하여 옥타비아누스는 아그리파의 양볼에 입을 맞추고 이륜마차에 올라 집으로 가는 긴 여정을 시작했다. 먼 갈리아의 다른 지역을 전부 방문하려고 마음먹은 터라 원래보다 길어진 여행이었다. 카이사르의 후계자인 그는 모두를 만나야 했다. 모두가 그의 사람이 되어야 했다. 그에게 충성할 사람이 언제 어디서 필요할지 누가 알겠는가?

살인적인 일정에도 불구하고 옥타비아누스는 그해가 끝나기 훨씬 전에 집으로 돌아왔다. 우선적으로 처리해야 할 일들이 머릿속에 명료하게 정리되어 있었다. 그중 몇 가지는 굉장히 시급했다. 하지만 가장 먼저 처리해야 할 문제는 리비아 드루실라였다. 이 문제가 해결되지 않으면 더 중요한 일에 마음을 쏟을 수 없을 터였다. 이것은 그 자체로는 중요한 일이 아니었다. 오로지 그의 내면에 자리한 어떤 약점, 무엇인지 알 수 없어서 결국엔 파헤치기를 포기해버린 결점 때문에 위력을 발휘하고 있었다. 그러니 이것을 어서 해결 지어야 했다.

마이케나스가 로마에 돌아와 있었다. 그는 테렌티아의 조카딸과 행복하게 결혼했다. 존경받던 키케로의 무지막지하게 못생긴 과부 테렌티아는 훌륭한 가문 출신의 매력적인 청년과 조카딸의 혼사를 두 팔 벌려 환영했다. 키케로보다 몇 살 연상이었던 테렌티아는 이제 칠순을 넘겼음에도 자신의 막대한 재산을 여전히 철두철미하게 직접 관리하고 있었다. 종교법에 관한 해박한 지식으로 각종 탈세 방법을 모조리 꿰고 있는 그녀였다. 카이사르가 폼페이우스 마그누스에 맞서 내전을 일으킨 뒤 테렌티아의 가문은 몰락했고 가족은 뿔뿔이 흩어졌다. 살아남은 가족은 아들 하나뿐이었지만 테렌티아는 이 성마른 술고래를 지독히 미워했다. 그리하여 테렌티아의 늙고 거친 가슴에는 남자 하나가 비집고 들어올 자리가 있었고, 마이케나스가 그 자리에 안락하게 둥지를 틀었다. 누가 알겠는가? 언젠가는 마이케나스가 테렌티아의 돈을 물려받을 상속자가 될지도 몰랐다. 마이케나스는 사적인 자리에서 옥타비아누스에게 테렌티아는 누구보다도 오래 살 거라고, 그리고 세상을 떠날 때 어떻게 해서든 자기 돈을 짊어지고 갈 거라고 했지만.

그러니 네로와의 협상에 마이케나스를 쓸 수 있었다. 하지만 문제는 옥타비아누스가 리비아 드루실라를 향한 자신의 연정에 관해 아직 아무에게도, 심지어 마이케나스에게조차 발설하지 않았다는 사실이었다. 마이케나스에게 이야기하면 그는 심각한 얼굴로 어서 그 이상한 관계에서 빠져나오라고 설득할 게 뻔했다. 게다가 네로가 아둔하고 고집 센 인간이라는 점을 감안할 때 마이케나스도 네로와의 협상에서는 평소 실력을 발휘하지 못할 수 있었다. 옥타비아누스는 내심 이 일을 남 앞에서 생리 현상을 감추듯 숨겨야 하는 일로 생각했다. 그 누구에게도 보이거나 들려서는 안 된다. 신은 배설을 하지 않는다. 그는 신의 아들이었고 그 자신도 언젠가 신이 될 터였다. 로마의 종교에는 옥타비아누스가 헛소리로 치부하는 요소가 많았지만, 그는 디부스 율리우스나 디부스 율리우스의 지위까지 의심하지는 않았다. 물론 그리스인들처럼 디부스 율리우스가 산 위에서, 또는 그가 지금 포룸 로마눔에 지어 올리는 율리우스 신전에서 살고 있다고 생각하는 것은 아니었다. 아니, 디부스 율리우스는 물리적인 실체가 없는 어떤 힘으로서 존재했다. 그가 여타의 실체 없는 신들과 동등한 지위를 누린다는 사실은 그 자체로 로마의 국력과 강대함과 군사적 역량을 드높였다. 그 힘의 일부는 아그리파에게 스며들었다고 옥타비아누스는 확신했다. 그리고 그 힘의 많은 부분은 옥타비아누스에게 스며들었다. 옥타비아누스는 그 힘이 자신의 핏줄을 따라 솟구치는 것을 느꼈고, 손가락을 하늘 높이 쳐들면 그 힘이 더욱 높이 솟아오른다는 사실을 알고 있었다.

그런 사람이 다른 사람에게 자기 약점을 털어놓는다고? 아니, 그럴 순 없었다. 좌절에 관해, 시련에 관해, 간혹 덮쳐오는 우울에 관해서는 말할 수 있었다. 하지만 인격적인 약점이나 결함에 관해서는 절대 말할 수 없다. 그러니 그는 마이케나스를 쓸 수 없었다. 이 협상은 옥타비아누스가 직접 처리해야 했다.

그는 매해 9월 스물세번째 날에 생일을 맞았다. 이번 생일이면 스물네 살이 되었다. 신이 된 아버지가 암살당한 후 그가 살아온 세월에는 항상 안개가 짙게 드리워져 있었다. 옥타비아누스는 이 생활을 시작할

힘을 어떻게 끌어모을 수 있었는지 도무지 기억나지 않았다. 그가 한 행동 일부는 그저 젊은이의 치기였음을 그는 잘 알았다. 어쨌거나 결과적으로는 잘되었다는 것 정도가 그가 회상하는 전부였다. 안토니우스와 승패를 가르는 분수령이 된 것은 필리피 전투였다. 그 이후의 일은 모두 또렷하게 기억났으니까. 그는 이유를 알았다. 필리피 전투가 종결된 뒤 그는 안토니우스와 정면으로 맞붙어 이겼다. 옥타비아누스의 요구는 단순했다. 브루투스의 머리. 옥타비아누스의 눈앞에 자신의 미래가 그림처럼 펼쳐진 것은 바로 그때였다. 그는 가야 할 길을 보았다. 안토니우스는 처음에 불같이 화를 내다가 결국 시시한 눈물을 쏟은 뒤 그에게 항복했다. 그랬다, 그날 안토니우스는 그에게 항복했다.

그날 이후 안토니우스와의 만남은 그리 잦지 않았지만, 옥타비아누스는 그를 만날 때마다 자신이 더욱 강해졌음을 느꼈다. 그리고 가장 최근에 안토니우스를 만났을 때 옥타비아누스는 호흡의 미세한 떨림조차 없이 당당히 자기 생각을 밝혔다. 안토니우스는 더이상 옥타비아누스의 맞수가 아니었다. 옥타비아누스가 한 수 위였다. 문득 그의 머릿속에 카토 우티켄시스가 떠올랐다. 어쩌면 디부스 율리우스가 카토를 제대로 겪은 적이 없기 때문일까. 옥타비아누스는 마침내 디부스 율리우스의 생각을 알 듯했다. 자신에게 결점이 있음을 모르는 사람을 겪을 수 있는 자는 아무도 없다. 이 방정식에 카토 우티켄시스를 대입해보면, 옥타비아누스에게는 티베리우스 클라우디우스 네로가 있었다. 네로는 제2의 카토이되 지성이 없는 카토였다.

옥타비아누스는 네로를 찾아갔다. 짧은 아침 시간 중에서도 네로의 피호민이 마지막 한 사람까지 전부 물러간 다음 네로가 축축한 겨울바람을 쐬고 포룸 로마눔의 동정도 살필 겸 집을 나서기 전으로 예상되는 때였다. 네로가 이름난 변호인이었다면 지금쯤 횡령이나 사기 혐의로 기소된 어느 사악한 귀족을 변호하고 있겠지만, 그는 인정받는 변호인이 아니었다. 혹시 친구들이 요청해 오면 네다섯번째 변호인 정도를 맡겠지만 최근에는 그런 부탁조차 없었다. 네로의 인맥은 좁았고, 그마저도 자기처럼 무능력한 귀족들로 이루어져 있었다. 대부분 세금과 폭동을 감수해야 하는 옥타비아누스의 로마에 남기보다 안토니우스를 따라 아테네에 피신해 있는 편을 택한 자들이었다.

이 반갑지 않은 손님의 방문을 거절할 수 있었다면 네로는 내심 만족을 느꼈겠지만, 예의와 격식 때문에 그럴 순 없었다.

"카이사르 옥타비아누스," 네로가 책상에서 일어서며 뻣뻣하게 말했다. 책상 앞으로 나오거나 악수를 청하지는 않았다. "앉으시지요." 그는 포도주나 물을 권하지도 않고 자기 자리로 돌아가 앉은 뒤 짜증나는 얼굴을 바라보았다. 지나치게 매끈했고 어이없을 정도로 젊었다. 그 얼굴을 보고 있자니 자기는 벌써 40대 중반인데 아직 집정관을 지내지 못했다는 생각이 떠올랐다. 필리피 전투가 벌어진 해에 그는 법무관이었다. 필리피 전투는 네로뿐 아니라 어느 누구의 출세에도 도움이 되지 않은 전쟁이었다. 집정관으로 선출되려면 뇌물을 엄청나게 뿌려야 할 테니, 앞으로 운명을 개척하지 않는다면 네로는 집정관이 될 수 없을 터였다. 내년 법무관 선거에 나가려는 사람 수가 거의 100명에 육박했고 원로원에서는 실제 법무관 자리가 60석 남짓이라고 했다. 그러니 적어도 다음 세대 동안은 매해 집정관 자리를 차지하려는 전직 법무관들의 경쟁이 치열할 터였다.

"용건이 뭐요, 옥타비아누스?" 네로가 물었다.

그냥 대놓고 말하자. 그게 최선이다. "당신의 아내를 원합니다."

이 대답에 네로는 할말을 잃었다. 짙은 색 눈동자가 둥그레지며 입이 떡 벌어졌다. 그는 침을 꿀꺽 삼키다 캑캑거리며 자리에서 어색하게 일어나더니 뛰어가 물병을 잡고 마셨다. "농담을 하시는군." 마침내 네로가 말했다. 가슴이 여전히 들썩댔다.

"절대 농담이 아닙니다."

"하지만, 하지만 턱도 없는 소리잖소!" 그제야 네로는 이 요구의 의미를 이해하기 시작했다. 그는 입을 군게 다물고 책상으로 돌아가 앉아 값싸고 볼품없는 도자기 술잔을 양손으로 감싸쥐었다. 도금 술병과 술잔 세트는 사라진 지 오래였다. "내 아내를 원한다고?"

"네."

"부정(不貞)을 저지른 것도 모자라 그 상대가 당신이라니!"

"당신 아내는 부정을 저지르지 않았습니다. 나는 그녀를 프레겔라이의 폐허에서 단 한 번 만났을 뿐입니다."

네로는 옥타비아누스가 이러는 것이 일단 욕정 때문은 아니라는 판단이 들었지만 그 이유는 여전히 짐작 가지 않았다. "내 아내를 데리고 무얼 하려고?"

"결혼을 할 겁니다."

"부정을 저지른 게 맞군! 뱃속 아이도 당신 거였어! 망할 년, 망할 년! 하, 네놈은 그년을 쉽게 얻지 못할 거야, 이 추잡한 녀석! 내가 그년을 내쫓고 부도덕한 행실을 만천하에 널리 알릴 테니까!" 술잔을 쥔 양손이 심하게 떨리며 술이 넘쳐흘렀다.

"그녀는 어떠한 잘못도 저지르지 않았습니다, 네로. 아까 말했듯 나는 그녀를 딱 한 번 만났고, 그날 그녀의 행실은 처음부터 끝까지 나무랄 데 없었어요. 완벽하게 예의를 지켰죠! 당신은 아내를 아주 잘 골랐습니다. 그래서 그녀를 내 아내로 원하는 겁니다."

늘 흐릿한 두 눈동자에 비친 무언가가 지금 옥타비아누스는 진실을 말하고 있다고 알려주었다. 네로의 대뇌 기관은 이미 한계에 도달했지만, 그는 애써 논리에 의지했다. "하지만 세상 어느 누가 남의 아내를 달라고 한단 말이오! 우스꽝스러운 일이오! 내가 뭐라고 대답할 줄 알았소? 도대체 할말이 없군! 이게 진담일 리 없소! 이건 될 법한 일이 아니오! 옥타비아누스 당신도 나름 귀족 가문에서 태어났으니 이게 될 법한 일이 아님을 당연히 알 것 아니오!"

옥타비아누스가 미소를 지었다. "내가 알기로," 그는 평상시의 어조로 말했다. "한번은 노쇠한 퀸투스 호르텐시우스가 카토 우티켄시스를 찾아가 당시 어린아이였던 카토의 딸과 결혼해도 되느냐고 청했지요. 카토가 안 된다고 하니 호르텐시우스는 그러면 카토의 생질녀들 중 하나를 달라고 했어요. 이번에도 카토가 안 된다고 대답하자 호르텐시우스는 그러면 카토의 아내를 달라고 했지요. 이번엔 카토가 허락했죠. 아시다시피 아내는 일반적으로 혈육이 아닙니다. 당신은 경우가 다르지만요. 당시 카토의 아내는 내 의붓누이 마르키아였습니다. 호르텐시우스는 그 대가로 큰돈을 치렀지만 정작 카토는 한 푼도 받지 않았습니다. 그 돈은 몽땅 늘 돈이 달리는 내 의붓아버지 필리푸스의 주머니로 들어갔어요. 에피쿠로스주의자라서 생활비가 많이 드니까요. 당신이 내 요청을 카토와 호르텐시우스의 사례에 비추어 바라본다면 한결 받아들이기 쉬울지 모르겠군요. 원한다면 이렇게 생각해보세요. 호르텐시우스처럼 나 역시 유피테르 신으로부터 당신 아내와 결혼하라는 명령을 들었다고요. 카토는 그것이 합당한 이유가 된다고 판단했습니다. 당신이라고 그러지 못할 이유가 있습니까?"

이 말을 듣는 네로에게 새로운 깨달음이 찾아왔다. 내가 미친놈을 집에 들였구나! 차라리 여기서 그치면 다행이다, 이자가 언제 미쳐 날뛸지 누가 알겠는가? "하인들을 불러서 당신을 내보내겠소." 네로가 말했다. 그는 속으로 이 정도면 지나치게 도발적으로 들리진 않았겠지, 이자가 별안간 폭력적으로 굴진 않겠지 하고 생각했다.

하지만 네로가 도와달라고 소리칠 틈도 없이 네로의 손님은 책상 위로 몸을 숙여 그의 팔을 꽉 붙들었다. 네로는 바실리스코스(수탉 머리에 뱀의 몸을 한 상상의 괴물―옮긴이)와 눈이 마주친 쥐처럼 꼼짝 못했다.

"그러지 마세요, 네로. 일단 내 말을 끝까지 들으십시오. 나는 맹세코 미치지 않았습니다. 내 행동거지가 미친 사람 같습니까? 난 그저 당신 아내와 결혼하고 싶고, 그러려면 먼저 당신이 그녀와 이혼해야 합니다. 하지만 불명예스러운 이혼은 안 돼요. 두 사람 다 명예를 지킬 수 있게 누구나 수긍할 종교적 사유를 대세요. 이 값을 매길 수 없이 귀한 진주를 내게 양보하는 대가로 나는 당신의 금전적 어려움을 덜어주겠습니다. 사실 나는 사모스 섬의 마술사보다도 뛰어난 솜씨로 그것이 사라지게 만들 겁니다. 자, 네로, 썩 괜찮은 조건이죠?"

갑자기 네로가 시선을 피하며 옥타비아누스의 오른쪽 어깨 너머를 응시했다. 그의 마르고 음침한 얼굴에 약은 표정이 떠올랐다. "내가 재정적으로 곤란한 것을 당신이 어찌 아시오?"

"온 로마가 압니다." 옥타비아누스가 싸늘하게 말했다. "재산을 오피우스나 발부스 가문 사람들에게 맡겼어야지요. 플라비우스 헤미킬루스의 후계자들은 교활한 자들입니다. 바보가 아니라면 누구나 다 알죠. 안타깝게도 당신은 바보라서 말입니다, 네로. 신이 된 내 아버지께서 몇 차례 그리 말씀하셨지요."

"지금 뭐하자는 거요?" 네로가 소리질렀다. 그는 지난 십오 분 동안 혼란스럽던 기분을 쫓으려는 듯 수건으로 엎질러진 물을 닦았다. "지금 나를 놀리는 거요? 그렇소?"

"전혀 그런 의도는 없습니다. 내가 당신에게 부탁하는 것은 종교적인 사유를 대고 즉각 아내와 이혼하라는 것뿐입니다." 옥타비아누스는 토가 주름에 손을 넣어 접힌 종이를 꺼냈다. "당신이 골치 아프지 않게 여기 방법을 아주 상세히 적었습니다. 그동안 나는 내 결혼식과 관련해 필요한 사항을 대신관단 및 15인 신관단과 조율하겠습니다. 결혼식을 가능한 한 빨리 치르려고 합니다." 그가 일어섰다. "물론 당신은 두 아이의 양육권을 온전히 보장받을 겁니다. 둘째 아이는 태어나는 대로 곧장 당신에게 보내겠습니다. 아이들이 엄마를 모르고 자라야 한다는 게 안타깝지만, 나는 자식에 대한 아버지의 권리를 방해할 생각이 전혀 없으니까요."

"아…… 음…… 어." 그가 이 상황에 말려들기까지 옥타비아누스가 보인 능란함을 따라잡을 수 없던 네로가 말을 더듬댔다.

"지참금은 까마득한 옛날에 사라졌겠죠." 옥타비아누스가 말했다. 목소리에 살짝 경멸하는 기색이 느껴졌다. "당신의 어마어마한 빚을 내가 갚겠습니다. 물론 익명으로요. 당신에게 매년 100탈렌툼을 지급하고, 집정관 선거에 출마한다면 뇌물을 뿌리는 데 필요한 돈도 지원하죠. 물론 당선을 보장할 순 없습니다. 내가 아무리 신의 아들이라도 홍수처럼 쏟아지는 대중의 여론까지 막을 순 없으니까요." 그는 문으로 걸어가다 뒤를 돌아보았다. "이혼하는 즉시 리비아 드루실라를 베스타 신녀 관저로 보내십시오. 그러면 우리 사이 볼일은 끝납니다. 당신이 받게 될 첫번째 100탈렌툼은 발부스 가문 은행에 이미 맡겨져 있습니다. 건실한 은행이죠."

그는 조용히 문을 닫고 떠났다.

방금 벌어진 일의 기억이 빠르게 희미해져갔지만, 네로는 앉아서 최대한 이 상황을 이해해보려 애썼다. 주로 돈 걱정을 줄이는 문제에 관해서였다. 자기 보호 본능을 느낀 그는 옥타비아누스가 표현만 달리했을 뿐 현재 자신에게 두 가지 선택지가 있다는 사실을 깨달았다. 만천하에 폭로하거나, 영원히 침묵하거나. 폭로한다면 빚은 그대로고 옥타비아누스가 약속한 돈도 받지 못한다. 입을 다물면 그는 로마 최상류층에서의 정당한 자리를 차지할 수 있을 터다. 그 어떤 아내를 데리고 산다 한들 이보다 가치 있을 수는 없다. 그리하여 그는 침묵하기로 했다.

네로는 옥타비아누스가 준 종잇조각을 펼쳐들고 첫 몇 줄을 고통스러우리만치 천천히 읽어나갔다. 옳지, 옳지, 이 방법대로라면 그의 자존심을 달랠 수 있다! 종교적으로 전혀 흠잡을 데가 없었다. 안 그래도 리비아 드루실라가 부정한 아내로 낙인찍히면 네로 역시 오쟁이 진 남편이라는 오명을 쓰고 세간의 비웃음을 사리라는 생각이 들던 참이었다. 젊고 아름다운 아내를 둔 늙은 남자, 그리고 그들 앞에 나타난 젊은 남자……. 오, 절대로 안 돼! 세상이 이 재앙을 제멋대로 이해하게 내버려둬선 안 되지. 일단 네로 자신부터 이 일은 순전히 종교적 문제에서 비롯되었을 뿐 불미스러운 사건은 전혀 개입되지 않은 듯 행동할 생각이었다. 그는 종이를 끌어다 이혼장을 작성한 뒤 리비아 드루실라를 불렀다.

아무도 리비아 드루실라에게 옥타비아누스가 왔다고 알리지 않았으므로 그녀는 평소와 같은 표정을 띠고 있었다. 순종적이고 조신하며 그야말로 착한 아내로 보였다. 미인이야, 네로는 아내를 찬찬히 뜯어보며 생각했다. 그래, 확실히 미인이다. 하지만 어째서 하필 이 여자에게 끌렸을까? 옥타비아누스가 벼락출세자이긴 해도 원하는 여자를 고르고도 남을 텐데. 권력은 여자들을 불나방처럼 끌어당기고 옥타비아누스에겐 권력이 있다. 도대체 그자는 단 한 번의 만남에서 이 여자의 무엇을 발견한 걸까? 6년을 같이 산 남편도 보지 못한 무언가가 이 여자에게 있는 걸까? 네로가 못 본 것일까, 아니면 옥타비아누스가 뭔가 착각한 걸까? 후자, 당연히 후자겠지.

"네, 여보?"

네로가 이혼장을 내밀었다. "종교적 이유로 당장 당신과 이혼하겠소, 리비아 드루실라. 15인 신관단이 시빌라 예언서에 새로 추가된 시구를 해석한 뒤 그중 하나가 우리의 결혼과 관련 있으며 우리가 즉각 이혼해야 한다는 결론을 냈소. 그러니 즉시 짐을 싸서 베스타 신녀 관저로 가시오."

리비아 드루실라는 놀라서 할말을 잃었다. 아무런 감각이 느껴지지 않고 머릿속이 멍했다. 하지만 그녀는 흔들리지 않고 꼿꼿이 서 있었다. 충격으로 인해 겉으로 나타난 변화라고는 별안간 창백해진 얼굴색이 전부였다.

"아이들을 만날 수 있나요?" 리비아 드루실라가 가까스로 입을 떼고 물었다.

"안 되오. 신성모독 행위가 될 것이오."

"그러면 뱃속의 아이도 포기해야겠군요."

"그렇소, 태어나는 즉시."

"저는 어떻게 되나요? 제 지참금은 돌려주시나요?"

"아니, 나는 당신의 지참금을 일절 반환하지 않소."

"그러면 저는 앞으로 어떻게 살아가지요?"

"앞으로 당신이 어떻게 살아갈지는 더이상 내 소관이 아니오. 나는 당신을 베스타 신녀 관저로 보내라는 지시만 받았소."

리비아 드루실라는 발길을 돌려 자신의 좁은 거처로 돌아갔다. 실패에서 베틀까지 그녀가 싫어하는 물건들이 사방에 널려 있었다. 그녀가 짠 옷감으로 옷을 지어 입는 사람은 아무도 없었다. 리비아 드루실라는 숙련된 솜씨를 갖지 못했고 그러길 원하지도 않았다. 이 방은 매해 이맘때쯤 냄새가 진동했다. 해충을 쫓는 말린 개망초 다발을 묶을 때가 몇 주나 지났지만 하기가 싫어서 이제껏 미룬 참이었다. 아, 아티쿠스의 도서관에서 책을 빌려보라고 네로가 몇 세스테르티우스씩 주던 때도 있었는데! 이제는 실을 잣고 옷감을 짜고 개망초 다발을 묶어야 했다.

뱃속의 아기가 세차게 발길질했다. 하는 짓이 제 형이랑 어쩌면 이리도 똑같은지. 어미가 아프든 말든 앞으로 한 시간은 발길질을 멈추지 않을 게 분명했다. 그러고 좀 있으면 그녀는 장에 기별을 느끼고 변소로 달려가 그녀가 내는 소리를 아무도 듣지 못하길 기도해야겠지. 하인들은 리비아 드루실라를 무시했다. 그들도 네로가 그녀를 무시하는 것을 알아챌 정도의 눈치는 있었으니까. 리비아 드루실라는 베틀 의자에 앉아 창밖의 주랑과 그 너머 펼쳐진 황폐한 정원을 심란한 마음으로 바라보았다.

"너 이 녀석, 가만있지 못해!" 리비아 드루실라가 아기에게 소리쳤다.

마치 마법처럼 발길질이 그쳤다. 어째서 진작 이렇게 할 생각을 못했을까? 이제야 그녀는 방해받지 않고 생각할 수 있었다.

자유, 꿈에서조차 생각지 못한 곳에서 찾아온 이 자유. 시빌라 예언서 최신판의 시구! 50년 전 루키우스 코르넬리우스 술라가 화재로 일부 소실된 시빌라 예언서의 내용을 복원하기 위해 15인 신관단이 세계 곳곳을 찾아다니게 했다는—어째서 그 조각들이 로마 밖에 흩어져 있을까?—이야기는 그녀도 알고 있었다. 하지만 그녀는 난해한 2행 내지 4행 시 모음집인 시빌라 예언서를 평범한 사람들의 일상과 무관한 천상의 존재로만 여겨온 터였다. 지진, 전쟁, 침략, 큰불, 대단한 인물의 사망, 세상을 구원할 운명인 아이의 탄생. 리비아 드루실라가 생각하는 예언서란 그런 것들에 관한 기록이었다.

앞으로 어떻게 살라는 거냐고 네로에게 묻긴 했지만 리비아 드루실라는 솔직히 그런 것은 걱정되지 않았다. 만일 신들이 몸을 숙여 그녀를 눈여겨보았다면—분명 그런 것 같았다—그리고 이 끔찍한 결혼생활로부터 그녀를 구해주려 했다면, 그들은 필시 그녀가 베누스 에루키나 신전 앞에서 남자를 유혹하도록 타락시키거나 굶겨 죽이진 않을 터였다. 베스타 신녀 관저에 머무르는 것은 일시적 조치일 게 분명했다. 베스타 신녀는 여섯 살이나 일곱 살에 천거되어 30년간 처녀성을 지키며 나라에 봉사했다. 그들의 처녀성은 로마의 운을 상징했다. 또한 베스타 신녀들은 그들의 집에 다른 여자를 들이지 않았다. 만일 그런 일이 있다면 그 여자는 정말이지 특별한 여자일 것이다! 그녀는 앞으로 자기 앞에 무슨 일이 기다리고 있을지 도무지 알 수 없었고 굳이 짐작해보려고도 하지 않았다. 자유를 얻었다는 것만으로, 자신의 삶이 마침내 어딘가로 흘러간다는 것만으로 충분했다.

리비아 드루실라는 작은 여행 가방에 얼마 안 되는 옷가지를 담았다. 금세 한 시간이 지나고 집사가 와서 팔라티누스 언덕의 게르말루스

고지에서 포룸 로마눔까지 걸을 준비가 되었냐고 물었을 즈음, 그녀는 여행 가방에 짐을 모두 싸고 끈으로 가방을 묶고 바깥의 추위와 위협적인 눈발에 대비해 망토를 꽁꽁 싸매 입은 터였다. 길에 떨어진 동물의 분뇨를 피하기 위해 높은 코르크굽이 달린 신발을 신었음에도, 그녀는 최대한 빠르게 여행 가방을 든 하인을 뒤쫓아갔다. 하인은 짐이 무겁다며 주변 사람들에게 큰 소리로 불평을 쏟아내고 있었다. 리비아 드루실라는 한참 걸어 베스타 계단을 내려간 뒤 짧은 평지 길을 따라 베스타 신전을 지나서 관저의 베스타 신녀 거처 쪽 입구에 다다랐다. 그녀를 마중나온 여자 하인이 체격 좋은 갈리아 여자에게 여행 가방을 넘겨주고는 리비아 드루실라를 방으로 데려갔다. 방에는 침대와 탁자와 의자가 하나씩 있었다.

"변소와 욕실은 저 복도를 따라가면 나옵니다." 가정부로 보이는 여자 하인이 말했다. "신녀님들과 함께 식사하실 순 없으니 음식과 음료를 이리로 가져다 드리겠습니다. 수석 신녀님께서 정원에서 운동을 해도 좋지만 신녀님들이 정원에 나오는 시간대에는 이용을 피해달라고 하셨습니다. 독서를 하고 싶으신지 물어보라고도 하셨습니다만?"

"그래, 난 책읽기를 무척 좋아한다네."

"어떤 책을 읽고 싶으신지요?"

"신녀들이 괜찮다고 하는 거라면 라틴어 책이든 그리스어 책이든 다 좋아." 교육을 잘 받은 리비아 드루실라가 말했다.

"혹시 궁금한 게 있으신지요?"

"한 가지 있네. 목욕물을 다른 사람과 같이 써야 하나?"

흩날리는 눈발 속에 꿈처럼 평온한 세 주가 지나갔다. 임신부가 관저에 머무는 것은 베스타 신녀의 계율에 어긋나는 일이 분명했기에 리비아 드루실라는 신녀들을 보려 하지 않았다. 신녀들 역시, 심지어 수석 신녀조차도 그녀를 찾아오지 않았다. 리비아 드루실라는 책을 읽고 정원을 거닐고 깨끗한 온수로 황홀한 목욕을 즐기면서 시간을 보냈다. 베스타 신녀의 관저는 네로의 저택보다 시설이 좋았다. 변기는 대리석 재질이었고 욕조는 이집트산 화강암으로 만들었으며 음식맛도 훌륭했다. 신녀들의 식사에 포도주가 곁들여진다는 것은 여기 와서 처음 안 사실이었다.

"60년 전 베스타 신녀 관저 건물을 새로 꾸민 분은 최고신관 아헤노바르부스였어요." 가정부가 설명했다. "그리고 나중에 최고신관 카이사르가 히포카우시스를 설치해준 뒤로는 생활공간뿐만 아니라 문서보관실까지 난방이 가능해졌지요." 그녀가 혀를 찼다. "지하실은 유언장으로 꽉 채워져 있었는데, 최고신관 카이사르가 요령 좋게도 지하에 공간을 내서 로마에서 제일 좋은 히포카우시스를 설치해주셨어요. 아, 모두가 그분을 그리워해요!"

새해가 지나고 일주일 뒤 가정부가 편지를 들고 왔다. 리비아 드루실라는 편지를 펼쳐 반암 문진으로 양끝을 고정시킨 뒤 내용을 읽기 시작했다. 단어가 시작될 때마다 글자 위에 점이 찍혀 있어 읽기 쉬웠다. 어째서 아티쿠스의 필경사들은 이렇게 하지 않을까?

내 일생일대의 사랑 리비아 드루실라에게. 그동안 잘 지냈나요? 이 편지가 증명하듯 나 카이사르 디비 필리우스는 프레겔라이에서 우리의 만남 이후 당신을 잊지 않았소. 추문이나 오점 없이 티베리우스 클라우디우스 네로로부터 당신을 자유롭게 할 방법을 찾느라 시간이 필요했어요. 나는 내 해방노예 헬레노스에게 새 시빌라 예언서를 뒤져 당신과 네로와 연관 있다고 해석할 만한 시구를 찾으라고 지시했소. 물론 그것만으로는 부족했소. 헬레노스는 당신과 나와 연관 있다고 할 만한 시구 역시 찾아내야 했지요. 이 훌륭한 친구는—그가 섹스투스 폼페이우스에게 일 년간 붙들려 있다 다시 내게 돌아온 게 어찌나 기쁜지 모른다오—제독이나 장군보다 학자로서의 자질을 훨씬 많이 지니고 있어요. 그리고 드디어 이 편지를 쓰는 지금 나는 창공으로 날아오르는 이카로스만큼 행복하오. 나의 리비아 드루실라, 부디 날 실망시키지 말아요! 그러면 난 죽고 말 테니. 이미 그전에 추락으로 죽지 않았다면 말이오. 여기에 당신과 네로의 시구를 적겠소.

밤처럼 검은 남편과 아내
그들의 결합은 로마에 재앙이니
둘은 하루바삐 갈라져야 하네
그러지 않으면 로마는 영원히 표류하리라

반면에 당신과 나의 시구는 캄파니아의 장미밭이라오.

금발에 새하얀 신의 아들
그가 맞아야 할 신부는 두 아이의 어미이며
갈라진 부부의 밤처럼 검은 아내
두 사람이 함께 로마를 새로 세우리라

마음에 드오? 나는 이 두 시를 읽고 무척 기뻤소. 헬레노스는 아주 똑똑한 문헌 전문가라오. 그를 수석 비서로 승진시켰소.

이달인 1월의 열일곱번째 날에 당신과 나는 혼인으로 하나가 될 것이오. 나는 이 시 두 편을 15인 신관단에 보여주었고—나 자신이 15인 중 한 명이라오—그들은 내 해석이 옳다는 데 동의했소. 우리를 가로막고 있던 모든 방해물이 치워졌고, 당신과 네로의 이혼 그리고 우리의 결혼을 승인하는 쿠리아법이 통과되었어요.

내 친척이기도 한 수석 신녀 아풀레이아는 우리가 결혼할 때까지 당신을 보호해주기로 했다오. 나는 로마가 제대로 정비되는 대로 베스타 신녀 관저와 최고신관 관저를 별개 공간으로 분리시켜주기로 했소. 당신을 사랑하오.

리비아 드루실라는 두루마리가 다시 말리도록 문진을 치운 뒤 자리에서 일어나 문을 열고 방에서 살며시 빠져나갔다. 지하실로 내려가는 석조 계단이 가까이에 있었다. 복도를 지나 누가 보기 전에 서둘러 계단을 내려갔다. 자유인 여자들인 베스타 신녀 관저의 하인들 중에는 숯 만드는 화로에 장작 집어넣는 일을 하는 여자들도 있었다. 옳지, 그녀는 운이 좋았다! 볼 때는 작업은 마무리되었지만, 이글거리는 석탄 조각을 히포카우시스에 집어넣어 위층 바닥을 데우는 작업은 아직 시작되기 전이었다. 리비아 드루실라는 가까운 화로에 그림자처럼 다가가 불속에 편지를 집어던졌다.

내가 왜 그랬지? 방으로 안전하게 돌아오자 리비아 드루실라는 거칠게 숨을 몰아쉬며 자문했다. 오, 리비아 드루실라, 너도 그 이유를 알잖아! 그가 너를 선택했고 이 비밀을 네게 이렇게 빨리 털어놓았다는 사실을 아무도 알아선 안 되니까. 여자들만의 공간인 이곳에서는 비밀이 있을 수 없어. 봉인된 편지를 뜯어볼 생각은 못하겠지만, 내가 등을 돌리면 다들 편지를 읽어보려고 달려들걸.

힘! 그는 내게 힘을 줄 거야! 그는 날 원해, 그에겐 내가 필요해, 그는 나와 결혼할 거야! 우리는 함께 로마를 새로 세울 거야. 시빌라 예언서는 진실을 말해. 그 시가 누구의 펜으로 쓰였는지는 중요하지 않지. 이 두 편의 시를 보면 예언서에 담긴 다른 수천 편의 시 역시 모조리 어리석기 짝이 없으리라. 하지만 아무도 카툴루스나 사포 같은 문필가만이 무아경의 예언자가 될 수 있다고 하진 않았어. 교육을 잘 받은 사람이라면 그런 허섭스레기는 순식간에 지어낼 수 있어.

오늘은 노나이다. 열이틀이 지나면 나는 카이사르 디비 필리우스의 신부가 된다. 나는 이보다 높이 오를 수 없으리라. 그러니 그를 위해 온 힘을 기울여 노력해야 해. 그가 추락하면 나 역시 추락하니까.

결혼식 날 리비아 드루실라는 드디어 수석 신녀 아풀레이아를 만났다. 보기만 해도 경외심이 이는 이 여인의 나이는 채 스물다섯 살이 되지 않았다. 베스타 신녀단에서는 예사로운 일이었다. 신녀들 몇 명이 한꺼번에 은퇴 연령인 서른다섯 살에 도달해 젊은 신녀들에게 자리를 물려주고 떠나는 일이 흔했으니까. 아풀레이아는 앞으로 최소한 10년간 수석 신녀로 봉직할 터였다. 그녀는 조심스럽게 부드러운 압제자로 탈바꿈해가고 있었다. 그녀의 임기 동안 정절을 지키지 못해 기소되는 예쁘고 젊은 베스타 신녀는 단 한 명도 없으리라! 그런 죄목으로 유죄 판결이 내려지면 물 한 병과 빵 한 조각만 든 채 생매장을 당했지만, 그런 일이 실제로 벌어진 지는 상당히 오래되었다. 베스타 신녀들은 자신들의 지위를 자랑스럽게 생각했으며 남자를 아프리카의 얼룩말보다도 낯선 존재로 여겼다.

리비아 드루실라가 고개를 쳐들어 그녀를 보았다. 아풀레이아는 키가 매우 컸다.

"부디 알아주셨으면 합니다." 수석 신녀가 엄숙한 표정으로 말했다. "우리 여섯 명의 베스타 신녀들은 로마를 위태롭게 하면서까지 우리의 집에 임신한 여성을 받아들였다는 사실을요."

"잘 알고 있습니다. 그리고 감사드립니다."

"감사할 필요는 없습니다. 우리는 제물 의식을 치렀고 모든 게 순조로웠습니다. 그래도 우리는 디부스 율리우스의 아들이 한 부탁이 아니었다면 당신을 보호하겠다고 나서지 않았을 거예요. 그동안 우리 베스타 신녀들이나 로마에 아무 해도 없었다는 것은 당신의 덕성이 매우 높다는 증거입니다. 만일 최고신관 레피두스께서 관저에 계셨다면 이 일을 반대하셨을지 모르겠지만, 화로의 여신 베스타께서는 당신이 로마에 필요하다고 말씀하십니다. 우리 베스타 신녀들의 책에도 그렇게 쓰여 있고요." 아풀레이아는 냄새가 지독하며 칙칙하고 빛바랜 갈색 일자형 로브를 내밀었다. "이제 옷을 갈아입으세요. 어린 베스타 신녀들이 축융이나 염색하지 않은 양털로 실을 자아 지은 옷입니다."

"어디로 가는 거죠?"

"멀리 가지 않아요. 우리가 최고신관과 공유하는 관저 내 신전이죠. 최고신관 카이사르가 무참한 죽음을 맞고 국장을 치른 뒤로 그곳은 한 번도 공공 의식에 사용되지 않았어요. 로마 신관들 중 최고연장자인 마르쿠스 발레리우스 메살라 코르비누스가 주례를 맡을 것이며, 대제관들과 제사장도 참석합니다."

리비아 드루실라는 흰옷을 입은 아풀레이아의 뒤를 따랐다. 양털로 지은 형편없는 옷 때문에 살갗이 따끔거렸다. 그들은 베스타 신녀들이 유언장 업무를 보는 큰 방 여러 개를 가로질러 지나갔다. 베스타 신녀들은 전 세계에 흩어져 있는 수백만 로마 시민들의 유언장을 관리했고 어느 유언장이든 한 시간 이내에 찾아낼 수 있었다.

열 살가량의 어린 베스타 신녀가 연신 웃음을 터트리며 리비아 드루실라의 머리칼을 여섯 갈래로 땋고 일곱 겹으로 돌돌 만 두꺼운 양모 관을 이마 위에 씌웠다. 거기에 두껍고 투박한 베일을 드리우니 그녀의 몸이 전부 가려졌다. 이 신부에게는 좁은 바늘귀마저도 통과할 정도로 얇은 붉고 노란 천은 허락되지 않았던 것이다! 옷차림만 본다면 마치 카이사르 디비 필리우스가 아닌 로물루스와 결혼하는 것 같았다.

신전은 창문이 없어 전체적으로 캄캄한 가운데 군데군데 노란 등불이 피워져 있었다. 두려우리만치 신성한 분위기였다. 리비아 드루실라에게는 지난 1천 년 동안 로마의 종교를 이루어온 모든 남자들의 그림자가 어른거리는 것처럼 느껴졌다. 시커먼 구석구석에서 누마 폼필리우스와 타르퀴니우스 프리스쿠스가 최고신관 아헤노바르부스와 최고신관 카이사르와 나란히 팔짱을 끼고 무덤처럼 고요히 그들을 지켜보는 듯했다.

그가 기다리고 있었다. 곁에서 그를 수행하는 친구들은 없었다. 그녀가 그를 알아볼 수 있었던 것은 100여 개의 촛불이 달린 황금 장식등 아래에서 반짝거리는 그의 머리칼 때문이었다. 알록달록한 토가를 입은 사내들이 뒤편에 여럿 서 있었다. 몇몇은 라이나와 아펙스를 착용하고 끈이나 죔쇠가 없는 신발을 신고 있었다. 그녀는 마침내 무언가를 깨닫고 숨이 멎는 듯했다. 이것은 유서 깊은 콘파레아티오 결혼식이었다. 그는 그녀와 평생을 약속하는 결혼식을 올리기로 결정한 것이다. 그들의 결합은 일반적인 결혼과 달리 앞으로 결코 깨어질 수 없었다. 아폴레이아가 손으로 그녀를 밀며 양가죽이 깔린 자리에 앉혔다. 제사장도 옥타비아누스에게 똑같이 했다. 주변의 어두운 자리에 다른 사람들이 서 있었지만 누군지 알아볼 수는 없었다. 신부 들러리를 맡은 아폴레이아가 두 사람 위로 커다란 베일을 드리웠다. 자주색과 진홍색 줄무늬의 화려한 토가를 입은 메살라 코르비누스가 두 사람의 손을 한데 묶고 리비아 드루실라가 처음 듣는 고대어로 몇 마디 주문을 읊었다. 이어 아폴레이아가 몰라 살사 빵을 절반으로 쪼개어 그들에게 먹으라고 주었다. 마른 스펠트 밀가루와 소금을 섞어 만든 맛없는 빵이었다.

　최악은 그다음에 이어진 희생제물 의식이었다. 약발이 제대로 듣지 않은 돼지가 꽥꽥대는 가운데 메살라 코르비누스가 고역을 치렀다. 누구 탓일까, 누가 이 결혼을 원치 않는 걸까? 신랑이 베일에서 뛰쳐나와 돼지 뒷다리를 잡지 않았더라면 돼지는 도망칠 뻔했다. 신랑은 슬며시 웃음을 띠었다. 그는 신이 나 있었다.

　어쨌든 식은 끝났다. 증인 자격으로 콘파레아티오 의식을 지켜본 리비우스 가문 사람 다섯 명과 옥타비우스 가문 사람 다섯 명이 신전에서 나갔다. 피비린내가 진동하는 무거운 분위기의 방에 "축하합니다!"라는 희미한 외침이 울렸다.

　사크라 가도에 가마가 대기하고 있었다. 식이 길어 어느새 밤이 되었으므로 횃불 든 사내들이 그녀를 가마에 태웠다. 리비아 드루실라는 폭신한 베개를 베고 누워 눈을 감았다. 임신 8개월 차인 여자에겐 너무도 긴 하루였다! 이런 일을 겪어본 여자가 또 있을까? 로마 역사를 통틀어 유일한 경험일 터였다.

그리하여 가마가 흔들리고 끼익 소리를 내며 팔라티누스 언덕을 오르는 동안 그녀는 단잠에 빠졌고, 휘장이 젖혀져 횃불의 환한 빛이 가마에 비쳐들었을 때도 깊이 잠들어 있었다.

"무슨 일인가? 여기가 어디지?" 하인들의 부축을 받아 가마에서 나오며 리비아 드루실라가 어리둥절하여 물었다.

"집에 도착하셨습니다, 마님." 여자 목소리였다. "이쪽으로 저를 따라오세요. 목욕물이 준비되어 있습니다. 카이사르는 이따 만나실 겁니다. 저는 마님의 하인들을 관리하며 이름은 소포니스바입니다."

"배가 너무 고파!"

"상을 차리고 있습니다, 마님. 목욕부터 하세요." 소포니스바가 냄새가 진동하는 신부복을 벗겨주며 말했다.

이건 꿈이야, 하고 리비아 드루실라는 커다란 방으로 안내받으며 생각했다. 방 가운데에 식탁 하나와 의자 두 개가 놓여 있었고, 너저분하고 울룩불룩한 긴 의자 세 개가 구석으로 밀쳐져 있었다. 리비아 드루실라가 의자에 앉는데 옥타비아누스가 들어왔다. 접시, 쟁반, 수건, 손 씻을 물이 담긴 그릇, 숟가락을 든 하인들이 그의 뒤를 따랐다.

"시골에서처럼 식탁에 앉아서 먹으면 좋겠다고 생각했어요." 옥타비아누스가 남은 의자에 앉으며 말했다. "긴 의자를 쓰면 당신의 눈동자를 볼 수 없을 테니까." 등불에 비친 그의 두 눈이 금빛을 띠며 섬뜩하게 빛났다. "짙은 파랑에 가느다란 황갈색 줄무늬가 있군요. 신비롭소!" 옥타비아누스가 리비아 드루실라의 손을 잡고 입을 맞췄다. "많이 시장할 텐데 어서 들어요." 그가 말했다. "오, 내 인생 최고의 날 중 하나야! 드디어 당신과 결혼했소, 리비아 드루실라. 콘파레아티오였으니 이제 당신은 내게서 도망칠 수 없어요."

"도망치고 싶지 않아요." 그녀가 삶은 달걀을 씹으며 말했다. 이어 바삭하게 구운 흰 빵을 기름에 적셔 베어 물었다. "배고파 죽을 것 같아요."

"약병아리 고기도 들어요. 요리사가 꿀물을 끼얹으며 천천히 익혔소."

리비아 드루실라가 먹는 동안 침묵이 내려앉았다. 옥타비아누스도 음식을 들며 그녀가 먹는 모습을 살폈다. 그녀는 세련된 매너로 조심스럽게 음식을 들었다. 그의 못생긴 손과 달리 그녀의 손은 가느다란 손가락에서 잘 다듬은 타원형 손톱까지 완벽했다. 두 손이 마치 물위를 떠다니듯 움직여다녔다. 사랑스럽고 사랑스러운 손! 반지, 그녀는 가장 좋은 반지들을 껴야 해.

"이상한 첫날밤이군요." 더 먹을 수 없을 만큼 배가 찬 그녀가 말했다. "오늘 나와 잠자리를 같이할 건가요, 카이사르?"

옥타비아누스가 경악했다. "아니, 절대 아니오! 당신도 그렇겠지만 나로서도 그건 생각만 해도 거북하오. 앞으로 시간은 충분해요. 긴 세월이 기다리고 있소. 일단 당신은 네로의 아이를 낳고 몸이 회복되어야 해요. 당신 나이가 몇이오? 네로와 결혼했을 때 몇 살이었소?"

"올해 스물한 살이에요, 카이사르. 네로와는 열다섯 살에 결혼했죠."

"역겨운 일이군! 어느 여자도 열다섯 살에 결혼해선 안 돼요. 그건 로마인답지 않소. 열여덟 살이 적절하지. 당신이 불행했던 것은 당연하오. 맹세컨대 나와의 결혼생활은 불행하지 않을 거요. 당신은 자유 시간을 누리고 사랑받으며 살 거요."

리비아 드루실라의 얼굴색이 바뀌며 실망한 표정이 떠올랐다. "나는 지금까지 자유 시간이 너무 많았어요, 카이사르. 그게 가장 큰 문제였죠. 독서, 서간문 쓰기, 실잣기, 방직, 하나같이 중요하지 않은 일들이에요! 나는 일을 원해요, 제대로 된 일요! 네로는 여자 하인을 거의 두지 않았는데, 베스타 신녀 관저에는 여자 목수에 미장이, 타일공, 벽돌공, 내과의에 치과의까지 모조리 여자더군요. 심지어 아풀레이아의 애완견을 진료하러 온 여자 수의사까지 봤어요. 나는 그들이 부러웠어요!"

"애완견이 암캐였길 바라오." 옥타비아누스가 미소 지으며 말했다.

"당연히 그랬죠. 암고양이에 암캐. 베스타 신녀들은 관저에서 좋은 생활을 누리고 있는 것 같아요. 그곳은 무척 평화롭답니다. 하지만 베스타 신녀들에게는 할 일이 있어요. 그곳 가정부 말로는 그들이 일에 사로잡혀 있다고 했어요. 가치 있는 사람은 누구나 일을 해야 해요. 나는 일이 없으니 가치도 없어요. 난 당신을 사랑해요, 카이사르. 하지만 당신이 여기 없을 때 나는 무엇을 하죠?"

"당신은 한가하지 않을 거요, 그것만큼은 내가 장담할 수 있어요. 내가 세상의 모든 여자들 중에 왜 하필 당신과 결혼했다고 생각하오? 당신의 눈에서 진정한 동반자의 영혼을 보았기 때문이오. 나는 진정한 조력자가 필요해요. 평생을 두고 믿을 수 있는 누군가가. 내가 따로 시간을 낼 수 없는 일, 여자라면 더 잘해낼 수 있는 일들이 아주 많소. 그리고 우리가 침대에 같이 누웠을 때 나는 여자인 당신의 조언을 구할 거요. 여자들은 세상을 다른 시각에서 보지요. 이건 아주 중요해요. 당신은 교육을 잘 받았고 매우 지적이오, 리비아 드루실라. 내 말을 믿어요. 나는 당신에게 일을 줄 거요."

이제 그녀가 미소를 지을 차례였다. "내게 그런 자질이 있다는 걸 당신이 어떻게 알죠? 내 눈을 한번 보고 그렇게 판단했다면 근거 없는 억

측이죠."

"나는 당신의 영혼에 사로잡혔소."

"그래요, 알겠어요."

옥타비아누스가 갑자기 급하게 일어서려다 다시 앉았다. "원래는 당신을 저 긴 의자에 눕힐 생각이었소. 지금쯤 몹시 피곤할 테니까." 그가 말했다. "하지만 저 긴 의자에 누워서는 뼈마디가 편하지 않을 거예요. 그러니 당신에게 첫번째 일을 주겠소, 리비아 드루실라. 이 대단한 저택을 로마의 일인자에게 어울리게 꾸며줘요."

"하지만 가구를 사는 건 여자 일이 아니잖아요! 그건 남자의 특권인데요."

"누구의 특권이든 관심 없소. 나는 시간이 없어요."

리비아 드루실라의 머릿속에 다양한 색상과 양식이 떠올랐다. 그녀가 밝게 웃었다. "가구에 쓸 수 있는 돈이 얼마나 되죠?"

"필요한 만큼 써요. 로마가 요즘 돈이 없어서 재정난을 완화하느라 상속받은 재산을 많이 썼지만, 아직 가난뱅이는 되지 않았으니까. 산다락나무, 금과 상아 예술품, 흑단, 법랑, 카라라산 대리석, 뭐든 마음에 드는 걸로 해요." 문득 뭔가 생각난 듯 옥타비아누스가 자리에서 일어섰다. "금방 돌아오겠소."

옥타비아누스는 붉은 천으로 감싼 무언가를 들고 와서 식탁 위에 올려놨다. "펼쳐봐요. 사랑하는 나의 아내. 결혼 선물이라오."

붉은 천에 싸인 것은 목걸이와 귀걸이 세트였다. 달빛 진주가 꿰어진 줄이 일곱 개로, 전부 목덜미 부분에 자리하게 될 한 쌍의 황금 판에 연결되어 있었다. 귀걸이는 뒷면에 고리가 달려 귓불에 고정되는 황금판에 진주알이 일곱 개씩 한 줄로 매달려 있었다.

"오, 카이사르!" 리비아 드루실라가 황홀한 표정으로 나직이 말했다. "아름다워요!"

그녀가 기뻐하는 모습에 그도 기뻐져서 빙긋이 웃었다. "난 다소 인색한 사람으로 소문이 나 있으니 가격은 말하지 않겠소. 하지만 운이 좋았어요. 파브리키우스 마르가리타가 최근에 들인 물건이오. 진주가 너무도 완벽하게 어우러져 있어서 아마도 여왕에게 바치기 위해 만들어졌을 것으로 짐작하더군요. 타프로바네에서 진주를 들여오는 이집트나 나바테아의 여왕 말이겠지. 하지만 이것들이 여왕의 목덜미나 귀를 장식한 적은 한 번도 없어요. 도난당한 물건이니까. 파브리키우스는 이것들을 키프로스에서 발견하고 매입했소. 내가 그에게 치른 만큼은 아니지만 역시 상당히 비싼 값에. 내가 이것을 당신에게 선물로 주는 이유는 늙은 파브리키우스도 나도 이것이 지금껏 아무도 착용했거나 선물받은 적이 없는 물건이라고 믿기 때문이오. 그러니, 내 사랑, 이것은 온전히 첫번째 소유자인 당신의 물건이에요."

그녀는 그가 자신의 목에 진주 목걸이를 드리워주고 귀에 귀걸이를 건 다음 그녀를 감탄하는 눈길로 바라보는 모습을 지켜보았다. 그녀의 마음은 형언할 수 없는 기쁨으로 가득찼다. 세르빌리아의 딸기 진주는 이것에 비하면 아무것도 아니었다. 일곱 줄이라니! 늙은 클로디아의 목걸이는 두 줄짜리였고 심지어 셈프로니아 아트라티나도 세 줄 이상의 것은 갖고 있지 않았다.

"이제 잘 시간이오." 옥타비아누스가 기운찬 목소리로 말하고 손으로 그녀의 팔꿈치를 받쳤다. "당신 거처가 따로 있소. 당신이 어느 쪽 전망을 좋아할지 모르겠소. 혹시 다른 곳을 선호한다면 집사 부르군디누스에게 말하면 돼요. 소포니스바는 마음에 드오? 괜찮소?"

"엘리시온 들판에 온 것 같아요." 옥타비아누스의 안내를 받아 걸으며 리비아 드루실라가 말했다. "나를 위해 이렇게 많은 수고와 비용을 감수했다니요! 카이사르, 나는 당신을 처음 본 순간 사랑에 빠졌어요. 하지만 이제 알겠어요. 나는 당신과 함께하는 매일매일 당신을 더더욱 사랑하게 될 거예요."

〈2권에 계속〉

계급 classes 재산이나 지속적 수입이 있는 로마 시민을 다섯 경제 집단으로 나눈 것. 1계급이 가장 부유했고 5계급이 가장 가난했다. 최하층민(capite censi)은 다섯 계급에 속하지 않았고 따라서 백인조회에서 투표할 수 없었다. 사실 4계급, 5계급은 물론 3계급도 백인조회에서 투표하는 일이 드물었다.

공공의 적 hostis 로마 원로원과 인민이 어떤 개인을 법익 박탈자, 사회의 적으로 천명할 때 쓰인 용어.

공권박탈 proscription 특정 인물을 명단에 올려 그에게서—종종 목숨을 비롯한—모든 것을 빼앗는 행위를 일컫는다. 그 과정에 법적 절차는 필요하지 않았고, 공권박탈자에게는 재판받을 권리, 무죄 입증용 증거를 제출할 권리, 청문회를 통해 결백을 주장할 권리가 허락되지 않았다. 독재관 술라의 시절에 공권박탈 조치는 악명을 떨쳤다. 술라는 원로원 의원 40명과 상급 기사 1천600명을 공권박탈자 명단에 올렸고, 그들은 대부분 살해당했다. 그들의 재산은 텅 빈 국고를 채우는 데 사용되었다. 술라 시대 이후 로마인들은 '공권박탈'이라는 말이 언급되기만 해도 완전히 겁에 질렸다.

공화파 Republicans 이 책에서는 카이사르가 루비콘 강을 건넌 이후 그에게 맞섰던 일단의 남자들을 의미한다. 공화파의 주축은 초보수 파벌인 보니였다. 공화파는 나이우스 폼페이우스 마그누스를 그들의 전쟁 지휘관으로 임명해 카이사르와의 내전을 시작했다. 그들은 파르살로스 전투에서 카이사르에게 참패했지만 아프리카 속주에서 저항을 이어가다가 먼 히스파니아의 문다에서 완패했다.
공화파에 대해 카이사르를 살해한 사람들, 다시 말해 해방자들과 혼동해서는 안 된다. 해방자들 중 다수는 한 번도 공화파였던 적이 없고, 그들 중 일부(브루투스, 카시우스)는 초반에 공화파로서의 저항을 중단했기 때문이다.

권위(아욱토리타스) auctoritas 로마 특유의 개념으로 타인을 능가하는 탁월함, 정치 권력, 지도력, 공적·사적 영역에서의 존재감, 무엇보다 공적 또는 개인적 명성을 활용해 사회에 영향을 발휘하는 능력을 모두 아우른다. 로마의 모든 정무직에는 아욱토리타스가 기본적으로 따랐지만, 그렇다고 정무관들에게만 아욱토리타스가 있었던 것은 아니다. 원로원 최고참 의원, 최고신관, 제사장, 전직 집정관, 심지어 일개 개인도 권위를 쌓을 수 있었다.

기병대장 Master of the Horse 독재관의 부사령관을 일컫는 직위.

기사(에퀴테스) equites 왕정 시대에 로마 최고의 시민들로 특별 기병대를 임명하면서 만들어졌다. 당시 이탈리아에서 훌륭한 품종의 말은 귀하고 비쌌기 때문에, 18개 백인대를 구성하는 기사 1천800명에게는 공마가 한 필씩 지급되었다. 기원전 2세기 즈음부터는 기병대를 국가 차원에서 관리하지 않았고, 기사계급은 군대와 별 관련이 없는 사회·경제 집단으로 바뀌었다. 포룸 로마눔의 특별 심사장에서 열리는 인구조사에서 40만 세스테르티우스 이상의 재산이나 수입을 감찰관에게 증명하면 기사로 인정받아 자동으로 1계급이 되었다.

노나이 Nonae 한 달에서 특별히 취급되는 세 날(칼렌다이, 노나이, 이두스라는 고정된 지점들을 기준으로 하여 거꾸로 날짜를 표현했다) 중 두번째. 긴 달에는(3월, 5월, 7월, 10월) 7일이었고 다른 달에는 5일이었다. 유노 여신에게 바쳐진 날이었다.

독재관 dictator 정부에 닥친 특별한 위기에 대처하기 위해 원로원의 지시를 받아 집정관이 임명하는 로마의 비선출 정무관. 그 특별한 위기란 원래는 로마 본토가 침략당할 위기를 수반하는 전쟁이었다. 따라서 독재관의 임무는 군사적인 성격을 띠는 것이어서, 다른 직함은 마기스테르 포풀리(보병대장)였고 첫 임무로서 부관인 마기스테르 에퀴툼(기병대장)을 임명해야 했다. 공화정 초기에서 보듯, 독재관이 하는 일은 전쟁을 수행하고 최소 한 명의 집정관을 남겨 민간 정부의 업무를 보게 하는 것이었다. 독재관 임기는 6개월에 불과했는데, 즉 군사 작전 기간 동안이었다. 임명은 임페리움에 관한 쿠리아법에 따랐다. 독재관은 신성경계선 안에서도 파스케스에 도끼를 끼운 스물네 명의 릭토르들을 앞세우고 걸었다.

독재관은 모든 정무관들 중 유일하게 임기 동안의 행위에 면책을 받았고 임기가 끝난 후 임기중의 행위로 재판에 회부될 수 없었다. 그러나 로마의 초기 적들이 정복되면서 시간이 흐를수록 독재관의 필요성이 줄어들었다. 여기에 독재관 직에 대한 원로원의 불신이 더해져, 개인에게 절대 권력을 맡기지 않고 원로원 최종 결의를 사용해 국가 위기에 대처하려는 시도들이 이어졌다.

기원전 81년 로마로 진군한 뒤 독재관으로 임명된 술라는 법에는 실재했으나 전통은 아니었던 여러 권한을 자기 것으로 만들었다. 면책 특권이 있는 그는 독재관 직을 이용해 여러 법을 제정하고 새로운 제도의 틀을 잡았으며, 빈 국고를 채우고 자신의 적들을 처형해서 없앴다. 6개월이 지나도 그가 물러나지 않자 많은 로마인들은 술라가 평생 독재관을 지낼 거라고 추측했지만 기원전 79년 술라는 모든 공직에서 물러났다. 카이사르는 (역시 로마 진군 후) 독재관이 되었을 때 술라의 전례를 기반으로 삼을 수 있음을 알았고, 술라보다 더 강력한 독재관의 여러 권한을 행사했다.

디아데마 diadem 폭 2.5센티미터 정도의 두꺼운 흰색 띠. 끝부분에 수를 놓았으며, 술 장식으로 마감한 것이 많았다. 이마나 헤어라인 뒤쪽으로 둘러 뒤통수 밑에서 매듭으로 묶었으며, 끝은 양어깨로 흘러내리게 했다. 원래 페르시아 왕족의 상징이었으나 알렉산드로스 대왕이 페르시아 왕들의 착용을 금지한 후 헬레니즘 군주의 상징이 되었으며, 왕관이나 티아라보다 더 적절한 그리스식의 절제된 표현이었다. 왕 그리고(또는) 여왕만 착용할 수 있었다.

라세르피키움 laserpicium 북아프리카에서 자라는 실피움이라는 관목에서 추출한 물질로 과식했을 때 소화제로 사용했다.

리부르니족 전함 Liburnian 리부르니아 해적들이 사용했다는 이유로 붙여진 이름. 정확한 크기는 추정하기 힘들지만 아그리파가 해상전에서 사용한 것들은 대략 3단 노선으로 갑판이 있고 상당수의 해병을 실을 수 있었을 것으로 짐작된다. 속도가 빠르고 조종이 용이했다.

릭토르 lictor 고등 정무관이 공식 업무를 보러 다닐 때 격식을 갖추어 수행하던 사람들. 파스케스를 왼쪽 어깨에 얹고 다녔다. 고관 앞에서 일렬종대로 걸으며 길을 텄고, 고관이 물리적인 제지나 매질을 해야 할 때 동원되기도 했다.

모스 마이오룸 mos maiorum 뜻을 풀자면 기성 질서. 정부와 공공기관의 관습을 설명할 때 이용하는 말이었다. 모스 마이오룸은 로마에서 불문법이나 다름없었다. '모스'는 '이미 굳어진 관습'을 의미했고, '마이오룸'은 이 경우 '선조'나 '조상'을 의미했다. 다시 말해 모스 마이오룸은 모든 일이 이전부터 처리되어 오던 방식을 뜻했고, 앞으로도 그런 식으로 처리되어야 함을 의미했다.

민회(코미티아) comitia 로마인들이 통치, 입법, 선거와 관련된 사안을 다루기 위해 소집한 모든 회합을 통칭하는 말. 공화정 시대에는 실질적으로 백인조회, 트리부스회, 평민회 세 종류의 민회가 있었다.

— 백인조회 Comitia Centuriata
인민 즉 파트리키와 평민 모두 참여하는 민회로, 재산 평가에 따라 계급이 구분되는 사실상 경제계급 모임이었다. 집정관, 법무관, 감찰관을 선출했고 대반역죄 재판을 열거나 법안을 통과시킬 권한이 있었다. 본래 군사 단체였기 때문에 백인조 단위로 모였고, 보통 마르스 평원의 가설투표소에서 열렸다.

— 트리부스회 Comitia Populi Tributa

'트리부스 인민회'라고도 한다. 35개 트리부스 단위로 모였다. 파트리키의 참여를 허용했고, 집정관이나 법무관이 소집했다. 보통 민회장에서 열렸다. 고등 조영관, 재무관, 군무관을 선출했고 법안을 제출·의결할 수 있었다. 마리우스 시대에는 재판권도 있었다.

— 평민회 Comitia Plebis Tributa 또는 Concilium Plebis

'트리부스 평민회'라고도 한다. 35개 트리부스 단위로 모였지만 파트리키는 참여할 수 없었다. 평민회 소집 권한이 있는 정무관은 호민관뿐이었다. 보통 민회장에서 열렸다. 법(평민회 결의)을 제정하고 평민 조영관과 호민관을 선출했다. 평민회 역시 마리우스 시대에는 재판권이 있었다.

발리스타 ballista 로마 공화정 시대에 사용된 투석용 포. 탄환을 얹은 숟가락 모양의 지렛대에 팽팽하게 감은 밧줄 스프링을 이용해 극심한 장력을 가했다가 일시에 힘을 풀면, 지렛대가 공중으로 들어올려졌다가 두터운 패드에 부딪히고 탄환이 (탄환이나 기계의 크기에 따라 각기 다르지만) 상당히 먼 거리를 날아갔다.

백인대장 centurion 로마 시민 군단과 보조부대 모두에 있던 정규 직업군관. 현대의 하사관과 같이 생각해서는 안 된다. 이들은 오늘날 우리의 사회적 구별을 적용받지 않는 지위를 누린 완벽한 전문가였다. 공화정 시대에는 사병이 진급을 통해 백인대장이 되었다. 백인대장 사이에도 계급이 존재했다. 가장 낮은 계급의 백인대장은 군단병 80명과 비전투원 20명으로 이루어진 백인대를 통솔했다. 마리우스가 재편한 공화정 로마군의 보병대대는 백인대 6개로 구성되었는데, 백인대장(켄투리오centurio)들 중 가장 높은 선임 백인대장(필루스 프리오르pilus prior)은 대대 전체를 통솔하는 동시에 소속 보병대대의 선임 백인대를 이끌었다. 하나의 군단을 구성하는 보병대대 10개를 통솔하는 선임 백인대장들 10명 사이에도 계급이 존재했다. 군단의 최고참 백인대장(프리무스 필루스primus pilus, 나중에 프리미필루스primipilus로 축

약됨)은 소속 군단의 사령관(선출직 군무관이나 총사령관의 보좌관)의 명령에만 따랐다. 백인대장은 쉽게 알아볼 수 있었다. 그들은 정강이받이를 착용하고 쇠사슬 갑옷 대신 쇠미늘 갑옷을 입었으며, 투구의 깃털 장식은 앞뒤가 아닌 양옆으로 튀어나와 있었다. 또한 튼튼한 포도나무 곤봉을 들고 다녔고 훈장도 많이 달고 있었다.

법무관 praetor 로마 정무관 중 두번째로 높은 직급(감찰관 직은 특별한 경우이므로 생략). 공화정 초기에는 가장 지위가 높은 정무관 두 명을 가리켰지만, 기원전 4세기 말경 가장 높은 정무관을 지칭하는 '집정관'이라는 말이 생겼다. 이후 수십 년 동안 법무관은 매년 한 명씩 선출되었다. 이 법무관은 두 집정관이 로마 밖에서 벌어지는 전쟁을 지휘하는 동안 로마 내에서 발생하는 사건에만 관여했기 때문에 수도 담당 법무관에 가까웠다. 기원전 242년부터는 두번째 법무관, 즉 외인 담당 법무관을 뽑아 로마보다는 외국인 및 이탈리아와 관계된 업무를 맡겼다. 이후 로마가 통치해야 할 속주가 늘어나면서 법무관 임기를 마친 후 권한대행으로서가 아니라 임기중에 속주로 파견되는 법무관 직이 추가로 생겨났다.

보니 boni '선량한 사람들'이라는 뜻. 플라우투스의 희곡 「포로들」에 맨 처음 등장한 이 표현은 가이우스 그라쿠스 시대부터 정치적 맥락에서 사용되었다. 가이우스 그라쿠스가 자기 추종자들을 묘사하는 말로 가장 먼저 썼지만 그의 정적 드루수스와 오피미우스도 이 단어를 사용했다. 이후 점차 일반적으로 사용하는 표현이 되었고, 키케로 시대에는 정치 성향이 강경보수인 자들을 일컫는 말로 사용되었다.

세라피스 Serapis 마케도니아와 이집트 문화가 독특하게 뒤섞인 습합신. 프톨레마이오스 1세와 그 당시 프타 신의 대사제였던 마네톤이 구상했다고 전해진다. 세라피스는 제우스와 오시리스의 통합체이자 아피스 황소의 수호신이며, 그리스 문화권에 속했기에 이집트의 전통적인 '짐승신들'을 싫어하던 알렉산드리아와 나일 삼각주 지역 주민들의 흥미를 끌 수 있게 고안되었다.

솔 인디게스, 텔루스, 리베르 파테르 Sol Indiges, Tellus and Liber Pater 서약과 맹세를 관장한 신비한 세 로마신. 이 신들의 이름이 언급되면 누구보다 냉소적인 로마인일지라도 기필코 자신의 맹세를 지켰다.

원로원 Senatus 로마인들은 로물루스가 원로원을 세웠다고 믿었지만 실은 로마 왕정 후기의 왕들이 설립한 자문기구였을 가능성이 크다. 왕정이 끝나고 공화정이 시작된 후에도 원로원은 파트리키 300명 규모로 존속되었다. 몇 년 지나지 않아 평민도 원로원 의원이 되었으나, 그들이 고위 정무관 직을 차지하기까지는 좀더 많은 시간이 걸렸다.

원로원은 워낙 오래된 조직이었기 때문에 그 권리와 권력, 의무에 관한 법적 정의가 거의 존재하지 않았다. 원로원 의원들은 행정부에서 그들의 우위를 지키려고 항상 맹렬히 싸웠다. 공화정 중기부터 재무관에 선출되면 곧이어 원로원 의원이 되는 것이 규정이었지만, 재무관 직을 통하는 길 외에는 원로원에 들어갈 수 없도록 술라가 조치하기 전까지는 원로원 의원 지명에 관한 재량권이 감찰관에게 있었다. 아티니우스법에 따라 호민관은 당선과 동시에 원로원 의원이 되었다. 원로원 의원의 자격 요건으로 자산 조사가 행해졌지만 이는 전적으로 비공식적인 관례였다.

원로원 회의에서 발언이 허락되는 의원들 사이에는 엄격한 위계질서가 존재했다. 평의원들은 투표권만 있고 발언은 할 수 없었다. 안건이 중요하지 않거나 만장일치인 경우 구두 또는 거수 표결로 처리할 수 있었다. 반면 공식 투표는 의원들이 자기 자리에서 나와서 가부 의견에 따라 고관석 단상 양쪽에 선 뒤 각각의 인원수를 세는 방식으로 진행되었다. 입법기관이 아닌 자문기관이었던 원로원은 결의를 통해 다양한 민회에 요구사항을 전달했다. 중대한 안건이 상정된 경우 정족수가 차야 투표를 실시할 수 있었다.

원로원 최종 결의 Senatus Consultum Ultimum 이 시리즈의 배경이 되는 시대에 '공화국 수호를 위한 원로원 결의'를 가리켜 흔히 사용된 약칭. 키케로가 사용한 것은 확실하다. 저자는 키케로를 이 표현의 원조로 그렸으나 이는 추측에 불과하다.

율리우스 달 Julius 율리우스 카이사르가 살해되고 신으로 받들어진 후 로마의 7월 즉 퀸틸리스 달은 율리우스 달로 바뀌었다.

이두스 Idus 한 달에서 특별히 취급되는 세 날(칼렌다이, 노나이, 이두스라는 고정된 지점들을 기준으로 하여 거꾸로 날짜를 표현했다) 중 세번째. 긴 달에는(3월, 5월, 7월, 10월) 15일이었고 다른 달에는 13일이었다. 유피테르 옵티무스 막시무스 신을 위한 날로, 유피테르 대제관이 카피톨리누스 언덕의 아륵스에서 양을 산 제물로 바쳤다.

이시스 Isis 이집트의 여신. 그러나 헬레니즘화한 신이기도 하다. 로마에서는 주로 그리스 해방노예들이 숭배했다. 로마에는 그리스 해방노예들이 아주 많이 살고 있었다. 이시스 숭배 의식은 채찍질을 수반했기에, 대다수의 로마인들은 이시스와 이시스 숭배를 몹시 거북스러워했다.

인민 People 엄밀히 말해서 원로원 의원을 제외한 모든 로마인을 포괄하는 용어다. 평민부터 파트리키까지, 1계급부터 최하층민까지를 모두 포함한다.

임페라토르 imperator '최고 사령관' 혹은 '장군'. 그러나 세월이 흐르면서 큰 승리를 거둔 장군에게만 주어지는 호칭이 되었다. 원로원에서 개선식 개최를 허락받고자 하는 장군은, 전투가 끝난 뒤 그의 군대가 전장에서 자신을 임페라토르로 외쳐 불렀다는 사실을 증명해야 했다. 이 단어는 '황제(emperor)'의 어원이다.

임페리움 imperium 고등 정무관이나 정무관 권한대행에게 주어진 권한의 정도이다. 임페리움이 있다는 것은 그 사람이 해당 관직의 권한을 보유했으며, 본인의 임페리움과 처신을 규정하는 법에 따라 행동하는 한 그 권한을 부정할 수 없다는 의미였다. 임페리움은 쿠리아법에 의해 주어졌으며 원칙적으로 1년간 지속되었다. 임기가 연장된 총독의 임페리움 연장은 원로원 또는 트리부스회의 비준을 받아야 했다. 임페리움을 보유한 사람은 파스케스를 든 릭토르단을 거느렸는데, 릭토르와 파스케스 수가 많을수록 더 높은 임페리움의 보유자였다.

임페리움 마이우스 imperium maius 아주 강력한 임페리움으로, 임페리움 마이우스 보유자는 그해 집정관들보다 우월한 위치를 차지했다.

재무관 quaestor '관직의 사다리'에서 가장 낮은 단계. 선출직이었다. 마리우스 시대에는 재무관으로 뽑힌다고 해서 자동으로 원로원 의원이 되지는 않았지만, 감찰관들이 재무관을 원로원 의원으로 받아들이는 것이 관례였다. 독재관 술라가 원로원 의원이 되려면 반드시 재무관 직을 거쳐야 한다는 법을 만들기 전까지는 재무관을 지내지 않은 사람도 원로원 의원이 될 수 있었다. 술라는 재무관의 정원을 12명에서 20명으로 증원했고, 30세 전에는 재무관 후보로 출마할 수 없다고 명시했다. 이는 원로원 의원이 되기에 적당한 나이이기도 했다.
주요 임무는 재정 업무였다. 추첨을 통해 로마 내에서 국고를 관리하거나 이탈리아에서 관세, 항구세, 임대료를 수금하거나 속주 총독의 재산을 관리하는 임무 등을 맡았다. 속주 총독으로 파견되는 사람은 자신이 데려갈 재무관을 지명할 수 있었다. 일반적으로 임기는 1년이었으나, 지명받은 경우 모시는 총독의 임기가 끝날 때까지 속주에 남아 임무를 수행했다. 취임일은 12월의 다섯째 날이었다.

정무관 magistrates 투표로 선출되어 행정부를 구성하는 로마 원로원과 인민의 대표자들. 재무관에서 법무관을 거쳐 집정관까지 오르는 코스를 '관직의 사다리'라 칭했다. 감찰관, 두 가지 조영관(평민 조영관, 고등 조영관), 호민관은 관직의 사다리에 직접적으로 속하지 않고 보조 역할을 하는 직책이었다. 감찰관을 제외한 모든 정무관의 임기는 1년이었다. 독재관은 특별한 경우에 해당한다.

제관 flamen 최소한 왕정 시대까지 거슬러올라가는 로마의 가장 오래된 신관

집단. 총 15명으로 그중 3명은 대제관이었다. 대제관들은 각각 유피테르, 마르스, 퀴리누스 신을 섬겼다. 이중 유피테르 대제관이 가장 지켜야 할 금기가 많아서 힘든 자리였다. 대제관 세 명은 국가의 녹을 받고 국가에서 제공하는 집에서 살았으며 원로원 의원이 되었다.

조영관 aedille 평민 조영관 2인과 고등 조영관 2인의 총 4인이었으며 업무 영역은 로마 시내로 한정되었다. 이 직책이 신설된 애초 목적은 기본적으로 호민관 지원, 좀더 구체적으로는 포룸 보아리움에 자리한 평민 본부 케레스 신전에 대한 평민의 권리를 보호하는 데 있었다. 기원전 494년에 먼저 생겨난 평민 조영관은 평민회에서 선출했는데, 로마 시내의 건물을 총괄 관리하고 평민회에서 통과된 법안(평민회 결의) 및 그 법안의 처리를 명하는 원로원 결의를 공문서로 보존하는 업무를 맡았다. 한편 기원전 367년에 트리부스회에서 선출하는 고등 조영관이 신설되어 공공건물 관리 및 공문서 보존 권한을 파트리키 귀족도 나누어 갖게 되었지만, 얼마 지나지 않아 제도가 바뀌어 파트리키가 아닌 평민도 고등 조영관 직을 맡을 수 있게 되었다. 기원전 3세기부터는 조영관 4인이 역할 구분 없이 로마 시가지, 상하수도, 교통, 공공건물, 기념물이나 편의시설, 시장, 도량형(표준 도량형기가 카스토르 · 폴룩스 신전 지하에 보관되어 있었다), 경기대회, 공공 곡물 공급을 관리했다. 조영관은 관련 규정을 위반한 자에게 시민권자이든 비시민권자이든 상관없이 벌금을 부과할 권한이 있었고, 그 돈은 금고에 보관해두었다가 경기대회 자금으로 썼다. 조영관 직은 '관직의 사다리'에 포함되지는 않았지만, 경기대회 자금을 관리한다는 점에서 법무관 선거 출마를 앞둔 이들에게 유용한 정무직으로 꼽혔다.

조점관 augur 점술을 보는 신관. 조점관은 점괘를 자의적으로 해석하거나 미래를 예언하는 자가 아니었다. 그보다는 집회, 전쟁, 신규 법안, 선거와 같은 국가 행사와 시국적 사안에 대한 신의 승인 여부를 확인하기 위해 특정한 사물이나 징조를 면밀하게 관찰했다. 표준 지침서에 따라 '책에 나온 대로' 점괘를 해석했으며, 토가 트라베아를 입고 리투우스라는 굽은 지팡이를 들고 다녔다.

존엄(디그니타스) dignitas 로마 특유의 개념으로 개인의 고결함, 긍지, 가문, 말, 지성, 행동, 능력, 지식, 사람으로서의 가치의 총체였다. 공적이라기보다 사적인 입지였으나, 훌륭한 존엄은 공적인 입지를 크게 강화시켰다. 로마 귀족은 소유한 모든 자산 중 디그니타스에 대해 가장 민감했다. 디그니타스를 지키기 위해서라면 그는 전쟁에 나가거나 망명길에 오르고, 자살을 하고, 아내나 아들을 죽일 수도 있었다.

최고신관 Pontifex Maximus 국가 종교의 수장으로, 신관 중에 가장 지위가 높다. 로마 초기에 처음 만들어진 지위로 보이며, 타인의 감정을 자극하지 않으면서 장애물을 피해 가는 데 능숙했던 로마인의 특징을 잘 보여준다. 애초에는 로마의 왕에게 주어지는 직위인 제사장이 가장 높은 신관 역할을 맡고 있었다. 원로원을 통해 로마를 통치하게 된 새로운 지배자들은 제사장을 폐지하여 민심을 건드리는 대신 더 높은 신관 직을 만들어냈는데 그것이 바로 최고신관이었다. 최고신관은 다른 구성원들의 동의가 아니라 선거로 선출되었다는 점에서 정치인과 비슷했다. 초기에는 파트리키만 최고신관이 될 수 있었으나 공화정 중기에 이르러서는 평민에게도 허락되었다. 대신관, 조점관, 페티알레스 신관, 베스타 신녀를 비롯한 모든 신관들을 관리하고 감독했다. 최고신관은 가장 훌륭한 관저를 제공받았으며 그곳을 베스타 신녀들과 반반씩 나눠서 이용했다. 최고신관의 공식 집무실은 신전으로 분류되었는데, 포룸 로마눔 내 최고신관의 관저 바로 맞은편에 위치한 작고 오래된 레기아였다.

충각 beak 라틴어로 로스트룸. 떡갈나무나 청동으로 만들었다. 군함의 뱃머리 앞쪽 해수면 바로 아래 지점에 돌출되어 있었다. 적선에 구멍을 내거나 부수는 데 사용했는데 이러한 행위를 '래밍'(ramming, 들이받기)이라고 한다.

카타풀타 catapulta 공화정 시기에 큰 화살(화살 같은 나무 소재의 던지는 무기)을 쏘기 위해 제작된 무기. 원리는 석궁과 비슷했다. 카이사르의 『갈리아 전기』에 따르면 정확하고 치명적이었다고 한다.

칼렌다이 Kalendae 한 달에서 특별히 취급되는 세 날(칼렌다이, 노나이, 이두스라는 고정된 지점들을 기준으로 하여 거꾸로 날짜를 표현했다) 중 첫번째 날. 매달 1일이었다. 유노 여신에게 바쳐진 날로, 본래 새 달이 뜨는 날과 일치하도록 정했다.

코그노멘 cognomen 이름(프라이노멘) 및 씨족명(노멘)이 같은 사람들과의 차별화를 위해 로마 남성이 붙였던 세번째 이름. 폼페이우스의 코그노멘인 마그누스처럼 개인이 직접 정할 수도 있었고, 율리우스 가문의 카이사르 분가처럼 집안 대대로 유지하는 코그노멘도 있었다. 일부 가문에서는 하나 이상의 코그노멘이 필요하게 되었다. 코그노멘은 튀어나온 귀, 평발, 곱사등, 부은 다리 같은 신체 특징을 묘사하거나 위대한 업적을 기리는 경우가 많았으며, 최고의 코그노멘은 극히 풍자적이거나 매우 익살맞았다.

콘파레아티오 confarreatio 로마의 결혼 형태 세 가지 중 가장 오래되고 엄격한 것. 공화정 말기에는 파트리키만 콘파레아티오 결혼식을 했다. 하지만 의무사항은 아니었기에 모든 파트리키가 그렇게 한 것은 아니었다. 이 결혼식에서 신부는 아버지의 손에서 남편의 손으로 넘겨졌는데, 신부가 그 어떤 독립 수단도 획득하지 못하게 하기 위해서였다. 이는 콘파레아티오가 인기 없던 이유 중 하나였다. 다른 결혼 형태들은 여성의 사업과 지참금과 관련하여 여성에게 더 많은 통제권을 허용했다. 이혼(디파레아티오)이 어렵다는 점도 인기가 없는 이유였다. 다른 대안이 없는 경우가 아니면 이혼은 종교적으로나 법적으로 고되고 지나치게 성가신 과정이었다.

태수령(사트라페이아) satrapy 종주국 소유이나 종주를 위해 별개의 독립체로 관리되는 영토. 사트라페이아를 통치하도록 임명된 사람은 태수(사트라페스)라고 불렸다. 파르티아나 동방에서 볼 수 있는 피호 왕국의 형태였다.

트리부스 tribus 공화정이 시작될 무렵 로마인에게 트리부스는 자신이 속한 종족 집단 분류가 아니라 국가에만 유용한 정치 집단 분류로 인식되었다. 로마에는 모두 35개 트리부스가 있었는데 31개는 지방 트리부스였고 단 4개만 수도 트리부스였다. 유서 깊은 16개 트리부스는 다양한 파트리키 씨족의 이름을 지니고 있었다. 이는 해당 트리부스에 속하는 시민들이 그 파트리키 씨족의 구성원이거나 그 씨족의 소유지에 살았던 사람임을 의미했다. 공화정 초기와 중기 동안 로마가 이탈리아 반도에서 영토를 늘려감에 따라 새로운 시민들을 수용하기 위해 여러 트리부스가 추가되었다. 각 트리부스의 모든 구성원에게는 트리부스회에서 투표할 권리가 있었지만, 한 트리부스 전체가 한 표를 행사하는 방식이었기 때문에 이 표 자체는 큰 의미가 없었다.

티로스 자주 Tyrian purple 자주색은 고대 사회에서 가장 귀한 색이었고 자주색의 여러 색조 중에서도 티로스 자주가 가장 비쌌다. 자주색에는 왕족의 상징이 내포되어 있었기 때문에 로마인들은 이를 못마땅해 했다. 티로스 자주는 페니키아 도시 티로스에서만 생산되었으며 뿔고둥 안의 작은 관에서 추출했다. 그 색은 거의 검정색으로 보일 정도로 짙었지만 언뜻언뜻 진홍색이 풍부하게 내비쳤다.

파스케스 fasces 자작나무 가지들을 의식에 따라 붉은 가죽끈을 X자로 엇갈리게 하여 묶은 것. 원래 에트루리아 왕들의 상징이었으나 신생 로마의 관습으로 전해졌고 공화정 시대부터 제정 시대까지 로마의 공적 생활에 쭉 존재했다. 릭토르단은 파스케스를 들고 고위 정무관(혹은 집정관 및 법무관 권한대행) 앞에서 걸으며 해당 정무관에게 임페리움이 있음을 알렸다. 신성경계선 안에서는 나뭇가지들만 묶은 파스케스를 들어 고위 정무관에게 태형을 가할 권한만 있음을 알렸으며, 신성경계선 밖에서는 나뭇가지들 속에 도끼를 넣어 고위 정무관에게 사형을 내릴 권한도 있음을 알렸다. 신성경계선 안에서 파스케스에 도끼를 넣을 수 있는 사람은 독재관뿐이었다. 파스케스 수는 임페리움의 정도를 의미했다. 독재관은 24개(술라 이전에는 12개), 집정관과 집정관 권한대행은 12개, 법무관과 법무관 권한대행은 6개, 조영관은 2개를 보유했다.

파트리키 patricii 로마 구귀족. 왕정이 수립되기 이전부터 유명했던 시민들로 계속 이 칭호를 유지했다. 초반에는 집정관을 배출해 신귀족으로 부상한 평민들에게도 허락되지 않는 명성과 특권을 누렸다. 하지만 공화정이 발전하고 평민의 부와 권력이 커지자 특권이 점점 약화되었고, 마리우스 시대에 이르자 파트리키 가문이 평민 출신의 신귀족 가문보다 오히려 가난해지기도 했다. 제사장과 유피테르 대제관 같은 일부 신관 직, 섭정관과 최고참 의원 같은 일부 원로원 의원 직은 파트리키에게만 허용되었다.

팔루다멘툼 plaudamentum 총사령관용 심홍색 망토.

평민 plebs 파트리키가 아닌 모든 로마 시민. 공화정 초기에는 평민에게 신관 직, 고위 정무관 직, 원로원 의원 직조차 허락되지 않았다. 하지만 얼마 지나지 않아서 파트리키에게만 허락되던 직위들을 평민들이 하나씩 차지하기 시작했다. 마리우스 시대에는 정치적으로 그리 중요하지 않은 몇 가지 직책만이 파트리키 고유의 영역으로 남게 되었다.

포룸 로마눔 Forum Romanum 로마의 공적 생활 중심지였던 이 기다란 공터는 주위의 건물들과 마찬가지로 대부분 정치·법·업무·종교 활동에 쓰였다. 주변보다 지대가 낮아서 비교적 습하고 춥고 해가 들지 않았지만 공적 활동이 매우 활발하게 이루어졌다. 포룸 로마눔의 절반 정도를 차지하는 낮은 구역에서 늘 법과 정치 업무가 진행중이었다는 설명들로 볼 때, 이곳은 항상 노점과 매대, 손수레로 북적이지는 않았을 것이다. 포룸 로마눔의 에스퀼리누스 언덕 쪽 구역에 일련의 건물들로 구분된 매우 큰 시장이 두 개 있었는데, 이곳에 대부분의 매대와 노점이 있었을 것이다.

포룸 율리 Forum Julii 오늘날 프랑스의 코트다쥐르 해안 지역에 위치한 프레쥐스.

포르투나 Fortuna 운명의 여신. 가장 열렬히 숭배되던 로마의 신들 가운데 하나. 로마인들은 내심 운을 믿었지만, 운에 대해 지금의 우리와는 다른 생각을 갖고 있었다. 사람은 스스로 자신의 운을 개척하는 것이기도 했지만, 술라나 카이사르처럼 매우 지적인 사람들조차 미신을 신봉하는 것은 물론 포르투나의 노여움을 사지 않으려고 매우 조심했다. 누군가가 포르투나의 총애를 받는다는 건 그 사람이 옹호하는 것들이 정당하다는 뜻으로 간주되었다.

피호민 cliens 보호자(파트로누스 patronus)에게 입회를 약속한 자유인이나 해방노예를 뜻한다. 꼭 로마 시민일 필요는 없었다. 가장 엄숙하고 도덕적인 구속력 있는 방식을 통해, 보호자의 이익을 도모하고 그의 지시에 따를 것을 약속하는 대신 여러 가지 원조(일반적으로 돈이나 직위, 법률적인 도움)를 받았다. 해방노예는 자동으로 전 주인의 피호민이 되었고, 이러한 관계는 의무를 면제받는 날까지 지속되었다(그러나 그런 경우는 거의 없었다). 피호민인 동시에 보호자인 사람도 있었다. 이러한 경우 그는 최종 보호자가 아니었으며 그의 피호민은 그의 보호자의 피호민이기도 했다. 공화정 시대에는 피호민과 보호자의 관계에 관한 공식적인 법이 없었다. 필요가 없었기 때문이다. 어느 쪽이건 이 중요한 관계에서 불명예스럽게 처신하면 사회적인 성공은 기대할 수 없었다. 외국의 피호민과 보호자 관계를 다스리는 법도 있었다. 다시 말해 개인만이 아니라 도시나 국가 전체도 피호민이 될 수 있었다.

호민관 tribune of the plebs 공화정이 수립되고 오래지 않아 평민과 파트리키 귀족의 갈등이 극에 달했을 때 생긴 관직. 평민들로 구성된 트리부스 기구인 평민회에서 선출된 호민관은 평민계급 구성원들의 생명과 재산을 수호하고 정무관(당시에는 파트리키)의 손아귀로부터 그들을 구하겠다는 선서를 했다. 호민관은 트리부스회에서 선출되지 않았기 때문에 로마의 불문헌법하에서 실질적 권한이 없었으며 군무관이나 재무관, 고등 조영관, 법무관, 집정관, 감찰관과 같은 종류의 정무관이 아니었다. 호민관은 평민들의 정무관이었고, 이들의 직무 권한은 자신들이 선출한 관리의 신성불가침성을 지켜주겠다는 평민계급의 서약에서 비롯되었다. 호민관에게는 임페리움이 없었고 부여된 직권은 첫번째 마일 표석 내에서만 행사할 수 있었다.

호민관의 진정한 권력은 국가의 거의 모든 조치에 거부권을 행사할 수 있는 권리에서 나왔다. 따라서 호민관의 역할은 새로운 제도의 도입보다 의사진행 방해로 나타나는 경우가 많았다. 마리우스와 술라 시대에 이들은 파트리키만이 아니라 원로원에 있어서도 눈엣가시 같은 존재였다.

안토니우스와 클레오파트라 1
마스터스 오브 로마 7

1판 1쇄 인쇄 2018년 7월 23일
1판 1쇄 발행 2018년 8월 3일

지은이 콜린 매컬로 | 옮긴이 강선재 신봉아 이은주 홍정인 | 펴낸이 염현숙
편집인 신정민

편집 신정민 신소희 | 디자인 고은이 이주영
마케팅 정민호 한민아 최원석 | 홍보 김희숙 김상만 이천희
저작권 한문숙 김지영 | 모니터링 서승일 이희연 전혜진
제작 강신은 김동욱 임현식 | 제작처 한영문화사

펴낸곳 (주)문학동네
출판등록 1993년 10월 22일 제406-2003-000045호
임프린트 교유서가

주소 10881 경기도 파주시 회동길 210
문의전화 031) 955-8886(마케팅), 031) 955-3583(편집)
팩스 031) 955-8855
전자우편 gyoyuseoga@naver.com

ISBN 978-89-546-5223-0 04840
      978-89-546-5222-3 (세트)

www.munhak.com